JN040360

三人の女たちの抗えない欲望

リサ・タッデオ
池田真紀子＝訳

Three Women

早川書房

三人の女たちの抗えない欲望

日本語版翻訳権独占
早　川　書　房

©2021 Hayakawa Publishing, Inc.

THREE WOMEN
by
Lisa Taddeo
Copyright © 2019 by
Woolloomooloo, LLC
Translated by
Makiko Ikeda
First published 2021 in Japan by
Hayakawa Publishing, Inc.
This book is published in Japan by
arrangement with
Woolloomooloo, LLC c/o ICM Partners
acting in association with Curtis Brown Group Limited
through The English Agency (Japan) Ltd.

フォックスに

開いた窓の外に立ってのぞくより、閉ざされたガラス越しになかをのぞくときのほうが、多くが見える。一つきりの蠟燭の灯りを映した窓ほど、奥深く、秘密めいて、意味深長で、いかがわしいものはない。窓ガラスの奥ではどんなときも、太陽が照らし出すものよりはるかに興味深いことが起きている。その薄暗がりで、あるいはほのかな灯りに照らされた小さな空間で、人生は生き、夢を見、苦しむのだ。

——シャルル・ボードレール

著者まえがき

本書はノンフィクション作品である。ここで取り上げた三人の女性たちと、八年にわたり、数えきれないほどの時間をともに過ごしてきた。対面で、電話で、あるいはテキストメッセージや電子メールを通じて。二つのケースでは、日々の暮らしぶりをより正確に理解しようと、その人が暮らす街に引っ越し、そこの住人として生活した。この本で取り上げたエピソードの多くについて、それが起きたとき、著者もその場にいた。過去に起きたできごと、著者がその場に居合わせなかったできごとについては、本人の記憶、日記や手帳、当時の手紙やメッセージやメールに頼った。また、友人や家族にも取材をし、本人のソーシャルメディアをフォローした。原則として三人の女性たちに視点を固定して物語を綴った。

裁判記録や地元紙の記事を参照し、記者や判事、弁護士、捜査官、同僚、知人からも話を聴き、経緯や時系列を確認した。ほぼすべての引用は法律文書や電子メール、手紙、録音や録画、そして三人の女性たちをはじめ本書に登場する個人とのインタビューに基づいている。重要な例外は、テキストメッセージや手紙の原本、一部の電子メールが入手不可能だった一つのケースだ。このケースの記述は当事者による複数回の再現に基づいているものの、メッセージ等の受信者はその内容について異議を唱えている。

ここで取り上げた三人を選んだ基準は、その物語に感情移入できること、本人の熱意、そしてすでに終わったできごとであればいまも本人の胸につかえているものであることだった。取材は公開を前提として行ない、何一つ隠すことなく、自分の経験を正直に打ち明けてくれる女性に限定した。ほかの何人かは、世間の目を恐れて取材半ばで辞退した。最終的にこの三人を選んだのは、自分をごまかさずに話す強さを備えており、生々しい欲望をそのままさらけ出すような形で自分の経験を明らかにする覚悟を持っていたからだった。この三人以外の登場人物がはっきりとした声を持たないのは、この物語はあくまでも三人の女性のものだからである。しかし、公の記録を通じて実名が公表されている一つのケースを例外として、ほかの二つのケースについては、本人以外の人物の氏名や居住地などを変更し、個人が特定されないよう配慮した。例外の一ケースでは、公開されている文書に登場しない人物、言及されている時期に未成年だった人物は仮名としている。

この三つの物語を通じて、女性と欲望についての本質的な真実を伝えられるだろうと確信している。とはいえ、それぞれの物語を司るのは、あくまでもこの三人の女性たちだ。どんな物語も複数の側面を持つ。しかし、これは三人の物語である。

プロローグ

私の母が若かったころ、毎朝、出勤途中の母のうしろをついて歩きながらマスターベーションする男がいた。

母は小学五年生相当の教育しか受けておらず、嫁入り道具はさほど高級ではない麻のふきんだけだったが、とても美しい人だった。母を描写しようとすると、いまも〝美しい〟という言葉が最初に頭に浮かぶ。チロル地方で作られているチョコレートのような色をした髪を、いつも同じスタイルにしていた――短めに切った巻毛をふわりと膨らませていた。母の実家の人たちの肌はオリーブ色をしていたが、母は安手のゴールドの輝きを思わせる淡い薔薇色の肌をしていた。瞳は、皮肉っぽく、誘うようで、茶色だった。

そのころ母は、イタリア北部ボローニャの中心街にある小さな青果店で売り子をしていた。店はサン・フェリーチェ通りに面していた。ファッション地区を貫いて伸びる大通りで、周辺にはたくさんの靴店や貴金属店、香水店、たばこ店、仕事をしていない女性のためのブティックが並んでいた。母はそういったブティックの前を通って出勤した。ウィンドウをのぞきこみ、高級レザーのブーツやきらめきを放つネックレスをながめた。

しかし、住んでいたアパートからファッション地区に入るまでの道筋には、車の通らない細い通りや小さな路地があった。そこに並んでいるのは錠前店やヤギ肉店、小便の強烈なにおいや石にたまった雨水の腐臭が漂う無人の柱廊玄関《ポルチコ》だった。男が母につきまとったのは、この通りや路地だった。

初めて母を見たのはどこだったのだろう。青果店ではないか。収穫したての農産物の海に浮かんだ美しい女。丸々としたイチジク、トチの実の小山、陽射しをたっぷり浴びた桃、白さがまばゆいフェンネルの実、緑色のカリフラワー、土で汚れたままの枝つきトマト、濃い紫色のなすのピラミッド、小ぶりだが甘そうなイチゴ、艶やかなチェリー、ワイン色に輝くぶどう、柿。いろいろな種類の穀類やパン、タラッリやフリセッリ（いずれもイタリア南部発祥の伝統的な固焼きパン）、バゲット。銅製の鍋も売り物として並んでいた。製菓用のチョコレートもあった。

男は六〇代で、鼻が大きく、頭は禿げていて、落ちくぼんだ頬に散る無精髭は白こしょうをまぶしたようだった。杖を手に日課の散歩をするほかの老人と同様に、ハンチング帽をかぶっていた。

どこかの時点で、仕事帰りの母を尾行したのだろう。五月のある晴れた朝、母がアパートの重厚な扉を押し開け、屋内の暗がりから陽光あふれる通りに出ると――イタリアでは、どのアパートでも、ロビーや内廊下の照明は光熱費を節約するために暗めに設定され、日中はタイマーで切れるようになっており、しかも外の陽光は分厚く冷たい石の壁で遮断されている――見知らぬ老人が待っていた。

男は微笑み、母も笑みを返した。それから安っぽいハンドバッグを提げ、ふくらはぎ丈のスカートを穿いた母は、職場に向かう道を歩き出した。その脚は、のちに年老いてからも、おそろしいほど女の色気を感じさせた。その男の頭のなかで起きていたことが、母の脚を見てそのあとをついていきたくなった気持ちが、私にも想像できる。何世紀ものあいだ男の視線にさらされて生きてきた結果、異性愛者の女の多くは、男の目を通してほかの女性を観察できる。

母は男の存在を背後に感じながら何ブロックも歩いた。オリーブを売る店、ポルトワインやシェリーを売る店の前を通り過ぎた。男はただ尾行しただけではなかった。角を曲がる前に母が振り返ると、独特の動きがちらりと視界をかすめた。夜明けから間もないその時間帯、石畳の通りにほかの人影はなく、振り向いた母の目は、男の手が細く長く勃起したペニスを握り、せわしない上下運動を繰り返しているのをとらえた。母を見つめる男の視線は、下半身で起きている事態を制御している脳と、視覚を制御している脳とは別々なのではないかと思えるほど落ち着き払っていた。

母は怯えた。しかし何年もたってから振り返ったときには、その最初の朝に感じた恐怖は遠ざかり、冷笑に変わっていた。その後の数カ月、男は週に何度か朝一番に母のアパート前に現れた。やがては青果店からの帰り道もつきまとうようになった。二人の関係の最盛期、男は一日に二度、母の背後で絶頂に悶えたことになる。

母はすでに故人となり、なぜ来る日も来る日も黙ってやらせておいたのか、母本人の口から聞くことはもうできない。そこで私は兄に尋ねてみた。母はなぜ何もしなかったのか、そのことを誰にも相談しなかったのか。

一九六〇年代のイタリアでの話だ。警察に相談しても、こう言って帰されていただろう――マ・ラッシャロ・ペルデーレ、エ・ウン・ポヴェーロ・ヴェッキオ。エ・ウナ・メラヴィーリャ・ケ・ア・イル・カッツォ・ドゥーロ・ア・スア・エタ。

――放っておきなさい、哀れな年寄りなのだから。あの年齢《とし》で勃つだけ奇跡だ。

母は自分の体を、顔を、職場との行き帰りに歩く自分の姿をネタに自慰をするその男を放っておいた。母はそういったことをうれしがるタイプの女ではなかった。といっても、絶対に違ったとは言いきれない。母は自分が何を望んでいるかを決して口にしなかった。何に性的な興奮を覚え、何に萎えたか。母は欲望らしい欲望を抱いたことがないのではと思えることもあった。母のセクシュアリティとは森のなかの小道のようなもの、背の高い草がブーツに踏みつけられてできただけの何の印もない小道のようなものだった。そしてそのブーツは、私の父のものだった。

父はいわゆる女好きだった。当時は愛嬌のうちと思われていた種類の女好きだ。気に入っている看護師を〝お嬢さん〟、気に入らない看護師を〝きみ〟と呼び分けるような医者だった。それでも誰より深く母のことを愛していた。父が母に性的に惹かれていることは子供の目にも明らかで、いま思い出しても私は落ち着かない気持ちになる。

父がどのような欲望を抱いていたのかを考えてみる機会はこれまで一度もなかったものの、私はその欲望にひそむ力、あらゆる男性の欲望にひそむ力の何かに心を奪われてきた。男性は単に望むだけではない。そうせずにいられなくなる。仕事の行き帰りに母に毎日つきまとった男は、つきまとわずにいられなかった。アメリカ大統領は、自らの名誉を失う危険を承知でフェラチオを求める。男性は、一生かかって築き上げたものを一瞬で失うリスクを冒すことがある。権力を握った男のエゴは巨大で、自分は何をしても見つからないと信じこんでいるのだと言う人もいるが、その説に私は完全には賛同できない。それよりも、欲望はきわめて激しいものであり、その瞬間、家族や家、キャリアといったほかのあらゆるものは溶解して、精液よりも冷たく薄い液体に——何の意味もないものに——なってしまうのではないかと思う。

人間の欲望をテーマにしたこの本の執筆を始めたとき、自分はきっと男性の物語に魅力を感じるだろうと思っていた。男性の渇望。自分の前にひざまずいた若い女のために一つの帝国を転覆させてしまいかねない男たち。そこでまず男性に取材を始めた。ロサンゼルスの哲学者、ニュージャージー州の学校教師、ワシントンDCの政治家。思ったとおり、彼らの物語に惹きつけられた。行きつけの中華料理店のメニューのなかの同じ前菜にいつも目を吸い寄せられ、結局また注文してしまうように。

哲学者が語った話は、容姿に恵まれた男性の物語として始まる。彼ほど容姿に恵まれていない妻からセックスを拒まれ、衰える一方の情熱と愛にしがみつこうとして悶える物語はやがて、腰痛治療のマッサージを施してくれるタトゥーを入れた女性マッサージ師に欲望を感じる男の物語に変わっていく。彼女は僕と駆け落ちしてビッグ・サーに行きたいと言ってるんだ——あるよく晴れた早朝、彼からそんなメッセージが届いた。次の取材のとき、コーヒー・ショップで向かい合わせに座った私に、彼はそのマッサージ師の腰のくびれを事細かに描写して聞かせた。その口調からは、結婚生活で失われたものを埋め合わせるほどの情熱は感じられなかった。どちらかといえば空々しかった。

男性たちの物語はしだいに溶けて混じり合い始めた。いくつかの例では、求愛期間が長すぎた。求愛というよりただの毛づくろいに近い例もあった。しかし大方の場合、物語は、尻すぼみなリズムを刻むオーガズムの脈動で終わった。男性の物語が、オーガズムの一斉射撃が終わると同時に推進力を失うのに対して、女性の物語はそこから始まることに私は気づいた。同じできごとを経験した場合でも、女性の物語は複雑で、美しくて、激しかった。私の目には、同じエピソードの女性側の側面こそ、アメリカにおける欲望の全体像を赤裸々に語っているように映った。

もちろん、女性の欲望にも男性のそれに負けない馬力を持つものがある。欲望の推進力が強大なとき――舵取りが可能な結末を探し求めているとき、私の関心はしぼんだ。しかし、舵を取るのが不可能な種類の欲望の物語であるとき、欲望の対象が物語を動かしているとき、その物語にはとびきりの美しさ、とびきりの苦悩が見つかる。それは自転車のペダルを逆向きに漕ぐのに似ている。つらいばかりで無意味で、しかもいつかまったくの別世界へと突入することになる。
そういった物語を探して、私は北アメリカ大陸を車で六往復した。どの街に立ち寄るかはなりゆきに任せた。たとえば、ノースダコタ州メドーラのような街で気まぐれに車を停めた。トーストとコーヒーを注文し、地元紙に目を通した。マギーを見つけたときもそうだった。年下の女性たちからも〝ヤリマン〟〝デブ〟と悪口を言われていた若い女性。彼女は通っていた高校の既婚の男性教師と関係を持ったとされている。マギーの件で私の関心を何より強く惹きつけたのは、挿入の事実がなかったという点だった。マギーの話では、男性教師はマギーにオーラルセックスはしたが、自分のジーンズのジッパーは下ろさせなかったという。その一方で、マギーの愛読書『トワイライト』に、マニラ紙色のポストイットを何枚も貼りつけた。そして悲運の恋人たちが育む強い絆を描写する段落の隣に、自分とマギーの関係との類似点を書きこんだ。マギーが感激したのは――マギーを有頂天にさせたのは、メモの枚数であり、その内容の克明さだった。憧れの先生がその本を最初から最後まで読むとは思ってもみなかったし、まるで大学の授業を先取りした特別授業のレポートを採点するように、わざわざ時間をかけて洞察に満ちたコメントを書きこんでくれるなんて信じられなかった。マギーによれば、男性教師は、彼の香りをマギーが気に入っていることを知っていて、ページのあいだに愛用のコロンをスプレーすることまでした。そのようなメモのやり取り、そのような交流を経て、二人の関係はあるとき唐突に終わりを迎えた。そのあとにぽっかりと空いた穴の大きさ、深さは想像に難くない。
私がマギーの物語に出会ったのは、事態が悪化の一途をたどっていたころだった。マギーに会ってみて、この女性はセクシュアリティを、実際に経験した性的なできごとを、残酷なやり方で否定されたのだと感じた。この本では、マギーの視点から彼女の物語を綴っている。一方でちょうど同じころ、同じ物語の別バージョンが法廷で陪審の前に提示され、まったく別の解釈をされることになった。マギーの物語は、過去にうんざりするほど繰り返されてきた疑問を読者にいま一度提示する――女性の物語はどんなとき、どんな理由で、誰によって真実とみなされるのか。あるいは、どんなとき、どんな理由で、誰によって否定されるのか。

歴史を通じて、男は独特の作法で女を悲しませてきた。女を愛し、あるいは愛に似た感情を抱くが、やがて飽き、数週間、数ヵ月かけて音もなく退却していって自分の巣に帰り、尻尾をそっと引き入れ、濡れた毛皮を乾かして、それきり二度と連絡してこない。そのあいだも女は待ち続ける。男を愛していればいるほど、そして選択肢が少なければ少ないほど、女は長いあいだ待ち、いつか男が壊れた携帯電話を握り締め、痣だらけの顔をして戻ってきて、こう言ってくれるのを期待する。悪かった、ずっと生き埋めにされていたんだよ、そのあいだずっときみのことだけを考えていた、僕に捨てられたと勘違いしているんじゃないかと心配だったが、きみの電話番号をなくしただけのことだ、僕を生き埋めにした男たちに奪われただけだよ、そのあと三年も電話帳とにらめっこして、ようやくきみを見つけたんだ。僕は消えたわけじゃない、あのころの気持ちをなくしたわけじゃないんだ。残酷で非道でありえない話と思っただろうね、そのとおりだ。結婚してくれないか。

本人の話によれば、マギーは男性教師が犯したとされる罪によって人生を台無しにされたが、男に捨てられた女がめったに持たないものをマギーは持っていた。ある種の力だ。マギーの年齢と、元恋人の職業によって与えられた力。その力は、法律によって保証されているとマギーは信じた。しかし、最終的にはそうではないという現実を突きつけられた。

なかには、生きていくために待つしかないと考え、ひたすら待つ女もいる。彼しかいない、自分が求める相手はこの先も彼一人しかいないと信じて待つ。経済的な事情もあるかもしれない。女は男に従うものという時代は終わったと論じる記事より、主婦向けの雑誌にあったレシピが話題になるような土地に、社会改革の波が届くには時間がかかる。

インディアナ州に住む主婦のリナは、何年もキスされたことがなく、夫と別れるタイミングを待っていた。離婚して一人でやっていける財力がないからだ。インディアナ州法に離婚手当の定めはあるが、リナはその条件を満たしていなかった。夫と別居したあと、今度はまた別の男性が奥さんと離婚するのを待つ。待って、待って、待ち続ける。

アメリカに吹いている風は、私たち女は果たして自分の人生の主人なのだろうかと疑問を抱かせる。待つタイプの女は、同性に認められようとする。周囲の同性に認められれば、自分も自分を認めることができるからだ。

冷静沈着なレストラン経営者のスローンは、夫の前で、夫ではない男性とセックスをする。ときには一つのベッドで二組のカップルがもつれあうこともあるが、基本的には別の男に抱かれているスローンを夫が見る。録画で見ることもあれば、その場で見ることもある。スローンは美しい人だ。夫の前で別の男と交わっているあいだ、寝室の窓の向こうには、誰もが憧れるようなオーシャン・ビューが広がっている。通りの少し先では、オートミール色をしたコッツウォルド種の羊が放牧されている。私がクリーヴランドで知り合ったスワッピング・グループの話を聞き、3Pプレイなんて気持ちが悪いし軽蔑してしまうと言った私の友人でさえ、スローンの物語には学ぶべきものがあり、真に迫っていて、理解できると感想を述べた。理解は共感への入口だ。

母は、毎日、自分をネタに自慰をする男がいると知りながら放っておいた。私は、自分はその女の娘なのだと考え、これまで自分がされてきたことを一つひとつ思い返す。母の経験ほど極端なものではないだろうが、広い視野に立ってみれば五十歩百歩の行為。そこから今度は、私はこれまで男性にどれほどのものを期待してきたかと考える。そのどこまでが私自身に向けた期待だったのか。それをいったら、どこまでがほかの女性たちに向けた期待だったのか。そのどこまでが、自分では恋人に期待しているつもりでいたけれど、実際には母に期待して与えられなかったものだったのか。そんな風に考えるのは、私が聞いた物語の多くで、女性により大きな影響を及ぼすのは男性ではなく周囲の女性だったからだ。私たち女は、ほかの女性の言動によって自分をだらしない女だ、娼婦のようだ、不潔だ、愛されていない、美しくないと思ってしまうことがある。それがやがて恐怖に変わる。私たちは男性に怯え、あるいはほかの女性に怯え、ときには自分を怯えさせるものを気にするあまり、一人きりになるまでオーガズムを先延ばしにすることさえある。女はほしくもないものをほしがっているふりをする。本心からほしいものが手に入らなかった屈辱を誰にも知られたくないからだ。

母が男性に怯えたことはなかった。母が怯えたのは貧しさだ。母から聞いた話はもう一つある。どんな状況で母がその話を始めたのだったか忘れてしまったが、わざわざ私を座らせてから切り出したようなことではなかったのは確かだ。クラッカーとロゼワインを並べたテーブル越しに聞かされた話ではない。それよりも、キッチンテーブルでマールボロたばこを吸いながらだったと思う。窓は開いていなかった。充満した煙が沁みるからだろう、飼い犬が私たちの膝のあたりでまばたきを繰り返していた。きっと母はウィンデックスをスプレーしながらガラスのテーブルを掃除していたのだろう。

それは、母が私の父と知り合う少し前まで交際していた非情な男性の話だった。母が使う言葉のなかには、私の注意を惹きつけ、怯えさせるものがたくさんあった。〝非情〟もその一つだった。

母が育った家庭はとても貧しかった。鍋を置いてそこにおしっこをし、そのおしっこをそばかすに指で塗っていた。それでそばかすが薄くなるといわれていたらしい。一部屋に母とほかの姉妹二人と両親が寝ていた。雨漏りのする部屋で、眠っているとしずくが顔に落ちてきた。母は結核を患い、療養所で二年近く過ごした。家族の誰も見舞いに来なかった。療養所までの交通費がなかったからだ。父親はワイン醸造用のぶどう園で働いていて、アルコール依存症だった。弟がいたが、一歳の誕生日を迎える前に死んだ。

やがて母は退院して街に戻ったが、その少し前、二月の初めに母の母親が病に倒れた。胃癌だった。近くの病院に入院したものの、退院できる見込みはなかった。ある晩、吹雪が街を襲った。石畳の路面を雨氷が叩いた。母親が危篤でおそらく朝までもたないという知らせを受けたとき、母は問題の非情な男と一緒にいた。非情な男は吹雪をおして母を車で病院に送って行こうとしたが、その道中で二人は激しい喧嘩をした。母は詳しく語らなかったが、雪が降りしきる真っ暗な街の石畳の路肩に置き去りにされたという。そして車のテールライトが遠ざかって消えるのを見送った。凍りついた道を通りかかるほかの車はなかった。母親の臨終には立ち会えなかった。

今日《こんにち》に至ってもなお、母の話のなかで〝非情〟がどのような意味を持つのか私にはわからない。交際相手の男性が母に暴力を振るったのか、性的な暴行を加えたのか、それもわからない。母の世界での〝非情〟とは、性的な脅威を含む概念ではないかと私は当時から思っている。私のもっとも暗い想像図には、母の母親が死にかけていた夜、その男が母をものにしようとしている姿が描かれている。男は、母の弱みにつけこもうとしている。けれども、母の記憶により深く刻まれたのは、男の非情さではなく、貧しさがもたらす恐怖だった。病院に駆けつけたくてもタクシーを呼べなかったことだった。無力だったこと、お金がなかったことだった。

私の父が死んで一年ほどたち、ようやく泣かずにまる一日過ごせるようになったころ、母からインターネットの使い方を教えてと頼まれた。そのときまで母はパソコンに触ったこともなかった。文章を一つ打つのに数分もかかって、じれったかった。

何がしたいのか言ってよ——画面の前に一日座り続けたあと、私は促した。二人ともうんざりしていた。

言えない、と母は答えた。これは他人にやらせられないことなの。

どんなことよ、と私は訊いた。母のものはもうすべて見ていた。請求書も、手紙の類も。万が一、突然死んだときのために私に宛てて手書きでしたためた手紙だって見ていた。

ある男性のことを調べたいの。母はつぶやくようにそう言った。あなたのお父さんと出会う前に知っていた男性のこと。

私は衝撃を受けた。怒りさえ感じた。母にはいつまでも亡父の妻でいてほしかった。両親に夫婦のままでいてもらいたかった。たとえ死んだあとでも。たとえ母の幸福を犠牲にしてでも。母の欲望についてなど、私は知りたくなかった。

その第三の男、大手貴金属販売チェーンの経営者だったという男性は、母への想いをあきらめきれず、私の父母の結婚式が行なわれているさなかに教会に押しかけた。もうずいぶん前のことだが、私は母からルビーとダイヤモンドのネックレスを譲り受けた。母はそのネックレスがどれほどの宝物であるかを隠すためにあえて手放そうとしているように見えた。私は、だったらパソコンの使い方くらい自分で覚えなさいよと母を突き放した。結局、母はパソコンを使いこなす前に病に臥した。

母のセクシュアリティについて、私は考える。母がときおりそれを利用したことについても。ささやかなことだ――たとえば母は家を出る前に、人が来て玄関を開ける前に、化粧をした。私の目にそれは、強みと映ることもあれば弱さと映ることもあったが、その鼓動する心臓が見えたことはなかった。私はどれほど間違っていたことか。

それでも、男が自分のあとをついて歩きながら自慰をしていると知りながら、よくもあれだけ長いあいだ放置できたものだと思う。夜、母は泣いただろうか。その孤独な老人のために涙を流したことさえあったかもしれない。ひどく無防備な瞬間にその人が何者であるか、それを知っているのは欲望の微妙なグラデーションだ。私は女性の欲望の熱と苦悩を記録するための旅に出た。それは男性や周囲の女性が誰かを糾弾する前に、その誰かをより深く理解する手がかりになるだろう。なぜなら、それこそが永遠に続く日常のありふれた瞬間であり、自分が何者であったかを語るものだから。隣人には、あるいは私たちの母親には、自分と通じるところなど何一つないと思いこんでいたあいだ、彼女らが何者であったかを伝えるものだから。これは三人の女性の物語だ。

マギー

その朝、あなたは戦《いくさ》に赴く戦士のように身支度を調える。メイクはさながら出陣の隈取りだ。暗い無彩色のシャドウで目を縁取る。マスカラはたっぷりと。くすんだローズカラーで頬を、ヌードベージュで唇を染める。緩めに巻いた髪をふわりと下ろす。

髪のセットとメイクは、リンキン・パークやレッド・ツェッペリンをBGMに、鏡と向き合い自己流でマスターした。陰影のつけ方やパーツの強調のコツは誰に教わるまでもなく知っていて、隠しピンも巧みに使いこなす。

ウェッジソールのブーツにレギンスを穿き、そこに透けるように薄いキモノ・トップを合わせる。あのころの子供ではないことを彼に見せつけたい。もう二三歳だ。

それに、そう、あのころと同じように彼の欲望をかき立てたい。もったいないことをしたと悔やませたい。帰宅してから夕食のテーブルで、微笑みかけているようなあなたの腰骨を思い起こして夢想にふけらせたい。

六年前、あなたはいまより痩せていた。あなたの小さな手が彼のお気に入りだった。あのころ彼の手は、あなたのなかで小鳥のように羽ばたいた。あれからいろんな変化があった。あなたのお父さんは死んだ。八月のある日、近くの墓地で左右の手首を切った。あのころはよく、彼にお父さんの話をした。両親が抱えていた問題を相談した。両親のどちらかがもう一人をバーに迎えにいくはめになることも話した。二人とも酒好きなことに違いはないが、一方の依存度がより深刻だったことも。お父さんが埋葬された地面をいまごろ雨粒が叩いているのではと心配なのだとあなたが打ち明ければ、彼ならいまもその不安を理解してくれるだろう。土の下のお父さんは雨に濡れていないだろうか。冷たい雨が降りかかる真っ暗な場所に一人置き去りにされているのはなぜかと首をひねっていたりしないだろうか。人が死んだのだ、裁判なんかしている場合ではないのではないか。人の死は、ほかの何より、それこそ警察や弁護士なんかよりもずっと優先すべきものなのでは？　だってもしかしたら、二人だけの世界はいまもどこかで続いているとはいえないか。

　ノースダコタ州キャス郡裁判所に向かう車中で、あなたは兄のデヴィッドと一緒にたばこを吸う。煙のにおいが薄く混じったシャワー後のさわやかな香り、それが今日のあなたの香水だ。彼はあなたがたばこを吸うのを嫌った。だからあなたは嘘をついた。髪や紺色のパーカの繊維にたばこのにおいが染みついているのは、両親がたばこを吸うせいだと弁解した。カトリック教会の修養会《リトリート》では、彼のために禁煙しますと誓いを立てた。彼になら自分のすべてを捧げてもいいと思った。本当なら手放したくなかったものも含めて。

　あなたが望めば、今日、彼の出席を拒むこともできた。ただし弁護士によれば、彼には出席する権利がある。どのみち、あなたは心のどこかで来てもらいたいと思っていた。そもそも警察に相談に行ったのは、彼の顔をもう一度見たかったからだともいえる。多くの人が共感するだろう。恋人にシャットアウトされると――会ってくれず、電動歯ブラシを引き取りに来ず、トレイルラン用のシューズは処分してくれと言われ、メールには返信がなく、ねずみ罠に捕らえられてもがいているあなたの顔を見るくらいならシューズを新調するほうがましと思われているとわかると――内臓が氷漬けにされたように感じる。冷えきって、息さえできない。六年のあいだ、彼はあなたを避け続けた。それでも今日は来るし、後日開かれる公判にも出廷するはずだから、あなたがこんなことをした動機の一つは、あと六回、彼に会うためともいえる。常軌を逸した心理だと思うならそれは、ある日突然、姿を消すという行為が人をどれほど傷つけるかを知らないからだろう。

会えば彼を取り戻したくなるのではとあなたは不安に思っている。彼の奥さんも不安な気持ちでいるだろうか。家で待つ奥さんの姿、子供の世話からいっとき解放され、時計の針の動きをじっと目で追っている姿が脳裏に浮かぶ。

車を駐めたあと、なかに入る前に、あなたはまたしばらくたばこを楽しむ。外気温は三度と低いが、寒いなかで吸うたばこはおいしい。ノースダコタ州ファーゴという街が新たな出発点のように思えることがある。ハイウェイを銀色のトラックが疾走していく。トラックには明確な目的地がある。地図上のある一点にかならず行きつかなくてはならない。トラックよりも美しくて自由なのは、列車くらいのものだ。息を吸いこむと、氷が肺を満たした。

部屋に入ると、彼はまだ来ていなかった。ほっと息をつく。あなたとお兄さんのデヴィッド、検察チームを率いるジョン、その補佐を務めるポール。関係する専門家をあなたはファーストネームで覚え、ファーストネームで呼ぶ。検察チームは、あなたが何か履き違えているようだと感じている。彼らはあなたに雇われて代理人を務めているのではない。公務としてノースダコタ州を代表する立場だ。

あなた個人に全面的に味方するためにいるわけではないのだ。せいぜいが応援団といったところか。

法廷速記者が入ってくる。

続いて、彼が入ってくる。弁護士が一緒だ。ホイという名の、どことなくぬらりとした印象の男だ。

彼が正面の席に座る。あのころ学校でいつもしていたような服装だ。ボタンダウンのシャツ、ネクタイ、スラックス。意外だった。きっとスーツで来るだろうとあなたは思っていた。ふだんよりかしこまった、よそゆきの服装をしてくるだろうと。この服装だと、また距離を縮められそうな気がする。この六年、あなたは誤解していたのだろうか。彼が沈黙しているのはあなたに関心がないからだと思っていたが、もしかしたら彼もあなたと同じように、恐怖の底なし沼で溺れかけていたのかもしれない。彼に第三子が誕生したと伝え聞いて、あなたは自己嫌悪の氷風呂に首まで浸かって震えながら、ポーチのぶらんこセットや頬を薔薇色に輝かせた奥さんを想像し、自分以外の誰もが将来の計画を温めているのだろうと考えた。あれから体重は増え、メイクは濃く、厚くなった。でももしかしたら、そのあいだも彼はずっと死に瀕していたのかもしれない。あなたに恋い焦がれていたのかもしれない。詩人のように、何十年も続く失意に身をゆだねる覚悟を固めていたのかもしれない。ぶらんこは錆びた。中流階級の一家の住居を囲むフェンスは、彼の牢獄の塀だ。奥さんは看守。子供たちは何だろう。理由、か。彼があなたのいない不幸な人生を選んだのは、子供たちのためなのだから。

ほんの一瞬、あなたは、彼に愛されたその小さな手をテーブル越しに伸ばし——この手を彼はいまも愛しているだろうか、誰かの手に注がれた愛は、死んだらどこへ行くのだろう——両手で彼の顔をはさんで、言いつけにそむいて本当にごめんなさいと伝えたい衝動に駆られる。わたしは死ぬほど傷ついて腹が立ったし、人生の何年かをあなたに盗まれたのよ。あなたのしたことはふつうではなかった。だからわたしはこうなった。わたしを見て。戦化粧はしているけれど、その下に隠されたわたしは傷つき、怯えて、欲望に疼いて、疲れきって、そしてあなたを愛してる。あれから一五キロ太った。何度も退学になりかけた。父はついこのあいだ自ら命を絶った。わたしはたくさんの種類の薬をのんでるの。バッグをのぞいてみて。錠剤だらけだから。まだ若いのに、おばあちゃんみたいにたくさんの薬を処方されてるのよ。マリファナのにおいをさせた男の子とデートしてるのがお似合いの年ごろなのに、どこもかしこも傷だらけで、まるでゾンビのコスプレ。白木のハンガーに吊るされて、パーティ・シティ（パーティグッズ店）に陳列されてる気分。あなたはただの一度も返事をくれなかったわね。

あなたはもう少しでテーブル越しに手を伸ばしそうになる。ごめんなさいと伝えたくて。わたしを守ってとすがりたくて。彼ほど優しく気にかけてくれる人はいない。彼ほどきちんと話を聞いてくれる人はいない。彼は何時間でも聞いてくれた。父親のように。夫のように、教師のように、親友のように。

テーブルを見つめていた彼が目を上げ、あなたの視線をとらえる。その目は冷たく、黒く、死んでいる。小さなガラス玉のような目は、かすかに輝き、険しく、あなたの記憶にあるよりも年老いている。それどころか、記憶にあるのとは別人だ。あのころは愛と欲望をたたえていたのに。まるでもう一つ舌がほしいとでもいうように、あなたの舌を自分の口の奥まで吸い寄せたのに。

いま、彼はあなたを憎んでいる。はっきりとそうわかる。彼がここに来ているのはあなたのせいだ。子供が三人と、この世の果てまでも彼に従う奥さんがいる居心地のよい家から引きずり出したのは、あなただ。一月のどろどろのぬかるみに、この陰気な部屋に、彼を引っ張り出したのはあなたで、あなたのせいで彼は、あのぬらりとして杓子定規な弁護士に自分の稼ぎのすべてと両親の貯金の全額を持っていかれようとしている。あなたは彼の将来をめちゃめちゃにするつもりでいる。彼がここまで築き上げてきたものを叩き壊そうとしている。空虚な午前七時、彼がスイッチを入れた無数のフィッシャー・プライスの知育デスクも。彼はこれまで住んでいた家を売り、新しい家を購入した。それもあなたのせいだ。

アーロン・クヌーデルは今年度のノースダコタ州の最優秀教員だ。この州で最高の学校教師に選ばれて表彰された。一方のあなたは、定職にも就いていないヤリマン、酒浸りの親の娘、自殺者の子だ。過去にも年齢《とし》の離れた相手、それもアメリカ軍人のまっとうな男性と関係を持ってトラブルに巻きこんでいる。そしていままたこうして別れた男を、よりによって州の最優秀教員に選ばれた相手を、陥れようとしている。彼はあなたに向けて息を吐き、そのにおいが鼻をつく。卵のにおいのする息。

誰の目にも明らかなことがもう一つある。この思いを断ち切らなくてはいけない。それもいますぐ。さもないと、二度とこの部屋から出られなくなりかねない。あなたは自分の心の奥の奥まで探る。意外なことに、それは見つかった。自分自身への、そして神への信頼は、たじろぐほどに深い。自分のしていることは正しいと確信できた日はこれまで何日あった？　今日はまさにそういう日だ。唯一の、かもしれない。

いまも自分は彼と寝たいと思っているつもりでいた。ネット上で彼をストーキングした。それくらいのこと、いまどきはストーキングのうちに入らない。パソコンを開くと、他人の不幸に群がる人々がわらわらと湧いてくる。地元紙に掲載された、世論におもねる記事がいやでも目に入る。フェイスブックをチェックすれば、〝元カレ〟が手袋を購入した店へのリンクつき広告が表示される。ついこの前も写真を見返したら、やはり胸がざわつき、欲望の燃え残りがくすぶった。でも、いま座っているこの部屋には何もない。きつく結ばれた彼の小さな口。欠点もある彼の肌。彼の唇は、好色ではなく、乾いていて、心を乱す。顔色は病人のようだった。マフィンばかり食べ、断酒会《アルコホーリクス・アノニマス》のコーヒーとコカ・コーラを飲み続け、隙間風の吹き抜ける地下室でひたすら壁をにらみつけながら過ごしていたとでもいうようだ。

おはようございますと彼の弁護士のホイが言った。ホイは恐ろしげな風貌をしている。強《こわ》い毛を刈りこんで作った魔法使いじみた口髭。ホイは、自分のクライアントはポリグラフ検査を受けて無事にパスしたと、マスコミに向けてわざわざ声明を出した。ただし検察側は、その検査結果はおそらく法廷では証拠能力を認められないと釘を刺している。

ホイの口髭は見識の象徴だ。ホイを見ると、どうせ自分は今日みたいな冬の朝にエンジンがかからないような車にしか乗れない、教養に乏しい人間なのだと卑屈になる。

ホイが続ける。記録のためにフルネームをおっしゃっていただけますか。

法廷速記者が叩くキーの音、お兄さんのデヴィッドがあなたと同じリズムで呼吸する気配。あなたは、はっきりとした声でフルネームを告げる。マギー・メイ・ウィルケンです。そして念入りに巻いた長い髪を払いのける。

最初のいくつかの質問は、あなたに悟られずにあなたの気持ちをほぐすためのものだ。弁護士のホイは、あなたが姉のメリアの家に身を寄せていた時期について尋ねる。姉のメリアとその夫で陸軍軍人のデインは、いまはワシントン州に住んでいる。前に二人がハワイに住んでいたころにもあなたは遊びに行ったが、いまホイが尋ねているのは二人がワシントン州に移ってからのことで、それは〝アフター・アーロン〟の話だ。あなたの人生は、ビフォア・アーロンとアフター・アーロンに二分できる。あるいは、父親の自殺前とその後に分けてもいいが、率直なところ、すべての始まりはアーロン・クヌーデルだ。

ホイは、出会い系サイト「プレンティ・オブ・フィッシュ」について質問する。ワシントン州の姉の家に身を寄せていたころ、あなたがそのサイトで知り合った男性数人と会ったのは事実だ。しかしホイは、まるであなたがクアーズ・ライト一本と引き換えに体を売っていたかのように話を進める。ホイのような男には、新しい約束事を作って他人に押しつける力がある。出会い系サイトなんて、売買春サイトの「バックページ」と何が違うんだといわんばかりの男たち。あなたのことを、脚を大きく広げて立ち、そのあいだから顔をのぞかせた写真を自撮りするような女だと決めつけるような。

サイトを通じて何人かと会ったのは事実だが、冴えない男性ばかりだった。がっかりして、誰とも寝なかったし、せっかくお酒をおごってもらったけれど、少しも楽しくなかった。あなたはきまりが悪くなる。これは世の中が他人からうらやましがられたくてインスタグラムに投稿するようになる前の話、新たな時代がのろのろと幕を開けようとしていた時期の話だ。ホイは別のサイトについても質問するが、サイト名の綴りさえあやふやだった。それは何のことですかとあなたが確かめると、ホイは、よく知りませんが、あなたは利用したことがあるのではと言い、あなたは、いいえ、何の話かわかりませんと答える。そして考える。自分でもわからないようなこと訊かないでよ、このクソ弁護士。しかしホイはたいそう低姿勢だから、反撃しにくい。きっとこの人の奥さんや子供は、辛辣な批判を浴びて魂をくじかれるのが怖くて、この人の前では本当のことは言わないように気をつけているに違いない。

ホイは、お父さんと喧嘩したそうですねと訊く。いまは黒土と雨の下に横たわっている、大好きなお父さん。あのころよく口喧嘩したのは事実だから、あなたはそう答える。するとホイは、原因はどんなことでしたかと尋ね、あなたは、いろいろですと答える。隠すつもりはない。〝いろいろ〟の解釈は、まさにいろいろだろうし、どう解釈されてもかまわない。

次にきょうだいについて訊かれた。みな若くして実家を離れているのはなぜか。このときあなたはまだ知らなかったが、証人証言録取手続というのはその名のとおりの手続きだ。あなた自身の言葉があなたに不利な証拠として積み上げられていく。あなたには収入らしい収入がないこと。性的にだらしない女であること。出会い系サイトを利用したこと。きょうだいが多いこと。両親は子供を作るくらいしか能のない大酒呑みで、家庭のトラブルが波となって子供たちを別の州へと押し流した。実家はウェストファーゴの裕福な住宅街ではなく、貧しい側にある。対照的に、ノースダコタ州最優秀教員ミスター・アーロン・クヌーデルは、周囲に溶けこむ色合いをしたこぎれいな家に住んでいる。園芸用ホースは几帳面に巻いて保管され、前庭の芝生の水やりが忘れられることはない。

そうやって証拠が積み上げられていくあいだ、あなたは彼を観察する。あのころの記憶をたどる。そして考える。もしもあのとき時間が止まっていたら。いまあのころに戻れるとしたら。何もかもが無傷で、まだ誰も死んでいなかったころに戻れるなら。あなたの手と彼の手が、いまも親友だったとしたら。そこでホイが訊く。一一年生に進級する前からミスター・クヌーデルと親しかったというお話でしたね。

はい、とあなたは答える。

親しくなったきっかけは、とホイが尋ねる。

どう答えようかとあなたは真剣に考える。心の目を閉じた。その瞬間、あのころに戻る。黒い死のような現在から抜け出し、いま思えば天国だった過去へと戻る。

マギーの運命は、ある午後、唐突に訪れる。それは猫のように、いつのまにか近づいてきていた。人を破滅させる力を持つあらゆる物事がそうであるように。

彼のことは噂で聞いているだけだった。今度来た先生、格好いいよねと、一部の女子生徒が話していた。艶のある黒っぽい髪、敬礼の形にジェルで固めたように小さく立ち上がった前髪。優しげにきらめく黒っぽい目。ノースダコタ州の寒い朝でも、学校に行きたいと生徒に思わせるような先生。彼の名前は小声でささやくべき種類のものになった。その名前が出ただけで、休み時間の廊下が大騒ぎになるからだ。

クヌーデル先生。

マギーは、「誰それがすてき」という類の他人の言葉を鵜呑みにするタイプではない。それに、学校で浮きたくないからというだけで周囲に意見を合わせることもなかった。仲のよい友達は、マギーは思ったことをそのまま口に出しすぎるよねと言う。そう言ってみな笑うが、内心では、マギーが自分の側の一人でよかったと思っている。マギーは、男の人に、ここを出る気はないからねと先回りして言うタイプだ。「一緒に出ようか」と言わせないように。

そしてある日、マギーは二時限目と三時限目のあいだの休み時間に噂の先生を見かける。廊下ですれ違ったのだ。カーキ色のスラックス、ボタンダウンのシャツにネクタイ。その瞬間に花火が打ち上がるようなことはなかった。人生における次のＶＩＰとの出会いは、そう印象に残らないものであるほうがふつうだ。マギーは友人たちに言った。まあ、たしかに格好いいけど、噂ほどじゃないかな。

容姿の優れた男性教師は少ない。少ないどころか、まったくいないといっていい。マギーの学校に若い男性教師はほかに二人いる。マーフィー先生とクリンキー先生で、その二人にクヌーデル先生を加えて〝仲よし三人組〟だ。三人は互いに親しいというだけでなく、生徒ともメッセージのやりとりなどを通じて交流していた。とくに、自分が顧問を務めているグループの生徒とは緊密に連絡を取り合う。マーフィー先生とクヌーデル先生は生徒会の顧問を、クリンキー先生とクヌーデル先生はディベートのクラスのアドバイザーを務めている。放課後になると、三人はビールの飲み比べメニューがある店に連れだって食事に出かけていく。スピットファイア・バー・アンド・グリル、アップルビーズ、ＴＧＩフライデーズ。そういった店でスポーツ中継をながめ、ラガービールを何杯か飲む。学校のある平日は、昼休みにクヌーデル先生の教室に集まって〝男子ランチ会〟をし、ファンタジー・フットボール（ＮＦＬの現役選手を選んでそれぞれ仮想チームを組み、進行中のシーズンの現実の成績と連動してほかの参加者の仮想チームと勝敗を競うゲーム）で盛り上がり、持参したクラブサンドイッチを遠慮なく大口を開けてかじる。

〝三人組〟のうち一番の人気者はクヌーデル先生だ。身長一七八センチ、体重八五キロ、焦げ茶色の髪に焦げ茶色の瞳。一番人気といっても、いわゆる理想の結婚相手とは違う。クヌーデル先生は既婚で、子供もいる。それでも人気があるのは、四〇歳以下の男性教師というくくりのなかでは誰より魅力的だからだ。ラスヴェガスまでは行けないとき、人は近場の手ごろなカジノですませる。

九年生の二学期、マギーはクヌーデル先生の英語の授業を履修した。授業は楽しい。マギーはいつも行儀よく座り、挙手して発言し、笑みを見せ、だいたい遅刻せずに出席した。授業のあとは先生とおしゃべりをする。クヌーデル先生は、有能な教師らしく、マギーの目をまっすぐに見て話を聞く。

いろんなことが順調に運び始めていた。女子サッカーの準決勝でウェストファーゴ高校がファーゴサウス高校と当たった日、コーチは途中交代要員としてマギーを呼ぶ。マギーは小鳥のように震えた。コーチは、この試合に勝つにはパワフルなきみが必要だと言う。結局、試合には負けたが、最後まで競り合えたのはマギーの活躍のおかげだ。その日の空気はさわやかで、空は晴れ渡っていた。これからもずっとサッカーをやれるのだとマギーは考える。ほかにもやりたいことがあれば何だってできる。

マギーの寝室の壁にはアメリカ女子サッカー代表選手のミア・ハムとアビー・ワンバックのポスターが並んでいる。ベッドのヘッドボードの代わりに、母親が色を塗ったネットが張ってある。マギーはデヴィッド・ベッカムに夢中だ。心の奥底の自信にあふれた一部分は、全額奨学金で大学に進む日を思い描く。男の子たちや学年末のダンスパーティ《プロム》、噂話の先に広がっている未来。女子サッカーを観戦するためだけに大勢が集まる巨大なスタジアム。マギーは子供とおとなの端境期にある。子供らしい夢を残しながらも、いままさに開かれようとしているおとなとしての現実の上に、その夢を重ねてみることもできる年齢になっていた。

九年生の秋のホームカミングの催しが開かれた夜、マギーは何人かの友達と一緒に炭酸飲料のボトルにお酒を入れてスポーツ試合の会場に持ちこみ、そのあと両親が泊まりがけで留守にしている生徒の家に場を移してまた少し飲んだ。ほろ酔いになったところで空腹を感じ、みなで車に乗ってパーキンズに繰り出す。レストランはまるで貧困者向けの無料食堂のような有様だ。薄暗く、客の顔はみんな真っ赤で、ウェイトレスはたばこの吸いすぎで咳をしていたが、若くて酔っ払っていれば、深夜の軽食にありつけるだけありがたい。若いというだけで何だってできるし、しかもみじめに見えない。

彼方を走る列車の音が聞こえた。マギーの心は浮き立つ。いつか列車に乗る日のことを思った。片道切符でファーゴを出て、きらびやかな都会で仕事を探し、しゃれたアパートを借りて暮らす。未来へと続く道がどこまでも伸びているのが見える。輪郭はまだぼんやりしているが、いくつもの岐路がある道。宇宙飛行士になるのもいい。ラップ歌手でもいいし、会計士だっていい。きっと幸せな人生を送れる。

英語のクラスで一緒だった生徒のこと、学校で仲がよかったほかの友達のことをホイが尋ねる。あなたはそれに答えて、メラニーやサミー、テッサ、リズ、スノークラの名を挙げる。

スノークラ、ですか。ホイが言う。冷たいデザートみたいな名前ですね。女性ですか。

はい、女の子です、とあなたは答える。

ラストネームはソロモンとあなたがおっしゃったご友人ですね。

そう確かめるホイの口調は、親切そうでいて、上から見下ろすようだ。ここでこの日初めてアーロンが口を開く。あなたの全身に唇を這わせた男、ある日突然それをやめたばかりか、あなたという存在を丸ごと無視するようになった男。その彼が、六年ぶりにあなたに向かって言葉を発する。

違うな、と彼は首を振る。ラストネームはソロモンではないと言っている。その口調、首を振るしぐさで、彼の言い分が正しいことがあなたにもわかる。知性の問題ではない。彼は、どれほど大勢のふしだらな女と寝ようと、絶対に性感染症にかからないような人だ。州の共進会《ステート・フェア》（州ごとに毎年開催される農産物や特産品の展示会。移動遊園地なども併設される）に行けば、かならず賞品のぬいぐるみをいくつも持って帰ることだろう。ピンクやブルーの塊を誇らしげに腕いっぱいに抱えているはずだ。

ホイが繰り返す。その女性は、ラストネームはソロモンとあなたがおっしゃったお友達ですね。

違うみたいです、とあなたは答える。頬が熱くなる。彼はかつてあなたが愛した人だ。それでも彼は、いまも、そしてこれまでもずっと、教師というあなたより上の立場にある。いつだったか、きみのために〝マンスケーピング〟して来たんだよと言われたが、あなたは意味がわからず、自分はなんて物知らずなのかと恥ずかしくなった（「マンスケーピング」は男性の体毛処理を指す俗語）。

よくわかりませんね、とホイが言う。

あなたのクライアントは、スノークラのラストネームはソロモンじゃないって言ってますよね、だから――

怒りを感じ、追い詰められているとき、あなたの言葉は棘《とげ》が生えたようになる。ホイが言う。落ち着いてください、そんなことで言い争う必要はありません。わたしの質問に答えてくだされればそれでけっこう。

あとになって思い返し、あなたは疑問を感じる。ホイは無実の男性の弁護をする弁護士というより、喧嘩を始めたカップルの仲裁に入る友人みたいにふるまったけれど、誰一人それを奇妙だと思わなかったのはなぜなのか。

しかし、おかしいのはホイではなく、あなただ。〝クレイジー〟なのはあなたなのだ。どうせ金目当てだろうと世間に思われている。あの男性教師は何も悪いことをしていないのに、賠償金を要求されていると世間はいう。一方あなたは、愛車や精神状態と同じように、いかれて壊れている。いつものことながら、勝つのは彼らだ。アーロンの存在はいまも変わらずあなたよりも大きい。そう考えて感じたのは痛みではなかった。癌のようにたちの悪い何か、あなたのどこか奥のほうから弱々しい泣き声を上げている何か、ひたすら母親を求めるばかりの何かだ。あなたは肩をすくめる。

わたしにはもうわかりません。

九年生の英語のクラスにタビサという女子生徒がいた。その子のことを覚えているのは、クヌーデル先生が精巣癌にかかったことがあると授業中に打ち明けたからだ。学校の先生が個人的な話を始めると楽しいし、それを気持ち悪いとはさほど思わない。先生というより、一人の人間なのだという感じがするからだ。学校の先生だって自分と同じように悩んだり、風邪を引いたり、手の届かないものをほしがったりするし、みっともない瞬間だってあるのだとわかると、親近感が湧く。

癌の話を聞いたタビサはクヌーデル先生に、ということは精巣が一つしかないということですかと質問する。もちろん、そんな風に礼儀正しく尋ねたわけではない。こう言った。それってさ、タマが一つしかないってこと？

クヌーデル先生はむっとした。そして厳めしい声で言った。そういう話は放課後にしようか。

マギーは先生に同情した。タビサの質問のせいでばつの悪い思いをしただろう。あんなことを訊くなんてひどすぎる。あんな質問をするなんて、ふつうなら考えもしないはず。マギーは思ったことを遠慮なくはっきり言うタイプだが、それでも相手を傷つけるような発言、思慮に欠けた発言はしない。

その一件からしばらくして——一部の生徒が冗談で言い合ったように、タマが一つしかなくてもさほど不自由がないことを証明したかったのか——クヌーデル先生は育児休暇を取得する。奥さんが二人目の子供を出産したのだ。その間《かん》はマーフィー先生が代理で授業を受け持った。育休から復帰したクヌーデル先生は、前よりもおおらかになったように見えた。生き生きとして親しみやすい雰囲気になっていた——無口で近づきがたかった牡蠣の貝が開き、つやつやとして慈愛に潤んだ身が現れた。

授業後のおしゃべりのなかで、家庭の事情まで打ち明けるようになったきっかけが何だったのか、もう思い出せない。授業のあと、マギーはいつもすぐには教室を出なかった。教室を出ようとしたところでクヌーデル先生に質問されることもあった。マギー、と彼は呼び止める。その真剣なまなざしに気づいて、マギーは教室のなかに戻る。そしていつしか小さな悩みを打ち明けるようになった。自分では車を運転してバーから帰れないほどお酒を飲む父親のこと。前の晩に口喧嘩をしたこと、父親の言うことなど聞きたくないこと。だって、未成年の娘にビールの六本パックを買ってきてくれと頼む父親の言うことなんて聞いていられないでしょ？

マギーが何日か何も話さずにいると、彼のほうから尋ねてきたりした。どうなの、家のほうは大丈夫？　そこでマギーはまた教室に残り、前回話して以来あったことを話す。彼は有能な教師で、生徒一人ひとりに関心を向ける。場合によっては、誰かに何かを尋ねてもらうことがこの世の何よりうれしく思えることがあるものだ。

リナ

　世の中の一五歳の少女は大きく二つに分類できる。リナは、フレンチキスをするタイプではなく、ステッカーを集めるタイプだ。自室で目を閉じ、恋に落ちる空想をする。リナが何よりほしいものは恋だ。恋愛より仕事で成功したいと言う女の子がいるが、それは嘘だとリナは思う。リナの母親は一階でミートローフを作っている。リナはミートローフがきらいだった。どこがいやかといえば、においがいつまでも残るところだ。いまも家中にミートローフのにおいが充満している。これから数日は、階段の手すりにたまった埃まであの茶色いにおいをさせることになるだろう。

　おでこにニキビが一つできていた。中心がブラッドオレンジの色をしている。今日は金曜だが、金曜だからといって特別なことはない。リナの金曜日は火曜日と何も変わらないし、それをいったら火曜日の方がまだましだ。火曜日なら、ほかの人もどうせ自分と同じように大したことはしていないと思える。同じように大したことをしていないなかには、モジュール住宅やトレーラー暮らしの人もいるだろう。その点、リナはちゃんとした家に住んでいる。どんなことにも下には下がいる。しかしもちろん、どんなことでも上には上がいる。

ところがこの金曜日はいつもと違う金曜日になろうとしている。リナはまだそのことを知らないが、この金曜日はリナの今後の人生を一変させる。

数週間前、リナの友達で、恋愛に積極的なジェニファーが、ロッドという男子とつきあい始めた。リナもエイダンという親友がいる。人気のない女の子は人気のある男の子に憧れるものだが、リナにはエイダンに恋心を抱いている。エイダンはたくましくてホットで、ふだんは無口な分、いざ口を開くと、彼は何を言うだろうとみなが期待する。エイダンと顔を合わせる機会はほとんどなく、リナの熱中度はほどほどといったところだろうか。一コマだけ同じ授業を取っているが、言葉を交わしたことはまだ一度もない。エイダンがデートする相手はいつも〝フェラ向き〟な唇と大きな胸をしている。まっすぐで柔らかそうな髪も共通している。要するに、エイダンが選ぶのはホットな女の子ばかりだ。

リナは醜形恐怖症というわけではない。鏡に映った自分を醜いとは思わない。鏡と向かい合ったとき見えるのはありのままのリナだ。肩に届くくらいの長さのウェーブのかかった金髪、灰色がまじったブルーの瞳、赤みのある肌、生え際にいつもいくつか並んでいるニキビ。身長は一六〇センチくらいとごくふつうで、体重もふつうか、健康的な範囲だ。まっすぐ立ったとき、左右の腿《もも》がくっつきすぎることもなく、夕食を何回か抜けばおなかもすぐにぺたんこになる。

だが、美人ではない。たとえば、今日から急にエイダンのガールフレンドになったとして、別の男子が「おい、エイダンの彼女、イケてる《ホット》よな」と言うとは思えない。

最近になってわかり始めた。世の中にそれ以上に大事なことはないのだ。ほかのことに意味はない。あるいは、それを持ち合わせていて初めてほかのことが意味を持つといってもいい。ホットな外見をしていれば、人生のそれ以外のことに集中する自由と権利を与えられる。ホットなら、鏡の前で一時間もかけてあれこれ整えなくても人前に出られる。ホットなら、努力しなくても人から愛される。ホットなら、そもそも泣く理由がないが、泣くとしたら、それは誰かが死んだときで、ホットな人であれば涙さえも様《さま》になる。

リナはホットな女の子ではないというだけでなく、にこやかに接してもらえるのが当然と思えるような場面でもやはり、リナの機嫌を取る人はいない。たとえば、セブン‐イレブンや、ソフトクリーム店のテースティ・フリーズで働いている男の人たち。黄色い吹き出物だらけで、財布につないだチェーンをベルトループに引っかけているような人たち。そういう男性たちでさえ、リナには愛想笑い一つ見せない。

しかしジェニファーがロッドとつきあい始めたおかげで、可能性が芽生えた。ちょっとした戦略さえあれば、人気者のボーイフレンドを持てそうな状況が生まれたのだ。そして有効な戦略を立てるには、打算的な執着が必要だ。

というわけでリナは、ほんの数週間でエイダンのことを何から何まで調べ上げた。リナはジェニファーに冗談めかしてこんなことを言った。女がどれだけ意中の相手のことばかり考えているか知ったら、男は驚くだろうね。リナは昔からそういった話に関して正直だった。しかしジェニファーは、自分も似たようなことをしたことがあると認めようとしなかった。一言も口を利いたことのない相手についてありとあらゆるデータを集めた経験があるとは認めなかった。たとえば――

住所。

電話番号。これはそらで言えるし、この二週間のあいだに一〇〇〇回くらい、最初の六桁までダイヤルした。七桁目を押そうとすると、心臓が破裂しそうになる。指がぴくりと動いて、その数字を押してしまいそうになった。が、結局、押すことはなかった。そのあとは、ヘロインをやったときのように、体のあちこちに力が入らなくなる。

両親。それぞれの名前、それぞれの職業、勤務先。

ペット。名前と、散歩に出かける時刻、お決まりの散歩ルート。それを知っていれば、ウォークマンを持ち、毎日違う服を選んで散歩に出かけ、通りの角を一つ曲がるたび、心臓の内側で蚊の大群がうなっているような緊張を味わえる。

背番号。

ファースト・キスの相手。そこから、相手の女生徒がいかにいやな子であるか、妄想する。あなたはシャワーを浴びながら、その女生徒は最低で、彼もその子のことは二度と考えたくもないからその子の話は絶対にしないのだという物語を作り上げる。彼はその子の名前さえ忘れかけていると思いこもうとする。ファースト・キスの相手の名前を忘れるなんてありえないとしても。

好きなバンド、好きな映画。知り合ってから本人から聞けばいいのにと思いながらも、リナはそういったデータを集める。

毎日の授業の予定。同じ授業があるなら、教室のどの席に座ればいいか。どうすればその教室に先に行けるか——つまり、彼に近づこうとしていると思われずに先にその席に座っていられそうか。

そういった一つひとつが、息をするより大事なことになる。あの夢のように理想的な男の子をボーイフレンドにできたら、ほかのあらゆる悩みがなくなるからだ。リナがホットな女の子かどうかさえ問題ではなくなる。問題は残らず解決し、つまらないことを気にせずにすむようになる。

たとえば母親のことだ。リナの母親は、いまより上を望むのは馬鹿のすることだと娘に思わせようとする。何かと「そんなこと無理に決まってるでしょ、リナ」「そんな身の程知らずの考え、どこで吹きこまれてきたの、リナ」と言う。

たとえば父親のことだ。リナの父親はカモ猟に行く。リナも一緒に行きたいのに、母親は腕組みをして反対する。母親は、リナや姉たちに女の子らしくしなさいと言う。レディらしくしなさい。

それに、リナの母親は口やかましい。あれこれ口出しばかりしてくる。年がら年中まつわりついてくる。リナは思う。ほかにやることはないわけ？　他人《ひと》ばかりかまっていないで、自分のやるべきことをやれば？　学校から帰ってきたあと、わたし、一人きりでいられたためしがないんだけど。

そういったことはいっさい気にせずにすむようになるはずだ。少なくとも、我慢できるようになるはずだ——エイダン・ハートみたいなボーイフレンドがいて、彼の家に遊びに行き、地下にある彼の部屋で映画を観たり、部屋を真っ暗にしてインディアナポリス・コルツのロゴが入ったちくちくする毛布にもぐり、静かに、でも思う存分にいちゃついたりできるのなら。そういうとき、相手以外のことは何も気にならない。二人とも互いに夢中なのだから。ああ、〝ボーイフレンド〟という言葉のすてきな響きときたら！　それは想像さえつかない存在と思えた。手の届かないもの。いつか手に入ることがあったとしても、やはり信じられない思いがするだろう。きっと毎朝目を覚ますたびにこうつぶやくだろう——うそみたい、このわたしにボーイフレンドがいるのよ。

リナこそ自分にふさわしいと彼が気づいてくれたら。そうしたら、彼はリナの頰を優しくなでてこう言うだろう——きみ《キッド》、俺たちはずいぶん時間を無駄にしちまったね。その分を取り戻さなくちゃ。残りの人生の一分一秒を惜しんできみの体に触れたいよ。

リナは、映画のなかのホットな女の子がしていたように彼の唇に人差し指をそっと当てて言う――いいのよ。そしてキスをする。

その金曜の晩、リナがしていることはまさしくそれだ。自分の部屋の明かりをみんな消し、白いショーツだけになってベッドにもぐりこみ、左右の脚をデリのミート・スライサーのように動かしながら、映画のシーンに自分を重ね合わせ、雨のなかキスを交わす。あるいは、彼のフットボールの練習が終わったところでもいい。あるいは、映画館で。アイスクリーム・ショップの白いベンチに並んで座って。リナはいま、ブラとショーツだけの姿でベッドに横たわっている。彼も隣にいて、たくましい腕をリナの青白いウェストに回し、親指でリナのおへそをなぞっている。そしてリナは正真正銘のフレンチキスをする。からみ合う舌は、遊園地のウォーター・スライドよりも濡れていて、味蕾の凹凸の一つひとつが感じ取れる。

そのとき電話が鳴る音が聞こえ、階段の下から母親が「リナ」と叫ぶ。時刻は午後六時。リナは受話器を耳に当てる。

ジェニファーだった。

ねえ、エイダンがリナのことかわいいって言っててさ、今夜、四人でダブルデートしようよって話になってるんだけど。ジェニファーの声が耳に届いた瞬間、火曜日みたいな金曜日とミートローフとつまらないあれこれで満ち満ちた世界はまるごと死に絶え、まったく新しい人生が幕を開ける。

この夜に起きたことすべてを、望みのものがついに手に入ったという感覚を、リナは一生涯忘れないだろう。これは本当に起きていることなのだという感慨、夢が叶うこともあるのだという感慨を大事に抱き続けるだろう。

九月のその暖かで風のない夜、四人は映画館で落ち合う約束をする。ジェニファーの両親がリナとジェニファーを車で送ってくれた。車に乗ったリナのむだ毛をきれいに剃った脚は震えている。リナはデニム地のショートパンツとピンクのシャツを着ていて、金色の髪は珍しく申し分のない状態で肩にふわりと落ちている。

車が映画館の前で停まった。男子二人は先に来て待っていた。現実だなんて、リナはまだ信じられなかった。彼の表情を見るのが怖くて、彼の顔を見てがっかりしたくなくて、自分の足ばかり見ながら車を降りた。そのとき何かがリナの目を吸い寄せ、その何かがリナの不安を一瞬で消し去った。

エイダン。

彼が見えた。ほかの男子より一足早くおとなになりかけているエイダンは、本物のおとなの男のようにそこに立っていた。

リナはその場で恋に落ちた。いままでの夢想とは違っていた。運命を感じた。リナの骨が、磁石のように彼の骨に引き寄せられる。こうして間近で見ると、彼ははにかみ屋らしいとわかった。

やあ、会えてうれしいよ、リナ。

こちらこそ。

エイダンが手を差し出す。その手を見て、リナは気が遠くなりかけた。もはや手の届かない夢ではないのだ。リナが望んだからこうなったわけではない。リナがどれほど望もうと、それだけで現実になったりはしない。そう考えるといよいよすばらしいことに感じた。わたしの人生に幸せが訪れることがあるなんて、想像もしていなかった——そんな風に思ったことを覚えている。

リナは彼の手を握った。自分の手だって充分にすてきだと急に自信が湧いたかのように、しっかりと。エイダンが微笑み、息を吐き出す。

フレンチキスはもちろん、きっとその先にも進んでいるロッドとジェニファーは、互いに対してもう少し冷静だ。リナはそれまで自分よりジェニファーのほうがきれいだと思っていたが、この夜はそう思わなかった。

ロッドとエイダンが映画のチケットを先に買ってくれていて、四人はさっそく映画館に入った。ジェニファーとリナが並んで座り、ロッドはジェニファーの向こう隣に、エイダンはリナの隣に座る。すぐ隣からエイダンの体温が伝わってきて、ふつうにふるまおうとしているのにどうしても上の空になってしまう。ぎりぎりに来てよかったと思った。客席の照明がすでに落とされていたおかげで、上気した頬やニキビ、夢見心地の表情をエイダンに見られずにすむ。

『セブン』はリナの好きなタイプの映画ではなかった。流血シーンとセックスがらみのシーンが多く、〝肉欲〟の罪で罰せられた男性が、ずたずたに切り裂く道具を股間に着けて娼婦とセックスさせられる場面でついにリナは見ていられなくなった。その嫌悪は、エイダンの隣に座っていたいという欲求よりも強く、リナは席を立った。するとエイダンも無言で立ち上がった。

リナは意気揚々と外に出た。男の子が自分を追ってきてくれている。こんなことは初めてだった。さっきまでのリナは、自室にこもる灰色のネズミだったのに。リナが足を速めると、背後のエイダンも足を速める気配がした。やがてエイダンがリナを呼ぶ声が聞こえ、その声はのちにリナの夢のなかまで追いかけてくるようになる。

おい。ちょっと待てよ、キッド。なあ、大丈夫か？

リナは振り向く。映画館の入口の看板がランプで明るく照らされたひさしの下まで来ていた。ふいに一九五七年にタイムスリップした。その前年まで生産されていたパッカードが車寄せで停まり、ケイリー・グラントが「やあ、美人さん！」と声をかける。ベティ・デイヴィスが「ヤッホー、こっちよ」と言う。エイダンがリナの腕をつかむ。リナはエイダンと向かい合う。

いま、わたしのことキッドって呼んだ？

ああ。

わたしたち、同じ学年よね。

ああ。

なのに、キッド。

いやか。

ううん。リナは大きな笑みを浮かべる。ちっともいやじゃない。すごくうれしい。

そしてこのとき、それが起きる。世界史上、最高にロマンチックなキス。彼の手がリナの頬にそっと押し当てられる。そろそろと、不安げに。彼はリナが知っている誰よりもおとなに近い男の子だけれど、それでもやはりまだ少年なのだ。リナの視界を無数のイメージがよぎっていった。ファースト・キスの瞬間にというより、死の間際に見るようなイメージ。階段の上り口に立ってリナを怠け者と呼ぶ母親、玄関から出ていく父親。父親は繰り返し玄関から出ていき、ドアは繰り返し閉まって、母親は繰り返し言う。リナ、散らかしたままにしないで片づけなさい。リナ、何やってるの。リナ、どこにいるの、またバスルームにこもってるの。眉をひそめてリナを見ている姉たち。ペットのウサギも見えた。夜のあいだに死に、翌朝、死骸を始末しなさいと母親から言われ、土に埋めてやりたかったのに、ごみ袋と結束バンドが用意されていた。次に玄関を出ていく父親がまた見えたと思ったその瞬間、美しい男性の唇がリナの唇に重なった。舌が入ってきた。これまで想像したことしかなかった感触。リナが友達と回し読みした『キスのしかた』という本には、舌は金魚のように動き回ると書いてあったけれど、リナの舌と彼の舌は金魚のようではなかった。もはや舌でさえなくて、濡れた骨、歯をなぞって動く魂そのものだった。いまここで死んでもいいとリナは思った。いまここで死んだとしても、思い残すことはない。

エイダン。リナは唇を重ねたままささやく。

何だ、キッド。

人によっては、恋人と会う前の身支度の時間は、実際に会っている時間に負けないくらい神聖なものだ。それどころか、会っている時間よりも愛おしいと感じる女性さえいる。恋人はいつか帰っていくし、二人の一方の気持ちが変わることもあるが、期待に満ちた甘いひとときはいつまでも記憶に残り続けるからだ。たとえばリナは、いつまでも消えない雪解けの灰色のぬかるみよりも、降りしきる雪の美しさを鮮明に覚えている。

リナは青白い肌をさらして、卵黄の色のカーテンで仕切られた長方形のシャワーブースに立っている。顔を上に向けて口を開き、映画のなかで女優がやるように濡れた髪をかき上げた――左右の親指の先を耳に置き、掌を頭のてっぺんに当てて、髪を後ろに流す。脚のむだ毛とアンダーヘアをカミソリで剃る。下腹部の毛の一部は、年長の女の子たちが〝滑走路〟と呼ぶようなスタイルに残す。キャメイの石鹸の泡を全身に伸ばし、彼の唇が触れるかもしれない部分をとりわけ丁寧に洗い、こすりすぎなくらい念入りにこすった。

姉と共用の部屋に戻る途中で、バスルームに向かう姉とすれ違うよう、タイミングを計ってバスルームを出て、部屋で一人きりになる時間を確保した。ベッドにタオルを敷き、裸のままそこに座って、ピンク色のローションを塗り残しがないように肌にすりこむ。次にメイクをした。濃すぎないよう気をつけた。化粧の濃すぎる女の子を見て、エイダンがこう言ったことがあるからだ。あの子たち、年上に見られたがってるんだろうけど、娼婦みたいに見えるだけだよな。

髪をいくつかに分け、順番にドライヤーで乾かす。こうすればまっすぐに落ち着くが、コシがなくならずにすみ、歩くリズムに合わせて肩や背中で揺れ動く。

耳の後ろと膝の裏、手首の内側に香水をつけた。花の香りにレモンのアクセントがほのかに利いて、ビーチハウスで過ごす昼下がりやミントの葉を浮かべたアイスティー、透き通ったそよ風を連想させる香りだ。

香りが長持ちするよう、香水はかならず最後の仕上げにつける。歩いていてスモーカーとすれ違ったりすると、リナは内心で激怒する。エイダンはたばこを吸うし、待ち合わせ場所で彼がたばこを吸っている可能性が高いとはいえ、彼と会うときはたばこのにおいのしない清らかな状態でいたい。

何日も絶食したあとのように、おなかのあたりが落ち着かず、空っぽな感じがした。事実、このところ小食になっていた。それが恋というものだからだ。リナもついに実感としてそれを理解した。恋は栄養を与えると同時に奪い取る。だから満たされているのに、空っぽに感じる。食べるものはいらない。他人の相手をするのは億劫になる。会いたいのは愛する人ひとりだけだし、その人のことだけをずっと考えていたい。それ以外のことはどれもエネルギーとお金と息の無駄遣いだ。

二人の秘密の場所は川だった。でも、そこは単なる川ではない。あれから二〇年近くたったいまでも、リナは〝川〟という言葉を耳にするたびにあの場所を思い浮かべるが、あの場所に〝川〟という名前はそぐわない。ただ、それよりも似合う言葉があるわけではなく、人生の何より完璧なものと同じように、そこはその名前で呼ぶしかない。

二人のどちらかがそこを〝秘密の場所〟と呼んだことは一度もなかった。そう言葉にしたことは一度もない。リナが心のなかでそう呼んでいたというだけのことだ。しかも、二人のあいだではその場所に別の名前があった。〝川〟とも違う呼び方が。

例の場所。

じゃ、例の場所でね。

一〇時に例の場所で。

バスを降りると、四、五〇〇メートル先、森のなかではあるが森の奥までは行かないところ、平らな土地を貫いている二車線のハイウェイ沿いに、例の場所はある。

ちょっとした小道が森のなかへと伸びている。小道というほどちゃんとしたものではないが、見分けがつくほどにはくっきりした、何もない細い筋。ケッズやティンバーランドのスニーカーに踏まれた小枝や落ち葉でできた通り道。

自分の白いスニーカーもあの道を作るのに一役買っただろうかとリナは考える。自分より前、あの道筋を最初につけた人々に思いを馳せる。

着いた。カモジグサが生い茂る野原の真ん中、うっすらとした霧の向こうでヘビのように身をくねらせている小川。何よりうれしいのは、彼のピックアップトラックが見えたことだ。古くて凹みだらけで、霧と見分けがつかない灰色の車を見つけたとたん、リナの心臓はボールのように跳ね回る。

この秘密の場所で会うようになったころはまだ秋だったが、冬はもう間近だ。そろそろ毛布を買ったほうが安上がりかもしれないとエイダンは言った。車のエンジンをかけっぱなしにしておくとガソリン代がかかるからだ。エイダンがそう言ったのは九月、冬はまだ数カ月も先だったころの話で、リナは思わず涙ぐんだ。エイダンはリナのいる未来を思い描いてくれているのだから。ずいぶん長いあいだ、それだけで満たされた。意中の人がリナの存在を、自分の世界で鼓動する心臓の一つとして、そこで生きているものの一つとしてとらえてくれているのだ。

彼の車が先に来ている。木々の枝では小鳥が歌い、踏みしめた足の下で小枝が折れる。湿った土のにおい、排気ガスのにおい。霧が作るホログラムのなかで方角を見失った。鏡の前で練習してきたとおり、自分が一番きれいに見えるように、髪を耳の後ろに押しやった。さまざまな音、におい、手順。それがリナにとっての前戯だった。

車のなか、森の奥をまっすぐに見つめている男性、吐き出したたばこの煙の輪のなかにいるあの男性は、リナのものになろうとしている神話の男性であり、いまこの瞬間、リナが来るのを待ってくれている。リナの存在意義を裏づけてくれている。彼こそリナの存在理由そのものであり、母親や姉たちや父親の背中などどうだっていい。あそこに彼がいる。

例の場所に。

何年ものち、エイダンは大酒飲みになる。子供ができ、夏の誕生祝いパーティでグリルに使うプロパンガスさえ買えない薄給の仕事を持っている。何年ものち、エイダンのおなかは出て、山ほどの後悔を抱えることになる。海兵隊員にはならないし、宇宙飛行士にも、プロ野球選手にもならない。バンドのボーカリストになったりもしないし、太平洋で泳いだりもしない。子供と奥さん、それに子供と奥さんのためにしたこと（それは不可欠なことではあるが、宇宙飛行士が宇宙で必要とするものに比べたら、ものの勘定に入らない）を除けば、誰かの記憶に残るような特別なことは何一つ成し遂げていない。ただし、ある一人の女性にとって、彼は特別だった。彼こそすべてだった。

親愛なる日記帳さん
エイダン・ハートに恋をしました。彼もわたしを愛してくれてるの！
これは絶対に本物の恋よ。わたしより幸せな人はこの地球の歴史上ひとりもいない。朝、目が覚めた瞬間から爆発しちゃいそう。幸せだから、いますぐ死んだってかまわない。いろんな人がそう言うのを聞いたけど、どういう意味かやっとわかった。いま死んでも本望よ。

冬が近づくにつれ、二人のでこぼこ道を行くような恋は減速する。リナは冬がきらいになった。自分の執着がほどけていくのを感じた。手足の骨が折れたときのように、痛いほど。
学校と学校の課題が重くのしかかった。母親の意地の悪い言葉がいちいち突き刺さる。リナはいま持っている冬のコートがきらいだったし、本を読む気にも、何か新しいことを学びたい気持ちにもなれなかった。
このころ姉の友達がリナに熱を上げているという話を聞いた。驚く一方で、意外ではないという気もした。エイダンとつきあうようになって、世界は急にリナの存在に気づいたかのようだった。リナはモテ始めた。世の中はそういう仕組みになっていることは知っていた。ずっと前から知っていたのだ。そう納得して心が落ち着くどころか、かえってざわついた。

姉のその友達は絶世のハンサムというわけではない。しかし年上で、友達が多くて、パーティがあればかならず招かれた。学校の休み時間、リナがロッカーの前にいると、彼が来た。熱い息がリナの鼻先に吹きかけられた。リナに向けられた視線は、熱を上げているようには見えなかった。リナを好きだとささえさほど思っていないような目だった。

週末にパーティがあるんだと彼は言った。どうかな、来る気はある？　リナは反射的にうなずいた。イエスと言わないと不安だった。それをデートの誘いとは思わなかったが、ほかにも自分のことを魅力的だと思ってくれる人がいると思うとうれしかった。照明器具の店で、それまで電源コードがつながれていなかった陳列商品の一つになったような気分だった。それまで自分の前を素通りしていた客がふいに歩く速度を落として言う――おい、ハニー、このランプはどうかな。

リナはエイダンを愛していたが、パーティに行けば楽しいだろうと思った。エイダンも週末はどこかへ遊びに行くだろう。実を言うと、このところの悩みはそれだった。夜、エイダンがどこに行っているのか、知らされないことが増えた。交際当初からそうだったが、最近になって、いまもその状況は変わっていないということに気づいた。リナとエイダンは、本物のカップルになっていない。ジェニファーとロッドのように、互いを束縛するほどの関係になっていない。

リナは自分に言い聞かせた。パーティに連れていってもらえたらきっと楽しいわよ。うちから出られるんだから。とはいえ、本心を言えば、パーティに行くのは、ここ数日エイダンから一度も連絡がないから、学校の廊下ですれ違って微笑みかけてくれたことはあっても、リナと距離を置いているようだからだ。リナはいまのところそのことを考えないようにしている。しかし心の奥底では察していた。母親の考えを察するように。

その夜の記憶は曖昧だ。姉の友人、リナに熱を上げているという人が家まで迎えに来て、その人は加担しなかった。それだけはちゃんと覚えている。

その人は友達の家にリナを連れていった。パーティらしきものは開かれていなかった。男子が四人、お酒を飲んでいるだけだった。いつになったらここを出てパーティに行くの？　そう不思議に思ったことをリナは覚えている。やがて姉の友人だという人、リナをその家に連れてきた人がいつのまにかいなくなった。または、リナの記憶からいなくなった。ふいに部屋にいるのはお酒を飲んでいる三人の男子と、リナだけになった。

三人のうちの一人、リナの記憶では〝一人目〟がソロの赤い使い捨てコップに入った飲み物をリナに渡した。お酒なのかどうかわからなかった。コップのなかの液体は紫色か、夜の海のような色をしていた。いかにもアルコールっぽい味はしなかった。未知の味、まずくて生ぬるい味がした。リナはそれまでお酒をほとんど飲んだことがなかったから、仮にそれがお酒だったとしても、一〇〇パーセントの自信は持てなかっただろう。

その人のことを一番よく覚えてるの。リナはのちにもっとおとなになってから、そう話すことになる。その人が一人目だったのは確かよ。一人目のことを一番よく覚えてる。わたしたちはしてた。何が起きてるのか、そのときのわたしにはよくわからなかった。誰かがのしかかってきて、これはセックスなんだなとわかった。次に覚えてるのは、ひっくり返されたこと——腹ばいにさせられたこと。次に別の人が重なってきて、こう言うのが聞こえた。アビーの妹なんだよな、できないよ。その人はそれきりやめた。次に三人目。でもこのあたりからもうほとんど何も覚えてないの。抵抗しなかったことだけは覚えてる。別にいやじゃなかったのよ。誰にもノーって言いたくない、この人たちにだって好かれたいと思ったような気がする。わたしのほうから理由を差し出したくなかったの。わたしをきらいになる理由を。

翌日、噂は広まった。リナが一晩で三人とやりまくったという噂が。その噂はいつまでも消えなかった。

スローン

スローン・フォードの髪はとても長くて美しく、栗色に輝いている。作り物のように暖かいトーンの濃い茶色だが、染めているわけではない。スローンは痩せていて、年齢は四〇代初めなのに、顔はまるで社交クラブに属している女子大学生のようで、どことなくコケティッシュな雰囲気がある。ママ友とランチに行くより、ジムにトレーニングに行く回数のほうが多い。何かと陰口を叩かれそうな女性と見える反面、そういうタイプには見えなかったりもする。少し狡猾なところはあるが率直な人物らしく、たとえばこんな発言をする――サービスにおける政治学に惹きつけられるの。スローンが言いたいのは、レストランでの食事とは、少なくとも数時間のあいだは基本的にどちらか一方がもう一方に奉仕するという合意のもと、いつでもその空間にいる人とそうではない人が交流するための小宇宙であるということだ。

スローンは他人の視線に気づいていないように見える。光の具合によっては自信に満ちあふれて見えて近づきがたく、周囲は彼女を怒らせないよう気を遣う。しかし、ふだんのスローンはもの柔らかで、いまにも折れてしまいそうにも見え、友人たちは彼女を泣かせないよう気を遣う。その二つの組み合わせが独特の個性を醸し、誰もがスローンに惹きつけられる。

スローンの夫はリチャードといい、スローンの美しさと並ぶと外見では見劣りする。娘が二人おり、どちらも母親に似て、馬のようにほっそりとしてエネルギーにあふれている。加えてもう一人、リチャードと前妻の子のライラもいる。結束の固い家族である一方、風通しはよく、互いに干渉しない程よい距離感が保たれている。

一家の住まいはロードアイランド州ナラガンセット湾に面したニューポートにある。岩だらけの海岸沿いにはジョージ王朝様式の豪邸が並び、フォード家がある通りには、夏の別荘族がブルーフィッシュのパテとカーズのクラッカーやロブスターを買いに集まる魚市場がある。リチャードとスローンは、たくさんのボートがのんびりと波に揺られているマリーナから内陸へ数ブロック入った一角でレストランを経営している。リチャードがシェフで、スローンは接客を担当している。その役回りにスローンは理想的だった。足首まで届く丈のドレスを着ても、ドレスに着らいれている印象を与えない。

この島で暮らす人々はみなそうだが、夏のあいだ、店は忙しい。夏は文字どおり書き入れ時だ。寒い季節には収入が途絶える。一月と二月、住民は入口を閉ざし、夏のあいだの稼ぎとともに屋内にこもり、作り置きしたケールのペーストで食いつなぐしかない。

寒い時期は、子育てに注力する季節、子供の日課や学校につきあい、発表会やスポーツ大会を見に行く季節でもある。しかしスローンは、子供を話題にするタイプの女性ではない。少なくとも、子供の予定がすなわち自分の予定であるような一部の母親とは違う。

スローンがその場にいないとき、人はスローンの噂話をする。小さな町では、ベビーリーフの売り場で世間話に興じる回数よりも、ジムでトレーニングに励む回数のほうが多いというだけで目立つものだ。ただ、スローンがとかく噂にされやすい理由はそれではない。

よく取り沙汰される話、ゴシップの種は、スローンは夫が見ている前で別の男性とセックスをするらしいという噂だ。この町で、あるいは別の島で別の男性と寝てそれを録画し、あとで夫に見せるという噂。夫がその場にいなければテキストメッセージで一部始終を実況中継する。場合によっては別のカップルと3Pをする。

この噂から逃れるのは簡単ではない。スローンは四季を通してこの土地で暮らしている。そのこと自体がまず珍しい。似たような構成の家族はだいたい夏季に二週間ほど滞在するだけだ。夏のあいだずっと島で過ごす家族もいるにはいる。母親だけが島に残り、父親は週末だけくるという家族もいる。しかし年間を通してここで暮らしていると、冬を越えるころには精神的に追いつめられかねない。ここには気晴らしに行くようなショッピング・モールや大型店は一つもない。島の外に出る日は、外界で片づけたい雑用を端からリストアップしてから行く。

スローンのおとなへの道の出発点は、父親のボスの自宅で開かれたクリスマス・パーティだった。ボスはニューヨーク市でもっとも裕福な人物の一人だ。ニューヨーク市の北側、ウェストチェスター郡に建つ屋敷には、大きな円柱やペルシア絨毯、金の縁取りが施されたクリスタルの食器が並んでいた。女性たちはローヒールの靴を履いていた。

庭の木々の枝は樹霜に覆われていた。通りはきらめいていた。父親がスローンを誘い、スローンはボビーという青年を誘って出かけた。スローンのデート相手は美形ぞろいで、ボビーも例外ではなかった。このときスローンは二二歳、外食産業から少し距離を置いている時期だった。ショービジネスの世界に関心を抱いていた。スローンが外出しない夜はなく、社交カレンダーはさまざまなイベントで埋め尽くされていた。じめじめしたライブハウスでぬるいビールを飲むこともあれば、こういったお金持ちの屋敷できんと冷えたマティーニを楽しむこともあった。

その夜、父親のボスの奥さん、セルマという取りすました銀髪の女性が言った。

キースとスローンならお似合いなんじゃないかしら。

セルマは、ボビーにも聞こえるところでそう言い出した。まるで天啓に打たれたかのような調子だった。キースというのはボス夫婦の息子のことだ。そしてスローンは、ボスの右腕の娘で、美人で、育ちがよく、ほっそりした体をしている。二人とも神々しいほど美しく、二頭の馬のように繁殖に向いた年齢に差しかかっている。しかも互いの家は二ブロックしか離れていない。どうしてこれまで誰も思いつかなかったのだろう！

スローンはお金にさほど興味がなかったものの、キース青年はうなるほどお金を持っていた。アート界のさまざまなプログラムの大半に、スポンサーとして一家の名前が印刷されていた。

数週間後、スローンはキースとデートした。父親のためならと喜んでそうした。スローンの性的なエネルギーが何らかの形で父親の仕事を後押しできると思うと、大きな力を手に入れたようだった。デートでどこに行きたいかとキースに訊かれて、スローンは答えた。ヴォン（かつてニューヨークにあったタイとフランスのフュージョン料理店）。次に行きたい店や場所はたくさんあって、いつでも即答できた。

偶然だね、あの店の支配人は僕の親友なんだ、とキースは言った。

当日はオリーブ色のタートルネックにベルベット素材のシガレットパンツ、足もとはブーツという装いで出かけた。二人は店で一番よい席に案内された。奥まった位置にある半個室だ。六人掛けのテーブルだったが、その夜は二人のために確保されていた。スローンは特別扱いに慣れている。その夜は小さなイヤリングを着けていた。話題のレストランで活気に満ちていた。急ぎ足で動き回るホール係は、半数くらいは幽霊なのではないかという身軽さでテーブルのあいだをすり抜けていく。料理はどれも独創的だった。野菜のピラミッドのてっぺんに、なめらかな甘い薄茶色のソースをからめた白と灰色の長方形の魚の切り身が載っていた。店内は酢のにおいと熱気で満ちていた。光熱費を惜しむ様子もなく暖房が効いていた。

キースの親しい友人だという支配人がテーブルに来て、シェフがメニューには載っていない料理をお出しするそうですと告げた。キースとスローンは食事の前にマリファナたばこを吸っていた。スローンはどんなドラッグを使うときもかならず必要充分な量をやる。その量がすなわち過剰摂取であることがないわけではないが、その場合でも量を減らすことはない。たとえばアルコールがそうだ。少々酔っ払っているくらいがちょうどいい場面もある。

五皿のコース料理が運ばれてきた。一皿ごとに料理はいっそう独創的になっていった。しかしスローンがどの料理より感心したのは、デザートの直前に出された最後の一品だった。濃厚な黒豆のソースで和えた一六ささげを添えた、ブラックシーバスの尾頭つき。スローンはキースに何度も言った。これ、すごくおいしい。キースは微笑み、スローンと、テーブルのあいだを行き交うウェイターやウェイトレスを交互にながめていた。この世界の目まぐるしさをおもしろがっているようだった。キースのような若者にとって、スローンとのデートは、いつものようにきれいな女の子を連れて、ちょっと豪華なディナーを楽しむだけのことにすぎない。いつの日か彼は、ビリヤード台を備えた地下室と葉巻と息子を持つことだろう。ブラックシーバスはカレイや焼き目をつけたマグロになるだろう。スローンはクリスティナやケイトリンという名の女の子に変わるだろう。しかしこのときのスローンは、いや、たいがいの場面でのスローンは、周囲で波立っている水とは違っていた。スローンはキースの手首にそっと手を置いて言う。このブラックシーバスは最高においしいわ！　本当においしい！　スローンにとって料理は、つねに別の世界との橋渡しの役割を果たしてきた。その別の世界では、美人でなくてかまわないし、冷静沈着でいる必要もない。食べ物の汁が顎を滴り落ちてしまっても許される。

スローンとキースがブラックシーバスを食べ終えるころ、シェフが挨拶に来た。魚の骨は皿の端にきれいによけてあった。二人は満腹を抱えて満足げに笑っていた。スローンは、どの料理もすばらしかったとシェフに伝えはしたが、褒め言葉を並べ立てたわけではなかった。マリファナでまだ頭がぼんやりしていたからだ。たとえば、魚料理が気持ちまで温めてくれたことは言わなかった。その気になれば視線一つで相手を魅了できるとわかってはいても、きらめく瞳をシェフに向けただけだった。シェフは白いコック帽をかぶっていたこともあって、さほど強い印象を残さなかった。しかし笑みを絶やさず、ひとなつっこい雰囲気だったし、スローンは彼の料理が気に入った。その晩のディナーは初めから終わりまで理想的で、キースと一緒にいると、自分の人生はこういう楽しみのためにあるのだと思えた。

厨房に戻ったシェフはデザートを用意した。日本酒とベリー類を使ったソースを添えた、チョコレートムースと生姜風味のクッキー。キースとスローンはコーヒーと食後酒を頼んだ。スローンには、同年代の女性ならまず食べないもの、二〇代後半や三〇代前半になって婚約するまでは食べる機会のなさそうなものを自分が食べているという自覚があった。

店を出る前にスローンはキースに向き直って言った。またレストランで働くことがあったら、ここみたいな店にするわ。

キースはその晩の食事のあいだに、スローンにレストランで働いていた過去があることを初めて知った。〝過去がある〟という言い方は、いうまでもなく大げさに過ぎる。その言葉を使うのは、スローンのような若い女性がレストランなどで働くのはなぜかと疑念を抱かざるをえないという現実を裏づけるようなもの。スローンはニューヨーク市郊外の上流階級の家庭に生まれ育ち、未来の州知事や州司法長官が通うホレイス・マン・スクール（ニューヨークにある全米トップクラスの名門私立校）を出た。服やリップグロスを買うお金に困っていたわけでもないのに、一五歳のとき、ウェイトレスとして働き始めた。紙一枚の応募書類に記入し、職務履歴には父親の事務所でしたファイリングの仕事や、近所の子供のベビーシッター経験などを書きこんだ。

スローンがレストランに惹かれるのは、レストランの雰囲気が好きだからだ。それに給仕の仕事も好きだった。黒いパンツに白いオックスフォードシャツを着て、担当した客のその店での経験を取り仕切る仕事というのがいい。テーブルからテーブルへと動き回るほかの若いホール係は、退屈そうな顔、苛立った顔、緊張した顔をしていた。いやいや働いているからだろうとスローンは思った。自分が演じている役に身が入っていない。給仕の仕事は〝役〟だ。ウェイターやウェイトレスは進行役だ。担当するテーブルの客の臣下であり、厨房からフロアに派遣される代理人でもある。もちろんお金も魅力だった。うしろにダッシュ記号をつけて書きこまれたチップの額。スローンの仕事ぶりを数値で評価する美しい整数。現金で支払われる場合もある。男性ばかりのグループが帰っていったあと、折りたたまれた二〇ドル札数枚がロックグラスの下に思わせぶりに置かれていたりもした。

スローンは初め、適切な進路を歩もうとした。ハンプシャー・カレッジに願書を提出し、合格し、学生寮に入り、ニューイングランド地方のキャンパスの氷の張った池や石垣の際を乗馬ブーツで歩き回った。デートもしたし、女子学生クラブの会員にもなった。

やがてハンプシャー・カレッジを中途退学し、のちに復学した。そしてふたたび退学した。かならずしも確たる考えがあってのことではなかった。スローンは若く、将来を決めていなかった。ゲイブという名の兄が一人いたが、兄もやはりそんな感じだったから、二人のうちどちらかが正しい道を歩んでいるあいだ、もう一人は安心して足を踏み外せた。両親は一方については胸をなで下ろし、もう一方の心配をしていればよかった。

スローンは、レストランで働きながらいくつかの授業に出ていたが、集中できたためしがなかった。教室のほかの学生の様子を観察した。きちんと聞いている学生ばかりなのが不思議だった。その精神状態は、自分には手に入りそうになかった。忙しく働いているときのほうが気分が落ち着いた。それもあって、いつもかならずにぎやかなレストランに、グラスがぶつかり合う音のするフロアに戻った。

それでも、この晩は特別に思えた。磁力で引き寄せられているかのようだった。ウェイトレスの仕事を辞めて数年がたっていた。復学し、ダウンタウンの劇場に関心が向いていた。もしかしたら自分は演劇や展覧会のプロデュース業に向いているかもしれないと思った。人と話すのは得意だ。暇を持て余した裕福な人々を説得して新しい何かに関心を持ってもらうにはどうしたらいいかも知っている。たとえば父親の知り合いだ。相手の目をまっすぐに見て、誰それの展覧会の、あるいは誰それのゴルフ・ウェア・ブランドのスポンサーにならないなんてどうかしていると売りこむ。自分の髪と笑顔、そして自分の立場を利用した。スローンは決して無視できる存在ではなかった。

その夜、スローンは父親のボスの息子のキースと一緒にいた。父親は心の底から喜ぶだろう。母親もだ。イニシャルの縫い取りが入ったシーツ。レンジローバーのトランクにはピクニック・バスケット。ピーターパン・カラーのおそろいの服を着た双子。生成《エクリュ》りというハイソな響きのある言葉。セントジョン島。アスペンの高級スキー・リゾートで過ごすクリスマス。テルライドの高級スキー・リゾート。

またレストランで働くことがあったら、ここみたいな店にするわ。

もしかしたらスローンの声はこのとき、店の支配人の耳にも届いていたのかもしれない。

翌週、支配人からうちの店で働かないかと連絡が来て、スローンは快諾した。自分がレストラン業界をどれほど恋しく思っていたか、このとき初めて気づいた。店内のざわめき、そこで作られる小さな社会。まるで政治の世界のようだ。

ウェイトレスとして雇用されたものの、研修の一環として、初日は厨房で働かなくてはならなかった。たとえばシーバスの調理法について尋ねられたとき、ホール係がその場で正確に答えられるよう、全従業員を店内のあらゆることに精通させることが目的だった。

厨房の研修では、ふつうは冷前菜部門、温前菜部門、デザート部門など、各部門をひととおり回る。しかしこのとき、シェフのリチャードはしきたりには従わなかった。

リチャードはホールに出てきてスローンを迎えた。湿ったふきんで手を拭っていた。細く鋭角的な顔をしていて、淡い色をした瞳は、温かくも冷酷にも見えた。

リチャードは微笑んで言った。どうかな、一緒にマッツォボール・スープを作ってみようか。

スローンは笑った。マッツォボール・スープ？　タイとフランスのフュージョン料理店のダイニングルームを見回した。聞こえるか聞こえないかの音量でBGMが流れていた。床に点々と敷かれたラグを見る。さまざまな形、さまざまな色。まだ見たことのない砂漠の国のピラミッドを連想した。ときどき、自分はどこにもいない女なのではないかと思うことがある。その場にいるようで、どこにもいない。家でも、学校でも、スローンがいなくても誰ひとり気づかない。それでも、自分がいなくてはどんなパーティであれ始まらないことも知っている。スローンも来るはずのパーティに午後一〇時になってもスローンがいないと、誰もがこう訊く――あれ、スローンは？　いつの日か、スローンが小学校三年生の子供のために豪華な夜会を催したあと、ほかの女性たちがこんなことを口にするのではないかといまからぼんやり思っている――スローンがうちのママだったらよかったのに。しかしともかくスローンはここ、このレストランにいて、自分には理解の及ばない誰かの体を借りているように感じている。そう感じるのは、アイデンティティが確立していないという不安がつきまとっているせいでもありそうだ。自分が何者なのかいまだによくわからず、せめて退屈な人間と思われたくないと、それればかりに意識を取られている。誰からも退屈な人間と指さされないよう、人をはらはらさせるようなこと、スローンらしからぬ行動をしてみせることもある。しかしそういうことをしたあと、かわいげがなく、不純で、冷たい人間になった気持ちがする。

そしていま、リチャードが厨房から出てきた。このレストランのシェフ。スローンより年上ではあるが、年寄りくさいところは感じさせない人だ。お金持ちでもないし、奇人や変人の類でもない。プライベート・ジェットを所有したりはしていないし、いかがわしい人物でもない。スローンがふだん一緒に出歩いている男性の誰とも違っていた。このころのスローンは、ワルっぽい男――ベーシストや、オートバイに乗るような無頼の徒――とばかりつきあっていた。対照的にリチャードは、白いコック帽をかぶった清潔感にあふれたシェフ、生活のためにまじめに働いている社会人だ。家では幼い娘の父親らしい。

リチャードはスローンを厨房に案内した。鏡に映った自分の姿に失望したことは一度もない。どうやらスローンの意志の強そうな顎を映していた。ステンレスの長い調理台はぴかぴかで、スローンの意志の強そうな顎を映していた。鏡に映った自分の姿に失望したことは一度もない。どうやらスローンは幸運に恵まれているらしい。たとえばスローンの友人のなかには鏡に映った自分の姿を見たくないという子もいて、鏡を徹底的に避けるか、鏡があると執拗にのぞきこむかのどちらかだ。スローンはそのどちらもしない。商店のウィンドウや金属のテーブルに映った自分の姿に幻滅することはない。昔から美人ねと言われ続けてきた。子供のころからだ。親戚のおばさん、見知らぬ人。誰もがスローンの髪を無意識のうちになでる。大金持ちの屋敷の芝生に寝転がったレトリーバー犬の毛をなでるように。

リチャードはストレイト・ブランドのマッツォ・クラッカーを何箱も用意した。スローンはレストランのこういうところも好きだ。おびただしい量の品物がいつもストックされている。名も知れぬ品物が何箱も何箱も整然と並んで、実用に供されるのを待っている。なかでもトマトソースだ。壁際に並べてその部屋を一周できそうな数の同じトマトソース缶がそろっている。

二人はマッツォ・クラッカーを砕いて粗い粉にした。ニンニクと塩、ベーキングパウダーはあらかじめ用意されていた。リチャードは大きなボウルに材料を全部入れた。別のボウルに卵を割り入れ、シュマルツ（主に家禽の脂肪を精製して作るペースト）と混ぜ合わせた。この人は自分がマッツォボール・スープを作るのを断るかもしれないとはまったく思っていなかったようだとスローンは思った。いやな気はしなかった。

スローンはたいていの場合、他人の決定を尊重する。スローンの意見を待つことなくさっさと決めてもらったほうがうれしいくらいだ。スローンはリチャードに渡されたエプロンを着けた。ありきたりのエプロンだが、美しかった。

リチャードはとろりとした混合物を乾物の入った最初のボウルに移すと、フォークで混ぜてくれとスローンに指示した。ただし、練りすぎないこと。それから、冷たいスプーンを使って団子《ボール》にするやり方を教えた。二人の手や腕が軽く触れ合った。彼の魅力が熱として伝わってきた。しかしほかにも目新しいものを感じた。性欲や激情は過去にも感じたことがある。ベッドに投げ倒され、教会と地獄に同時にいるような感覚を味わったこともある。だが、このとき感じたものは違っていた。

できた団子をトレーに並べ、冷蔵庫でしばらく寝かせた。待っているあいだ、おしゃべりをした。厨房を歩き回りながら互いに身の上話をする。二人きりでいるも同然だった。ほかの従業員がたびたび厨房を出入りしたが、二人の意識には上らなかった。リチャードは、ユダヤ系の家族のことを話した。マッツォボールを作ろうという提案はもしかしたら、「これが僕を象徴するもの、僕の出自そのものだよ」とスローンに伝える意図があってのことだったのかもしれない。娘のライラの話も出た。同年代の若い女性ならみなそうだろうが、そのころのスローンは自分が子供を産むなどまだ想像すらできないことだった。妊娠したかと不安になるたび、そこが大学の寮であれ、ガールフレンドやボーイフレンドと共同で借りているアパートであれ、室内に視線を巡らせ、ベビーベッドはどこに置けるだろうかと想像する。少し前の連休に空けたグレイグースのウォッカのボトルや《ヴォーグ》誌の山が目に入ると、急に空気と光がなくなったように感じた。スローンにはいまだに姪や甥さえいない。

冷えて落ち着いたマッツォボールの生地を冷蔵庫から取り出し、煮立てた出し汁にそっと落としていった。団子は茶色がかった灰色をして、香りはパンのようだった。おいしそうだった。家庭のにおいがした。スローンとは無縁の家庭、それでも〝家庭〟には違いない家庭。

リチャードの視線を感じた。煮立った鍋のそばで交差する腕の隙間からちらちらうかがっている。彼がいればうっかり火傷をしたりせずにすむだろうと安心できた。万が一、鍋がかたむくようなことがあっても、リチャードは忍者のようにすばやく反応して、煮立った出し汁がスローンにかからないようにするだろう。もしかしたらリチャード自身が犠牲になり、沸騰した出し汁が薄手の黒いパンツにかかって、火傷した脚が生の豚肉のような色に変わるかもしれない。

マッツォボールに火が通ったところでスープに移し、従業員のまかないとした。スローンはテーブルを囲んだウェイターやウェイトレス、支配人の顔を観察した。みな人生の浮き沈みをスローンほどには経験していないように見えた。少なくともそのときのスローンはそう思った。自分が小さな赤い神になったような気がした。どこにも属さない自分は特別だと感じた。慈悲と冷酷さ、美しさと低俗さ。持てる者と持たざる者、神を信じる者と信じない者。裕福で洗練された父親と、スカーフを巻いて颯爽とした母親を持つ、反逆精神にあふれた若い娘らしく、スローンのなかには矛盾が同居していた。期待された場所には決していない一方で、望まれた場所にはかならずいる。これまでの二〇年の歳月の大部分を薄いシーツをかぶった幽霊のごとく過ごしてきた。優雅な食事のテーブルでオレンジジュースを飲み、イースターに美しく着飾った。しかしこのとき初めて、もしもいまこの空間を出たら、自分はあっさりと忘れられてしまうだろうと思った。自分の居場所はここだ――左右の膝でそう感じた。スローンはスープを口に運んだ。心も体も芯からぬくもった。

厨房でマッツォボールを作ったその日から、スローンはそのレストランで演じるべき役割に馴染んでいった。その役割がスローンそのものになり、スローンはその役割そのものになった。それは人生そのものになった。程度の差こそあれ、どんな仕事でもそうだろうが、外食産業で働いていると、仕事の性質、勤務時間の長さ、夜や週末を仕事に費やすことなどから、仕事がそのままその人の世間になる。生活のすべてが店を中心に回り始めた。スローンは、勤務時間が長い日には髪の手入れにとくに時間をかけた。たとえ一〇時間ぶっ通しで働く日でも、清潔感とまっすぐなヘアスタイルは保ちたい。

　ある日、そろそろ日が沈むというころ、スローンは誰かの視線を感じた。顔を上げると、厨房のリチャードと目が合った。スローンは流行のチェック柄のパンツを穿いていた。とてもタイトなシルエットだった。すらりと背が高い美人になった気がするうえに動きやすい。ゆっくりと歩きながら、教会の奉納蠟燭に似たキャンドルが灯されたカウンターの水差しに水を注ぎ足した。リチャードからお尻がよく見えるとわかってしたことだ。わざとお尻を突き出すようにしてカウンターに身を乗り出す。リチャードが見ているかどうか、振り返ってまで確かめなかったが、彼の熱い視線を感じて肌がぴりぴりした。

　スローンは別のコーヒーショップで朝食の時間帯にボランティアをしていた。慈善団体が運営するハウジング・ワークス・ブックストア・カフェだ。働いてお金を稼ぎたいというより、働いてエネルギーを発散したくて始めた。いろいろな経営モデルを学べることも楽しかった。人脈が広がるのもいい。ニューヨーク大学の学生が授業の合間に店に来て、グラノーラやヨーグルト、ププサ（トウモロコシ粉で作った生地に豆などの具をはさんで丸く平らに焼いたエルサルバドル風の料理）を注文する。二日酔いの学生もいれば、不機嫌そうな学生、溌剌とした学生もいた。スローンは学生の会話に耳を澄まし、挙動を見守り、客席のあちこちに目を配った。教室で隣り合って座り、これだけの情報をみなどうやって頭に入れているのだろうといぶかしんでいるより、こうして店で観察するほうが大学生というものがよく理解できた。

いつか自分の店を持ちたいとスローンは思った。書店のブックストア・カフェの同僚の一人と、どこかのスペースを購入してレストラン兼クラブをオープンしようと話し合ったこともある。それは当時のスローンの夢だった。流行の中心地に、食事と音楽の両方が楽しめる店を持つ。そこに行けば、一晩中ずっとグループで盛り上がれるような場所。フライドポテトを添えたステーキと詰め物入りのアーティチョークを食べたあと、同じテーブルでお酒とダンスとバンドの生演奏を楽しめる場所。

スローンは、マンハッタンのウェスト・ブロードウェイのカナル・ストリート以南の地域に注目していた。当時は駐車場やマリファナを売る店、ミルクシェークの店、ローラーブレード場などが密集していた。現在では屋上庭園があるドアマン付きの高級アパートや水栽培のバターレタスを販売しているような高級青果店がひしめき、レイバンのサングラスをかけた少年がフック&ラダー第八消防署（映画『ゴーストバスターズ』の〝本部〟として有名）の前で自撮りをしている。世間の誰よりも先に何かに将来性を見出すのは、実にスローンらしいことだった。

勤務と勤務の隙間時間には、ジャッドという元ボーイフレンド、エリカという若い女性に会いに出かけた。ジャッドは焦げ茶色の目と真っ白な肌をしていて、オートバイに乗っている。ジャッドと過ごした翌朝、かならず髪が汚れている感じがするのがスローンは好きだった。いつももう少し早く電話をかけ直してくれればいいのにと思う。エリカはジャッドよりは律儀だった。相手が女性なら、たとえ忙しい時期であってもそこそこあてにできる。電話で話す回数は多く、返信も早い。エリカはスローンの最初の女性ではなかった。ハンプシャー・カレッジ時代にリアという女子学生がいた。二人は大学生らしいデートを重ねた。ある冬の夜、ペニスが必要よねとリアが言い出した。そこで二人がそれぞれ過去に交際していたことのある若い男性を呼び出した。三人そろうと、笑ってばかりで何も進まなかった。三人でいちゃいちゃしたというおぼろげな記憶が残っただけだ。腿の内側に唾液の跡が何本もついて、それがスローンを高ぶらせた。ニューヨークで出会ったエリカとの交際はもっと真剣だった。それにエリカは男性にまるで興味がなかった。一方が男性をも好み、もう一方は好まない場合、女性同士の関係は不安定になりがちだった。男性に関心のない一人の目に、もう一人が浮気者と映る場合があるからだ。相手の女性が物足りなく感じているのではないかと不安になることもあるだろう。ただペニスがほしいとか、ディルドーでは満足できないからということではなく、男という存在、物理的に大きな誰かの存在を感じたいと思っているのではないか。男らしいエネルギーの前に屈服する恍惚を欲しているのではないか。

　スローンはそういう意味で男性を求めていなかったし、必要としてもいなかった。ただ、相手が一人だけでは与えてもらえないような奥行きを人生に期待してはいた。もっと広がりのある経験がしたい。夜がもっと複雑なものに進化すればいいのにといつも思う。スローンの紹介で、エリカもヴォンでウェイトレスとして働くことになった。以前からスローンは何かと公私を混同してきた。悪影響を恐れなかった。それどころか、カオスが引き起こされるのを期待した。その日の閉店時間になると従業員一同が集まり、酒を飲みながら、各自のミスや成果を振り返り、店の活気に押されるまま、翌日の夜の客によりよいサービスを提供するにはどうしたらいいかを話し合った。その場には性的な力も働いていた。そうやって世界というテーブルをセットしていると、生きていると実感できた。

　たまにレストランという生物圏が小さくて息が詰まりそうだと感じたとき、エリカとの距離が近くなり過ぎたと感じたとき、スローンは数日のあいだ、夜になるとジャッドのところに行った。ジャッドとたらふくお酒を飲み、ドラッグをやり、真っ暗闇でセックスをした。ジャッドは天井が高くてがらんとしたロフト・アパートメントのような人物だった。殺風景でひんやりしている。彼との関係の〝シドとナンシー〟のような破滅的な要素が魅力的に思えることもたびたびあった。ジャッドを恋人と呼んでいいのか、それをいったら恋人同士になりたいのかさえ最後までわからなかったが、ジャッドが電話をくれるかどうかやきもきしながら過ごす時間は楽しかった。彼に会いに出かけていく前の身支度の時間も楽しかった。マスカラ、透明な液体に挿さった何本ものストロー。つむじ風のような数カ月だった。別れ、よりを戻し、同棲し、別れ、また復縁した。ジャッドはクレイジーな人だった。そして彼といるとき、スローンはクレイジーにふるまった。

そうこうするうちにシェフのリチャードとのあいだに三つ目の関係が生まれた。初めは〝関係〟と呼ぶほどのものではなかった。お熱いセックスがあったわけではなく、スコッチのグラスをかたむけながら語り明かした夜があったわけでもない。不思議なきっかけから関係が始まったわけではなかった。リチャードとスローンを結びつける何かは熱く、しかも透明だった。彼は子供ではない。家に帰れば八カ月になる娘の父親で、その娘の母親とはいまも親しくしているが、もはや恋愛関係にはない。子を持つ父親ではあるが、スローンはそういう目で彼を見てはいなかった。だいたいにおいて彼は健全な人物らしかった。自分はもっとおとなにならなくてはとスローンは思った。あるいは、もっとおとなになる必要があると知っていた。将来、どんな人間になりたいかはよくわからなかったが、クリアしなくてはならない基準がどんなものであるかはとうに知っていた。スローンの家庭のような環境で育つと自然とそうなるものだ。

ジャッドにはっきりと終わりを告げたわけではなかった。互いに少しずつ距離を置いて自然消滅した。肝心なのは決して正直にならないこと、かといって嘘をつかないことだ。スローンはレストランの閉店後も居残り、店内のバーでお酒を飲みながら、リチャードが実験的に作った料理をほかのホール係と一緒に試食した。スパイスを利かせた豚肉を薄い生地で巾着のように包み、細長いワケギで口を結んだ前菜ベガーズ・パースなど。やがてある日、ついにジャッドに会いに行かなかった。ジャッドから何度も電話が来た。普段からそのくらいまめに電話してくれればいいのにと思う以上の回数だった。その次の日の夜、スローンはリチャードと一緒に店を出た。

翌朝、スローンが目を開けると、リチャードは先に目を覚ましてスローンを見つめていた。その瞬間に特別な何かと穏やかさを感じて、スローンは冗談めかして尋ねた。わたしたち、真剣につきあうべきだと思う？

書棚に子供の玩具が整然と並んでいた。キッチンの食糧庫にはライス・シリアルの箱が、水切りかごにはマッシュルーム形の乳首がついたメデラの哺乳瓶があった。

リチャードは肘をついて頭を支えた。幅広な朝日の帯が床の埃をきらめかせた。

もう真剣な関係になったつもりでいたよ。リチャードはそう言った。

スローンのそれまでの交際はどれもドラマチックだったが、リチャードとの始まりは平穏だった。その穏やかな関係がすぐに心地よくなった。ジャッドのような男性には、心の一部に鍵をかけて隠しているようなところがあって、スローンはがむしゃらにそれを手に入れようとしたものだが、リチャードが相手ならその必要はなかった。それは愛というより、バランスの取れた状態だ。相手の核にあるもの。それに合わせてこちらが変わるのを忍耐強く待っているような。リチャードは確信に満ちて、ぶれることがなく、力強い。嫉妬や執念深さとは無縁だ。才能と自信にあふれ、店のスタッフに指示を出す態度は思いやり深いが、毅然としている。そして何より、彼は狂おしいほどスローンを求めていた。その欲望が枯れる瞬間はない。むろんスローンも彼を求めているとはいえ、リチャードの狂おしいほどの欲望を常に浴びているおかげで、自分が世界中からの憧れを一身に集める女になったように思えた。

人生の目標も共通していた。二人とも自分のレストランを持ちたいと思っていて、しかも幸運なことに、リチャードは厨房、スローンはホールを担当できる。まるで夢のような話だ。それから七カ月後、七月に、スローンはニューポートの海辺にある実家の夏の別荘にリチャードを連れて行った。ニューポートを初めて訪れた人々の例に漏れず、リチャードもいたく感激した。街中やビーチは人であふれているが、岩だらけのプライベート・ビーチに面して並ぶ輝くばかりに白い家々の私道に乗り入れたとたん、喧騒はすっと遠ざかる。近所の無人野菜販売所で鶏卵やぜんまいが手に入る。しかし、人気の観光スポットならではの不便さもあった。ちょうど観光シーズン真っ盛りで、飲食店はどこも満席で入れない。旅行者は海に面した評判のレストランに殺到し、シェフやウェイターは過労でへとへとだった。

二人はようやくテーブルを確保したが、テーブルクロスは染みだらけだった。前の客が帰ったあと交換していないのだ。海水の色をした薄いハマグリのソースのなかでリングイネが泳いでいるような料理が運ばれてきて、スローンは目を上げてリチャードを見た。リチャードもスローンを見た。目が合った瞬間、すでに結論は出ていた。

九月には、町の中心部にある、可愛らしいミントグリーンの壁の店舗つき住宅を購入した。スローンの友人が言うように、それはおそらく無謀な行動だったろう。しかしスローンは、決して愚かな判断ではないと断言した。リチャードほど優れた料理人はほかにいないのだから。ヴォンに初めて行った夜、リチャードが供したブラックシーバスを食べた瞬間からそう確信していた。パートナーとしてもきっと最高だろうと思っていたが、それはもう少し時がたってみないとわからない。

夫と別の女性とのセックスを見る際の心得はこうだ。何かでほろ酔いくらいにはなっていたほうがいいが、泥酔していてはいけない。酔っ払っていると、不合理な嫉妬心を抱いてしまう。冷静な判断ができない。脳の一部が「大丈夫、彼はちゃんときみを愛しているよ、これはただの娯楽さ」と言ってくれなくなる。

夫は、あなたに集中しなくてはならない。たしかに、夫の身に何かが起きてはいるが、それは身体的な刺激であり、夫はそれを知覚し、味わい、楽しむ必要があっても、頭のなかではあなたのいる場所に集中しなくてはならない。部屋のどこにあなたがいるか。あなたの頭のなかのどこにあなたがいるか。

もう一人の女性は好きにさせるしかない。あなたには彼女をコントロールできない。彼女は魅力的でなくてはならないが、あなたの目にも、夫の目にも、あなたほど魅力的でないほうがいい。

ポルノ映画のワンシーンになってはいけない。これは愛にあふれた結婚生活の一部として一緒に経験しようと二人で決めたことだ。相手が楽しんでいるか、つねに気を配らなくてはならない。つねにお互いを意識していなくてはいけない。

意識。あなたはこの言葉を理解しているつもりでいるかもしれないが、いま一度じっくりと考えてみる必要がある。あなたの夫は、まるであなたが彼の頭のなかにいるかのようにあなたを意識していなくてはならない。目的はもう一人の女性ではなくあなたを興奮させることだ。だから、夫はもう一人の女性とセックスをしているあいだも、頭のなかではあなたとセックスしていなくてはならない。腰を動かすたび、彼はもう一人の女性を貫くと同時にあなたを貫く。

スワッピングという行為は昔からある。これをスワッピングと呼ぶとしてのことではあるが。というのも、これは厳密にはスワッピングではない。〝スワッピング〟は別の時代に、スローンではない人々に属する言葉だ。スローンは洗練された女性だし、スローンの世界も、シーツも、頭の中身もそうだ。

これはいうなれば決まり事のないセクシュアリティとでも呼ぶべきだろう。ただし、快楽主義のヒップスターが使うような意味とは違う。二人の性生活をディナーテーブルのセッティングにたとえるなら、テーブルそのものは細長く、天板は分厚く、鹿の角などの骨や花が飾られている。飲み物はワインやポートワイン。ゲストはデザートとサラダを同時に食べる。ベルベット張りの椅子やシンプルな木のバースツールは用意されているが、全裸で、あるいはフリルとリボンたっぷりのドレス姿でテーブルの上に座ったとしても誰も眉をひそめない。

始まりはスローンの二七歳の誕生日だった。一〇年以上前の七月の第一週。レストランをオープンして二年が過ぎていた。白い軒蛇腹、陽光。スローンは自分が築き上げたものに満足していた。開店までに経験したことすべてに意味があったのだと思えた。

その日は暑く、祝日が重なる週末を控えてニューポートの町はにぎわっていた。七月四日の独立記念日の週末は観光シーズンの到来を告げる書き入れ日だ。夏をこの島で過ごす人々が青空市で花を大量に買っていく。茎から水を滴らせている花を抱え、緑色のステーションワゴンや柿色の古びたコンバーチブルなど、エアコンの効いたビーチカーへ戻っていく。車の下腹を覆う錆は、その人の生き方の象徴だ。長い髪をした二〇代初めの女性たちはビキニトップにゆったりとしたシルエットのパンツといった格好で歩いている。年ごとにサンダルの流行は違っていた。

その朝、スローンは書類仕事をすませにレストランに行った。厨房のステンレスの表面に手をすべらせ、冷えた夏野菜がぎっしり詰まった冷蔵庫をほれぼれとながめた。いろんな種類の機械、業務用のブレンダー。このすべてが自分のものなのだ。毎晩、数百人の客を満腹にする力が自分にはある。

部屋の奥から物音が聞こえて、スローンはぎくりとした。見るとホール係のカレンがいた。店の経理係も兼ねてもらっている。カレンのことでスローンが知っているのは、大学を卒業したばかりということくらいだった。それともう一つ、同世代の女性はみなそうだろうが、将来何がしたいのか、どこに住みたいのか自分でもまだわからず、友人が夏になると家族で毎年訪れているというニューポートに来て働き始めたということか。カレンの髪は黒に近い色をしていて、唇も黒みを帯びている。どことなくヴァンパイアを連想させた。乾いた血がこびりついているように見える。

痩せているのに妖艶と褒められることの多いスローンは、厨房の奥にカレンがいることに気づいた瞬間、カレンより自分のほうが優れている点、カレンのほうが自分より優れている点を頭のなかで箇条書きにした。スローンのほうがスリムだ。カレンのほうが若い。スローンはレストランのオーナーで、カレンは従業員にすぎない。だがこれに関しては、見る人によってどちらが優位か変わってくるだろう。従業員であるカレン、他人の指示に従って動く美しい若い女性であるカレンのほうがいいという人もいるかもしれない。だって、それは男の夢だろうから。しかしスローンは自信に満ち、ずば抜けて有能であり、豊かではあるが言葉数は少なく、パーティ好きだが長居せずに周囲を残念がらせる。カレンは子供だ。話は退屈だろうし、コンサートや寝室では初めのうちこそ楽しいだろうが、目まぐるしく位置を入れ替えて、一五分もすれば相手をうんざりさせるだろう。どう見てもカレンは動き回るタイプ、裏表のない開けっ広げなタイプ、いつもにこにこしているタイプだから。飽きられるのも早いだろう。男性が想像するより早く飽きがくるはずだ。一方のスローンは、長い髪をして、ヨガをやっていそうで、とっつきにくい雰囲気で、はるかに奥行きがある。長期的にはどんな男性もスローンを選ぶだろう。

おはようございます、とカレンが言った。独特の挨拶だった。親しみがこもっているのに、棘もある。

おはよう、とスローンは返した。スローンの挨拶も独特で、詮索しているような、非難しているような、それでいてどこか官能的な響きがある。

今日はお誕生日ですよね。

スローンはうなずいた。自然と笑みが浮かんだ。そんな単純なことでいいの？　誕生日ですよねと言われただけで、いきなり警戒をゆるめたりして。買ってもらったばかりのスイスドット地のワンピースを着た七歳の子供みたい。

スローンは知らなかったが、実はこの数日前、カレンはリチャードに一つ提案をしていた。あなたと奥さんの寝室にわたしが加わったらどうかと思ったんですけど。これはもちろん、実際のカレンの言葉そのままではない。その瞬間を録音していたというのでもないかぎり、カレンが実際にどう尋ねたのかは誰にも知りようがない。答えることもできない。その類のことがどのような言葉で表現されたのか、ふつうはそのまま伝えない。３Ｐセックスに完全な正直さなど不要なのだ。それをいったら、どんなセックスであっても同じだ。

眉を吊り上げたリチャードの顔が思い浮かぶ。きっと気恥ずかしさと不安を感じただろう。妻のスローンはその場にいない。リチャードは妻に一途な夫だ。彼は答えた。どうだろうな、スローンの意見によるな。それから数百人分の食事を作る作業に戻る。

カレンは今日は休みにしてしまいませんかとスローンに提案した。そんな提案をするほどスローンと親しいわけではないが、だからこそできたのかもしれない。シャンパンを持ってビーチに行きましょうよ。カレンはスローンの手を取って言った。

二人はシャンパンを抱え、スローンの飼い犬を連れて、車でナパツリーポイントに行った。ビーチにタオルを敷いた。ペディキュアを施した爪先、小麦色に焼けた脚。海は波が高かったが、それでも静かだった。雪の毛布にくるまれると外の世界が消えるように、海はホワイトノイズとなって喧騒をのみこむ。小さな傷だらけのポータブルラジオで音楽を鳴らした。シャンパンを飲み、ブドウをつまんだ。スローンは子供に戻ったような気がした。カレンの何かが作用して、気分が若くなるだけでなく、子供のようにはしゃぎたくなった。それに、どちらかといえばカレンのほうが主導権を握っていた。それはスローンが譲ったからでもあっただろうが、いずれにせよ、自分を抑えて他人の持ち味に寄りかかるのもたまには悪くない。

日が暮れるころ、スローンとリチャードの家に帰った。まる一日ビーチで飲んだあと、他人も同然の人物とともに自宅に入るのは奇妙な感じだった。朽ちかけた薔薇の花のような苦いにおいがした。スローンの舌にはピンク色の灰のような味が残っていた。熱い砂と日光に焼かれて肌がひりひりしていて、ざらついた手触りがするのに湿っぽい。その夜はどこへ向かっているのかまだわからないようでいて、実際にはもちろん、わかりきった道を歩み始めていた。それどころか、進路変更はすでに不可能な地点に達していた。

帰ってしばらくは家に二人きりだった。リチャードが帰宅する前にカレンに帰ってもらおうかとスローンは考えた。しかし何かがそれを思いとどまらせた。まず第一に、酒の酔いがあった。だがそれだけではない。不道徳な行為は、ときに同毒療法《ホメオパシー》と思えることがある。

一時間ほどたったころ、家の前に車が駐まる音がした。デッキにいた二人にリチャードが加わった。ケーキは持っていなかった。家にケーキの用意があったわけでもない。スローンの誕生日は七月四日の祝日の何日かあとで、しかもスローンは七月四日が一年を通してもっとも大切な祝日という土地で夏の旅行客目当てのレストランを経営している。誕生日にケーキを食べたことなどもう何年もなかった。

三人はカクテルやワインを飲んだ。こういったことの前にはお酒を飲むことが大事だ。参加者は誰かということよりよほど大事かもしれない。酔いすぎもせず、しらふすぎもしない状態でいなくてはならない。渋みのない白ワインはおいしかった。だがスローンにいわせれば、3Pを始めるきっかけになる要素はアルコールのほかにもう一つある。それは次のように言い表せる。

気づいたらいつのまにか。

たとえその場にいたとしても、それが始まったのはこの瞬間だと一点を指さすことはできない。それは無理というものだ。道徳的に好ましくない何か、非日常的な何かを求めたことは認めなくてはならないだろう。別の誰かの肉体に入りたい、別の誰かの乳房に触れたいと望む夫。夫を求める気持ちをいっそう高めるために、自分の夫が別の誰かを求める姿を見たがる妻。世界に全面的に愛されているわけではない第三者、タンクトップを着たつまらない人間としてその場に登場した第三者。最初に動くのは夫だ。その最初の動きに気づいて目をつむる妻。朝から何も食べていなかった第三者。誰かが音楽をかける。誰かが酒を注ぐ。誰かが口紅を塗り直す。そういう姿勢を取る女。もっと傷ついていいはずなのに、さほど傷つかない男。自分の肉欲に怯える女。自分には性欲が足りないのではないかと不安になる誰か。誰かが蠟燭に火を灯す。誰かがフレンチドアを閉じる。誰かの背筋がぞくりとする。何もかもが肉体と関係しているが、何一つ肉体とは関係していない。

気づいたらいつのまにか、スローンとカレンは戯れている。ここでいう〝戯れる〟とは、体をまさぐり合う、愛撫するという意味、あるいは、恋人関係にない相手と性的に触れ合うという意味だ。それが暗に伝えているのは、その場かぎりの行為であること、清純な意味を持たないということだ。乱れた行為、過ちであることも遠回しに伝えている。スローンの記憶に焼きつけられた言葉がそれだったのはもっともなことだ。

気づいたらいつのまにか、スローンはカレンと戯れていて、やがてリチャードが来てスローンの肩にキスをする。そのあいだもカレンはスローンの唇にキスしている。

スローンは昔から女同士の戯れに惹かれてきた。それは魅惑的であるうえにたやすいことだった。「どうしよう、女の子とキスしちゃった」という大げさな感想を持ったことは一度もない。大学時代にリアと初めて経験したときもそうだった。スローンにとってはジェンダーに明確な境界線を引かないこと、一方を偏好しないことがおとなの分別だった。

しかし、いまはもう結婚している。相手は女性一人だけではない。自分の夫ともう一人の女性だ。スローンは問題を正当化した。自分にこう言い聞かせた。彼女のほうから誘ってきたのだから。リチャードが「きみにこの女の子と関係を持ってもらいたい」と言ってきたわけではない。彼女と自分がビーチで始めたことだ。しかもその前にリチャードとわたしの関係があったわけで、彼女は添え物にすぎない。余興のようなものだ。

この二年前、ニューポートに移って永住しようと決めたとき――いってみれば母親のような女にはなるまいと決意したとき――近隣のブロック島に行ってみようと思い立った。スローンはフェリーの腹の底に車を駐め、最上階のデッキに立って、灰色と青の海を見つめた。冷たい潮風にもてあそばれて目に入りそうになる髪を払いながら、自分はどんな種類の女になりたいのかと考えた。スローンにとってそれはいつだって重大な問題だった。『ティファニーで朝食を』のオードリー・ヘップバーン。『めまい』のキム・ノヴァク。彼女たちは煙と謎めいた空気をベールのようにまとっていた。何より痛快なことに、二人は言い訳をしなかった。迷って揺れ続けているような『ティファニーで朝食を』のホリー・ゴライトリーでさえ、小さなバスルームで毎朝、決意を新たにした――一人で世界に立ち向かうしかない。

その日、フェリーのデッキで、ものに動じない人間になりたいと思った。潮が周囲で渦を巻いても、それに流されない人間になりたいと。自分の手で自分をしっかりとつかまえておこうと。自分を試される瞬間はたびたび訪れるだろうが、それも学びの手段と考えよう。そしていまスローンは、まさにそういった瞬間に直面している。官能を刺激する若い女性が目の前にいる。スローンの自宅にいて、ワインのグラスを手にしている。

とはいえ、スローンはまだ夫を完全に理解しているわけではなかった。結婚してまだほんの数年だ。彼の前妻との娘がいる生活だったし、一日の大部分がレストランに費やされていた。店を開き、店を維持し、メニューを書き、従業員を雇い、従業員を解雇する。つねに〝前進、前進、前進〟の日々だった。夫が愛しているのは自分一人だという確信はいまだに持てなかった。スローンさえいればほかの誰もいらないと思っているのかどうかわからない。それに、他人について本心からそんなふうに思っている人など現実にいるだろうか。

それでも一つだけ確かなのは、リチャードがこういうことをするのはこれが初めてだということだ。初めは曖昧な態度を取っていた。怒っているようにさえ見えた。やがて誰かが何かばかばかしくて脱力するようなことを口にし、部屋の空気が一気にゆるんで、〝気づいたら〟の連鎖が始まった。

それはゆっくりとした歩みだった。まず女二人がキスを始め、次に二人がかりでリチャードのベルトをはずし、パンツを脱がせた。それから交代で彼のものをしゃぶった。笑みを浮かべて譲り合いながら。初めのうちは何の抵抗もなく進んだ。愚かしさと愉快さに三人とも目を輝かせていた。気づくといつのまにかスローンの夫がもう一人の女と背後から交わっていた。それを見た瞬間、スローンのなかの何かが停止した。心臓ではない。しかしスローンの肉体を動かしている何かが停止した。何かが止まるのがわかった。スローンの魂は溶解し、大あわてで部屋から逃げていった。次に体が萎縮し、スローンは後ずさりした。

リチャードがすぐに気づいた。即座にもう一人から離れて妻に歩み寄って訊いた。どうした？ とても見ていられなくて、とスローンは答えた。ナイトスタンドの蠟燭を彼の肩越しに見つめた。イチジクの香りが部屋を満たしていた。たぶんまだ心の準備ができていないんだと思うの。

馬鹿みたい。スローンはそう思った。〝心の準備〟だなんて。どんなことであれ、心の準備が間に合うことなどない。それとも人生は、準備を整えなくてはならないことの連続なのだろうか。完璧な準備が整っていなくては、その瞬間、その瞬間に存在することができないとでも？

このときもう一人が何をしているか、スローンは見なかった。どうだってよかった。その濃密な何かが充満した部屋に存在するのはスローンと夫の二人だけだった。カレンは若いのに、そう、まだまだ若いスローンよりさらに何歳も若い小娘なのに、そういうこと、いかにもおとな向けと思えることをするのは初めてではないらしく、スローンはそのことに驚きを感じた。カレンはベッドの上で待っていた。こういうことがどう進むものか、おそらく知っていたのだろう。不発に終わりがちであることを知っていたのだ。

スローンは混乱していた。夫が別の女性と交わっているのを見たいとずっと空想してきた。口に出したことはないにしても、刺激に欠けた時間によく頭をよぎる考えではあった。しかしいま、その考えはおそろしく間違っているように思えた。このあとまもなく、リチャードがカレンとセックスをしている場面を空想して高ぶる日が来ることになるが、このときは自分が肉体から漏れ出していっているような心地がした。だってそうだろう、ふだんは自分たちの店で働いている別の女性のなかに入ったばかりの夫が、ペニスを勃起させたまま、自分を慰めようとしているのだ。

それでも、気づくといつのまにかそれは再開していた。このまま続けられそうだとスローンは思い直した。なんといってもすでに始まってしまっているのだ。スローンが見ている前で、夫は別の女のなかに入った。彼の背筋が前後に力強く動くのをすでに見た。もはや取り消しは利かない。どれほど精緻に組み上げられたフィクションの世界にも、自分たち三人をこれが始まる前に連れ戻してくれるタイムマシンはないだろう。

マギー

　マギーが一〇年生の年、姉がエミリーという名の女の赤ちゃんを産み、マギーは叔母さんになる。赤ん坊のかわいらしさと輝くばかりの笑顔が誇らしい。エミリーはあまりにもマギーにべったりで、ときどき怖くなることがあるくらいだ。マギーが少しでもそばを離れようものなら、エミリーは泣き叫ぶ。

　サッカーでは、高校の代表《バーシティ》チームから二軍《ジュニアバーシティ》チームに降格された。その年に引退したヘッドコーチに代わり、男性と女性の新しいコーチが二人、就任していた。新コーチ二人は振り分け練習《トライアウト》のあとマギーを呼び出した。高校の陰気な職員室に二人は並んで立ってこう告げる。残念ながら、あなたは二軍落ちです。視野が広くてほかの選手をよく見ているけれど、パスの正確さに欠けているから。

　どちらも的外れな指摘と思えた。一方で、ほかの一〇年生や入ってきたばかりの九年生が次々と代表チームに昇格していく。マギーの胸で怒りと屈辱が渦巻いた。

　マギーはチームを辞める。それが逆境に置かれたときのいつもの対処法だ。改善の余地ありと指摘する段階を飛ばしていきなり見当違いの非難をされると、マギーはその時点で努力をあきらめてしまう。冗談じゃないわよ、勝手にすれば、と言い捨て、それまで大好きだったことであろうとあっさり放り出す。そうむきになってはいけない、いったん落ち着いてよく考えてみようと助言する人、二軍チームでベストを尽くし、コーチの判断が間違っていたことを証明してみせればいいと励ます人は身近にいない。父親は強い人だが、酒ばかり飲んでいる。社会に出て以来ずっと働いていた会社から一時解雇されて以来、次の仕事を探してはいるが、そのための当を得た努力はできていなかった。

新任のコーチ二人から生意気と思われていることは知っている。身の程知らずだと思われているのだ。ファーゴという街は、協調性のないメンバーを嫌う。アメリカという国は、義務を果たせと市民に求める。どこへ行こうと、マギーの目には何もかもが不公平と映った。他方には、クヌーデル先生のように、マギーにどう話をすれば響くか心得ている教師がいる。町はずれを走る列車のような人々もいるのだ。輝くばかりに美しく、ひたすら前進あるのみの、迷いと無縁の人々。マギーはそういう人になりたかった。なのにときどき、欲求という刃に自分から身を投げるような真似をしてしまう。身を投げたあとになって悔やんでも時すでに遅く、しかも後悔を向ける方角が間違っているから、誰もマギーを救えない。

九年生でクヌーデル先生の英語の授業を取り、その後もディベートのクラスや奉仕学習活動に参加して、高校生活を通じてミスター・クヌーデルに個人的な相談に乗ってもらっていたということですね？

ホイのもじゃもじゃした口髭は年寄りくさいとあなたは思う。痩せた高齢者が相手だと、急にどうしていいかわからなくなる。父方の祖母を思い出す。子供のころはいつも、おばあちゃんがいまにもそこの角を曲がってきて、いたずらの現場が見つかってしまうのではないかとびくびくしたものだ。それに似て、ホイはたびたびあなたの不意を突く。ホイは、成績が思わしくない生徒を見るような目をあなたに向ける。あなたは高校時代よりだいぶ太った。もしかしたらホイは、自分のクライアントは有罪だと知っているのかもしれない。きっとそうだろう。いずれにせよ、アーロン・クヌーデルがよりによってあなたを選んだことに驚いているような視線をあなたに向ける。そういうとき、高校時代の写真を引っ張り出したくなった。そのころのあなたの笑顔を、細かった体を見せびらかしたくなる。このスケベじじい、と言ってやりたい。この人の奥さんはきっと、はかなく消える欲望の歴史上にいるほかの誰よりたくさんの性交性頭痛に苦しんできていることだろう。

すみません、いまの質問をもう一度——

一一年生に進級してからも、ハワイで成人男性と経験したことに関してミスター・クヌーデルに相談しましたね——

検事のジョン・バイヤーズがさえぎった。異議あり。本件とは無関係であり、強姦被害者保護法《レイプ・シールド》に反する質問です。

やれやれ、自分の味方をしてくれるためにそこにいる人物が味方をしてくれただけなのに、救われたような気持ちになるなんて。レイプ・シールド法は、レイプ被害を訴えている人物の過去の性的経験を尋ねてはいけないと定めている。つまり、被害者の本質が〝尻軽〟であるという証明を試みてはならないということだ。

飛行機の切符を手配したのは、マギーの義理の兄だった。海を越える飛行機に乗るのは初めてだ。

一五時間の旅。その飛行時間の長さがすでに非日常と思えた。

デインとメリアはオアフ島に住んでいて、デインはスコーフィールド陸軍基地に配属されていた。メリアは小麦色に焼けて、女の赤ちゃんを抱いていた。メリアはもう〝デインとメリア〟なのだと思うたび、マギーはさみしくなった。マギーとメリアは、冬の寒さに閉ざされるファーゴで育った仲よし姉妹だった。姉はもはや自分のものではないというだけならまだ我慢できる。でも、その姉が常夏のユートピアに住んでいるのだから、まさにダブルパンチだ。

メリアは結婚式にはファーゴに里帰りした。式と披露宴はファーゴ近郊の町ワイルドライスで開かれた。マギーはブライズメイドがおそろいで着た、複雑な作りのドレスで出席した。ストラップレスで、生地は茶色、たくさんのタックやギャザーやドレープが施され、『美女と野獣』のベルのドレスのようだった。

結婚式が終わると、姉妹は赤ん坊と一緒にハワイ行きの飛行機に乗った。デインは一足先にハワイに戻っていた。軍ではよくあることらしい。軍人の夫が先にどこかへ赴き、新しい土地に自分の旗を立てる。または、壊れた給水本管の修理をする。

発つ前に、メリアとマギーは旅行に備えた買い物に繰り出す。メリアによれば、着飾って出歩く人はハワイにいない。ハイヒールなんて誰も履かず、ちょっとしゃれたサンダルと、ルーズなシルエットのカラフルな服があればすんでしまう。マギーはゆるやかなシルエットのトップスやスカートを買った。とくに気に入ったのは、胸にぴたりと沿うターコイズ色のチューブトップにふわりと長めの裾がついた服だ。ミニドレスとしても着られるし、トップスとしてジーンズに合わせてもいい。買い物の帰り道、マギーが提げたたくさんのビニールの買い物袋は、まるでさかさまにぶら下げた花束だ。

それを大事に持ち帰る。そこに詰まっているのはショッピングの楽しい思い出であるかのように。

飛行機が着陸すると同時に、ハワイはマギーの心を鷲づかみにする。エメラルド色に輝く木々、目の覚めるような色をした花々。空港そのものが美しかった。他人の目に映る自分の肌の白さをマギーは初めて意識した。ファーゴは外界から隔絶していた。あるいは寒すぎて、じっくり考えてみるゆとりがなかった。

まばゆくて暑いくらいに暖かいビーチで、赤ん坊のエミリーが人生の小さな驚きを一つずつ栄養にする様子をながめて毎日を過ごす。赤ん坊の丸っこい指のあいだを滑り落ちる砂、海の塩辛い味。マギーも生まれたばかりの子供に戻る。初めて見るものばかりだった。鳥はよその惑星の歌を歌っていた。あれほど暖かい気候があるとは知らなかった。それに海！　昔から泳ぐのは大好きだったが、あんな海に入ったことは一度もない。青く透き通った水、冷たい光を放って身をくねらせる魚。陰鬱なノースダコタ州が、スレート色に凍りついた池や湖が脳裏をよぎった。

ある日、マギーは秘密の滝の真下までハイキングに出かける。伏せたボウルを二つ並べたような緑色の山のあいだから、脈打つトリュフを思わせる黒い水がほとばしり落ちていた。ハワイは、どんなときも水着でいなくてはいけないような気にさせる場所だ。道路の真ん中にいるときでさえ、泳ぐチャンスが天から降ってきそうだった。

世の中には、来世はきっとあると信じて生きている人がいる。次はクールで人気者で頭のいいお金持ちに生まれるはず、好きなだけセックスができるはずと信じているような人たち。彼らは、今回の人生はぼんやり過ごしてしまっても大丈夫、映画でも観るようにながめていればいいのだと思っているかのようにふるまう。マギーは敬虔なカトリックだから、生まれ変わりは信じていない。いま生きているこの人生を充実させたい。どんなことでも経験したいと考える一方で、信仰する宗教の教えは守りたいとも思う。だから、たとえば、メリアから妊娠を打ち明けられたときには動揺した。未婚でセックスするなんて許されない。しかし生まれてきたエミリーは無垢で、星のように輝いていた。エミリーが罪から生まれたとは想像もできない。それに、デインとメリアはもう朗々と鳴り響くラストネームを共有しているのだ。調理用のミキサーだって持っている。真っ白で清潔なミキサーほど、カトリック的で、強い拘束力を持つものはほかにない。

以前は白と黒は明らかに違うと思っていたが、ハワイではそのような区別は愚かなものと思えた。ハワイは、マギー自身が抱えている矛盾に気づかせた。マギーは暖かな夜ごとに自分を省みた。ビーチに出て長い散歩をした。砂に沈みこむ自分の爪先を見つめ、ふるさとの人々を思い、帰ったらみんな自分の変わりようを見て驚くだろうと考えた。

二度ほど——一六歳の少女が、子供が生まれたばかりの家庭に長期滞在するという決断をとりわけ深く後悔するような夜に——メリアがエミリーと家に残り、デインが友人たちと会うのにマギーを連れていったことがあった。デインの友達は、背が高くて体格がよく、にぎやかな人ばかりだった。マギーはお酒を飲むのも笑うのも得意だ。その二つは場に溶けこむという意味でも、夕食代のお返しという意味でも必要なものだった。

ある晩マギーは、デインを通じて知り合った人物の家で開かれるパーティに行きたいと言った。メリアはデインに、一緒に行ってマギーに目を光らせておいてと頼む。マギーとデインがふだん着で会場に行くと、ほかの人たちはみな古代ローマ風のトーガを着ていた。無数の白いトーガの合間で、ソロの赤い使い捨てコップが電球のようにきらめいていた。

これどういうこと、とマギーは義兄に言った。トーガ・パーティだって知らなかったの？

忘れてたよ、とディンは言う。

マテオという名のディンの同僚が来てディンの肩を叩き、マギーに自己紹介する。キューバ出身で、肩幅が広く、魅力的な人だった。

仮装してこなかったんだね、とマテオが言う。

彼のせいなの、とマギーはディンを指さす。

マテオは薄暗くて殺風景な家の奥に二人を案内し、小さなリネン庫からそこそこ白いシーツを二枚持ってくる。マギーはバスルームで着替えた。むき出しの肩にシーツをかけて背中で結ぶ。バスルームには抗真菌軟膏や抜け毛予防シャンプーがあったのかもしれないが、目につくところには置いていなかった。ちっぽけなシャワールームにシャンプーの巨大なボトルが一つ。清潔な男性のにおいがした。

パーティの会場に戻り、マギーはマリブ（ラム酒ベースのココナッツ風味のリキュール）を飲む。マリブはゼリーのように喉をすべり落ちた。マギーはよく笑った。ずいぶんと世慣れた一六歳になった気がした。

きみはおもしろい人だね、物怖じしないところがいいなとマテオが言う。二人はたくさん一緒に笑った。マギーが何か話すと、マテオはマギーの目をまっすぐのぞきこむようにして聞き入る。そして、妻と別居したばかりで、まだ立ち直っていないんだと打ち明ける。「立ち直っていない」という表現を使ったのはマテオ本人だったかもしれないが、もしかしたら姉のメリアだったかもしれない。マテオは三一歳だが、一六歳のマギーにしてみれば三一歳も五七歳も似たようなものだ。それにマテオは結婚しただけでなく、離婚まで経験している。マギーは読書好きで、宿題のほかにも本を読むのは読みすぎだと思うことがときどきある。

この夜は酒を飲みすぎて、マギーは悪酔いした。駐めてある車の陰で身をかがめ、髪を後ろにまとめて自分の手で押さえて吐いた。そこに義兄や友人たちが出てきて、マギーに気づいて笑う。マギーは顔を上げた。ジョークの種にされるのはかまわない。聞き流せばいいだけだ。吐いているところを見られたなかにマテオがいないことを確かめ、ほっとする。マテオ以外はみなお兄さんみたいな人だった。

その二日後の夜、空気をジャングルの緑色に染めるコロンをまとい、いつになくめかしこんだマテオが来てマギーを夕飯に連れ出したが、メリアとデインはとくに不審に思わなかった。

マギーはといえば、感激した。マテオはとびきりすてきに見えた。車はおとなの男性の車だ。車用芳香剤とマテオの香水の香りがする。ファーゴの男の子のことを思い返す。マギーのたばこに火をつけてくれる子など一人もいない。マテオは車のドアを開けてマギーを先に乗せた。車でファミリーレストランのアップルビーズに向かった。マギーは、お気に入りのメニュー、スパイスを利かせたこんがりチキンを頼む。おなかいっぱいになったかいとマテオは訊き、もう食べられないというお芝居をしているのではないことを確かめた。

ほかに注文しなくて大丈夫だね、とマテオは訊いた。小食なお姫様ぶらないでくれよな。俺が早食いだからって、合わせなくていいんだよ。

マギーは口いっぱいに料理を頬張ってうなずき、急いでのみこんでから微笑む。

支払いは全部マテオがすませる。マギーは寒くて殺風景な土地での暮らしに慣れていた。男の子はふつう、マギーが楽しんでいるか、おなかが空いていないかなど気にしない。なのにいま、ハワイで、一人前の男性と、デートらしいデートをしている。遠くで海鳴りが聞こえる。夜気は心地よく、何もかもがマギーのパイナップル味のリップグロスのにおいをさせている。

食事のあと、近くのビーチを歩いた。足の裏に触れる砂はひんやりとして柔らかい。いつの日か、こういう男性、歩くとき自分に顔を向けてくれる男性は世の中にいくらでもいることをマギーは知るだろう。しかしマギーはまだ一六歳だ。このときのマギーの目には、マテオはほかには見つかりそうにない特別な男性と映った。ラム酒がマギーの体を火照らせている。手足がぶつかり合ってやかましい音を立てているのが聞こえるようだったが、万事をコントロールできているようにも思えた。

腰を下ろして海を見ようかとマテオが誘う。並んで座り、膝を胸に引き寄せて、スーラが描いた川岸の人々のように海をながめた。マギーは黒くうねる波に意識を集中しようとする。マテオが体を近づけてきた。大きな笑みを浮かべていたが、唇は結ばれている。その年ごろの少女らしく、マギーは世界に開かれていた。恐れることなく。まだそこに住む者はなく。男たちはその地を開拓し、少女を都市に変える。彼らが引き揚げたあとには痕跡が残される。ある日、太陽が顔を出さなくなったとき、木材の、それまで陽射しにさらされていた部分だけが色褪せているように。

どうして笑ってるの、とマギーは尋ねる。

それはね、とマテオは答える。きみにキスしたくなったからさ。


ハワイらしく晴れ渡ったある朝、マテオはオートバイでマギーを迎えにくる。二人はオートバイ・クラブの持ち寄り朝食パーティが開かれる緑色の丘に向かった。マギーと同年代の女の子は一人もいない。ほかの女性はみな自分のオートバイで来ていて、すすけた黒い革ジャケットに艶のない髪をしている。自分が場違いな気がした。ただし、自惚れてしまいそうな意味で。

その日はお気に入りのターコイズ色のトップスをミニドレスとして着ていた。陽に焼けた脚に、エンジンの低い振動が伝わってくる。カーブに差しかかると、最初の二つ三つは怖くて体がすくんだが、次第に恐怖を忘れた。どのカーブも、反対側に体をかたむけるチャンス、そうやっておとなに近づく新しいチャンスだ。

マテオの筋肉はたくましく、小さなスラッシュ記号を束ねたような皺が目尻から伸びている。マテオの背中にしがみついていると、うれしくなった。ファーゴにいる両親はきっといまごろ酒を飲んでいるだろう。家にいると、二人の一挙一動の責任が自分にあるような気がしてしまう。しかし、ハワイにいれば自由だ。不安や不公平からすっかり解き放たれている。

その日は夜までオートバイで走り回った。途中で鋭い痛みを感じた。ハチに刺されたのだととっさに思った。ところがよく確かめると、路面の小石が跳ねて腕を小さくえぐったようだった。マギーは痛くても黙っていた。楽しい時間に水を差すような言動をしたくない。

オートバイはマテオの家の私道に入り、エンジンが止まった。緑の並木のあるクルドサック（住宅街に設けられる袋小路状の私道で、奥は単なる行き止まりではなくロータリーなどになっている）の突き当たりの家だ。道沿いの住宅はどれも脚柱で支えられて、道路から一段高くなっている。ヒッピーのサーファーのためのおとぎ話のツリーハウスといった風情だ。

マテオのルームメートは留守だった。マテオがこの家に引っ越してきたばかりだということは一目でわかる。マテオの部屋に持ち物はほとんどなく、家具は黒っぽい布で覆われていて、ひっくり返したくず入れがナイトスタンド代わりになっていた。離婚前の持ち物は処分してしまったのか、ライター一つと質のよさそうなスラックスが何本かあるだけだ。マギーは姉の結婚式に出たばかりだった。この人だって過去に誰かと結婚式を挙げたのに、いまは壁際にベッドが一つあるきりの部屋で一人暮らしをしているなんて。冷蔵庫には、中華風の甘酸っぱいダック・ソースの小袋がいくつかと、ビール、ベージュのポット型浄水器があるだけだ。

マギーの見たところ、彼よりも自分のほうが積極的だった。マテオはマギーがバージンだということを知らない。つい何カ月か前、未婚で妊娠した姉に冷ややかな目を向けたことも知らない。

マギーは自分からベッドに横たわる。二〇分ほどセックスをした。だいたい想像していたとおりの行為だった。いまの時代、行為そのものの知識はいくらでも手に入る。ステップごとに分解された知識が広く出回っていた。体液が関わるステップは、マギーの想像よりも卑猥だった。それでも、晴れて経験者の仲間入りを果たした。マットレスに押しつけられ、横たわった体の下に染みを作る人々の一員になったのだ。

何より感動したのは、手で触れることのできない部分だった。マギーにとってセックスとは、跳ねた小石が残した腕の傷に気づいたときの彼の反応だった。彼は切なげな顔をした。怪我をしたときマギーが悲鳴一つあげなかったから、痛かっただろうに何も言わなかったから。ほかに、彼がボクサーブリーフを脱ぐ様子、その部分の皮膚が思いがけず柔らかかったこともマギーに強烈な印象を残す。このあと何年が過ぎても、あの日のことで思い出すのはきっと、そういったディテールだろう。

終わったあと、マテオはすぐにはマギーを送っていかない。二人でベッドに並んで横たわり、長いことおしゃべりをする。彼はファーゴのことをあれこれ聞きたがり、自分はキューバの話をした。聞いているあいだ、マギーは動物のそれのように上下を繰り返している彼の胸に手を当てていた。意識をそこに集中する。自分の手が適度な圧力をそこに加えていますように。うっとうしいほどではなく、かといって子供っぽくもなく。バージンのように思われたくない。

だって、もうバージンではないのだから。


検事のバイヤーズはハワイに関する質問に異議を唱える。まるでハワイ州そのものが性行為であるみたいに。

いや、うかがいたいのはですね、とホイが軌道修正にかかる。その件をミスター・クヌーデルに打ち明けたかということです。

はい、とあなたは答える。

その件をどのように打ち明けましたか。

手紙を書きました。

なるほど。しかしなぜミスター・クヌーデルに？

誰にも話せないくらい恥ずかしかったけど、その時点でもう、クヌーデル先生は批判がましいことを言う人ではないと知っていたからです。

なるほど。で、何を期待してミスター・クヌーデルに手紙を書いたのですか。

あなたはどう答えるべきかと思案する。あなたのお兄さんは経緯をだいたい把握しているとはいえ、お兄さんが隣にいる場では答えにくい質問もなかにはある。証人証言録取手続は、腕の産毛が逆立つような経験だ。あなたがいかにみじめで、恥ずかしくて、病んだ行為をしたかをみんなに知られてしまう。家で手紙を書き、授業のあと彼に渡したら、それで気持ちが一息に軽くなったことをあなたは覚えている。くだらない意見を押しつけて自分の選択を否定するようなことはしないとわかっている人物にすべてを預けてしまったようで、ほっとした。世界中の誰もが白い目を向けたのに、彼だけはそうしなかった。友達は、あんたはみんなの憧れの先生に取り入ろうとしてるんだねといいたげな目であなたを見た。母親は、あなたのおなかのなかで何かが――年上の男性の頭をしたフジツボのような生き物が育っているのではと疑っているような目で見た。父親は、二度と娘を抱き締められそうにないと思っているような目で見た。

しかしクヌーデル先生だけは、どうするのがあなたにとって最善かを一緒に考えようとした。そこに損得勘定はなかった。教師としての親心があるだけだった。それに、あなたはただ誰かに話を聞いてもらいたい一心でいた。ただ誰かにこう言いたかったのだ。あのね、ハワイである人とセックスしたの。楽しかったし、海はすごくきれいで、わたしはその人を愛してるつもりだったけど、その人は恋愛感情を持っていなかった。それでも大事にされてるって実感があって、自分はセクシーできれいだと思えたし、自分らしくいられた。見て見て、これがマギーよ！って言いたくなるくらい。なのに、このホイとかいう老いぼれは、どうして理由なんか知りたがるわけ？　こういう人は、どんなポルノが好みか、奥さんに話してしまえたら楽なのになんて考えたこともないってこと？　誰かに何もかも理解してもらったら、どんな人だってほっとするわよね。

そう思っても、口にはできない。ホイもほかの人たちもみな、現実から目をそらしたまま生きているからだ。自分の頭のなかでさえ正直になろうとしない。法廷ではなおさらだろう。ここで口にしたことはどれも自分に不利な証拠として使われるかもしれないのだから。人間らしい優しさなど、人は持ち合わせていない。あなたは掌で腕をさすって産毛をなでつける。産毛は自己嫌悪のそよ風に吹かれて震えている。

あなたは答える。今度の学期はわたしにとってつらいものになりそうだって話しておきたかったんです。それに――いえ、今度の学期はたいへんになりそうだって伝えておきたかっただけだと思います。

次にいま処方されている薬の種類を質問され、あなたはハンドバッグを開けて、外国語を話すような心地で読み上げる。

ビバンセ、注意欠陥・多動性障害治療剤、五〇ミリグラム
オンダンセトロン塩酸塩、吐き気止め、四ミリグラム
デュロキセチン塩酸塩、サインバルタのジェネリック医薬品、抗鬱薬、六〇ミリグラム
エビリファイ、デュロキセチン塩酸塩の抗鬱効果を増強、二ミリグラム
クロノピン、パニック障害治療薬、頓服として一ミリグラム

動物学者たちがメモを取る。あなたはさらさらと動くそのペン先を見つめ、自分の体をしっかりと抱く。

学校が始まると、マギーはそれまで以上の孤独を感じて追い詰められる。たった一つ間違いをしただけで友達から縁を切られ、仲間はずれにされた。家族には頼れないと見切りをつけ、友達を家族代わりに思っていたマギーには大打撃だった。マギーの高校時代は、忠義を尽くす相手は終業のベルだ

けという人々にうっかり依存してしまった時期として記憶に残ることになるだろう。

ヘザー・S——平凡な容姿、眼鏡、卑怯者で裏切り者——は、マギーのハワイ旅行の件を言い触らす。陰口の定番といえそうな悪口をばらまく。あの子、おつむが軽いうえにお尻も軽いみたいよ。ユルすぎでしょ。ロリコン男にやられたんだってさ。そういった聞くに堪えない陰口がもしもすべて耳に届いていたら、残らずフィルムに収められたそれをスクリーンで見たとしたら、マギーはその時点で命を絶っていただろう。ヘザーはマテオの一件をリースに——マギーのよちよち歩きのころからの友達のリースに話す。卑劣というほどではないにしても、裏切り行為であることは事実だ。リースはさらにゾーイという子に話す。ゾーイは一つ年上で、大の噂話好きだ。しかもヘザーは、マギーがあんたのこと薄汚いメキシコ人呼ばわりしてたよとゾーイに告げ口したらしいが、マギーはそんなことは一度も言ったことがない。

学校のベージュの廊下に種火が放たれた。ゴムのようにすべりにくい体育館の床にも。食べ物のにおいが染みついたカフェテリアにも。四〇年ほど時代が巻き戻ったように、男子生徒はマギーのところに来て言った。聞いたぜ、メキシコ野郎に孕まされたんだってな！　女子生徒はもっと残酷だった。面と向かっては何も言わない。黙って目配せを交わすだけだ。そして脅しを含んだエネルギーをマギーに照射する。いまもあたしたちの一員だっていうなら、それらしくふるまってみなよ。女子生徒たちの視線は、あんたなんか、肌の浅黒い脂ぎったオヤジにバージンを捧げた淫売じゃんと言っていた。どうせドラッグ中毒の男でしょ。そんな男とやるなんて、節操なさすぎじゃない？

年長の女子生徒、マギーよりも細く整った顔立ちをして世慣れた年長の一二年生には、何も言い返せない。一一年生に進級した秋の最初の週、マギーがトイレの個室にいると、一二年生の生徒が数人、鏡の前でマテオの件を噂している声が聞こえてくる。マギーと寝ようと思うなんて、相手はよほどのヘンタイに決まってるよね。マギーのなかに入った男性のことをまるで知っているかのように、彼が生ごみかなにかのように、そう話している。一二年生が出ていくのを待って、マギーは下着を引っ張り上げ、便器の蓋に座って、次の授業時間が終わるまで泣き続ける。

不潔で淫らな人間になったようで苦しかった。そのうえ、処女を失った相手の男性が恋しくてたまらない。セックスをした相手と話ができない。電子メールを送ったり、フェイスブックでメッセージを交換したり、スカイプで顔を見たりして、二人だけのジョークを蘇らせることはできない。父母に打ち明けることなどできないし、打ち明けたいとも思わなかった。両親の顔を見ると——二人のことを考えるだけで——本当にユルい女になったような気がする。学校の友達には、伝染病にかかった人のように扱われた。世界中のどこにも味方はいない。

家では笑わず、食事もろくに喉を通らなかったが、それ以外はふだんどおりを心がけた。自分を〝レイプした〟男を恋しがっていると思われたくなかった。食事の時間は皿の上で食べ物をあちこちに動かして、きちんと食べている風を装った。

ある日、ベッドに入る前に自室の机に向かっていると、脳のなかのほかより賢い部分から新たな考えが湧いてきて、それまで感じたことのない孤独にとらわれる。自分を救ってくれそうな人の顔が脳裏に浮かんだ。

手書きの手紙をしたためた。紙とペンで何か書くのは好きだ。そうすると考えがまとまりやすい。父親に腹が立ったとき、よく父親に宛てて手紙を書いた。同じことをメールで伝えていたら、もっとずっと辛辣な言葉が並んでいただろう。

〈クヌーデルへ〉と書き出す（このころには〝クヌーデル先生〟ではなく、〝クヌーデル〟か〝AK〟と呼ぶようになっていた。先生と生徒の関係であることは変わらないが、いまや友人でもある）。〈今学期はきっとだめだと思うの。どうしてかというと――〉

そしてマテオとセックスしたことを綴る。それが初体験だったことを打ち明ける。初体験は一大事ではあるが、問題はそこではない。あのあと、自分は汚れてしまった、もう神の子ではないのだという思いに悩まされていることは否定できないにしても。清らかさが失われた分、別の感情がいくつも芽生えてきた。こんがりチキンでおなかがいっぱいになったか、マテオがさかんに気にかけてくれたこと。まだ会ったばかりだったのに、トーガの代わりにするシーツを快く貸してくれたこと。跳ね石で切り傷ができたのに我慢していたと知って、マテオが悲しげな顔をしたこと。マギーのジョークに笑ってくれたこと。釣り上げた魚を高々と掲げて誇らしげに見つめるように、マギーを見つめたこと。高校生の男の子と違い、欲望を感じているのを隠さなかったこと。それに、マギーが自分を見る目は以前と大きく変わった。長く豊かな髪。力強い腿《もも》、柔らかな乳房。

クヌーデルに細部まで打ち明けた。セックスに何を感じたか。実際に経験するまで、噂で聞いて陳腐だと思っていたこと。マテオと寝た直後から、心身の感受性が鋭くなったことも書く。

どうして終わってしまったかも。

初めての夜から数日後、マギーはメリアに頼んでマテオの家まで送ってもらった。焚き火をするのだとメリアには話してある。ツリーハウスのような高床の家が並んだ住宅街は、夜にはほのかな輝きに包まれていた。何時に迎えにくればいいかとメリアに訊かれ、マギーは今夜は泊まりたいと答える。俺はソファで寝るよとマテオがメリアに言う。その夜のベッドで、そんなことを言うつもりはなかったのに、言葉が勝手に飛び出していった。

あなたを愛してるみたい。

その瞬間、悟った。屈辱で顔が熱くなった。マテオには同じ言葉を返す気がないとわかったからだ。マギーは泣いた。

泣くなよ、とマテオが言う。

彼の顔を見たくない。きっとマテオの顔は、つい二〇秒前よりもずっとすてきに見えるだろう。まだそこに欠点を見つけられた二〇秒前よりも。

彼はマギーの顔を両手で包みこんだ。きみは大切な人だよ、だけどいまはまだ愛せない。

心の痛みは消えなかったが、痛みはずっとそのままではない。あれから痣の色は薄くなって、どうにか我慢できるものになっている。

クヌーデルに宛てた手紙に、それから数週間はそれまでどおりの日々が続いたと書いた。マテオの友達に大勢紹介された。マギーはガールフレンドではないが、ガールフレンドの反対の存在でもない。マテオと出かける日は、同じ手順がささやかな儀式になった。髪を整え、ローションを塗る。オアフ島は特大サイズの二枚貝だ。マギーは貝殻の内側に住んでいた。自分は陶器のように美しい貝の内側を歩いていて、貝殻の向こうには広がる青い世界が垣間見えた。

終わりは、あるよく晴れた日に訪れた。ディンとメリアの家で催されたバーベキューで、二人は人目を盗んでキスをした。誰かがそれを見ていた。妹が離婚経験のある軍人マテオとキスをしていたことがメリアに伝わった。メリアからその話を聞かされたディンはマテオを探す。だがマテオはすでに姿を消していた。ディンはマギーに言う。何もかも話すんだ、嘘をついたら、二度ときみと口を利かないからな。

酷な話ではあったが、当のマギーはさほど酷な話だと思わなかった。当然の報いだと思った。ディンがマテオを探し回っているのを見て、果たしてマテオの責任なのだろうかとマギーは首をかしげる。自分がいけなかったのだと考え、次に、誰かが責められるべきなのだろうかと思い直す。誰か悪いことをしただろうか。誰も何一つ悪いことなどしていないように思えた。ハワイ州の承諾年齢（婚姻や性交についての承諾・合意が有効と認められる法定年齢。州ごとに異なる）は一六歳だ。軍が定める承諾年齢も一六歳。マギーは一六歳だ。法律の面からも、二人のいずれも責められるようなことをしていない。ただし、ノースダコタ州の承諾年齢は一八歳だ。しかしそういった数字はベッドのなかでは何の意味も持たない。マギーが泣いた理由も、数字とはいっさい関係ない。

ディンはマテオの家まで行ったが、マテオはいない。メリアがノースダコタ州の実家に電話をかけ、両親に伝えた。そこで発生した怒りの嵐は勢力を一気に西に広げた。ノースダコタの強風がオアフ島の二枚貝の内側で吹き荒れた。母親は、メリアを通じてマギーに妊娠検査を受けさせた。性感染症の検査もひととおり。不面目の粒子が全方位から吹きつけてくる。メリアはディンにわめき散らした。わたし言ったわよね、そんなのふつうじゃないって！　女の子が年の離れた男とただの友達になるなんてありえないって！

夕食のテーブルで、ディンは怒りで顔を真っ赤にしている。誰もが誰かの腹を蹴飛ばしてやりたい気持ちでいる。自分が犯した間違いから目をそらすために。マギーは隅っこで小さくなっていた。神に許しを請うことさえできない。父親と電話で話したが、母親よりは冷静だった。それでも軍に苦情を入れると言う。みながあとは軍に任せようとした。

マギーはそれからさらに二週間、ハワイに滞在する予定だった。昼は長すぎ、海は残酷なまでに美しい。鳥たちの歌はうっとうしいほど楽しげだ。雨の予報でも、太陽が朝から晩まで照る。

ふるさとの街でもあらゆるものが壊れ始めている。電話で友達と話すと、意地の悪い声が返ってきた。三一歳？　サミーはそう訊く。それマジ？　だって、三一歳なんて、おじいちゃんじゃない？

マギーは食事を取らなくなる。マギーをただちに家に送り返すのがいいと皆の意見が一致した。それでも、予定どおりあと二週間ハワイに滞在した。飛行機の予約を変更すると高くつくからだ。マギーの母親は思いやり深く、世の中にも通じている。いつもそばにいて愛情を注いでくれる。それでもこのときは何もできなかった。この世で何よりつらいのは、我が子に起きた問題を解決してやれないことだ。それに現実の問題として、家族の誰かを予定より早く家に帰らせるためにお金を出せる母親ばかりではない。

ようやく出発の日が来て、別れの挨拶がぎこちなく交わされる。赤ん坊のエミリーの愛らしさは何一つ変わっていないが、それでもマギーを見るとき瞳の上できらめいていた愛情は、マギーがハワイに来たときよりも曇っている。否定できない変化が確かにあった。

ファーゴに帰ったマギーは、夏休みの残りを精神分析医や精神科医の診療に費やす。薬を何種類も処方されて、マギーは思った。マテオと話ができれば、そのほうがよほど心の回復に効くだろうに。マテオの今後は軍が判断すると周囲から聞いた。誰もがマギーが処女を失ったことにばかり気を取られて、処女を失ったばかりのマギーを気遣うのを忘れていた。

マギーはクヌーデル先生に宛てた手紙に署名する。

——マギーより。

手紙を折りたたんでバックパックに入れる。その存在を実際よりもずっと重く感じた。

クヌーデル先生のディベートのクラスの生徒はざっと三〇人。一一年生と一二年生しか選択できない人気の授業で、教室に優越意識が漂っている。週末のスキー旅行のようなくつろいだ雰囲気もあった。

授業の始まりに、クヌーデル先生が数分のスピーチをし、そのあとグループに分かれてその日のトピックについてリサーチと討論をした。

その日、マギーは授業中もそわそわしていたが、クヌーデル先生は何度か優しい笑みをマギーに向ける。その笑顔を見て、打ち明けるならやはりクヌーデル先生しかいないという確信が温かな毛布のようにマギーをくるみこむ。手紙を渡せば、信頼できる人々の輪に先生を招き入れることになる。いまはもう〝輪〟どころか〝点〟ほどでしかないが。手紙を渡し、自分のことを知ってもらえたら、のけ者にされたようなこの気持ちを振り切れるだろう。

授業が終わり、マギーは帰り支度にわざと時間をかける。自分が最後の一人になるのをさりげなく待つのはそう簡単ではない。のろのろと居残る生徒はほかにも大勢いる。みんなクヌーデル先生とおしゃべりがしたいのだ。どの生徒がいつ何の試合に出るのか、先生はいつもすべて把握している。だから生徒は、自分だけが特別扱いされているように感じる。この何年かのち、彼はノースダコタ州最優秀教員に選出されることになるが、それはもっともなことと思えた。表彰式は学校の体育館で開かれ、生徒と学校職員、来賓が立ち上がって拍手喝采を送るなか、クヌーデル先生は演台へと進む。満面の笑みの州知事と握手を交わす。いつものにおいに代わって、盛大に拍手をする母親たちの香水の香りが体育館に満ちる。愛用のノースダコタ州立大学のプルオーバーを着たクヌーデル先生は、誇大な称賛に戸惑っているような顔をする。

教室に残っているのが数人だけになったところで、マギーはやっと立ち上がった。教室の出口に向かいながら、大好きな先生に手紙を差し出す。これ、と言って渡す。どうかしていると思って頬が熱くなった。男性の教師に、処女ではなくなったことを告白する手紙を渡したのだから。クヌーデル先生は困惑まじりの笑みを浮かべたが、その表情の何かに励まされて、マギーも微笑み返す。

翌日の授業で、クヌーデル先生が言う。手紙を読んだよ。近いうちに話をしようか。

綿花を集めたような生徒の海のなかでも、クヌーデル先生はそのうちの一人にだけ届く声で話しかけるという特技を持っている。

この日、マギーは教室に自分一人だけになるまで待った。落ち着きなく両手をもみ合わせる。高校にはいろんな生徒がいる。ガリ勉の優等生もいれば、スポーツ選手もいる。人気の女子生徒もいれば、意地の悪い子もいる。いまのマギーはヤリマンだ。これから買わなくてはならない絹のスカーフのことを考える。ヒュンダイ車から下ろしてコンドミニアムの部屋に運び上げなくてはならない重たい猫砂の箱のことも。丸めた掌に息を吹きかけて口臭をチェックしたが、どのみちいまはガムを持っていない。

やあ。最後の生徒が出ていくと、クヌーデル先生はマギーを手招きする。「やあ」その声を聞いて、彼も教室に人がいなくなるのを待っていたのだとわかった。誰かが自分と共通の小さな目標を持っているとわかると、うれしくなる。そういった日常の小さな喜びが人の心を救う。

手紙を読んだよ、とクヌーデル先生が言う。それはさっきも聞いた。マギーはうなずく。

調子はどう？　先生は訊く。彼は教卓についていて、マギーは立っている。家にいる父母の両方が、あるいは一方が、一時間以内には酒を飲み始めるだろう。ハワイにいるマテオはきっと基地で昼食をとっているだろう。昼食は段ボール色をしたトレーで出されて、そこに並んだアルミ容器からフォークでぞんざいにすくい上げられ、口に放りこまれているだろう。姪のエミリーはそろそろ昼寝の時間だ。マギーは何十億もいる人々のうちのひとりにすぎない。神がマギーや大切な人たちの全員を残らず気遣えるわけがない。だから、先生と教室で二人きりになったこのとき、神は先生に自分の代理を命じたのではないかと考える。さあ、教師としての立場をほんの少し越えて、その子を支えてやりなさい。

クヌーデル先生は開口一番、きみは何一つ間違ったことをしていないよと言う。お父さんやお母さんはなぜ相手の男性を告発しなかったのかと尋ね、そもそもご両親とは良好な関係にあるのかと訊く。マギーはジーンズに、自分ではよく似合うと思っているブラウスを着ている。一家は裕福ではないから、〝ツイン・シティーズ〟——ミネアポリスとセントポール——で売られているような高価な服、雑誌で紹介されている服は買えない。マギーは、お気に入りの服をうまく着回すコツを心得ている。この日はいつになく長い時間、話をした。先生はアドバイスらしいアドバイスをしなかったものの、自分はどこもおかしくないのだと思ってマギーは自信を取り戻す。誰かが黙ってうなずき、大した問題ではないさという態度を取ってくれるだけで、そう、そんなことは日常茶飯事だから恥じるようなことではないし、きみはヘンタイでもヤリマンでもないよと暗に認めてくれるだけで、救われることもある。二〇匹の猫は必要ない。何も大げさなことは必要ない。必要なのは、誰かのハグだけだ。

マギーの姉のニコールは、その少し前に夫と一緒にコロラド州デンヴァーに転居した。そこで、その年のクリスマス休暇は家族そろってコロラド州で過ごそうということになり、デンヴァーから二時間ほど離れた山あいの質素なバンガローを借りた。二〇〇八年の暮れ、世界は前向きな変化を始めていた。マギーは一二年生に進級し、最上級生としての新たな責任を実感している。友人がいて、将来の計画があって、希望にあふれている。

出発前夜、マギーはすでに詰めこみすぎのスーツケースの隅にさらに着替えを押しこもうとしている。保温素材のパンツにソックス、ニット帽、下着ももう一組。最後に追加したものはともかく、衣類はどれも丁寧にたたんである。やがて携帯電話が軽やかな音を鳴らしてテキストメッセージの着信を知らせる。

生徒会活動の連絡のため、ふだんから役員同士や顧問のクヌーデル先生とのあいだでメッセージのやりとりはある。しかし、思いがけないことに、この夜、先生はとくに用事があるわけではなさそうだった。

やあ、調子はどう？

マギーは返信した。元気です。先生は？

先生は、荷造りはもうすんだかと訊く。マギーは返事を送った。だいたい完了。忘れ物がないか、ばたばたしてたところ。

メッセージがテトリスのブロックのように積み上がっていく。メッセージの大部分に相手の返信を誘う余地がさりげなく残されている。マギー側のメッセージにはそれがないものもまぎれているが、先生はそれにも細い糸のようなとっかかりを見つけ出してはたぐり寄せ、新たな話題へとつないでいった。

やりとりは夜更けまで続いた。マギーは翌朝のフライトに備えて早めに寝るつもりでいた。一一時ごろ、クヌーデル先生がそろそろベッドに入るとしようと書いてくる。マギーは小さな笑みとともにタイプする。お年寄りは早寝なのね！

それに対するクヌーデル先生の返信は、マギーの心に小さな波紋を起こす。好奇心をざわつかせる。返信にはこうあった——ベッドに入るのは、眠るためとはかぎらないよ。

コロラド州に着いて、マギーは自分自身を取り戻す。冬が、時の経過が、それまでの一年のあいだにできた分厚いかさぶたをきれいに剝がしていた。

バンガローは、〝バンガロー〟と聞いて誰もが思い浮かべるようなものだ。白い雪に覆われた山々のあいだを縫う未舗装道路を上った先にあり、水回りの設備は新しく交換されたばかりで、室内のあちこちに木材のアクセントが利いている。一家全員が寝泊まりするのに充分な広さがあった。ウィルケン夫妻、マギー、姉二人と兄二人、幼い孫世代。全員が集まるのは何年ぶりだろう。マギーは自分のベッドを確保していたが、そこにたいがいエミリーかマルコがもぐりこんできた。

暖炉を囲んで近況を報告し合った。料理担当は父親のミスター・ウィルケンで、得意のスパゲティ・ソースを大量に作った。家族の誰もがお父さんのスパゲティが食べたいと言う。材料や分量は知っていても、マーク・ウィルケンが作るソースと同じ味にはできあがらないのだ。マギーがまだ子供で、一家がいまより貧しかったころ、ミスター・ウィルケンはペパロニ・ソーセージの薄切りを何枚かソースに入れたが、ソーセージは贅沢品だったから、そうたくさんは入っていない。家族はみなソーセージを〝お宝〟と呼び、マギーやきょうだいは、取り分をめぐって喧嘩した。

午後になると、マギーは子供たちと一緒にそり遊びに出かける。雪に覆われた山肌を陽射しが金色に染めている。ここには悩みも不安もない。美と安らぎが絶妙な割合でブレンドされている。何年かのち、争いと死に直面したとき、マギーはこのときの美と安らぎを脳裏に浮かべ、争いや死はコロラドまでは追いかけていかないのだと感慨にふけることになる。コロラドでは、昼はスキーをし、夜は笑って過ごし、そして毎朝、無敵の気分で目を覚ますと、キャンプ用のマグに入ったコーヒーがあり、子供たちがはしゃぎ回る足音が聞こえている。子供たちがベッドに入ったあとの静かな夜、兄たちとデインはテレビの前に座り、コメディ・コンビのフライト・オブ・ザ・コンコルズのどこがどうおもしろいのか、ほかの家族に解説する。ハワイの苦い思い出は、サーフボードなど、あと九カ月は使いそうにない品物と一緒に地下室にしまいこまれた。以前の輝きを取り戻したマギーは、誰からも親友のように扱われる。ふつうの女性にはできないレベルで男の子と仲よくなる。ユーチューブの動画やインターネット・ミームを見て笑う。

コロラド州に来た最初の夜、マギーの電話が着信音を鳴らした。またクヌーデル先生だ。マギーの内側にぽっと明かりが灯る。先生は、ハワイのできごとのあと、マギーを日常に引き戻してくれた。一一年生の一年を通して二人の距離は縮まっていた。それまでは単に優れた先生にすぎなかった彼は、いまや本心から頼れる味方になっていたから、個人的なメッセージが届くようになってもさほど不自然ではなかった。とはいえ、何か特別な感じはした。

クヌーデルは、クリスマスに何をもらったかとマギーに尋ねた。スノーボードには行ったか、コロラドの天気はどうか。姪や甥は何人いるのか。メッセージの返信にはほどよい間隔が開く。そうならざるをえないタイミングだ。マギーは一つメッセージを送ると携帯電話を伏せてテーブルに置き、家族の会話に戻る。次に携帯電話をチェックすると、新しいメッセージがいくつか届いている。高揚感で頭がくらくらした。このときのやりとりは残っていない。のちに彼に言われてすべて削除したからだ。それでも彼と交換したすべてのメッセージがマギーの記憶に刻まれている。とりわけ最初のころのメッセージは悲しいほど鮮やかに覚えていた。

いまつきあっている人がいるかと訊かれ、マギーはいると答えた。アルバイト先の男性だ。とはいえ、真剣な交際ではない。先生とのやりとりがふいに重大な意味を持ち始めた。重大で、信じがたいこととも思える。夜が更けても、目は冴えきっていた。先生とメッセージをやりとりしているなんて信じられない。相手が俳優のブラッド・ピットで、たったいま山でクマを倒してきたところなんだ、今夜はきみのベッドで休ませてもらえないかと言われるほうがまだ現実的だという気がした。

これは夢ではと疑ったからだろうか、まもなく墜落の瞬間が訪れる――

本当ならこんな風にきみと話をしてはいけないんだよな、という先生のメッセージが届く。

電話から顔を上げると、兄たちが笑っている。キッチンから、コショウ挽きが見当たらないんだけど誰か知らない？と訊く声が聞こえる。

マギーは、そうよね、と返す。

クヌーデルは、酒を飲んでいたんだ、本当は言ってはいけないことをこれから言うよと書いてくる。

マギーは、どうぞと答える。

メッセージにはこうあった――教師と生徒の間柄だ、こんな風にメッセージを送り合ってはいけない。マギーは、そうよね、と返す。

一方では、なぜメッセージを送り合ってはいけないのかと不思議に思った。マギーには友達が大勢いる。そのなかには男の子もたくさんいて、毎日のようにメッセージを交換しているが、それに深い意味はない。女の子よりも男の子といるほうが気楽だ。反面、クヌーデル先生の言いたいことはわからないでもない。こう言いたいのだろう。こんなことをさせないでくれ、ぼくはどうしてこんなことをしているんだろう、こんなことをしちゃいけない、妻を愛している、子供たちを愛しているのだから。しかし、このときすでにマギーは、彼の手が下着に忍びこんでこようとしているのを感じていた。

マギーがどうぞと返事をしたのは、先生は目上の人物だからだ。年上で、自分よりも世の中を知っている。その彼が、本来ならこんな風に話をしてはいけないと言うのだから——先にメッセージを送ってきたのは彼のほうだとしても——メッセージのやりとりなどしてはいけないのだろう。マギーは境界線を意識した。その境界線はぼんやりしたものではあっても、自分が先にその一線を越えたくはない。それどころか、一線を越えようという考えはそもそも頭に浮かばなかった。マギーは子供だ。対等ではない。だから、こんな風に話をしてはいけないのだと言われれば、心のどこかで、自分が責められているように感じる。何か悪いことをしたようで後ろめたい。とはいえ、罪悪感より困惑が勝っていた。マギーは先生の質問に答えただけなのだから。

同時に、長い時間をかけて築かれたものが二人のあいだにあることもこれ以上ないほどはっきりした。それは九年生になった年から着実に積み重ねられてきたものだ。教卓をはさんでおしゃべりをするたびに。よくやったねと先生が褒めるたびに。マギーがお気に入りのブラウスを着ていくたびに、先生が新しいネクタイをしてくるたびに。先生がアドバイスをするたびに。軽口をたたき合うたびに。ディベートのクラスに関するメッセージをやりとりするたびに。ほかの生徒のくだらない発言を聞いてマギーが鼻で笑い、先生がにやりとするたびに。母親が酒に酔うたび、父親が酔うたびに、先生の奥さんがうるさいことを言うたびに。そのたびに、何かが少しずつ育っていった。

翌日、マギーはスノーボードに出かける。子供たちの遊び相手をする。携帯電話はバンガローに置きっぱなしだ。マギーもやはりまだ子供なのだ。携帯電話が視界になければ、携帯電話のなかで起きていることは忘れてしまう。

バンガローに帰ってみると、新着メッセージが一五通届いている。どれもクヌーデル先生からだ。支離滅裂なポエムのようだった。どのメッセージも基本的に同じだ。おい、何かあったのか？　気を悪くしたのか？　いま何を考えてる？　もしもーし？

マギーが前夜のやりとりに怒って、あるいは怖じ気づいて、返事をせずにいるのではと心配しているらしい。もしかしたら――ありえないことではあるが――彼に嫌気が差したのではないかと思っているのだろう。

マギーは返事を書く。怒ってません。朝からずっとスノーボードをしてただけ。

先生から返信が届く。そうか、ならいい。

マギーは返信しない。

すると新たなメッセージが届く。冬休みが明けたら、また話そう。


マギーはメラニーの家で開かれた大晦日のパーティに行く。だいたいみんなカップルで来ている。メラニーの両親は深夜に帰宅する予定だったから、アルコールは出ない。この年代にとってはボーイフレンドがいたほうが何かと楽しいものだ。お決まりのセックスをし、やはりボーイフレンドがいる女の子たちとその話で盛り上がれる。このころマギーがデートしていたアルバイト先の男性は旅行中だった。彼はボーイフレンドではない。ホッケーをやることを除けば、兄のデヴィッドに似ていた。まだ体の関係はない。

パーティの夜、マギーはたびたびひとりぼっちになって、部屋を所在なげに見回した。今夜ここに集まっているカップルはみなこの先もずっとカップルなのだろうと思うと悲観的な気分になる。自分もファーゴ出身の誰かと寝て、次に目覚めたら五年後で、三人目の子供がおなかにいて、すり切れたアグのブーツを履いてテレビをながめているのではないか。

午前零時を回ったころ、携帯電話の着信音が鳴る。アルバイト先の〝ボーイフレンドではない〟男性ではなかった。アーロン・クヌーデルからのメッセージで、マギーのアドレス帳では〝AK〟という名で登録し直されている。最初は〝クヌーデル〟だったが、コロラド州にいるあいだ、このやりとりは秘密にしたほうがよさそうだと思い始めたとき変更した。メッセージに気づいた瞬間、胸がときめく。小鳥をそっと抱くように、携帯電話を胸もとに押し当てる。周囲を見回すが、誰もマギーを見ていない。

この日も朝からずっとメッセージをやりとりしていたが、誰がどう見てももう深夜だ。その意味を思うと、掌に汗がにじむ。コロラドでやりとりしたとき先生は、話をしてはいけないのは、言ってはいけないことを言ってしまいそうで不安だからだと言っていた。この日、マギーは朝から何度も尋ねていた。何を言ってしまいそうで怖いの？

AKは朝から何度もこうはぐらかした。何でもない。もう訊くな。大したことじゃないから、忘れてくれ。

だからマギーは、そんなこと言わないで教えてよと繰り返した。

するとAKはこう約束した。いつか教えるよ、たぶんね。あれから日付が変わって新年になった。彼はいまごろきっと、落ち着いたおとなの集まりに参加しているのだろうとマギーは想像する。奥さんは、どこかの似たような奥さんとメルローの赤ワインか何かを飲んでいて、先生は人のいない片隅からメッセージを送っているのだろう。

先生は、今度会ったときに話すよと言う。だからいまは気にしないでくれ。彼は強い酒を飲んでいる。新年おめでとうと彼は言い、誰かに新年のキスをしてもらったかいと訊く。これにマギーは、メラニーとサミーにしてもらったよと答える。

返信はすぐには届かなかった。クヌーデル先生の頭のなかの沈黙が聞こえてくるようだ。そこでマギーは付け加える。冗談だってば！

すると返信があった。それは勘定に入らないな。

奇妙な返信に思えて、マギーは何かいけないことをしてしまったのだと考える。クヌーデル先生には、自分はお馬鹿さんだと相手に一瞬で思わせる並外れた力があった。単に年上だから、先生だからというだけではない。何か別の理由がある。とはいえ、その二つもやはり関係している。

先生はどう？　とマギーは尋ねた。

僕は既婚者だよ、マギー。

どういう意味だろう。考えられる意味は数えきれないくらいありそうだ。そのうちの一つは、たとえば、僕は既婚者だから、いつでもどこでもいちゃつくし、カウントダウンが終わって新しい年になった瞬間、足もとで子供たちがちょろちょろしていようとかまわず愛する妻の喉に舌を押しこんださ、という意味かもしれない。あるいは、僕は既婚者だから、妻とのセックスはとうに死亡を宣告されている、きみがアルバイトしているレストランで出しているハンバーガー肉と変わらないよ、かもしれない。妻とのあいだの情熱は、たとえきみがプロムに履いていくハイヒールでその尻尾を踏みつけたとしても、ぴくりとも動かないだろう。妻と僕は、生活費を折半して、気分が向けば深夜のトーク番組を一緒に見たりすることもあるだけの関係だ。

へえ、とマギーは書く。それから室内を見回す。さっき見たときと違っているところがあると期待したわけではなかったが。

年上の男性に熱を上げる少女はみなそうだろうが、マギーも自分が何を望んでいるのかわからずにいる。セックスが望みなのか、そうではないのか。寝室の窓の前で服を脱ぎ、歩道から見上げている彼にそれを見せたいのか。いや、たぶん、胸をときめかせる小さなきっかけがほしいだけだ。たとえば、玄関先に匿名の贈り主からの花束が置かれているとか。

リナ

リナのかかりつけ医の診療所で、女性限定のディスカッション・グループの集まりが開かれている。いくつも並んだ診察室の前を通り過ぎた一番奥に、細長い楕円形をしたマホガニーのテーブルが置かれた居心地のよい大きな部屋がある。一一月下旬のその夜、八名の女性が集まりに参加し、カシューナッツをつまみ、ローストしたレッドペッパー風味のホムスを載せたウィート・シン・クラッカーを食べながら、プラスチックのコップでシャルドネの白ワインを飲んでいる。年代は三〇代初めから六〇代初めまでと幅広い。エイプリルは美貌の女性で、職業は教師、トリスタンという名前の五歳の男の子の母親だ。結婚と離婚を何度か繰り返しているというキャシーは、ドリー・パートンのようにエネルギーに満ちあふれた人で、何をもってしても彼女を黙らせるのは無理そうに思える。

集まった女性は、田舎町で開業しているこの診療所でホルモン療法と減量療法を受けている患者で、このところ体の内側に変化を感じ始めている人ばかりだ。パンツのフィット具合が変わった、生地が骨盤に引っかかっているような感じになったからだろうと言う。贅肉が落ちたおかげで自分と世界のあいだに空間ができ、その空間をホルモンが埋め、ホルモンが新たな欲求をかき立てた、あるいはそれまであった欲求の目的が様変わりした。

エイプリルには、美貌のボーイフレンドがいる。その人の写真を見たメンバーの全員がたしかにハンサムねと納得した。それを境に、メンバーがエイプリルを見る目が変わる。エイプリルの頭の先から爪先までながめ回す。エイプリルによると、ボーイフレンドとは数年前からつきあっていて、ずっと幸せな関係を維持している。

わたしには過去があるのよ、と言ってエイプリルは微笑む。ボーイフレンドのお母さんもそれを知ってて、知ってるってことをつねにわたしに意識させるの。小さな町だからしかたないわよね。

これまでにセックスレスに近い時期もあったが、この町に引っ越してきて以来、不思議なことに、以前よりかえって情熱的になったとエイプリルは言う。ボーイフレンドは、エイプリルが別の男性と関係を持っているという空想が好きなのだと、初めはおずおずと打ち明けたが、メンバーが励ますようにうなずくのを見て自信を持ったか、遠慮なく話し始めた。セックスの途中でボーイフレンドは、これまでにどんなデカいペニスとやったか話してくれとせがむらしい。

越えてはいけない一線があることはわたしも理解してるのとエイプリルは話す。過去の相手のほうが大きかったとほのめかすようなことは口にできない。過去の相手の名前を言うのもだめだ。エイプリルがそのうちの誰かといまも連絡を取っていないか、彼がフェイスブックをチェックしないともかぎらない。サンセバスティアンでめくるめく数週間をともに過ごしたマッシというイタリア系の男性の話はしない。マッシとバックで交わりながら、灰色の石造りの窓の外を見つめたときのことも話さない。彼の話をしないのは、いまもそのころが恋しくてたまらないからだ。

三二歳のリナは、メンバーのなかで一番若く、ただ一人のカトリック教徒だ。ほかの女性の話を聞いていると、初めは居心地が悪い。しかし、ワインをおかわりして、少し酔いが回る。

あなたは、ハニー？　最年長のキャシーが過保護な母親のような調子で尋ねた。あなたはどうなの？　何か話したいことがあるんでしょう、ダーリン。

そうですね、とリナは口を開く。ちょっとおもしろいことになってるの。わたし、まさにいま、人生の大きな変化のさなかにいるんです。

どんな変化かしら、スイーティ？

集まった女性に向け、リナは言葉を選びながらも率直に話し出した。この三カ月間、夫のエドが体に触れてくれるのをベッドでじっと待ち続けたのに、一度も触れてもらえなかった。絶望感に押しつぶされかけたとき、リナはなぜかいつも自信に満ちた断固とした態度で話す。

ほかのどんな絆より二人を一つに結びつけるはずのものを妻に与えない夫なんて、夫と呼べる？

キャシーが小さく舌打ちをしながら首を振る。

エイプリルが言った。あなたにとってものすごく大事なことなんだって、旦那さんには言ったの？

しばらく前から毎日のように言ってるの――ここでリナは泣き出す――わたしがほしいのはキスだけだって。何よりほしいのはキスなんだって！

女性たちは目の前のプラスチックのコップを見つめる。気まずい様子で一口、二口飲む。ワインは冷えたくしゃみのような味がした。それからぎこちないアドバイスを口にする。ふたたび炎を燃え上がらせるにはどうしたらいいか。リナは、やれることはもうすべてやったと言う。セクシーなショーツを着けたり、子供たちを実家に預けたりした。何日も夫に優しく接することで、夫の感情の銀行口座にせっせと入金してもみた。逆に無口になって、その気がないかのようにふるまった。グラスから氷のように冷えた水を飲んでから、舌の先で上唇をゆっくりとなぞってみたりもした。

すべて夫が悪いのだとなかなか他人にわかってもらえなくて、それもフラストレーションになる。リナにもまだやれることがあるのではないかと誰もが考え、《レッドブック》（一九〇三年創刊のアメリカの婦人誌。二〇一九年廃刊）から引いてきたようなアドバイスをする。離婚したばかりだというある女性は、自分を本当に愛してくれない夫に我慢するくらいなら、夫も恋人もいないほうがましではないかと思うことがあると言った。お金があるとずっと楽だとも言った。家を出てもいいし、自分の力で子供を育ててもいい。こんな結婚生活にはつきあってられないわよと言い放つ勇気が持てる。

リナは声を上げて泣いた。自分のお金なんてまったくないんです。

落ち着いて、とキャシーがなだめる。知ってるだろうけど、ご主人のお金の半分はあなたのものよ。

それに、インディアナ州の法律では――

リナは三角形に折ったティッシュから顔を上げる。ええ、知ってます。だけど。

だけど何、ハニー？　キャシーはすぐ隣の椅子に移動してきてリナの手を取り、ティッシュを何枚も握らせる。

実は、もう夫に言ったんです。別居したいって。

あら！　じゃあ、道のりの半分は来てるってことじゃないの、ハニー！

そうなんですけど。でも、まだ別居だけで、離婚したわけじゃないから、わたしの健康保険も彼がまだ払ってて――

そのくらいのこと、してもらって当然よ！　キャシーは言った。いいこと、離婚したからといって、健康保険がいきなり無効になったりはしないのよ。それに家や資産の半分はあなたのものよ！

でも子供が二人いて——

ご主人の子供でもあるわけでしょうに！

そうなんですけど。リナはテーブルを見回して信頼できそうな人を見きわめようとするが、もう遅い。ここまで話してしまったのだ。何をするにも、正しいやり方とまずいやり方がある。インディアナ州には、女性が離婚するに当たってやってはいけないことというものがある。リナは涙で湿ったティッシュを握り締めた。そしてキャシーを見つめた。

わたし、不倫してるんです。

ゴルフでショットの直前にギャラリーが静まり返るのに似た沈黙があった。その静寂のなか、テーブルを囲んだ女性たちの頭上に吹き出しが浮かんでいるのが見えるようだった。

ただのあばずれじゃないの。

なんだ、気の毒に思って損しちゃった。

あらうらやましい。

相手はどこの誰よ。

この人、何様のつもり？

そこまできれいじゃないのにね。

相手はどんな顔してるのかしら。

カトリックだって言ってなかった？

相手がうちの主人じゃなければいいけど。

浮気ならわたしもしたわ。

うちの夫も不倫してるのよ。

わたしの相手は担当の物理療法士。

沈黙を破ったのはキャシーだった。カントリー音楽で歌が始まる直前の呼びかけのようにこう切り出した。オーケー、ハニー。聞かせて。初めから全部聞かせて。

リナは目をしばたたく。愛する男性のことを話したいという欲求は強烈で、話せば彼との関係にひびが入りかねないとわかっていても、抑えきれなかった。心のどこかでわかっているのだ。彼との関係を話せば、その関係が持つ引力にいよいよ抗えなくなるだろう。リナはワインを一口飲んだ。

それから彼の名前を口にした。

エイダン。その人の名前はエイダンで、昔からいつもずっとわたしの生涯の恋人だったの。

高校時代のデート相手だったとリナは話す。ううん、デートする以上の関係だった。高校時代、恋人だった人。高校時代に真剣に愛し合ってた。一度、こんな手紙をくれた。ほかのラブレターが一気にかすんでしまうようなラブレター。リナはその手紙を大切に取っておいたが、ある日、母親に見つかって捨てられてしまった。二人の愛は計り知れないほど深かった。けれども、悪運につきまとわれてもいた。ロミオとジュリエットのようだった。悲しくて美しい結末を迎えた、悲しくて美しい物語。

あれ以来、彼を思い続けてきた。

女性たちはワインのボトルを回す。ワインのコップを口に運ぶ。そろそろ夕食の支度を始めなくてはならないのに、そのことは気にしない。後ろめたさを感じながらも好奇心に抗えず、テーブルに身を乗り出す。

その人の話、聞いてくれます？　リナは言う。

エイダンは背が高く、角張った顎をしていて、瞳の色はコバルト・ブルー。戦争に行った経験がある人のような、白黒がはっきりした顔をしている。彼はリナと離れているときもずっとリナのことを考えている。リナと一緒ではないとき、エイダンは弓のこを片手に自宅を改装している。付加価値をつけて高く売れるようにするため、間違いばかりの人生を過去のものにするためだ。エイダンが結婚した女性は、彼を愛していない。彼を半分裏切っている。ほかの男と遊び回り、元カレとメッセージをやりとりしている。なのにエイダンを手放そうとしない。エイダンが建設現場で長時間働いているおかげで、〝ダウンタウン・ブラウン〟色のマニキュアやフォーエバー21のコットンテリー素材のワンピースが買えるからだ。フォーエバー21のワンピースを着て近場のバーに繰り出し、見知らぬ男ににじり寄り、インディアナ州のわびしい冬のさなかにブルー・アイランド・カクテルを飲むとき、店の名前はフォーエバー34（「永遠の34歳」の意）になるのよねと女同士で冗談を言い合う。

建設中のダブルワイドのトレーラーハウスで彼が仕事をしていると、ラジオからその地域のモダン・カントリー専門局が流す音楽が雑音まじりに聞こえてくることがある。恋をしているとき、あるいは昔の恋が再燃しかけているときは、どんな曲を聴いていても、どういうわけか意中の人のことのように思える。不思議なものだ。

よい人なのだとリナは言う。間違いもしてきたけれど、よい人だってみな間違いをするものだ。よい人には欠点もあるが、安定している。アメリカには本物の男が不足している。本物の男というのは、口髭をたくわえ、生の挽き肉でマスをかくようないわゆる〝マルボロ・マン〟ではない。リナが本物の男だと思うのは、現実にいる男、正しい姿勢で立ち、あとから来る人のためにドアを押さえ、長時間働いてお金を稼ぎ、それをまっとうに稼いだにせよ、不正に稼いだにせよ、どうやって稼いだかを正直に話す男だ。そして話がおもしろい。職業や住んでいる場所にかかわらず話がおもしろく、知り合って何ヵ月もたってもまだおもしろいと思える話を聞かせてくれる人、自分のきょうだいからは絶対に聞けないような話をしてくれる人だ。エイダンのような男性が話をするとき、女がそれに耳をかたむけるのは、その人がすてきな男性だからではなく、耳をかたむけるに値する話だからで、しかも彼らは周囲に催促されて、あるいは同じテーブルについている女性の誰かにねだられて初めて口を開く。なぜかというと、よい人とそれ以外を真に分けるものは、次のようなことだからだ。本物の男、メイン州の奥地やフィラデルフィアの物騒な地域、インディアナ州南部の錆びついたような田舎町出身の男は、女を愛し、セックスを愛していて、プッシーにありつけるとなると、あのたくましい体が一センチか二センチくらいなびく。リナとしては〝プッシー〟という言葉は使いたくない。女のあそこに限った話ではないからだが、それでもプッシーという言葉には意外にも多くの意味が含まれている。ともかく、それ以外の男、世の中の大部分を構成している男たちは、女を寝室に連れこんだとたんにゲス野郎になって大それた要求をしてくるうえに、朝になるとマナーもへったくれもない態度で帰っていく。バーで、夕食の席で、彼らがなびくことはない。女のためにしてやりたいと当人が思わないことはいっさいしない。なぜかといえば、エイダン・ハートのような男性なら生まれつきありあまるほど持っている、女に捧げるための男らしい愛を持ち合わせていないからだ。

エイダン。

テーブルを囲んだ女性たちは、地震でかたむいたスープ用の蓋付き深皿のように身を乗り出している。頬杖をつき、気もそぞろな様子でミックスナッツを口に運んでいる。

おやまあ、とキャシーが言った。大した男性らしいわね。それに本物のロマンスのよう。

で、結末は、と誰かが訊く。女はたいがい、始まりよりも終わりが得意だからだ。リナの母親や姉たちもそうだが、同性の相手に心の底から同情するのは、その相手が苦しんでいるときだけ、さらに言えば自分が過去に経験し、克服した種類の苦しみであるときだけという女性も世の中にいることをリナは知っている。

結末は、とリナは小さくつぶやく。悲惨でした。

何人かが息をのむ。キャシーがリナの手に自分の手を重ねた。

噂がエイダンの耳にも入ったんです。わたしが一晩で三人と寝たという噂。実際には、飲み物に薬か何か入れられて、その三人に代わるがわるレイプされたの。でもわたし、エイダンに本当のことを話そうともしなかった。正直な話、あの日何が起きたか、わたし自身が理解できたのは何年もたってからだったし。彼と終わりになった理由は、二人とも意地っ張りだったから。互いに対する気持ちが強すぎたんです。何か想定外のことが起きたとたん、それがどんなに小さなこと、そう、たとえ嘘であっても、たちまち折れてしまうほど強かったの。わたしたちには乗り越えられなかった。まだ子供だったし。二人とも強情でした。

エイプリルが言った。たしかにあるわよね——どうしても消せない痕が残るような恋。

そうそう《ノー・シット》。リナは応じた。

〝シット〟という不快な言葉を聞いて、その場の全員が軽く顔をしかめる。

それに、とリナは話を続ける。その噂が流れたあと、もう誘ってもらえなくなりました。プロムにも誘われなかった。デートに誘われたこともない。映画にも、ボウリングにも、何にも。エイダンだけじゃないんです。誰からも声をかけてもらえなくなったの。

あのころはまだみんな子供だったし、あれからおとなになって変わっただろうと思うとリナは付け加えた。わたしももう気にしていません。あのとき性病をうつされたわけでもないし、妊娠したわけでもない。あれからみんなおとなになった。あのころとは別の人間になっている。

リナはしばしためらってから続けた。

本心を言えば、あの一連のできごとがわたしに孤独感を植えつけたんだと思います。あのできごとは、わたしをヤリマンと呼んでかまわないという承認スタンプを捺した。わたしは何もしていないのに。何が起きたか、それさえわかっていなかったのに。なのにそのわたしには理解できなかったこと、ちゃんと覚えてさえいなかったことが、その後の人生を変えたんです。

まあ、かわいそうに。かわいそうに、ハニー。キャシーは両手をもみしだいていた。

心配しないで、とリナは言った。平気なんです。彼と再会して、昔のことは関係ないと思うようになったの。新しいチャンスが巡ってきたんだって。

ふうん。どんな結末を迎えたのかと尋ねた女性が言った。で、どうやってその人をまた見つけたの。

わたしが彼を、じゃなくて、彼がわたしを見つけたんです。フェイスブックで。

エイプリルが叫んだ。フェイスブック！　わたしに息子がいるのはフェイスブックのおかげよ！

高校時代のボーイフレンドとフェイスブックを通じて連絡を取り合うようになり、ある夜、トリスタンを授かったが、昔の恋の再燃はそこまでだった。

へえ、そうなんですか。リナはそう訊いた。わたしの話はまだ終わっていないんですけど、とほのめかす言い方で。

彼はどうしてたの、ダーリン？　キャシーが先を促す。

エイダンは結婚していて、女の子が一人と、養子に迎えた女の子が一人いる。一家はインディアナ州西部の都市テレホート郊外の、クローヴァーランドという町に住んでいる。煉瓦造りの農場風の家で、ダンカンズ・マーケットというガソリンスタンドのすぐ先に建っている。リナはその家に入ったことはない。家は長く平らな本通りから一本はずれた通りに面していて、大きさはリナの家の五分の一くらいしかない。最後に吹雪に見舞われたのはもうずいぶん前のことなのに、そのとき使ったシャベルが何本か、ガレージに立てかけたままになっている。

相手も既婚なのね。一人が言った。あなたも結婚してる。

わたしは別居の手続き中です。リナは平板な声で言った。テーブルを囲む顔を一つずつ見る。一人ひとりと視線を合わせ、唇を引き結ぶ。

そして付け加える。彼に奥さんがいることはちゃんとわかってます。

これが三カ月続いたら――リナは頭のなかでつぶやく――わたしは出ていく。

満たされないまま一一年が過ぎた。フレンチキスをしてもらえないまま。ちゃんとしたキスを一度たりともしてもらえないまま。愛されることと同じように、あるいは愛されること以上に、仕事での成功を求める女性も世の中にはいる。しかし、リナが物心ついてからずっと求めてきたものは、心の底から愛し愛されること、ペンギンのように一人の伴侶と一生を過ごすことだった。

二度の出産を経験したというのに、リナの見た目は高校時代とほとんど変わっていない。子供のようにエネルギーの塊で、よく笑う。エドと結婚して一〇年以上がたつ。エドは郵便配達員だが、科学者のような風貌をしている。体つきは貧相でも、大きな家の手入れは得意だ。家はインディアナ州南部の町の新興住宅街にあり、周囲は農場だらけだが、大規模農場は一つもない。家々の前庭には壊れたトラクターが放置され、ところどころに乾ききった白トウモロコシ畑があったり、魔女の髪のようなブドウの蔓が這う一角があったりする。

エドが隣町で郵便を配達している日中、リナは七歳のデラと二歳のダニーの世話をする。いつも家がまだ真っ暗な早朝に起床する。インディアナ州の冬の太陽は、スーパーマーケットで買った卵の黄身のように淡い色をしている。リナは家のなかを歩き回り、洗濯機のスイッチを入れ、食洗機から皿を取り出す。デラの登校の支度を手伝ったあと、ダニーを娯楽室で遊ばせておいて、家の掃除をする。用事をすませに行くときはダニーも連れていく。栗色のサバーバンの真ん中の列にダニーを座らせ、車で二五分の距離にある一番近い大きな町ブルーミントンまで出かける。ブルーミントンにはインディアナ大学があり、大学には性科学研究で有名なキンゼイ研究所があるが、自分には研究の対象となる理由がないとリナは言う。クローガー・スーパーマーケットの世界最大の店舗で食料品を買う。ウォルマートでは電球。それから関節痛治療のためカイロプラクティックの診療所にも寄る。ダニーは他人の前ではおとなしくてかわいらしい子だが、家族だけになると聞き分けがない。

帰宅して、ダニーに昼食を食べさせる。新婚家庭にありそうなぴかぴかの大型オーブンで恐竜形のチキンナゲットを焼くことが多く、ダニーはオーブンの扉に顔を押し当て、チキンナゲットが黄色から茶色に焼けていくのを見つめる。リナはその小さな体に寄り添うように膝をつき、綿素材の生地の上から左右の肩に手を置いて言う。ほら見て見て、ナゲットがきつね色になっていくわよ！　ナゲットがこんがり焼けるのを待つあいだに二人分の皿を用意し、四角いプラスチック容器からマカロニサラダをスプーンでこんもりとよそう。それからダニーをハイチェアに座らせ、自分はキッチンカウンターの前に立つ。お尻を突き出してカウンターに肘をついた姿は一〇代の少女のようだ。リナの外見はだんだんダニーのベビーシッターのそれのようになっていくが、ダニーを見る目は母親のそれだ。

デラが生まれて以来、これがリナの日課になっている。そしてデラが生まれる前からこの大きな家がリナの持ち場だった。結婚当初に、七歳上のエドが両親からの援助と郵政公社で働いて貯めた資金でこの家を購入した。内装はリナが選んだ。手のこんだクラフツマン・スタイルのドアやプレイリー・スタイルの窓、ホームセンターのロウズで買ったステンドグラスのシーリング・ファン。ハウスキーパーを雇ったことは一度もなく、リナが布きれとガラスクリーナーを手に家のなかを歩き回って拭き掃除をし、便座の縁についた鮮やかな黄色の尿はねをきれいにする。

家事はいくらやっても終わりがなく、ときにむなしい。火曜にキッチンの床を磨き上げても、木曜日にはもう汚れている。以前は床掃除の曜日を決めていたが、最近は毎日、ときには一日に二度、掃除しているような気がする。どんなにがんばっても、成果らしい成果はない。

もちろん、子供たちは目的を与えてくれるが、家がネットのないゴールポストに思えてくることがある。空っぽの大きな家にいると、自分の内側に深い亀裂ができたように感じる。一つの臓器とその隣の臓器のあいだの黒い虚空。自分はその虚空に存在しているように思う。意思を持たず、味もにおいもなく、形も定かではない存在。

そんな風に感じてしまう最大の理由は、身を焦がすような愛に飢えているからだ。ルームメートと暮らしているのと大差ない。結婚して以来ずっと、そしてとりわけここ数年、エドのほうからセックスに誘ってきたことは一度もなかった。以前はそういうこともあったが、少しもロマンチックではなかった。彼はリナの腕を指先で叩き、こう言うだけだ――どう、する？

エドとはインディアナ大学の二年時の最後の週、姉の家で開かれたバーベキュー・パーティで知り合った。リナはランニングからちょうど帰ってきたところで、Tシャツにピンク色のスムージーの染みをつけた格好でリビングルームに入っていくと、エドと友人のデックスがいて、リナの姉や姉のボーイフレンドとおしゃべりしていた。デックスのほうがリナの好みのタイプだった。より整った顔立ちをして、エドよりも人当たりがよかった。しかしデックスはリナにあまり関心がないようだった。一方、エドのほうはリナにそれとなくまつわりついた。

その夜、バーベキューが終わったあと、リナとエドはリビングルームの床に寝転がっておしゃべりをした。二人以外はみな、家のどこかや庭のテントで寝静まっていた。しばらくしてリナは眠ったふりをした。エドとそれ以上関わりたくなかった。エドはリナのほうに身を乗り出し、おやすみと言って額にキスをした。エドはリナのことを何一つ知らなかった。翌朝、起きて帰ろうとすると、リナの車のウィンドウにポストイットが貼ってあった。エドの電話番号と、よかったら電話してくれというメッセージが書かれていた。

大学に進んで以来、リナが男性から誘われたのは二度だけだった。いずれの男性もリナが好意を抱いた人ではなかった。高校時代のあのできごとを知っている人はインディアナ大学にはいなかったが、リナにはそういう〝におい〟が染みついていたのだろう。自分でももちろんそのにおいを感じていた。そのよく晴れたまばゆい朝、まもなく始まる長い夏休みは実家を離れて友達の家で過ごすことになっている解放感もあって、デートの誘いは魅力的に思えた。リナはポストイットをポケットにしまって家に帰った。

まもなく二人は婚約した。華々しいファンファーレが鳴り響くことはなかった。ボーイフレンドの一人さえいなかったリナは、いきなり夫を持つ身になった。

そして子供たちが生まれ、犬が家族に加わった。いや、犬のほうが先だったかもしれない。あれから何頭かが死んだ。古い家具は新しい家具に置き換わった。エドはロマンスとは徹頭徹尾無縁だった。リナをベッドに押し倒すようなことは一度もしなかったし、ディナー・パーティのテーブルでリナに愛をささやいたりもしなかった。エドはそういう種類の魅力を持ち合わせていない。

何より、リナが覚えているかぎり、ちゃんとしたキスをしてもらったことが一度もない。飢えたような種類のキス、よだれを垂らす犬のようなキス。リナは自分の口のなかを探る男性の舌の感触が好きだ。唇と唇が重なり合い、連結する機械のように互いをむさぼる。エスコート嬢を男性が評価するサイトには、ディープ・フレンチキス——略してDFK——という評価項目があるのをリナは見聞きしている。夢のような性癖。フレンチキスに恋い焦がれるのはリナ一人ではないという証だ。なのに、キスしてもらいたいだけなのに、唇と唇で愛を交わしたいだけなのにと女友達に嘆くと、友達は笑い、リナの母親の声色を真似して言う。困った子ね、リナったら！　まるでキスほど滑稽な行為はないとでもいうように。リナが恋に恋する少女だとでもいうように。

自分では、高校時代にキスをほとんど経験しなかったせいだと思っている。どんなにキスをしたって足りない。一晩中キスをしていたい。一二時間ぶっ通しでキスしていたい。現実には、ここでほんの数分、あっちでほんの数分、それがせいいっぱいだった。ほかの女子は、学校の廊下のロッカーの前で男の子といちゃついていた。同じ背の高さの男の子の手を握り、一生続ける気かと思うくらいベタベタしていた。リナの心はいつも、その子たちの口と口のあいだに、自分のものではない口のあいだにあった。

目を閉じると彼の顔が浮かぶ。彼の唇、荒々しさを感じさせる顎の輪郭。以前は家全体が寝静まったあとの自室で、あるいはシャワーを浴びているときなど、七分間は決して誰にも邪魔されない自分だけの時間が持てるときだけ彼の顔を思い浮かべた。しかしいまは、後部シートにダニーを乗せて車を運転している――ダニーは眠っているか、目を覚ましていて〝ママ〟とリナを呼んでいる――最中でも、気づけば彼のことを考えている。ママ、ママ。ダニーはそう呼び、リナが何よとおざなりに訊くと、ダニーは目をぱちぱちさせる。とくに言いたいことがあったわけではないからだ。

エドはキスがきらいで、キスを拒む。リナはそのことを滑稽だと思わないし、たまたまだとも思わない。

公園の遊び場で、リナはママ友にこう尋ねる。あなたが誰かにキスをせがんだとして、その人はキスしてくれるんだけれど、いやいやそうしてるのがキスのあいだずっと伝わってくるわけ。そういうときの気持ち、わかる?

わかるわよ、と友達は答え、両手で髪をかき上げる。目はジャングルジムを登っている自分の子供を追っている。

ショックで死んじゃいたくなる。リナは言った。

そうかもね、と友達は答える。セラピーを受けてみたらいいんじゃない。第三者が入るとうまくいくこともあるから。

リナは笑った。カップル・セラピーなら、とっくに試していた。リナにとっては事情が悪化しただけだった。担当のセラピストは少し年上で、リナはこの人が最後にセックスをしたのはいつなのだろうと考えずにいられなかった。中立であるはずのそのセラピストに、リナは打ち明けた。結婚して一年になりますけど、夫は一度もフレンチキスをしてくれないんです。わたしが夫に求めている数少ないものごとの一つがそれなんですけど。

するとセラピストは両手をしっかりと組み、幼い子供に向けるような笑みを浮かべてリナを見つめ、ゆっくりとこう言った。

気にすることはないでしょう。別に異常なことではありませんから。

え？　とリナは聞き返した。愛する女が泣いてせがんでいるのに、ときどきディープ・キスをする程度のちょっとした頼みさえ無視するのがふつう？　まさか、冗談でしょう。

でもね、リナ。たとえば、エドがソファに敷いている毛布のちくちくした感触をあなたがきらいだったらと考えてみて。ちくちくする感触がどうしても好きになれないとしたら。同じことよ、エドはあなたとキスするのが好きになれない。世の中には、他人の舌が口に入ってくる感触がきらいな人もいるわ。その感触が不快だという人もいるの。

その感触が不快。リナは自宅の広い庭の上の広い空を見上げてつぶやく。その感触が不快。

セラピー直後の一週間、エドは家にいるあいだずっと得意げな笑みを顔に張りつけていた。ある日、リナはエドを見て言った。この前のセラピーで話したこと、あれから考えてみた？　するとエドは、考えてみたよ、気の進まないことはしないでいいってことだ。セラピストの目から見てもそれでかまわないってことだろ。

その秋、リナはホルモン治療のため、ブルーミントンにあるマホガニーを多用した美しいクリニックに通い始めた。医師は赤毛で、田舎出身の人らしい笑顔をしている。もともとは線維筋痛症の治療が目的だったが、クリニックの職員がリナのプロゲステロン値が下がっていることに気づき、それ以降、リナはサプリメントを摂るようになった。

同じクリニックに、二〇代半ばのパーソナル・トレーナーがいる。二〇歳くらい年上の赤毛の女性と交際中という男性だ。栄養相談の際、そのトレーナーは小さな黒い錠剤をリナに薦めた。ホメオパシー薬で、コンビニエンスストアでも買え、脳と体のバランスを整える効果があるという。リナは一六キロほど痩せ、以前のカーゴパンツは腰骨に引っかかってようやく止まっているような状態になった。あまりにすっきりして、まるで別人になったようだった。トレーナーは、似たような例をいくつも見てきた。期待が高まる例を。

みんな同じことを考えるんですよ。痩せたら、セックスしまくろうって。たしかに、欲求は急激に高まります。でも同時に、それを帳消しにするようなことが起きます。たいがいの夫婦に起きますよ。

いまから目に見えるようです、とトレーナーは言った。とくに女性の場合はすぐです。妻が短期間で一気に体重を落とす。すると夫は嫉妬に駆られるか、対応に困るかする。たまには夜に二人だけで出かけましょうよと妻はせがみ、夫が渋々応じると、妻はばっちりドレスアップする。夫はきれいだよと褒めるのを忘れる。月曜日、妻はスポーツジムに行く。すると五人の男性から褒めそやされる。うわあ、きれいになったね。驚いたよ、アマンダ。最高にセクシーだ。

公式を作って当てはめられる。一〇キロ痩せれば、週に一〇回、褒められる。パートナーが一月《ひとつき》に褒めてくれた回数より九回も多い。パートナーとの関係が崩壊するのは、ほかの人々とハイファイブを交わす瞬間だ。あらかじめチェックリストを用意して、減量に成功した女性がいつ離婚を決意するか予想することもできると男性トレーナーは言った。

減量に成功し、セックスアピールが高まったように感じたリナは、それまでになかったレベルの性欲に駆られた。エドに対する怒りを忘れようとした。エドのベルトループに指を引っかけ、彼に微笑みかけた。するとエドは言った。何のつもりだ？　真っ昼間だよ。ほかにやることがあるだろう？

まもなくリナは、自分が何年ものあいだ代償を押しつけていたことに気づいた。エドにベッドで拒まれるたび、翌朝起きてから、家のなかの何かを直してくれるようにエドに頼むのだ。リナの母親も父親に同じことをしていた。愛で満たされない心の隙間をそれで埋めようとした。

公園の遊び場で、リナはそのことをママ友に打ち明ける。ママ友にはリナの言わんとすることが本当には伝わらない。エドは少なくとも家のものを修理してくれるのだからいいじゃないと考える。リナがなぜ夫とセックスしたがるのか理解できない。リナの悩みのポイントがどこにあるのかわからない。

自分が小言ばかり言ってるように思うってこと？　ママ友は尋ねる。

まあね。でも、それだけじゃないの。自分がどうしてそんなことをするか——あれやこれやの修理を頼むのかわかったとたん、がみがみうるさい妻になった自分を嫌悪する気持ちはしぼんで、自分が哀れに思えてくるの。けっこうつらいのよ。自己嫌悪よりつらいかも。

なるほどね。ママ友はうなずく。子供を遊ばせたあと、リナとランチに行く時間はない。こまごました用事をすませなくてはならない。リナはいつも公園に行く前に雑用を片づけておく。昼間は時間が余ってしかたがない。

そこでリナはダニーを後部シートに乗せ、一人で車を走らせる。しかし三キロと走らないうち、欲求が泡のように湧き上がってくる。リナのなかの女と母親は、男を体の内側で感じたい、男を誘い入れたいと懇願し、リナのなかの高校生の少女は、毛布の下でキスされたいと懇願し、女子大学生は、友愛会《フラタニティ》のパーティに行き、ナチュラル・ライト・ビールの樽とペンキの剥げかけた地下室の柱のあいだでおっぱい検査をされたいと懇願する。

やがてある晩、科学者のような顔をしたエドにまたしても拒絶され、リナはカレンダーを確かめる。最後にセックスしたのは一月《ひとつき》半も前だ。それから四〇日、何一つない。キスも、愛撫もない。四旬節（キリスト教で、三月または四月の復活祭前の四〇日間、娯楽などを自粛する）に近い時期なら、これが四〇日間の自粛でありますようにと祈ったかもしれない。しかしいまは一〇月だ。一〇月に入ってからのすべての日と九月の大半の日、エドはリナに指一本触れていない。それでも家のなかはふだんどおりで、家事もふだんどおり、クリニックの予約もふだんどおりに進んだ。それ以外のすべてがふだんどおりだ。人生が失われていくような気がした。自分の肉体が無為に朽ちていこうとしているように感じた。心はまな板の上のステーキ肉のようだ。パニック発作が起きるようになったのはこのころだった。一日に二度ほど起きる。一度目は起床直後で、息ができない恐怖に襲われる。もう一度は昼食のころで、やり過ごさなくてはならない時間がまだ半日もあると意識させられる時間帯だからだ。リナは顔の皮膚をやたらにいじるようになった。不安を感じるたびにバスルームに行き、人造大理石のカウンターの縁にもたれ、鏡に顔を近づけて、柔らかくて美しい顔に散ったミニチュア月面クレーターをつつき回す。

鍵をしじゅうどこかに置き忘れる。オーブンを消すのを忘れる。車のルーフにコーヒーのカップを置いたのを忘れる。レストランのなかでも手袋を取るのを忘れる。もう注文したのに、それを忘れる。薬をのむのを忘れる。グルテンを含むものを食べてはいけないのを忘れる。

小さな嵐がいくつも発生して巨大な高波にのまれたかのようだった。ホルモンの乱れ、一一年の歳月。キッチンの床は何度も洗わなくてはならない。エドは毎晩ベッドで体の向きを変えてリナに背を向ける。たびたびのパニック発作。この大きな家で感じる孤独。脱皮したようにきれいになったのに、この家は大きくて孤独だ。規則正しく襲ってくる絶望のモンタージュのようだった。目を閉じると、夜、リナの肉体に背を向けるエドが見える。背を向けるエド、背を向けるエド。彼の背中全体がきらいになる。彼の体の背面が非情な獣に変わる。異星人のようになる。肉が削げたくぼみ、ほくろ、ときどきできる吹き出物。リナは思う。背中に大きくて醜いニキビができていたってあなたと愛を交わしたいのに、あなたはやはりわたしを拒絶する。こんな風に生きていけない。魂を持った人間なら、こんなみじめな生活を一年も続けられるわけがない。以前よりほっそりとしたリナの体は、時計の内側で時を刻む細長い振り子になる。そしてある日、決意を固める。このまま三カ月が過ぎたら、そこまでよ。わたしは夫と別れる。

三カ月が過ぎた。初め、時の流れは鈍かったが、途中からはあっという間だった。リナは生まれたときからずっと敬虔なカトリック教徒だった。不倫をするのはとことん身勝手な人だけがするものと思ってきた。リナにとって何より優先すべきは子供たちだ。自分の子供には両親がそろった家庭を用意してやりたいと考えていたが、その一方で、両親がそろっていれば幸福な家庭を築けるとはかぎらないことも知っていた。たとえば、リナが育った家庭だ。母親と父親が離婚することはなかったが、リナにとって父親は水槽のなかの魚のようなものだった。毎日目にしていても手を触れることはないもの、理解できないもの。母親はつねに何かに腹を立てていた。用もないのに家のなかを歩き回り、その辺のものにガラスクリーナーを吹きかけて掃除していた。

それでも両親がそろった家庭だった。家族の体をなしていた。リナは自分の子供にも同じものを与えてやるつもりでいた。

しかし、三カ月たってもまだエドが自分に触れないなら離婚すると自分に誓った。その誓いは破れない。

エドに切り出すタイミングを見きわめようとしていたころ、インディアナポリスで開かれる友達の独身さよならパーティに出席することになった。友達の結婚を祝福する気持ちが湧かないということはなかった。誰だって明るい未来を描いて結婚を決める。まだ損なわれてないその希望を妬む気持ちはない。もしかしてそれは、フェイスブックで彼と連絡を取り合うようになったからだろうか。

エイダンと。

いまのところ後ろ暗いことは何一つない。会話のなかに、いくぶん浮ついたやりとりがまぎれこんでいる程度のものだ。〝浮ついた〟というほどのものでさえない。近況を報告し合っているだけだ。子供は何人いるのか、何歳なのか。いまどこに住んでいるのか。エイダンはいまも二人が生まれ育った町の近くに住んでいる。町からインディアナポリス方面に少し行ったほう、あの川の近くだ。

友達の独身さよならパーティ当日の夜、リナは久しぶりに長い時間をかけて丹念に身支度を調えた。エドには、パーティではお酒が出るだろうから、おそらく一泊することになると伝えた。

エイダンに宛ててテキストメッセージを書いた。彼がいま住んでいる町のすぐ近くに行く予定であること。ホテルに部屋を取っていること。書いただけで、送信するつもりはなかった。そのメッセージを携帯電話の画面で見てみたかっただけのことだ。大胆な言葉を連ねたメッセージを。

しかし見た瞬間、リナのなかで何かのスイッチが入った。エドは家にいて、テレビのリモコンを握り締めている。子供たちはリナの実家に預かってもらっている。

〈送信〉を押した。頭がくらくらした。車に乗りこんだ。

数分後、携帯電話の画面に彼の名前が表示されたのを見て、心臓が止まりかけた。だが、それさえ快かった。目新しかった。

キッド。よう。それなら会いたいな。二つ三つ用事があるが……何とかするよ。

その瞬間、あらゆる痛みが消えた。線維筋痛症の症状を抑える薬をのんでいるが、自分の人生が無意味に過ぎていこうとしているという不安が心に忍び入ってくるようなとき、骨が痛むのをありありと感じる。世間には、リナの両親のように、詐病だろうと言う人もいる。怪我や病気の痛みはそんな程度ではすまないと考える。その痛みは肉体の痛みではない、リナの頭のなかにしか存在しないと考える。

リナはP・F・チャンズ（中華料理チェーン）で開かれた独身さよならパーティの夕食会に出席した。みなでチキン・レタス・ラップ（鶏肉と野菜のスパイスの利いた炒め物をレタスで包んで食べる料理。P・F・チャンズの看板料理の一つ）を注文し、甘口の白ワインを飲む。誰もがリナを愛想よく迎え、まもなく花嫁になる友人はリナを抱擁する。リナが夫との関係で悩んでいることは誰も知らない。みなすぐに新しくオープンしたスーパーマーケットやテレビのリアリティ番組『ザ・バチェラー』の話題に戻った。

食事のあとバーに繰り出した。みなジョークグッズのペニス帽をかぶったり、カーディガンを脱いでワンショルダー・シャツ一枚になったりした。大きな声で笑い、火をつけて運ばれてくるカクテルを注文した。みなが笑えばリナも笑ったが、心ははるか彼方にあった。このあと秘密の訪問者はホテルの部屋に現れるだろうかと考えて、一人微笑む。何年ぶりかで彼のあの美しい顔に触れられるだろうか。

ドアをノックする音が聞こえたとき、リナは映画の主人公になった心地がした。

テレビをつけ、ノックを待ちながら、ほどよい上の空加減で番組をながめていた。心の状態を軽やかに保とうと努めた。頬をほんのりと染め、明るく涼しげな光を瞳に宿して。しかしいざノックの音が響いたとたん、それまでの心構えは一瞬で吹き飛んだ。エイダンがドアをノックした瞬間、本戦に備えた訓練の成果は、リナ自身の薔薇色の心に一瞬にして敗れた。

ホテルの部屋のドアを開ける。フェイスブックに載っていた写真――子供を抱き、結婚何周年かを記念するケーキに奥さんと一緒にナイフを入れている写真――を除いて、エイダンの顔を見るのは一五年ぶりだった。

その彼が部屋の入口にいる。エイダン。

あのころより太っていた。かつては六つに割れていた腹筋は見違えるようなビール腹に埋もれている。それでも以前と少しも変わらずすてきだった。

エドはリナより小柄だが、エイダンははるかに大きい。堂々たる体格の持ち主だ。パーカにワークパンツという服装で、頭は丸刈りにしている。継父の葬儀のあと、バーに寄ってからホテルに来たらしく、少し酔っていた。エイダンは缶ビールを好んで飲み、吐く息はいつもビールのにおいがした。リナのなかでそのにおいは激しい情欲と結びついている。あれから何年も過ぎているが、ミケロブ・ライトを飲もうとしてそのにおいがふっと漂うたび、脚のあいだにざわざわとした感覚が走る。

よう、キッド。エイダンが言った。

久しぶりね。

二人はベッドに腰を下ろす。エイダンは口数が少ない。それは変わっていなかった。リナはとりとめのない質問をしながら彼をじっと見つめる。その美しい顔をほれぼれとながめ、彼がいま同じ部屋にいることが信じられないというように首を振る。

最初のキスまで何年もかかった。いや、ほんの数分のことだったのかもしれないが、リナには何年もかかったように感じられた。彼の顎を優しく包みこみ、自分の顔に引き寄せる。彼の息の酸っぱいようなにおいを吸いこむ。初めはおずおずとした控えめで優しいキスだったが、すぐに爆発して崖から吹き飛ばされ、二人の口のあいだには収まりきれない何かへと放りこまれた。

のちにリナは、ディスカッション・グループの女性たちにこう話す。彼にフレンチキスをされると、彼が体のなかに入ってきて大きなスイッチを入れられたみたいになって、わたしは即座にオンになるの。全身のライトが灯るんです。リナは彼の力強い舌の重みを思い出して身を震わせる。

リナはエイダンとのファーストキスと、エイダンとのこのキスのあいだで生きてきた。そのあいだに結婚し、子供を二人産み、複数頭のゴールデンレトリバーが死に、四〇〇〇個のニンニクのかけらの皮をむいてきた。それでも、二つのキスにはさまれた年月のすべてを眠れる美女として過ごしてきたような気がする。

彼のフレンチキスは、世界一すてきなキスなんです。リナはディスカッション・グループで何度もそう繰り返し、聞いている女性たちは、それだけ何度も言うということは、きっと本当なのだろうと考える。

リナのお気に入りの映画の一つは『プリンセス・ブライド・ストーリー』だ。そのなかでピーター

・フォーク演じるおじいちゃんは、古今を通じた三つの真実の愛のキスについて語る。リナがおとなになってから初めてエイダンと交わしたキス、それに続くすべてのキスは、リナにとって現実世界の『プリンセス・ブライド・ストーリー』だ。集まった女性たちは、リナの〝真実の愛〟の定義に疑問を抱いたかもしれないが、リナの頭のなか、心のなかでは、真実とはリナにとって大事な真実に限られる。キスは世界中のほかのどんなものより自分にとって意味のあるものなのだとリナは弁解する。お金や、家事を手伝ってもらうことよりずっと大切だ。だから、キスを拒むエドが疎ましくてたまらなかった。いまはエイダンがいて、何もかも吸い出されてしまいそうな深いキスをしてくれる。

ホテルでのその夜、リナは生理中だった。ふだんからタンポンではなくナプキンを使う。子宮内膜症を患っていて、タンポンを使うと症状が悪化するからだ。出産を経験し、セックスの領域で自己実現の欲求をすでに満たしていたリナは、月経血について、自分と便器のあいだで起きることについて、率直に話す。あけすけに語るのがクールだからではない。リナの率直さは持って生まれたものだ。醜い一端を、さも美しいものであるかのように描写する。

だからエイダンにも、月経中なのだと正直に伝えた。

初めエイダンは聞こえないふりをした。リナのシャツを脱がせ、ブラを取った。リナは彼のパンツのベルトをはずし、エイダンはパンツが滑り落ちるに任せた。リナは彼を壁に押しつけようとしたが、彼はまるで木の幹のようで微動だにしない。リナはますます高ぶった。エドなら抱え上げて階段の手すり越しに放り投げることだってできる。エイダンの前に膝をつく。自分はなんと幸運なのか。リナは幸福に酔いしれた。荒々しい欲望がぶつかり合う。いまこの瞬間、この荒々しい男性は自分のものだ。

数分後、エイダンがリナをベッドに横たえた。上にのしかかり、リナの目の前に顔を近づけてくる。

で、あの日《ラギン》なんだって？

リナはディスカッション・グループの集会でそのことを話して笑う。根っからのカントリー・ボーイなのよ。

リナは自分が育った家族をすでに卒業したから客観的に見られる。幼いころ刷りこまれたものはなかなか抜けない。リナが生まれ育ったサンピエールは、アメリカでもっとも人種差別的な町の一つだ。エイダンは、ここで繰り返すならいちいち弁解しなくてはならないようなことばかり言う。〝あの日〟なのかと訊かれても、リナは冷めたりしなかった。かといっていっそう興奮することもなかった。ただ受け入れた。

そうなの、とかすれた声で答えた。誰かに恋をするということは、その誰かをまるごと受け止めることだ。リナは部屋を見回した。実現するとは思っていなかったこの夜のすべてを記憶に刻みつけたかった。そこは、ハイウェイから少し離れたヒルトン・ガーデン・インの広々とした部屋だった。窓から見下ろすと、闇に沈んだ通りの真ん中にサブウェイのサンドイッチ店がぽつんとあって、黄色い光を広げている。

なかで感じたいの、あなたを。リナは言った。

そうか。

タオル、持ってくる？　待ってて、取ってくるから。

リナはタオルを持って戻り、明かりを消した。このところ顔の肌をいじってばかりいた。いらいらと、不安と、鬱。乳首の周囲の埋没毛が気になった。暗闇でタオルを広げてそこに横たわる。彼が上になる。リナを押しつぶすようなその重みがうれしい。彼は酔っていた。その酔いが醒めませんように、理性を取り戻しませんように。あるいは、酔いが醒めて、リナの顔の傷痕や乳首の周囲で炎症を起こした埋没毛に気づいてげんなりしませんように。だが、彼はリナが生理中とわかっていて愛を交わそうとしている。昔から思っていたとおりの本物の男だとリナは思う。エドと生理中にセックスしたのは、一一年の結婚生活でおそらく一一回といったところだ。エイダンとなら、生理はつらいものではなく、人生の現実の一つ、今夜ある現実の一つにすぎない。彼はリナに体を重ねてフレンチキスをしている。ペニスの先がいまにも入ってこようとしてきたところで、リナは言う。待って。彼の胸に手を置く。

ちょっと待って。夫以外の人とするのはものすごく久しぶりなの。一一年半のブランク。

エイダンがわかったというようなことをつぶやく。

リナは彼のお尻に手を当て、ペニスの先端が入口に軽く触れるところまで彼の体を引き寄せてから言った。ちょっときつかったりしたらごめんなさい。

言葉がもつれた。エイダンが重たくて息ができない。自分の体重がどれほどリナを押しつぶしているか、エイダンは気づいていないようだった。リナのほうは、このまま死ぬのならそれでもかまわないと思った。二つの体のあいだに手を差し入れ、彼のペニスを握る。ルビーのような感触だった。ペニスを自分のそこにこすりつけ、とば口の周囲に湿り気を広げて入りやすくする。それから彼を深く引き寄せた。彼がすぐにゆっくりと動き始めた。リナの予想に反して、速く動こうとはしなかった。ゆっくりと、独特のリズムで動く。リナはそれを心ゆくまで味わった。長い時間続いた。リナは恥ずかしい気持ちを完全には捨てきれなかったが、生まれて初めてといっていいほどセックスを楽しむほどにはリラックスした。信じられないほどの快感だった。快楽に自分を見失いかけているのに、一方で魂が隅々まで目を覚まし、笑顔で神を見上げているのがわかる。生きる喜びがこれまでになく大きくふくらむ。

彼にはなかで果ててもらいたかった。そのほうがずっと親密に感じられるだろうし、彼と会うのは何年ぶりかなのだ。そうやって彼との絆を取り戻したかった。あふれるほどの愛に溺れたかった。リナは彼にそう伝えた。

エイダンはリナの体から出て行き、おなかに放出した。

それでも、終わったあともリナを抱き締め、深くゆっくりとしたキスをした。

守られていると感じた。うっとりするような安堵に包まれた。

線維筋痛症はリナの体のあちこちに痛みの炎を放つ。しかしこの夜、そのホテルの一室で、リナは幸福だった。体のどこにも痛みはなかった。痛みが一つもないことが信じられなかった。ひょっとして、自分は死んだのだろうか。

リナは主治医から、線維筋痛症と子宮内膜症に加え、多嚢胞性卵巣《たのうほうせいらんそう》症候群と関節運動障害の疑いがあると言われていた。それぞれの症状について何種類もの薬を処方されている。タンポンを使わないこと、ただし適度な運動を心がけること、運動で症状が緩和しないようなら抗てんかん薬をのむこととも言われていた。リナの疾患には、ヨガをしたりマフラーを編んだりするような非侵襲性の対策が効く場合と、リリカのようなかなり強い薬——蕁麻《じんま》疹《しん》や体重増加、希死念慮、ある種の癌の原因になりかねない——を服用するような侵襲性の対策しか効かない場合があり、その境界線は目に見えないほど細い。

ホルモン治療の主治医は、問題のありかを指摘した。主治医はこう言った。リナ、きみは女性の価値が〝他人にどれだけ尽くせるか〟で決まるような土地で育ったね。自分のことだけを考えて日々を過ごしているとき、痛みは治まる。主治医は椅子に腰を下ろしてリナと目の高さを合わせた。リナ、これはどう考えても医者らしくない発言だとは思うがね、わたしがこれまでに診た線維筋痛症の患者のなかには、幸福なオーガズムで症状が改善した人が大勢いるんだ。

秋のある日、友達と遊ぶ約束をしたデラにつきあって屋外で長時間立っていたリナは、痛み出した腕や脚をマッサージする。あるいは、ダニーを抱き上げてチャイルドシートに座らせ、ベルトを固定しようとして、ふいに強烈な痛みに襲われる。そういうときはダニーをいったん降ろして車のドア下のステップ部分や私道の地べたに座りこみ、深呼吸を繰り返しながら痛みをやり過ごすしかない。

リナは感情を表に出さないようにしつけられた。父母は「リナ、大げさに騒がないの」「リナ、いいかげんにしなさい」「リナ、少しは我慢しなさい」といった言語を流暢に使いこなした。「あんたは恵まれてるんだから、リナ」。子供を産んで、多少は尊重されるようになった。一日一〇時間、週に五日、子供と家に閉じこもる日々が続いた。手を貸してもらえないかと母親に頼んだ。少し体を動かしたいし、YMCAのヨガのインストラクターに復帰して教えているあいだ、子守を頼めないかと。家計を少しでも助けたいからだと暗にほのめかすしかなかった。お金のためと言えば、どんなこともたいがい許されるからだ。テーブルにミートローフを載せるため。しかし、自分の心や魂のためだとなると、それは身勝手な行動、この界隈には馴染まないニューエイジっぽい発想だということになる。だから母親は子守を引き受けても、約束の時間に三分だけ遅れてやってくる。それはわざとだとリナは知っていた。母親が三分遅れれば、リナも自分のクラスに三分遅れることになる。あわただしく駆けこむはめになり、スタジオの真っ白な光が目に沁みる。

そしていま、痛みに悩まされている。思考がクリアなとき、その痛みは過去の心の痛みだと考える。一一年分の孤独の痛み。レイプの痛み。生まれてこの方ずっとさみしかった心の悲鳴。世の中には、夫にセックスをしてもらえない妻、フレンチキスをしてもらえない妻がほかにもいるだろう。その人たちならこの気持ちがわかるだろう。しかし大方の人々は、リナに黙れと言う。子供に恵まれ、快適な家に恵まれているのだから、それで満足しろと言う。嵐に備えた自家発電機まで持っているだろうと。

その夜、ホテルの部屋で、リナは嘘のように痛みを感じていない。のちに、失うものの何一つない人物の自信にあふれた調子で、ディスカッション・グループの女性たちにこう話す。彼といるときはどこも痛くないんです。快調そのものなの。それは不倫でしょうと言って責めるなら、いくらでも責めてください。だけど、わたしは痛みを消してくれるものをようやく見つけたんです。どれほど苦しいか知らない人にわたしを責める資格なんてないと思います。女性はお互いの生き方を批判してはいけないと思うの。他人の苦しみや悲しみを誰も本当には理解できないのだから。

エイダンはリナがバスルームから持ってきたタオルを使ってリナのおなかの精液を拭い、立ち上がってリナのジーンズを穿こうとする真似をした。よう、キッド、もうちょっとで穿けそうだぜ！　そう言って喉の奥で笑い、リナはつばをのみこんだ。心臓は胸を突き破って逃げていきそうなくらい激しく打っていた。ああ、お願いだからまだ帰ったりしないで。

エイダンはシャワーを省略して自分のパンツを穿く。股間はリナの血と自分の精液でべたついていた。

ねえ、とリナは声をかける。帰る前にシャワーを浴びなくていいの？

するとエイダンは、このままでかまわないさと答える。この何日か、飼い犬と一緒に寝ているんだからと。きっとリビングルームか地下室で一人で眠っているという意味だろうとリナは解釈した。ほかの女の血液をつけて帰っても、奥さんがそのにおいに気づくことはない。気づくとしたら、飼い犬だけだ。

マギー

マギーはクヌーデル先生のディベートの教室に入っていった。脚が震えていた。冬休み明けの最初の登校日だが、マギーはこれ以外の授業をすべて欠席した。いとこが前の晩に亡くなったという知らせがこの日の早朝に届いたからだ。不慮の死だった。マギーは衝撃を受け、錨《いかり》をなくしたようだったが、この授業だけは逃せない。先生に会わないなど考えられなかった。いま心の支えになるのは先生に会うことだけだ。マギーは亡くなったいとこのお下がりの黄色いサッカーシャツに、ミネソタ大学の栗色のスウェットパンツを穿いていた。ミネソタ大学を志望しているのだ。

先生と会うのは数週間ぶりだが、そのあいだに二人の関係は一変していた。もしかしたら、何もかも自分の頭のなかでだけ起きたことなのだろうか。少なくとも、携帯電話のなかではたしかに起きていた。先生は自分にどんな態度を示すだろう。他人行儀にされるだろうか。期待と不安で胸が張り裂けそうだった。いつもの席に落ち着いてから初めて先生を見た。完璧だった。

マギーに向けられた先生の視線は、一〇〇パーセント、完璧だった。

特別なことは何一つない風を装いつつ、ちゃんとマギーに気づいていることを伝えてくる。彼の何がそう思わせるのか、これだと一点を指さすことはできない。マギーはそのとりこだ。彼がマギーに向ける笑顔は、ほかの生徒に向けるそれとどこも変わらないように見えるが、首をかしげる角度が違い、その角度の深さがこう言っているように見える——僕はここだ、きみを見ているよ。

クヌーデル先生はＤＶＤをプレイヤーにセットした。『グレート・ディベーター 栄光の教室』。その前年にマギーが先生に薦めた映画だった。

映画にはまるで集中できない。再生が続いているあいだずっと彼の視線が自分に注がれているのを感じた。目が合うと、彼は微笑んだ。完全にリラックスした様子だ。男性にこれ以上は望めないとマギーは思った。すばらしく物わかりがよく、健康的なセクシーさを備え、ドラッグストアで買えるようなコロンをつけているのに、物腰は映画スターのように堂々としている。いかにも若い男性教師らしくデスクの端に浅く腰かけ、脚の横に両手をついて、マギーを見ていた。まさかね。今日の授業を映画鑑賞にしたのは、ずっとわたしを見ていられるから、暗いなかで暗黙のメッセージを交換できるからだったりして。

彼の目がマギーの全身を堪能しているのを感じた。髪を愛で、鎖骨をなぞる。たかが女子高校生の部位だが、マギーの一部であることは間違いない。映画を観ているあいだ、扉が開いたままのオーブンに頭を入れているかのように顔が熱かった。口もとに笑みも浮かんだ。そぞろな笑み、しぶとい笑み。左右の耳が唇を引っ張り続けているとでもいうような。何度か唇を引き結び、まばたきをして、笑みを消そうと試みたが、無理だった。

心ときめく瞬間の最初の一つは、ある日曜日に訪れた。のちにマギーは、それを初めてのデートと考えるようになる。

マギーはメラニーの家に来ている。そびえ立つ恋の長城について、メラニーには話していない。一〇代の少女には耐えがたいこの秘密のせいで、二人の友情は見せかけだけのものになっていた。恋の長城はあまりに巨大で、ほかのあらゆるものごとがその影に覆われている。パーティや学校の勉強やファッションやテレビ番組の話をしていても、マギーは自分が偽物になったように感じた。

その朝、両親と一緒に教会に行きそこねたマギーは、夕方から一人で行くことにした。ミサに出るためにメラニーの家を出ようとしたところで、携帯電話が短く二度鳴った。先生のメッセージだ。

いま何してる？

恋の長城の頂にいながら、彼の状況も、居場所も、予定も見えないマギーには、正直に答えられない質問だ。グランド・キャニオン級の余白を残して返事をするしかない。

メラニーの家。とくに何してるわけでもない。

すると彼は、『ヤバい経済学』という本を買いにバーンズ＆ノーブル書店に来ている、いまから来ないかと言ってきた。書店なら、そこで偶然会ったことにしても不審に思われずにすむ。今度の三連休にバミューダ旅行に出ないかと誘われたも同然だった。海の香り、タンニング・オイルの香りが漂ってきそうだった。

マギーは四二番通りに面した駐車場に車を入れ、小ぶりな美しい手でリップグロスを塗り直した。パラレル・ワールドのマギーは、いまごろ教会にいる。親友のメラニーも、両親も、マギーはそこにいると思っている。不道徳なことをしていると思うと、自分が重要人物になったようだった。家を抜け出して、ただのパーティに行くわけではない。クアーズ・ビールの味のするボーイフレンドといちゃつくのでもない。スパイの気分だった。

書店に入る。震える脚で、売れ筋の児童書を展示したテーブルの前に立つ。そこに並んだ言葉に意識を集中しようとする。

いつのまにか先生が背後に来ていて、マギーは飛び上がった。学校ではない場所で会うのはこれが初めてだ。不適切な行為と思えた。相手はおとなの男性、お金を持った男性だ。

先生は教室で見るより洗練された服装をして、コロンをふだんよりたっぷりつけていた。最高にすてきな笑顔を向けたあと、通りかかった書店員に『ヤバい経済学』はどこかと尋ねた。マギーは二人のあとをついていった。子供とおとなの女の両方でなくてはならないとわかっている。その二つの条件を満たそうとするだけで精一杯だった。このささやかな寄り道の目的地はどこなのだろう。目的の本を買って書店を出たとたん、大したスリルではなかったなと先生はがっかりして、二度と誘おうとしないかもしれない。

目当ての本が見つかり、彼は裏表紙をながめる。ふいに憎らしくなった。その行為は、彼の脳は恋の長城の外側にある情報も処理できるという証であり、この時点で、そして永遠に、二人の関係において優位に立つということでもあるからだ。マギーの小さな手がどれほど彼を誘惑しようと、彼の頭のなかには、本を読んだり、子供を育てたり、大型書店の店員と会話をしたりする余裕がある。マギーに言わせれば、それは権力だ。

彼が精算のためにレジに並んでいるあいだ、マギーは娘のように近くで待った。レジ前には誘惑がたくさん並んでいた。チョコレート、雑誌、ブックライト、ポケット・ブック。この世のあらゆることについて彼と話がしたい。彼が見ているものだけを見たい。彼が目を向けないものは、この世に存在しない。

店員がクレジットカードを読み取り機に通したとき、そのスライスするような動きに、マギーは自分の心臓が精肉用のスライサーにかけられたように感じた。自分は退屈なのだ！　才気に欠けているのだ！　マギーはずっと黙ったまま、通路から通路へと行く彼のあとを子鹿のようについて回っただけだ。そもそも一番お気に入りの服を着てきてさえいない。彼は二度と外で会いたいと思ってくれないに決まっている！

彼は買った本を鞄にしまい、マギーは彼のあとをついていく。息苦しいほど暖房が効いたロビーに来ると、ドライブに行かないかと彼が言った。恋の炎がマギーの血管という血管を焦がしにかかる。宝くじに当たるより、セレブリティになるより、その熱をずっと感じていたい。

彼の車に向かった。紺色のクロスオーバーSUVで、実のところは奥さんの車だ。ドアを開けてマギーを先に乗せてくれたりはしなかった。どのみち、ドアを開けてもらうのに慣れて当たり前になっているわけではない。マテオはドアを開けてくれたが、もしかしたら、クヌーデル先生といるほうが心臓の鼓動が速くなるのは、だからかもしれない。ドアを開けてくれないから、気の利かないところがあるから、そっけなくて包容力に欠けるから。彼が車を出す。運転は上手だった。マギーには彼に非凡ではないところなど一つもないように思えた。車内の香りを吸いこみ、香水をつけてこなくてよかったと思った。今年になってから、ラッキー・ブランドのピンク色のボトルの香水を使うのをやめていた。急に子供っぽく思えた。奥さんに疑われるようなものを車に残して、彼に敬遠されるようなことはしたくない。

運転中の彼はふだんより強気だった。先生のときのほうがずっといい人だとマギーは思った。もともと、無条件に優しい瞬間はない。一番甘いときでも、カシューナッツのほのかな甘さを漂わせる程度だ。しかしいまの彼は、攻撃的で冷ややかだった。車に乗りこむと同時に別人のようになった。マギーはさっきまで半分おとなで半分子供のように感じていたが、いまは幼児の気分だった。二人はおしゃべりをした。音楽はかかっていなかった。ファーゴの道路は、初めての土地の滑走路のように伸びている。マギーはもう引き返せないという感覚に襲われた。何かのとりこになりかけているとき、それをまた失うのではないかと不安になるのはふつうのことだ。マテオに感じたものとはまるで違う。クヌーデル先生とのあいだには、長い時間をかけて――もしかしたら九年生のときから？――築かれてきたものがある。その歴史ゆえに、はるかに大きな意味を持っていた。それに、クヌーデル先生の個性も影響している。彼は一流の人だ。彼といると、自分の株まで上がった気がした。資産が増えていくのが目に見えるようだった。一方で、自分はそれに値しないとも思った。

オープンしたばかりのオーガニック食品店の前に差しかかったところで、彼がからかうようなことを言った。二人はよくそんな風にふざけた。マギーはコンソール越しに手を伸ばして彼の手をつかんだ。ちょっとやめてよ！というように。彼は熱いものにでも触れたかのようにマギーの手を振り払った。冷淡な身ぶりではなかった。どちらかといえば、マギーに怖じ気づいたといった風に見えた。恥じらって熱を持った頬を冷やすのは、時間と距離だけだ。しかし困ったことに、マギーはこのまま永久にこの車に乗っていたいと思った。

そのまま半時間ほどドライブをした。マギーの家が近づき、そのことを彼に伝えた。すると彼は言った。へえ、どこなの、家を見てみたいな。マギーは道案内を始め、彼はそれに従って車を進めた。ほんのいっときであれ主導権らしきものを握ったマギーは、心の落ち着きを取り戻した。もう少しだな、と彼は言った。いや待て、やめておこう。きみの家を知らずにいたほうがよさそうだ。何度も家の前を通って、きみがどうしているか確かめたくなるかもしれないからね。

マギーはシートに沈みこんだ。体は実際には沈みこんでいなかったかもしれないが、心は大きく沈んでいた。ゴキブリを食べれば彼の手を握らせてやると言われたら、食べていただろう。彼の他人行儀な態度は、魅惑的であり、残酷でもあった。彼は自制に努め、成功している。愛しい相手の自制心は、愛する者にとって無慈悲なものにもなる。

次の瞬間、これまで生きてきたなかで最高のできごとが起きた。閑静な通りに入ったところで車が速度を落とし、彼の奥さんの車は、明かりの灯っていない住宅の前に停まった。そして彼が黙ってマギーを見つめた。一〇秒くらいのことだった。いや、一〇秒もなかったかもしれないが、見つめられているあいだ、自分では欠点だと思ってきたものすべてが消え、まるでスーパーモデルになったような気がした。

とはいえ、それ以上のことは何も起きなかった。彼はただ見つめただけで、まもなく車はふたたび動き出した。バーンズ&ノーブル書店の入口の手前で彼がウィンカーを出し、マギーは泣きたくなった。初めてのデートは車の試乗程度の時間で終わってしまった。車をどこに駐めたかと訊かれ、マギーは答えた。彼はマギーの車に近すぎず遠すぎずの位置で停めた。マギーはすぐには降りようとしなかった。黙って前を見つめた。キスしてくれたらいいのに。マギーの望みはそれだけだ。何かをこんなにほしいと思ったことはない。彼は世の中に通じている。マギーの父親にできることは何でもできるが、泥酔するほど酒を飲むことはなく、思ってもいないことを口にしたりせず、約束はかならず守る。彼がいなかったら、自分はどうなるのか。ファーゴのバッファロー・ワイルド・ウィングスで死ぬまで働き続けることになるのだろう。バージニア・スリムを吸い、趣味の悪いキッチンを持つことになるのだろう。神様お願いです。お願いだから、お願いだから、わたしにキスをするよう彼に言ってください！

彼はマギーをまっすぐに見て言った。キスするつもりはないよ。それを待っているのなら。

口もとにきざな笑いが浮かんだように見えた。ただ、ふざけているというより、本気で言っているように聞こえた。マギーは弱々しい笑い声を漏らした。感染性の皮膚病にかかったような気持ちだった。彼の奥さんの車を降りた。自分の車のほうに歩き出す。一度も振り返らなかった。

家に着くなり、教会はどうだったと両親から訊かれた。夕飯はほとんど喉を通らなかった。彼とのあいだに起きたことで頭がいっぱいで、ほかのことは何も考えられなかった。起きたことを一つずつ順番にたどり、デートを台無しにするようなことをどこでしてしまったのかと考えた。夜になってから携帯電話の着信音が鳴り、マギーは底知れぬ安堵を覚えた。彼から連絡がないかぎり、今夜はとても眠れそうになかったからだ。

降りる前に車内を点検したよ。きみのものがあったりしないか確かめておいた。

それから少なくとも一月《ひとつき》、彼はキスをしなかった。彼の唇は月のようだ。いつも見えるところにあるのに、光と影が造る神秘であり続ける。マギーは奥さんのことを考えた。奥さんはあの唇にキスできる。だからといって、このころはとくに何も感じなかった。奥さんのマリーのことは少しだけ知っていた。保護観察官をしていて、髪や瞳はダークブラウン、見るからに生真面目そうな人だ。子供にランチを持たせるのを忘れたことなど一度もないだろう。アーロンは口に出さないが、既婚男性は誰でも態度でこう言っている。家で待っている奥さん、〝マリー〟たちは、自分の夢や希望を抱いていない。音楽の趣味が抜群によくて話がおもしろいすてきな男性をたぶらかして妻と母の座に収まりはしたが、基本的には人のよい平凡な人間で、夫が首筋に陽射しを浴びるくらいの自由は許す。マギーは太陽、アーロンは月、マリーは土星で、いつも軌道を回っている。いつも家にいて、いつも目を光らせている。何より肝心なのは、彼はもう奥さんを愛していないということだ。奥さんがいまも自分を愛しているとも思っていない。何年か前、奥さんのメールアプリが開いたままになっているのを見つけ、奥さんが同僚の一人と不適切なやりとりを交わしていたことを知った。アーロンは目くじらを立てなかった。人生は人それぞれだからだ。それでも、マリーのほうは油断していない。マリーのような人は、現状維持のために夫に目を光らせる。ダブルインカム、子供たちに両親がそろっていること、コストコのプラチナ会員権。その維持のために警戒を怠らない。

いずれにせよ、彼がマギーに手を触れるのをためらう理由はマリーというより、子供たちの存在だ。マギーの年齢もある。しかしマギーにいわせれば、好意を伝えあった夜から、二人はつきあっているも同然だった。いまのところおしゃべりをするだけだが、つきあっているも同然だ。元カレが、新しい相手とは「おしゃべりするだけ」と言い訳するのに似ている。その相手とはまだ寝ていないが、あなたが少しでも世の中を知っているなら、〝おしゃべり〟が単なるおしゃべりではないことを察するだろう。この場合の〝おしゃべり〟は、肉体関係の前段階を意味している。クリスマスイヴには、彼の両親に会ってマフラーをプレゼントする。

マギーとアーロンはずっとおしゃべりをしている。日中はずっとメッセージをやり取りし、子供やマリーが寝静まった深夜には電話で話をした。友達のように、恋人のように、その日あったことを報告しあった。前の晩、どんなテレビ番組を見たか。どの授業で誰がどんな発言をしたか。きみも、あなたも、飛行機が怖いのか。

しかしもちろん、境界線はある。このころアーロンにはもう子供が二人いた。マギーは小さな子供の扱いに慣れている。なんといっても、姪や甥に大人気のおばさんなのだ。それでも、自分が立ち入ってはならない領域があることをわきまえている。マリーと子供たちだ。簡単にいえば、彼が学校への通勤に使っている車、健全そのものの車が、整理の行き届いた明るい自宅ガレージに乗り入れた瞬間からあとに起きることに、マギーは立ち入れない。

だが、ウェストファーゴ高校は二人のアミューズメントパークだった。彼の教室は、急上昇と急降下を繰り返すマスター・ブラスター・ウォータースライダーで、図書閲覧室はスリル満点のホワイト・ウォーター・ワフーだ。肉体的には何もなかったが、それでも、親密な会話とひそかにからませる視線が二人の物語を織り上げていった。マギーの大切な人々は存在理由をしだいに失っていった。サミーはマギーの親友だが、親友と呼び続けるには、その相手に何もかも打ち明けなくてはならない。だが、もはやそれはできなかった。世の中には話題にできないものごとがあるのだとマギーは知った。その一例が、通っている学校の先生とデートしていることだ。

子供はルールが好きだ。アーロンはマギーにルールをいくつか与えた。なかでも重要な一つは、マギーから先にメッセージを送ってはいけないというものだ。どんな事情があろうと、マギーから先に連絡してはいけない。これを守れないと、二人の関係は続けられなくなる。

マギーは、関係を続けるためにあらゆる努力をしたかった。自分の行動にかかっていると思った。

彼を惑わせないよう努めた。これはよくない関係だということを彼に思い出させないようにした。マギーが未成年であることも。愉快で、従順で、朗らかでいることがマギーの役割だ。それに加えて、彼が救世主でいられるよう——メッセージであれ、電話であれ、その日の都合に合った手段でマギーに救いの手を差し伸べられるよう——マギーは両親のアルコール依存に悩んでいる生徒であり続けなくてはならない。

最大の問題、両親のアルコール依存よりずっと悩ましい問題は、まるでジェットコースター——キャニオン・ブーメラン・ブラスター——のように毎日のアップダウンが激しいことだった。アーロンがふいに不安に取り憑かれ、話をするのはもうやめようと言い出したかと思えば、ほんの数時間後には気が変わる。ありがたいことに、気が変わるのだ。その正体はマギーにはよくわからないが、何かが、マギー自身には見えないおとぎ話のように甘い何かが、心の奥底から湧き上がってきた。

そのジェットコースターは、マギーがコロラド州に行っているあいだに彼にされたことの延長線上にある。彼はマギーを押しのけたかと思うと、また引き寄せる。マギーを抱き上げたかと思うと、地獄に落とす。マギーはボールのように弾んでいるような気分だった。息をつく瞬間さえない。明日はどうなるか全く予想がつかない。その一方で、誰だって同じように感じるのだろうと頭ではわかっている。これは、こういった禁じられた恋に特有のものなのだ。大好きな小説『トワイライト』のヴァンパイアに似ている。彼は彼女を愛したい。さもなければ殺したい。状況は刻々と変わり、どちらの衝動が彼を組み伏せることになるか予想は不可能だ。

一月も終わりが見えてきたころ、ちょっとした変化がマギーを驚かせた。その変化は初め、自分でも気づかない程度のものだった。アーロンとの交際が始まって数週間は、友達がみな退屈で子供っぽく見えたのに、ふいにまた一緒にいるのが楽しく思えてきたのだ。パーティや集まり、飲み会、フェイスブックに投稿された自撮り写真、コメント、仲間内のジョーク。それまであった情熱が、情熱と呼べるほどまぶしいものではなくなると、やるせない気持ちになる。命と引き換えにできるほど強い気持ちを初めから持っていなかったといまさら気づくようなものだ。

実際にそれが起きた瞬間があった。クヌーデル先生の授業が終わって教室から出たときのことだ。授業中の彼は、マギーばかり見ていた。その視線は彼女の心まで見通すようで、彼がその日着ていたシャツは、マギーの知り合いの誰一人として縁のない、百貨店で売っているようなものだった。この日、クラスのほかの生徒はよく笑った。マギーはのけ者になったような、自分だけ場違いなような気分を味わった。交換留学生になったかのようだった。

学校の昇降口に向かい、外に出てすぐのところに立った。生徒のグループが笑いながらいくつも通り過ぎていった。悩みなど何一つなさそうに見えた。誰にだって隠しごとはあるだろうが、マギーほどの隠しごとをしている人はいないのではないか。目の前を行き過ぎる女子や男子のなかには、他人には決して知られたくない家族の秘密がある生徒も一人くらいはいるかもしれない。奥歯が虫歯だらけのおじさん、手癖の悪いおじさん。遊びで犬を殺した人がいたりもするだろう。しかしマギーは、自分の秘密がどれだけ大きなものか知っている。それがマギーの信仰するカトリック、友人たちが信仰する宗教に反するものであることも。万が一知られたら、ごみ箱のなかの壊れた人形を見るような目を向けられるだろう。マギーと生徒に人気のある先生が、肉体関係はないとはいえ、完全に〝できている〟と知って、うらやましがる人はいないだろう。友達がどんな顔をするか、マギーにどんなことを言うか、想像がつく。だがそれ以上に、どんな陰口を叩かれるかは考えるまでもない。ハワイのあの一件について言われたのと同じことを言われるに決まっている。

マギーは昇降口にたたずんで考えた。本心から彼を愛しているのか。それともこの気持ちは、単なる反作用にすぎないのか、つまり彼が自分を求めているから、自分も彼を求めているだけのことか。彼に怒りを感じているわけではない。その反対だ。自分に対する彼の気持ちは、彼に対する自分の気持ちよりも強いのだ。ふいにそう思った。そう思って怖くなった。彼が気の毒になった。彼の気持ちに応えなくてはならないと思うと、息が詰まりそうになった。その息苦しさが彼への好意を押し縮めた。その悪循環にマギーははまりこんだ。

そうやって考えて出た結論は、時間は巻き戻せないというものだった。これが別の学校の男子だったら、ボウリング場で待ち合わせてこう伝えればいい。ちょっと急ぎすぎだと思うの。もう少しゆっくり進めない？　そして新しいメッセージが届いても、わざと数時間待ってから返信するようにし、そのうち返事を送るのをやめればいい。しかし、アーロンにこの手は使えない。通っている学校の先生なのだから。それに、いまさら遅い。

マギーの両親は高校時代に知り合った。母親のアーリーンが一〇年生のとき出席したパーティで、たばこの煙が充満した部屋の奥に射るような目をしたハンサムな若者がいるのを見かけた。若者はアーリーンをまっすぐに見ていた。しかしアーリーンは内気で、すでにクラスメートとつきあっていた。マークは一学年上で、そのころのアーリーンはまだ子供だった。

次にその若者と会ったのは、一一年生に進級する直前の夏休みの終わりごろ開かれた姉の結婚式だった。披露宴はガードナー・ホテルで開かれ、マークは招かれていなかったのに、友達グループと一緒に来ていた。彼は踊るのが好きなわけではなく、自分に会いたくて来たのだろうとアーリーンは思った。マークはアーリーンの腕を取って外へ連れ出した。気持ちのよい天候に恵まれたその九月の夜、アーリーンはロングドレスを着ていた。マークは電話ボックスで彼女にキスをした。唇が離れた瞬間、アーリーンがそのとき交際していたボーイフレンドはただの友達になった。恋とはこういうものなのだと思った。欲望だ。マークとボーイフレンドは近くの公園で会い、アーリーンをめぐって決着をつけることになったが、誰とデートするか決めるのはほかの誰でもなく自分だとアーリーンは宣言した。すでに気持ちは決まっていた。

アーリーンとマークの結婚生活は四〇年続いた。数えきれない苦労、マリファナ、アルコール、鬱はあったが、生活が順調で心の状態が安定しているとき、マークはアーリーンをまっすぐ見つめて話を聞いた。そういうとき、アーリーンは自分が世界一すばらしい女になったように思った。マークは言葉でもそう伝えた。リーン、きみは世界一すばらしい女だよ。マークから一心に見つめられると、その視線は太陽のようにアーリーンを温めた。いろいろなことが思うようにいかないとき、マークに抱き締められると、それだけで力が湧いた。アーリーンが仕事でいやな思いをして帰ると、マークが両手を差し出して言う。おいで。彼の腕のなかにいると、地獄はたちまち遠ざかった。

アーロンと自分のラブストーリーは、両親のそれにはとうていかなわないとマギーは思う。二人の風変わりな関係の何一つとして発展していなかった。アーロンはキスしようとせず、マギーは友達に話せない。おかげでなかなか先へ進まない古風なロマンス小説の主人公になったような気持ちだった。

しかし人生は、ここぞというときに物語にひねりを加える。人生は怠惰だが手練のシナリオライターで、一人ビールを飲みながら、ハートを射貫く弓のスキルを黙々と磨く。

その夜、アーロンからメッセージが届いた。きみに恋をしてしまったようだ。

しおれかけていた情熱が息を吹き返し、新たなエネルギーで満たされた。一瞬で、マギーの恋心はふたたび燃え上がった。マギーはアーロンがメッセージを介してこの話を続ける前に、こう返信した。わたしの気持ちは、あなたの顔を見て伝えたい。

二人は幸運だった。マリーが泊まりがけで留守にする予定があったのだ。マギーが心の準備を整える時間はなかった。ある木曜日、彼はマギーに告げた——今度の土曜日、マリーは家にいない。土曜日までの二日間、マギーはほかのことがいっさい手につかなかった。

当日、アーロンからメッセージが届く。いまから二時間か三時間後、子供たちが寝静まったころあいに家に来てくれないか。マギーは家族と暮らす家の自室で着替えをした。ジーンズと、ルールナンバー925の薄手の青いパーカを選んだ。マギーはのちの証人証言録取手続で、このパーカのブランドについてわざわざ言及している。ここぞというときの一着だったということだ。テッサが貸してくれたパーカだった。ファーゴには、ルールナンバー925を扱っている店がない。テッサはツイン・シティーズで購入した。マギーは服を選び、支度を調えながら、緊張のあまり約束を取り消そうかとも考えた。手持ちの服は多くない。選ぶのに時間はかからなかった。そのパーカは自分によく似合うと思った。微妙な色合いがいい。

クヌーデル家の私道の入口に来た。自分がそこにいることが不思議に思えた。毎晩、彼が帰っていくところを繰り返し想像した場所、マギーはそこから先を知ることのできない場所。思っていたとおりの家だった。整然として健全な家。最高に美しい家でもある。だって、彼の家なのだから。

車を降りて玄関をノックする前に——ちょっと待って、ノックしたほうがいい？　メッセージを送って家の前に来ていると伝えるべき？　しかし、マギーから先にメッセージを送ってはいけないことになっている。マギーはあたりを見回した。緊張でいても立ってもいられなくなるまでそうやって状況を確かめた。招かれて来ているというのに、車をすぐ前の歩道際に駐めたら迷惑かもしれないと思ったりもした。ついに電話をかけて、家の前にいると伝えた。するとガレージの扉が開き、なかのライトが灯った。彼の私生活のその一角を間近に見るのは、宇宙に対する罪だという気がした。ガレージに車を入れてくれと電話で言われた。マギーの手は震えた。ガレージの壁を車でこするとか、何かしでかしてしまいそうで怖かった。

ふいにドアが開いた。夜、自宅のガレージの戸口に立つ先生。モンティ・パイソンのスパマロットの青いTシャツにジーンズ。その服装を見て、マギーは格好いいとは思わなかった。何を期待していたのだろう。いつも学校で穿いているドレスパンツやシャツ姿で出てくるとは思わなかったが、それにしてもこの格好はどうなのか。だらしなく見えた。筋骨隆々というにはほど遠い体格だから、Tシャツは力なく垂れ下がって痛々しい。服を選ぶのに、彼もマギーと同じくらい時間をかけただろうか。

マギーは車を降りた。

やあ、と彼が言った。緊張している様子はなかった。

マギーのほうはまともに話すことさえできなかった。この気持ちをどう呼べばいいのか。歓喜ではない。墜落といったほうがしっくりくる。

彼の案内で、きれいに整えられた地下室に下りた。娯楽エリアと寝室がある。子供二人は二階の寝室で眠っていると彼は言い、家のなかをひととおり見て回りたいかと訊いた。

二階には、別の女の人のむだ毛剃りクリームや拡大鏡があるだろう。

マギーは答えた。いいえ、けっこうです。

地下室は凍えるように寒かった。彼が映画を観ようと提案した。映画よりおしゃべりがしたいのに、とマギーは思った。いま起きていることは現実なのだと理解する時間、このカーペットは彼のカーペット、彼の家族のカーペットで、この地下室で子供たちが遊び、一家はそろって『アイス・エイジ』を観るのだと理解する時間がほしかった。ただ、とにかく寒くて、毛布を貸してほしいと頼んだ。

彼はクローゼットから毛布を持ってきた。どこもかしこも整理整頓されていた。自分の家族より裕福な友達の家に遊びに来ているような錯覚を覚えた。

マギーはソファに座り、彼も隣に座った。映画はもう選んであった。『40オトコの恋愛事情』。アーロンは、この映画を観るとマギーを思い出すのだと言った。マギーに抱いている気持ちを打ち明け、一緒にいたいのだと話した。マギーは、この映画は奥さんと観たのだろうかと思った。感想を話し合わなかったのだろうか、一緒に笑い、ロッキーロード・フレーバーのアイスクリームを食べただろうか。映画は、妻を亡くしたコラムニストのダンが主人公で、マリーという初対面の女性に一目ぼれするが、直後の親戚の集まりで、マリーは弟の恋人だとわかる。二人は道ならぬ恋に落ちる。マギーは女性主人公の名がマリーであることに居心地の悪さを感じた。しかしアーロンは何とも思っていないようだった。

映画が始まって三〇分ほどしたころ、アーロンがマギーの手を取って言った。キスがしたかったんだろう、いましてくれないか。

以前、ふいに自信がみなぎった瞬間に、唇で彼の顔を記憶したいというメッセージを送ったことがあった。アーロンは読み流してそのまま忘れたのだろうとマギーは思っていた。それに対する返信らしい返信はなかったからだ。アーロンは急に話題を変えることがあるが、そのときもそうだった。マギーが送ったメッセージに怖じ気づいたに違いないとマギーは思った。ところがいまのアーロンのどこにも怖じ気づいた様子はなく、夕飯のにおいのする息をしながらマギーのほうに身を乗り出してきた。

やっと！　マギーはそう考える。やっと彼の唇にキスができる！　有頂天になった。心臓は激しく打ち、手は震えた。彼の口！　そして次の瞬間、マギーはそのなかに入っていた。

マテオは別として、これまでキスしたのは同世代の男の子だけで、相手の肩は骨張っていたし、息はウィンストンたばこの味がした。高校生の男子のキスは、情熱を隠していて性急だった。パンツを下ろすタイミングだけを待っているかのようだった。

このキスは、このおとなの男性とのキスは、目的の定まらない旅だ。ホーム・デポ（大手ホームセンター・チェーン）に五〇〇回通ったおとなの味がする。自分のことを隅々まで伝えようという彼の欲求も伝わってきた。その舌は、ホーム・デポに何度も通ったことだけでなく、静かにこうも宣言していた——ホーム・デポなら行ったよ。うちの玄関前の小道にぴったりの石を選んで敷いたし、テーブルの塗装を剝がし、前より少しだけ濃い色に塗り直したりもした。

愛してる、とマギーは言う。

彼は微笑む。僕も愛しているよ。

その夜が終わるまで、二人は互いの目をまっすぐにのぞきこみ、数えきれないくらい何度も同じ言葉を伝え合った。

最初の何度かのキスは、舌を軽くからめただけだったが、三度目の〝愛している〟を境に、彼の舌は無遠慮になった。気持ちが悪いということはなかったが、どれだけむさぼってもまだ物足りないというように、マギーの口のピンク色をした天井を探り回った。

次に彼はマギーの上に体を重ねた。二人は組み合わせ式のソファに横たわった。彼が前後に動き始めた。体を押しつけながら平らにすべらせるような動きだった。のちの証人証言録取手続でマギーは、彼は下腹部を彼女の下腹部に繰り返しこすりつけたと証言している。俗語でいうなら〝ドライファック〟だ。マギーはそれを楽しんだ。快感はあるのに、緊張したり怯えたりせずにすむ。何時間でもそうしていたいと思った。

結婚して何年かたち、全裸でのお決まりの性交に慣れてくると、男性は高校時代にしていたようなことに戻りたくなるのだろうとマギーは納得した。その一方で、男子高校生はアダルト映画のスターのような、服を脱いで激しく腰を振るようなセックスに憧れる。

しばらくすると、アーロンは客用の寝室に移動しようと誘った。そこで彼はスパマロットのTシャツを脱いだ。マギーのジーンズを脱がせたあと、下着も脱がせた。

マギーは彼のジーンズのベルトをはずそうとしたが、彼はだめだと言った。

何かいけないことをしたのかとマギーは思った。すると彼は優しい声で、きみが一八歳になるまで待ちたいのだと言った。

その言い方では、セックスを指しているのか、彼女が彼のペニスを見ることを指しているのか、わからなかった。

マギーは微笑んだ。マギーの手は、彼のジーンズの金色のボタンの近くをさまよった。彼が低くうめいた。現実の男性がそんな声を漏らすのをマギーはこのとき初めて聞いた。

僕を誘惑するつもりか、と彼は言った。だったらこうしなくちゃいけないな。

彼は指を二本、彼女に挿入した。そしてキスを再開した。彼の交通誘導旗は、進めと合図していた。次に彼は下のほうへ移動すると、唇を彼女の脚のあいだに這わせた。

このとき初めて、マギーは彼の名を呼んだ。これまでずっと彼の名を呼ばないようにしていた。友達の両親をファーストネームで呼んでは失礼だと思い、いつまでたってもじかに呼びかけることがないのに似ている。このときまで数カ月のあいだ、アーロンに対しても同じようにしていた。

ああ、アーロン！　マギーは言った。あまり大きなうめき声は漏らさなかった。上の階で子供たちが寝ていることを意識した。

マギーはオーガズムに達した。彼より前におとなの男性二人と同世代の一人とベッドをともにした経験があったが、マギーをいかせたのは彼が最初だった。彼はマギーの脚のあいだから顔を上げ、誇らしげに微笑んだ。

たばこを立て続けに吸った直後のような声で彼が言った。きみの味が気に入ったよ。

マギーは荒い息をしながら言った。味なんて、みんな一緒でしょ？

彼は笑った。いやいや、違うさ。

それから続けて、自分は女の体に詳しいし、どこにどう触れたらいいか知っていると言った。ここまでなのだなとマギーは思った。彼はいかにも〝おしまい〟といった風情で横たわっていた。マギーは泣かなかったが、泣きたい気分だった。二人は並んで天井を見つめた。ぎこちない雰囲気だった。夢見心地とはいいがたかった。それでも、そうやってそこにいられるのは幸運だと思った。ただ、オーガズムの何かがマギーの心を冷ましていた。何かを奪い取られたかのようだった。これまで自分でオーガズムに達したとき、そんな気持ちになったことは一度もなかった。

一般的な意味で、彼はマギーのなかに入ってはいない。それでもマギーは、犯されたと感じた。このときの余韻に、マギーは死に通じる終わりを感じた。自分の体から病院のにおいが立ち上っているような気がした。これは一夜かぎりの関係ではないのだと痛切に感じた。これはそれ以上のものだ。最高にすてきで、温かくて、なのに冷たい。自分はこのまま永遠にセックスを楽しめないのかもしれないというやな予感にとらわれた。甘美な終わりを手に入れられるかどうかを心配しすぎて、本当には楽しめないままになるのではないか。自分と彼のオーガズムは、マギーの一週間の、一月《ひとつき》の、一生の破滅の原因になるのではないか。終わりは、彼女の命を奪うのに、始まりよりも恍惚感にあふれている。マギーの心は引き裂かれた。彼が日常に戻ろうとして小さな身動きを重ねるたびに、マギーの心はまた少し破れた。しかし、その鋭く切りこんでくるような痛みとは裏腹に、ぞくぞくするような興奮を覚え、思考力を奪われるように感じた。男性からあれほど甘美な行為をされたのは初めてだった。

愛していると、また何度か伝え合った。自分を見つめる彼の目は、結婚を望んでいるようだとマギーは思った。男は、ある日そういう目で見つめたとしても、次の日から一週間、一度も会わずにいても平気なものだということをこのころのマギーはまだ知らなかった。

もう帰らなくちゃとマギーは言った。すでに門限を過ぎてしまっていた。彼はガレージまで付き添い、おやすみのキスをした。マギーの頭は真っ白だった。緊張しきっていた。マギーの脚は、木工のクラスで使うバルサ材のように震えていた。

家に帰り、何時に帰宅したかわかるよう、眠っていた両親を起こした。それがルールだった。門限を過ぎていたから、外出禁止を食らった。母親は怒りと愛情の交じった目でマギーを見た。怒鳴るのは明日の朝にするわと言った。マギーは不思議な気持ちになった。門限を破るよりもずっといけないことをしてきたのに。そう言ってしまえたらいいのに。ベッド脇の母親の読みさしの本を見た。心が千々に乱れた。

自分の部屋に戻ったところで、携帯電話の画面が明るくなった。彼からのメッセージだった。恋の炎がふたたび勢いを取り戻し、オーガズムが去り際に残していった冷たい穴という穴から噴き出した。

マギーが無事に家に着いたかを確かめるメッセージだった。よかった、無事に家にいるようだね。

はい、とマギーは返信した。

またメッセージが届く。客用の寝室を点検してきたところだ。点検してよかったよ。キルトの掛布団にきみの血がついていた。

マギーは驚いた。生理中ではないのに。汚してしまったことを謝った。彼は謝ってもらいたくて言っているのだろうと思ったからだ。

彼の次のメッセージはこうだった。もしきみが僕のジーンズのボタンをはずしていたら、そのままそうなっていただろうな。いや、あのとき言ったとおり、きみの一八歳の誕生日まで待ちたかった。いまも待ちたいと思っているよ。ただ、もしもはずしていたら、ね。

それと——と彼は続けた。メッセージや電話のほうが正直な気持ちを伝えやすい。家のなかを案内しようかと言ったのは、二階の寝室のベッドに毛布を広げ、そこに薔薇を一輪置いていたからで、パブロ・ネルーダの「一〇〇の愛のソネット」の一七番目を朗読して薔薇を渡そうと思っていたんだよ。

その詩は、彼がマギーに何度か送っていたものだった。

それを知ってマギーは天にも昇る気持ちになったが、反面、当惑した。二階では子供たちが眠っていたはずだ。

彼のメッセージは続いた。きみがクヌーデル先生と呼んでいたら、その時点で何もかもやめていただろうな。

マギーは考える。よかった、クヌーデル先生と呼ばなくて。

最後に、念のために言っておくと、ベッドの掛け布団は洗わなくてはならなかったよと彼は書いてきた。血の小さな染みがついていたから。タイドの染み抜きペンやシャウトのゲルでまず染みを抜いたのかどうかは書いていなかった。漂白剤を使ったのかどうかも。

一月から二月にかけて、マギーの頬はずっと恋の薔薇色に火照っていた。自室にこもって過ごす時間が増えた。一人きりでいれば、いつでも彼の呼び出しに応じられる。マギーのバッファロー・ワイルド・ウィングスのアルバイトが休みの日、彼は学校からの帰宅途中に連絡してきた。マギーは学校から帰るなりシャワーを浴び、清潔な体をベッドに横たえて待った。シャワーを浴びるのは、彼の電話を受けるためだ。待っているあいだ、自分は美しいと思いたかった。両親はマギーにかまわなかった。娘はいわばラプンツェル（グリム童話の登場人物。魔法使いによって高い塔に幽閉された少女。長い髪を伝い登ってくる王子と逢瀬を重ねる）だと知っているかのよう、王子以外は近づけないことを察知しているかのようだった。

夜はメッセージが送られてくる。さらに夜が更けて一〇時を回ると、たいがい電話がかかってきた。週末はそう自由ではない。週末にも電話で話すときは、彼が家の外に出ているか、マリーが買い物に出かけているからだ。

ある週末の午後、マリーは上の子を連れてショッピング・モールに買い物に出かけ、アーロンは家で下の子の面倒を見ていた。昼寝の時間だが、子供は寝ようとしない。アーロンとマギーが電話で話していると、子供が尋ねる。パパ、誰と話してるの？　アーロンが答える。友達のマギーだよ、話してみるかい？

電話の向こうから小さな声が聞こえる。もしもし？

はいはい！　マギーは朗らかな声で応じた。

不思議な気分だったが、アーロンにさらに近づけたような気もした。

アーロンが電話を代わり、ちょっと電話を置くから待っていてくれと言った。〝ちょっと〟どころか、だいぶ時間がたってからようやく電話口に戻ってきたアーロンは、子守歌がわりに「ユー・アー・マイ・サンシャイン」を歌っている声をマギーに聞かれたくなかったのだと説明した。

奥さんの泊まりがけの出張の予定はしばらくなかったため、進展を始めたばかりの二人の肉体関係は、車や教室のなかに限定されることになった。

マギーは四時限目のアーロンの英語の授業をとっていた。ある日、授業のあと、彼が小さな声で言った。昼休みにこの教室で会おう。

マギーが行くなり、二人は戸棚のそばのテーブルのところでキスをした。マギーはスウェットパンツを穿いていた。彼が好むからだ。以前、こんな風に言ったことがある。スウェットパンツは「アクセスがしやすい」。彼はマギーの手を取り、自分の胸に引き寄せて言った。ほら、心臓がこんなにどきどきいっているんだ。次にもう一方の手を取って、ドレスパンツの前のふくらみに押し当てた。きみといると、ここはこんなに固くなる。

マギーは映画でまったく同じせりふを聞いたことがあって、男の人は何のつもりでそんなことを言うのかと前から不思議だった。ペニスの怒張ぶりに女をうっとりさせたいのか。それとも、「よくやったぞ」と褒めているのか。彼の血管を反応させ、その長さ、その固さにふくらませたマギーを称賛しているのか？

ただ話をしたりキスをしたりするだけの日もあった。保護者面談の日がそうだった。午後から大勢の保護者に会う予定だったので、アーロンはスーツを着ていた。マギーの父親のマークとも面談する予定だった。面談にはマギーも同席してもらいたいと言われた。このときのマギーは、少しでも自分と一緒にいたいからだろうと解釈した。しかしのちに振り返って、二人の関係をまったく知らない父親の前でマギーと話をすることに快感を覚えたからではなかったかと思い至った。面談の際、お嬢さんは学校の優等生ですよとアーロンは言い、マギーが志望大学をまだ決めていないことは知っているが、いずれよい結果が出るだろうと話した。

昼休みのデートのとき、マギーは何も食べなかったが、アーロンは夕飯の残りのスパゲティを持ってきていた。マギーは、それ不味そうと言って彼をからかう。アーロンが食事を終えてから、キスをした。マギーは、お昼にスパゲティをシェアすることになるなんて思っていなかったと冗談を言った。彼の息も、教室そのものも、スパゲティのにおいをさせていた。スパゲティが入っていたタッパーウェアは、ソースのオレンジ色に染まっていた。

始業前に彼の教室で落ち合ったこともある。彼はキスをし、次に手を下着にすべりこませた。マギーを後ろ向きにし、自分の体の前をマギーの背面にぴたりと押しつけ、首筋に顔をうずめた。そこに優しくキスされてマギーはとろけかけ、膝が折れそうになった。彼は指で愛撫しながら、マギーのお尻に股間をこすりつけた。マギーは首をのけぞらせ、うめき声を漏らした。愛撫は七分ほど続き、マギーはいまにも絶頂に達してしまいそうになった。そのとき、入口のドアノブを誰かががちゃがちゃと鳴らした。アーロンは熱いものに触れたかのように飛びのき、愛撫していた手を器用に引っこめた。まるで手品のように試験用紙を取り出してマギーに手渡す。マギーにとっては、自分でも気づかないうちに試験用紙を持っていたという風だった。マギーは息を弾ませたまま椅子に座り、試験中のふりをした。しかし、そこまで用意周到にやることはなかった。あとで確かめてみると、入口のドアにはちゃんと鍵がかかっていた。

誰かの家に友達みんなで集まっている。この夜、とくに記憶に残るできごとがあったわけではない――あったとすれば、一枚の写真が撮影されたことだ。マギーと友人のローラとニコールが並んで写った写真。その三人で撮ったのは、集まっていたなかでブロンドなのはこの三人だけだったから。ほかはみな濃い茶色の髪《ブルネット》をしていた。それが珍しくて、三人だけで写真を撮った。

マギーはしじゅう携帯電話をチェックしている。見るかぎり、ほかの誰も気に留めていない。ほかの少女たちもみな絶えず携帯をチェックしている。マギーはアーロンとメッセージをやりとりしていた。自分もボーイフレンドもそれぞれの友達と出かけているとき、女の子なら誰でもするように。アーロンはクリンキー先生とウェスト・エーカーズ・モールの近所のTGIフライデーズで食事をしている。

迎えに来てもらえないかな。

そのメッセージを見た瞬間、マギーの胸は高鳴る。部屋を埋め尽くしたブルネットと、そこに二人だけ交じったブロンドの友人たちに言い訳をし、マギーはそこを出る。車に乗りこんで音楽をかけ、

TGIフライデーズに向かう。バックミラーで自分の顔を確かめる。

車を走らせながら考える。自分を待っているあいだ、彼は何をしているだろう。マリーにメッセージを送っただろうか。スポーツのスコアを調べただろうか。どうやって帰るつもりか、クリンキー先生にどう話したのだろう。彼もいまごろ同じようにマギーのことをあれこれ考えているだろうか。体の関係ができた以上、体の関係のない状態にはもう二度と戻らないだろうという気がした。

店に着いたとメッセージを送り、駐車場で待つ。車は母親の赤いトーラスだ。アーロンが来て車に乗りこむ。そのときは不安の流砂に襲われるが、彼が乗りこんでマギーが車を出すと同時に恋の炎が息を吹き返し、熱い気体となって車内を満たす。

キスされたとき、彼の息はお酒の味をさせている。お酒の種類まではわからないが、ビールでないことはわかる。彼はふだんより優しい調子で話す。舌がもつれているとまではいかないが、いつもより聞き取りにくく、いつもより慎重に発音している。車はファーゴの大動脈の一つ、一三番街を走った。車に母親のにおいが染みついている。アーロンがそれに気づきませんようにとマギーは思った。

ふいにアーロンが体をこわばらせる。すぐ隣を走っている車の人が自分に気づいたようだと言う。

マギーは訊く。誰？

わからない。ウェストファーゴ高校の生徒だと思う。

え？

いいからほかの道に曲がってくれ、とアーロンは言う。

このときもまた、マギーは自分が何かしてしまったような気持ちになる。車が住宅街に入り、アーロンが肩の力を抜く。二人の関係について話をしながら、その近所をしばらく車で流した。

まもなくアーロンがマギーのパンツに手を忍びこませ、マギーはその手が動き回りやすいようシートからお尻を浮かせる。あやうく駐車車両に突っこむところだった。アーロンが怒り出すのではと不安に駆られたが、アーロンは何も言わない。笑ってマギーのほうに身を乗り出し、首筋にキスをする。マギーは幸福感に酔いしれた。二人の愛は、車をぶつけそうになるほど激しいのだと思った。

しかし時間とともにアーロンの酔いは醒めていき、彼の心が自分から離れかけていることをマギーは感じ取る。いや。いや、いや、いや。

アーロンは自分の車を友人の家に駐めてきたと言い、その家までの道順を指示し始める。マギーは言った——だけど、お酒を飲んでるんでしょ。するとアーロンは、うちまでは住宅街を抜けてすぐだからと言う。何杯か飲んだあとはハイウェイには乗らないことにしている。いつも絶対に無理はしない。車が路肩に寄って停まると、アーロンはマギーのパンツから手を引っこめる。友人の家を気にして濃厚なことはしなかったが、それでも長いキスはした。

不安の流砂が戻ってきた。エアコンの吹き出し口からあふれ出してくる。心配でたまらない。彼は酔っているのだ。自宅までついていき、無事に帰り着いたことを確かめたかった。いまや彼はマギーの命そのものだ。しかし、彼はついてこないでくれと言う。大丈夫だよと。そしてウィンクをすると、車を降りていってしまった。去り際にもう一度「愛している」と言うこともなく。

それから一月《ひとつき》ほどのあいだ、彼は妻とは別れるよと何度か口にした。いますぐとはいかないが、もうじき。

あと五年、待っていてくれるかい？　ある日の深夜、彼からメッセージが届く。子供たちがもう少し大きくなってからなら、いまより離婚しやすくなるだろうからという。マギーはちょうどトイレでおしっこをしているところで、メッセージを読むなり携帯を壁に叩きつけたくなる。身勝手にもほどがある。愛し合っているのに、何もかも彼のスケジュールで進むなんて。何もかも彼の一存で決まるなんて。マギーからは電話するな、メッセージを送るな。メッセージは受け取ったらすぐ削除しろ。履歴はもう一〇〇〇件くらいになっているはずだ。一〇〇〇回、マギーは削除キーを押した。奥さんのマリーの電話番号を教えられ、登録しておけと言われた。その番号からかかってくることがあっても、絶対に応答してはならない。

ルールはそれだけではない。ルールというほどのものではないかもしれないが、恋の相手である既婚の教師をひやりとさせずにすむよう――安心してあなたに発情できるよう――気を遣うべきことがらがほかにもある。たとえばスウェットパンツを穿くこと、香水はつけないこと。

最近は地下室で寝ているのだと彼は言う。地下室から電話をかけてくる。秘密のアジトで愛を温めている男性版ラプンツェルみたいだとマギーは思う。

バレンタインデー当日、彼に言われたとおり、マギーは早めに登校する。アーロンは、マギーが大好きなM&Msピーナッツバターを一袋と、タイプしたラブレターを手渡す。手紙には、マギーを愛しているのはなぜか、細かく綴られていた。その理由には、マギーの香りと、部屋に入ってくるときの足の運び方が含まれている。手紙は将来にも触れていた。一日も早く一緒になりたいとある。その手紙は、生まれてこの方抱いたことのない気持ちをマギーに抱かせた。彼はマギーが異性に求めるすべてを備えた人だ。そんな都合のいい話、現実とは思えない。

アーロンはマギーを〝きみ《ラブ》〟と呼ぶようになっていた。マギーが親しい人に呼びかけるとき――

〝あなた《ラブ》〟――と同じだ。マギーの一八歳の誕生日には、二人で学校をさぼって愛を交わそうと言う。朝から晩まで抱き合って過ごそう。

このころマギーは愛読しているトワイライト・シリーズの第一巻をアーロンに貸す。『トワイライト』での人間の少女とヴァンパイアの恋人のロマンスと、自分とアーロンのロマンスはリンクしているとマギーは信じている。どちらも禁じられた恋、燃えるような恋、世代を超えた恋だ。『トワイライト』を読みながら感想をメモしていると彼から聞き、マギーは狂喜し、有頂天になって、もっと速く読んで、あなたがどんな解釈をしたかいますぐ知りたいからと急かす。アーロンはどこで読むのだろう。子供部屋の『もりでいちばんつよいのは？』や何かの絵本が並んでいる棚に置いておいて、毎晩、僕がチビたちを寝かしつけるよと奥さんに断り、二人が寝入ったあと、常夜灯のそばで読むのかもしれない。

一週間ほどで返ってきたとき、本はポストイットだらけになっていた。ページのあいだから小さな黄色い付箋が羽根のようにはみ出している。

そのうちの一つには、きみの隣で目覚められる日が待ち遠しいと書かれていた。

別の一つは――〈暖房の設定温度を下げておいたことを覚えているかい？〉。彼の家を訪ねた夜のことだ。一〇〇回くらい「愛している」と言い交わした夜。指で、舌で愛撫され、キスをし、マギーが掛け布団に血の汚れを残した夜。彼は暖房の設定温度をわざと低くしておいたのだ。マギーが毛布をほしがるように。

「永遠の救い主と二人きりになりたかった」『トワイライト』の人間の少女ベラ・スワンは、ヴァンパイアの恋人についてそう語る。その隣に貼られた黄色い付箋には〈きみも僕のことをそう思ってる？〉とあった。
　別の段落には蛍光マーカーで線が引かれ、その隣の付箋にはこう書かれている。〈無償の愛。僕らの愛と同じだ！〉
　のちに、マギーの意思に反して行なわれたことは何一つないと指摘する人々もいた。マギーはあと数カ月で一八歳になっていた、一八歳になっていればそもそも法定強姦（承諾年齢未満の子供に対する性行為。合意の有無は不問）には当たらなかっただろうと。しかし、ちょっと想像してみてほしい。おとぎ話のロマンスに憧れた少女が、〈そうさ、僕はきみのヴァンパイアの恋人で、きみは僕の禁じられた果実だよ。僕らはきみが大好きなロマンス小説の主人公だ。これほど甘いロマンスは、この先一生かかっても見つからない〉と書いてあるに等しいメモを目にしたら、どうなるか。
　想像できるでしょう？

　マギーは彼のことを〝マンフレンド〟と呼ぶ。ボーイフレンドは不釣り合いだということで二人の意見は一致している。なんといっても彼は既婚者だ。二人の恋は、サミーと彼女のボーイフレンドの恋、メラニーと彼女のボーイフレンドの恋とは違うのだ。彼は男の子《ボーイ》ではないのだから、ボーイフレンドであるわけがない。

　周囲の友達はみな、卒業記念のプロムの準備を始めている。女の子は鮮やかな色をしたレーヨン素材のドレスを買っている。

　マギーはふいに、プロムなんてくだらないと思い始める。ちっぽけで、幼稚で、終わったとたんにどうでもよくなるようなイベント。アーロンとの交際が始まる直前まで、男の子二人とつきあっていたから、プロムにはきっとその二人のどちらかと行くことになっていただろう。一人はアルバイト先の同僚で、アーロンは、マギーとそういう関係になる前から、その男の子をよく思っていなかった。もう一人は別の高校の生徒だが、アーロンは地域の学生会議を通じてその子を知っていた。その子がマギーの首筋にキスマークをつけたことがあり、アーロンはそれに気づいた。そのとき、あの男子生徒は好きになれないなとアーロンは言った。何気ない口調だった。当時マギーは気づかなかったが、頭のよい人は、誰それは好きになれないなどとさりげなく言い、自分がコントロール下に置きたい相手がその誰かを遠ざけるよう仕向けたりする。

　ある晩の電話で、プロムには行かないとマギーは宣言した。不自然な気がするから。アーロンの返事はなかった。それきりそのことについては何も言わないままになった。

　その同じ夜、それぞれ関係を持った人数を打ち明け合った。マギーは三人。アーロンは二人だけ――奥さんのマリーと、高校時代の恋人《スイートハート》の二人。マリーは大学時代のスイートハートだ。どれくらいつきあうと、〝スイートハート〟から次の段階へ進むだろうかとマギーは思った。アーロンは、マギーの過去の男性たちのことを尋ねる。マテオと、あと二人。その三人のことを尋ねたくせに、知りたくない気がするとも言った。ほかに三人いたという事実を頭から追い出せない、自分よりもマギーのほうが経験豊富というのが腹立たしいと付け加える。そう聞いてマギーは、自分はもっと貞節でなくてはいけなかったのだと考える。対照的にアーロンの経験人数は文句のつけようがない。二人、しかもそのうちの一人はいまの奥さんだ。マギーはまだ一八歳にもなっていないのに、すでに三人と経験がある。一人は一夜限りの関係で、別の一人は事実上の法定強姦だ。アーロンといつか究極の恋に落ちると知っていたら、彼のために純潔を守っておいたのに。彼に返すべき言葉がうまく浮かばない。

恋が最高潮に盛り上がっていたちょうどこのころ、マギーは両親に言われて、週末に行なわれた教会の修養会《リトリート》に参加する。創作の課題があった。何らかの誓いを立て、それを書かなければならない。何を書いたか誰も見ませんから安心してねとシスターは請け合う。作品を見るのはマギーだけで、それを神が採点する。祈りの蠟燭のほのかな明かりのもと、色つきの厚紙に、見返りを求めない愛に身を投じたいと書く。アーロンを愛してはいけないとわかっているが、不適切な愛というものは果たしてあるのか。彼を一心に愛し、彼からやめてほしいと言われたよくない習慣をやめたい。たとえば、マギーはたばこを吸っているのではないかと彼に疑われているが、マギーは意地になって否定している。彼は喫煙者とはつきあわないからだ。以前、マギーからたばこのにおいがすると言われたことがあって、マギーは、家で両親が吸うのだと話し、自分はたばこを吸わないと断言した。

教会には没薬《もつやく》の香りが満ちている。マギーは一人、信徒席でひざまずく。彼に嘘をついたことを恥じ、彼に真実を打ち明ける勇気を与えてくださいと神に祈る。週に一度、ロザリオの祈りを唱えること、週に一度、アーロンに手紙を書いて気持ちを伝えることを誓う。この愛は永遠であることを示す方法をほかにもいくつか見つけるつもりだ。

正直にいえば、マギーがしたいことは一つだけ、彼への気持ちを語り、彼の自分に対する気持ちを聞かせてもらうことだ。マギーのどこを愛してくれているのか、ぜひとも訊いてみたい。いま知っていることはどれも漠然としていて、頭ではうまく理解できない。たとえば、彼からもらった手紙の一通には、教室で机についているとき、まるで子供のように脚を前後にぶらぶらさせているところが好きだと書かれていた。

アーロンの三〇歳の誕生日の週が来て、お祝いのイベントのどれにも自分は招かれていないのに、それでもマギーは舞い上がっていた。イベントの最初の一つは、七日の土曜日、誕生日の二日前に予定されていた。スピットファイア・バー・アンド・グリルで開かれるサプライズ・パーティだ。その店では、ベージュの大皿に盛られたローストビーフに、一回り小さな容器に入ったベークトポテトのサワークリームのせを添えて出される。全体にチャイブかみじん切りのワケギを散らしてある。

サプライズ・パーティで彼が本当に驚《サプライズ》いたかどうかは何ともいえない。マギーは彼のごく個人的なことがらをほとんどすべて知っているが、パーティには招かれなかった。パーティが開かれることさえ知らなかった。

彼は何度もバスルームに行ってはマギーにメッセージを送ってきて、マギーに会いたくてたまらないと言う。最低だよ、知り合いが全員集まっているのに、愛する女性だけはいないなんて。誕生祝いのパーティなんかやらないでほしいと言ってあったのに、開催したマリーに腹が立つ。学校の同僚教師ジョイス先生が来ているのも気に入らない。ずっと彼をじろじろ見ていて挙動不審だ。

パーティは無難にお開きになった。アーロンとマリーは、ベビーシッターに預かってもらっていた子供たちに見せてやろうと、たくさんの風船を車に押しこむ。帰宅するなり、マギーにメッセージが届く。自分の家にいるときのほうがマギーを身近に感じられると書かれていた。

週明けの月曜、アーロンの誕生日当日は、朝から猛吹雪だった。真っ白な雪に覆われたファーゴは美しい。道路や並木も汚れ一つないように見える。

午前七時台に何度か、マギーはメッセージを送る。いますぐにでも会ってプレゼントを渡したい。早めに登校すればいつもの教室で会えるだろうか。メッセージにはこう書いた。〈お誕生日おめでとう!!!〉〈早めに行ったほうがいい？〉

スピットファイア・バー・アンド・グリルでパーティが開かれることをパーティが始まるまで知らなかったように、このときのマギーは知らなかった――メッセージが送られたその瞬間、アーロンはシャワーを浴びていた。誕生日は特別な日だから、ルールのことなどマギーはすっかり忘れていた。生涯の恋人の誕生日当日だ、彼からのメッセージが待ち遠しい。子供だって、ときには羽目をはずしたい。

そして、午前八時前、夫本人がシャワーを浴びているあいだに、夫の携帯電話のメッセージ着信音が鳴る。

その一時間ほどのち、死の電話がマギーにかかってくる。外では雪が夢のように美しく吹き荒れている。マギーが窓の外を見つめ、二人のラブストーリーは雪のコロラド州に行っているときに始まったことを思い出していると、携帯電話の画面に彼の名前が表示される。そしてこの先死ぬまで、電話が鳴り出すたびにマギーは怯えることになる。

もしもし！　ハッピー・バースデー！

これまでだ、と彼の声が応じた。終わりにしよう。きみのメッセージを見られた。これまでだ。

彼は車を運転中だ。かすれ声で、怯えているように聞こえたが、何が言いたいかは疑う余地がなかった。何をしてももう変わらないし、時間を巻き戻すこともできない。クリスマスツリーの飾りは片づけられた。いまあるのは、シーズン最後の消え残った霜だけだ。

スローン

寝室に第三者を初めて招き入れたあと、自分が進んでそうしたことにはどんな意味があるのだろうとスローンは自問自答した。性的に興奮しただけでなく、その行為を大いに楽しんだし、絆や愛を実感する瞬間もあった――自分と夫のあいだに、そして自分ともう一人の女性のあいだにも。別の女性とセックスをしている夫を見ているときでさえ、愛おしさが湧いた。もちろん、そのまま死んでしまいそうな感覚に襲われた瞬間も何度かあったが。

しかし、これはノーマルなことなのだろうか。このことを打ち明けられる相手はそういない。もしかしたら、これを打ち明けられない相手は鬱屈した人々で、スローンのほうこそ健全なのかもしれないと自分を正当化したりもした。だが本を読んでも、テレビ番組や映画を観ても、そのようなライフスタイルはどこにも描かれていなかった。スローンにはどこか特異なところがあるに違いない。時と場合によっては昔からひねくれたところがあったのだろうし、思ってもみないことで罰を受けたりもしただろう。自分の子供時代、父母の影響を受けた時期を振り返ってみた。

スローンは父親のピーターの人となりを尋ねられると、「フィリップス・アカデミー、プリンストン、ハーヴァード」（いずれもアメリカ北東部の名門校・名門大学）のキーワード三つですます。そして、それだけ言えば想像がつくでしょうと言う。父の学歴の高さや裕福さを自慢しているわけではない。実家について抱いている思いはもう何年も前に代謝された。いまは冷蔵《コールドクローゼット》室にしまい込まれたシャネルのスーツのようなものだ。

スローンは母親のダイアンのことも数語で表現するが、父親に比べると定義は難しい。ブロンドで取り澄ました雰囲気のダイアン・フォードのふるまいは聖職者のように堅苦しかった。母親のことを訊かれると、スローンは例として、久しぶりに娘に再会したときのダイアンの挨拶を挙げる。娘をすぐには抱き締めない。まず車の旅は、あるいは飛行機の旅はどうだったかと尋ね、その日の天気について何かしら感想を言う。それからどうぞなかへと手招きする。キッチンのカウンターにはキュウリのサンドイッチとアールグレイ紅茶のポットが用意されている。

ダイアンは四人きょうだいの一人としてテネシー州メンフィスで育った。父親は自分で飛行機を操縦するような人で、母親は愛情深い専業主婦だった。母親とはとても仲がよかった。一七歳だったある日、母親を助手席に乗せて車を走らせた。このときダイアンは、大惨事が起きる直前に誰もが抱くような神の摂理を感じていたかもしれない。ほら、長くて小麦色に焼けたわたしの脚を見て。この柔らかなブロンドの髪を見て。ようやく角が取れて血と曲線ばかりになったこの体を見て。

ふいに悲鳴が響き渡った。何かにぶつかられた衝撃と、金属と金属がこすれ合う音が世界を満たした。数時間後、ダイアンは病院のベッドで意識を取り戻した。大声で母親を呼んだ。看護師が来て、お母様は事故で亡くなりましたと告げた。その朝の車内の映像が頭に蘇るのに、運転席に座っていたのは自分であることを思い出すのに、数秒かかった。もしかしたらまる一分だったかもしれない。

葬儀からまもなく、玄関にお見舞いのパイが届かなくなってすぐに、父親はダイアンを友人の家に預けた。理由は尋ねるまでもなかった。ダイアンの顔をまともに見られなかったからだ。父親は自分の妻を死なせた娘の顔を直視できなかった。これから一人で育てていかなければならないほかの三人の子供の母親を死なせた娘。

預けられた先は自宅からさほど遠くなかったが、それでも別世界に感じられた。新しいキッチン用のタオル。新しいバスルームの石鹼。暗黙のルール。廊下ですれ違うとき、ダイアンの額に優しく手を触れる人は誰もいなかった。腕にさえ誰も触れなかった。母親の死で、心に穴が空いたように感じたが、体の一部を断ち切られたようでもあった。同時に家族をまるごと取り上げられたのだから。言葉にはせずとも、自分は家族と離れているしかないのだとわかっていた。ダイアンを見て、家族は彼女が何をしたかを思い出し、家族を見て、ダイアンは自分が何をしたかを思い出す。それでも、もう小さな子供ではない。おとなの女まであと一歩の年ごろだ。夜、ベッドに入ると、これが人生の底だと自分に言い聞かせ、髪に手をやって、母親の髪に触れている空想、母親と寄り添って眠っている空想をして自分を慰めた。

その過去はダイアンの頭のなかの屋根裏部屋にしまわれている。ダイアンのほかの部分は大理石に変わった。スローンの父親とは、父親が社会でのし上がろうとしているころに出会った。表向き、ダイアンは喜びにあふれたフィアンセだったし、のちには賢い妻、子供思いの母になった。たとえば、スローンの乗馬のレッスンがある日はかならず自分でノースセーレムまで送っていったし、スケートの日はリンクに付き添った。料理の腕も抜群だった。キッチンにはいつも焼き立てのパイの香りや、鶏や七面鳥のローストなどのご馳走の香りが漂っていた。

スローンが四年生になったとき、ダイアンはスローンの全身をながめ回した。一人娘の腰回りは張り出し、乳房はふくらんでいた。丸い頰はピンク色だ。娘の体は年齢と釣り合っていなかった。のちに当時の写真を見たスローンは、脂肪がついたというより、性成熟の初期のように見えると思った。しかし四年生だったスローンは、母親に奇妙な目で見られたとしか思わなかった。

翌週、ダイエット・センターの診療予約を取った。煉瓦造りの小さなショッピング・モールの表通りに面した一角に入っている診療所で、チェリー・レッドの文字で診療所名が書かれ、窓にはプライバシーを守るためのベネチアンブラインドが設置されていた。待合室でダイアンが言った。これはあなたのためを思ってのことなのよ、ハニー。少し体重を落としたほうがいろいろと楽だと思うの。

スローンは椅子の下に足を引っこめた。東西に広がった自分の腿《もも》を見つめた。

学校が始まると、スローンはトイレの個室で減量薬をのんだ。場合によっては水なしでのみ下した。病院で処方された薬だとはいえ、スローンはまだ一〇歳だ。他人の前でのめば異様に思われるだろう。それくらいはスローンにもわかった。いや、母親からそう言われたのだったかもしれない。記憶はぼやけている。それでも、母親は自分のためを思ってしてくれたのだということはわかっていた。少し痩せたほうが自分に自信が持てるだろうと思っている。スローンの母親は、何をするにも母親なりにベストと思う選択をした。母親ならみなそうだろう。かつての自分の願望に影響された、目に見えない献身。

スケート合宿や乗馬合宿、サマーキャンプに行っているあいだではなく、家で過ごしているあいだに、スローンは母親の過去を断片的に知った。ダイアンと話をするたび、自分の母親がどんな人物なのか興味が募った。なかでも知りたかったのは日常的なことだ。ダイアンが自分の母親の見よう見まねで最初に覚えた料理。お気に入りだった人形や遊び。子供のころ怖かったもの、初恋の相手。しかしダイアンは、スローンの父親と結婚する以前のことはほとんど話さなかった。スローンの質問に答えたくないとあからさまに言うことは一度もなかったが、いつも巧みにはぐらかした。たとえば、そういうときにかぎってオーブンに入れなくてはならない料理があった。

どうしてもとせがまれると、はるか遠い昔の記憶を探るような調子で、父親は二人乗りの飛行機を所有していたという話をした。ダイアンがまだ子供だったころはよく晴れた日に雲のなかから飛び出してきて、家族で暮らしていた農場めがけて急降下してきた。飛行機の重量と風圧で家の屋根は吹き飛びそうに、牧草はちぎれそうに、そして娘たちや母親の髪の毛は抜けそうになった。

スローンは九年生のとき、あっけない初体験をすませた。相手は同じ通りに住んでいた少年だった。スローンは一五歳になるころには同学年の女の子より成熟しており、さまざまな面で準備ができているような気がしていた。ルークは一八歳で、〝ワル〟の一人だった。真のワルというわけではなく、映画『ブレックファスト・クラブ』のエミリオ・エステベスとジャド・ネルソンがそれぞれ演じたスポーツマンと秀才を合わせ、眉のきりりとした向こうみずなはみ出し者にしたような、本質的には優等生だが少し不良っぽいところのある少年だった。ルークは高校のフットボール代表チームの選手で、マリファナを吸い、何度も逮捕されたことがあった。

スローンとルークは恋人同士だったわけではない。友達の家に集まったときにはよく顔を合わせていた。一緒にビールを飲み、軽くいちゃついたりした。初体験の夜、スローンは窓から雨樋を伝って家を抜け出した。

ルークが玄関を開けたとき、スローンは恋に胸をときめかせていたわけではなかったし、性欲さえそれほど感じていなかった。両親はもう寝ているから何も聞かれる心配はないとルークは言った。廊下を歩くときも足音に注意してとは言わなかった。キッチンとリビングルームは散らかっていた。それを見てスローンはなぜか悲しくなった。家をきちんと片づけないままベッドに入る人たちがいるなんて。ルークの部屋はいかにも男の子のそれらしい雰囲気で、清潔な香りをさせていた。

ルークは知らないかもしれないと思い、スローンは念のため、バージンであることを告げた。映画のなかでは、バージンの女の子は事前にかならずそのことを相手の男性に話す。だからこんな風に考えた——女の子がバージンの場合、男性は何かやり方を変えるのかもしれない。たとえば痛くない挿入のコツがあるとか。

ルークはうなずき、スローンをベッドに寝かせた。シーツは薄茶色だった。カバーも同じ色だった。静かで規則正しいリズムが続いた。スローンは天井を見つめ、ルークの髪を見つめた。ルークの集中した表情を観察した。彼を気の毒に感じる瞬間があった。怒りを感じる瞬間もあった。何一つ感じない瞬間もあった。

終わると、ルークは薄茶色のシーツを見た。大量の血で汚れていた。ルークはあんぐりと口を開け、対処に困っているような顔をした。

言ったわよね、バージンだって。スローンは言った。

でも、とルークは言った。まさかほんとだとは思わなかったよ。

スローンはルークの思い違いを正さなかった。バージンだったと言ったわけではない。スローンは微笑み、ウィンクをした。それからベッドを出て服を着ると、家に帰った。黒さを増していく夜、クリーム色をしたカシの大木。心境の変化はなかった。感動もなかった。ただこう考えていた——よし、これで片づいた。

しかし翌朝になると、以前とは何か違っているような気がした。生まれ変わったかのようだった。自分の部屋が早くも過去のものになっていた。壁に貼ったポラロイド写真、ブレイヤーの馬のフィギュア、細長い鏡。新しいスローンのものと思えるのは、前夜帰宅したときからシャワーを浴びないままの体、無感動なセックスで湿った肌を受け止めたベッドのシーツくらいのものだった。このときスローンはある感覚を抱いた。そのあと何年も忘れていた感覚、二度と訪れなかった感覚。特別なのは相手の少年ではない。スローン自身の進化だ。相手の少年はそれを促進したにすぎない。彼のペニスが触媒の働きをし、スローンのなかで化学反応が起きた。ただし、誰のペニスであっても反応は起きただろう。

スローンは家のなかを歩き回った。自分の肉体についてこれまでとは違った自信が生まれていた。両親は過保護なタイプではなかったから、さほどきまりが悪いとは思わなかった。家のなかでただ一人、顔を合わせるのが気まずかったのは、兄のゲイブだ。ゲイブとスローンはとても仲がよかった。たった二歳しか違わず、親友のような間柄だったこともあって、ゲイブにだけはきっと見抜かれるだろうと思った。

ところがゲイブは長いあいだ気づかなかった。スローンも打ち明けなかったが、姉や妹がいたらよかったのに、あるいはゲイブが女だったらよかったのにといくらか残念に思った。

バージンでなくなったのを境に、スローンは両親の関係を新たな視点から見るようになった。二人はうまくいっていない。父母のあいだに絆と呼べるようなものはなかった。スローンはふと思った。

この二人は初めからそうだったのではないか。その父母に育てられたスローンのなかには、二つの別々な線、一度も交差したことのない線があるような、自分のなかに分離したままの二つの人格があるような気がした。新しく芽生えたその疑念をゲイブに話してみた。ゲイブはアドバイスらしいアドバイスをしなかったが、自分もそのことには気づいていたと言った。ゲイブの部屋で話したその日はよく晴れていて、窓から射した陽がゲイブの机や、いかにも〝兄貴〟のものらしいベッドを黄色に染めていた。

ゲイブの同級生にティムという人気者で親切な少年がいた。いつ見てもこれからハイキングかスキーに行くのかというような服装をしていた。スローンは、ティムが兄と一緒にいるところやサッカーをしているところを何度も見かけたことがあって、遠くから憧れていた。スローンが九年生を終えた直後の夏、あるパーティに行くと、たまたまティムもそこに来ていた。そのころスローンは、またも自分がどんな人間なのかわからなくなっていた。スローンには相手かまわず寝るような年上の友達が何人かいた。自分も似たようなことをすればいいのだろうか。性に積極的というレッテルを貼られれば、それで自分を定義しやすくなるだろうか。そんな風に迷っていたとき、たまたま行ったパーティでティムと一緒になった。前からきれいな子だなと思っていたんだと言われた。ティムはまっすぐな印象の人だった。兄のゲイブと似ていて、ティムといると安心できた。

まもなくスローンはティムと交際を始めた。ティムはゲイブに許可を求めたりまでした。二人の交際自体は別段おかしなことではなかった。一〇年生が一二年生とつきあうことはよくあった。そのトレンドのきっかけを作ったのは人気者の男子生徒だった。下級生の女子生徒の初々しさや長く伸ばした髪は不思議な魅力を持っていた。下級生とつきあっている上級生とそうではない上級生を比べると、後者は時代遅れに見えた。

スローンは上級生が集まるパーティに行くようになった。人の輪から少しはずれ、ティムの陰に隠れるようにしているのに、なぜか場の主役になれるのが快感だった。ほかの男子生徒が、スローンにいいところを見せたくて、ティムにいろんなことを言った。何もかもその場で肯定しないほうがいいということをスローンは学んだ。超然としているほうが効果的だ。

ある日、パーティで兄のゲイブと遭遇した。その数カ月前から二人のあいだには距離ができていた。原因はそれぞれの夏のスケジュールだろうとスローンは思っていた。パーティ会場の奥のほうにいたゲイブは、スローンが来ていることに気づいて驚いたような表情をしたが、すぐに目をそらした。きつく結ばれた唇、空虚な視線。スローンはそこに、軽蔑と紙一重の感情を読み取った。

その夜は言葉を交わさなかった。ゲイブは先にパーティから帰っていき、そのまま週末が明けた。しかしそれ以降、ゲイブの態度は急によそよそしくなった。家に二人しかいないと、自室のドアを閉め、入るなと警告するように大音量で音楽をかけた。夕飯のテーブルでは以前から無口だったが、いまはサーモンを食べて水を飲む胸像のようだった。スローンを完全に無視した。スローンはそれなら自分も兄のその態度を無視していいはずだと思った。ゲイブは鬱憤の塊だった。目に見えない怒りを両親に向けていた。ゲイブは父親が薦める大学に願書を出していた。パーティで妹と遭遇してげんなりしたのだろう、妹が自分の同級生と一緒にいるのを見て気まずかったのだろうとスローンは思った。もしかしたら、スローンが異性といちゃついたり、派手に騒いだり、酒を飲んだりして羽目をはずしているところを見かけたのかもしれない。あまり気分のよいものではなかっただろう。両親が喜ぶかどうかをすべての判断基準にしているゲイブ。一方のスローンは反抗的で、それを態度で示す。兄が憤る気持ちは理解できた。

ティムとは二年つきあった。その間に兄との関係は冷える一方だったが、スローンは気づかずにいた。ゲイブは大学に進学した。顔を合わせる機会は減り、兄との距離が開く一方であることに気づく機会も減った。この二年で、のちのスローンの原型ができあがった。日ごとに貫禄を身につけ、周囲から惜しまれる絶妙のタイミングでその場を離れるスキルを磨いた。同じ顔ぶれのパーティに何度も出席したおかげで、表向きの人格を完璧に仕上げられた。同じことの繰り返しに飽きることはなかった。乗馬やアイススケートの練習から、反復することの大切さを学んでいた。今日の夜が昨日とそっくりなら、それが最高のパーティ・ガールとしてふるまう後押しをしてくれる。

あるさわやかな春の夜、両親が真夜中までの予定で外出した。そこでスローンは、パーティに出かける代わりに友達を家に招待した。ルーカスはゲイで、まだカミングアウトしていなかった。二人で家の屋根に上り、アブソルートシトロン（レモン風味のウォッカ）をボトルから飲み、家々の煙突が連なる景色をながめ、空気の冷たさと同じ色をした星を見上げた。スローンはルーカスの秘密を知っている数少ないうちの一人で、ルーカスが誰かに打ち明けられてほっとしていることも知っていた。屋根の上なら安心できる。地上でのルーカスは彫像だった。歩き回る石の彫像。しかしその内側では、忸怩《じくじ》たる思いがすさまじい勢いで燃え盛っていた。ルーカスは自分の指向を恥ずかしいものとは思っていなかったが、それを堂々と宣言する覚悟はまだできていなかった。

信じられるかどうかだと思うの、とスローンは言って、ルーカスの膝に手を置いた。世の中のあらゆることは、その瞬間の自分に自信が持てるかどうかで決まると思うの。

ルーカスは微笑んだ。ウォッカをしこたま飲んだ。たばこは切れ、夜は更けた。両親が帰宅して、ルーカスの泥酔した姿を見られるのはまずいと思い、こう提案した。たばこ、買いに行こうよ。

　二人はゲイブの赤いサーブでパウンドリッジの町に向かった。少しとはいえお酒を飲んでいたので、スローンは運転に集中しようとしていた。ルーカスは、本当は好きでもない人たちを好きなふりをしなくてはいけない生活にはもううんざりしている、灼熱の太陽とヤシの木の楽園で新しい人生を始めたい、観光地に住んで、車高の低い大型コンバーチブルに乗りたいと言った。屋根の上で飲んでいたときもやや興奮していたが、この時点ではかなり感情的になっていた。その証拠に、スローンはすぐ隣に座っているというのに声がだんだん大きくなっていった。

　なあ！　ルーカスが叫ぶ。

　何よ！　スローンは応じた。

　ローラーコースター・ゲームやろうぜ！　ルーカスはそう言うなりコンソール越しに手を伸ばし、ハンドルを自分のほうに思いきり引いた。

　スローンはハンドルをまっすぐに直し、やめてと叫んだ。ルーカスは笑った。短い沈黙があった。スローンは気持ちを落ち着けた。

　どうしてそういうことするわけ？　スローンは訊いた。

　ルーカスはそれには答えず、笑ってまたハンドルをぐいと引いた。スローンはまたもや叫び声を上げてハンドルをまっすぐに戻したが、勢い余って反対側まで引いてしまった。車は時速八〇キロで草の生えた中央分離帯に向かっていき、手前の段差に乗り上げた。車が宙を飛んだことにスローンが気づいたのは、地面に衝突する音が聞こえてからだった。

　二人とも生きていると認識できるまでに少し間があった。現実だとは思えなかった。ほんの数秒のあいだに日常からごみのように放り出されたのに、一瞬のちにはまた貴重品に戻ったのだから。その数秒のあいだに、車は空中で一回転しながら三車線を飛び越えた。左車線を走っていたのに、いまは歩道で運転席側を下にして斜めにかしいでいた。車はばらばらの骨の小山のようだった。あとでわかったことだが、二人が助かったのはシートベルトを締めていたおかげだった。

降りなくちゃ、とスローンは言った。

ルーカスは震えていた。僕ら、生きてるの？

生きてる。よけいなこと言ってないでさっさと降りて。

え？

荷物を持って車を降りて。

ルーカスが車を降りた。車が揺れた。スローンはルーカスを急き立てて歩道を歩き出した。脚が震えていた。一ブロックほど歩いたころ、ルーカスのバッグからウォッカのボトルを出させ、近くの茂みに投げこんだ。重たい音が聞こえ、二人は車に戻った。このときには警察が到着していた。スローンが事情聴取を受けているあいだ、ルーカスは歩道側で膝を抱えて待っていた。スローンは警察官に尋ねた。車をどうしたらいいですか。どこに運べばいいですか。

警察官の一人が答えた。お嬢さん、ありゃ廃車だよ。

スローンの喉が締めつけられた。もう一人の警察官が笑った。スローンは質問にまだ答えてもらっていないと思った。

スローンもルーカスも引っかき傷一つ負っていなかった。奇跡だ。どの警察官もそう言った。スローンは車を見つめた。廃車。そう声に出して言ってみた。その言葉について考えた。車はその言葉が表しているとおりの状態だった。

二人は病院には行かなかった。おのおのの両親が警察署まで迎えに来た。経緯が経緯だったから、ダイアンもピーターもほっとするというわけにはいかなかった。たとえばもしスローンが首を捻挫して病院に運ばれていたら、また違っていただろう。

その事故で最大のショックは、スローンの家族の誰一人として「よかった、生きていてくれて」と言わなかったことだった。両親は無言で理性的に対処した。朝になったら何をすべきかを小声で話し合った。怒っていたわけではない。母親は、過去の経験を思えば意外な反応を示した。たとえばスローンを胸に抱き寄せて安堵の涙を流したりはしなかった。

しかしスローンを何よりうろたえさせたのは、ゲイブの反応だった。ゲイブは自分の車をめちゃくちゃにされて激怒した。蔑むような目をスローンに向けた。

人生に重要な関わりを持っている男性から愛されていないという思いを抱かされたのはまさにこの瞬間だった。スローンは何年もたってからそのことに気づいたが、当時はそのようには考えていなかった。さまざまな幸運に恵まれたと思っていた。まず、死なずにすんだ。しかもスローンの過ちがきっかけで家族が崩壊するようなことにはならなかった。水に流すことができた。ただゲイブの視線は、事故そのものとは違った意味でスローンをすくみ上がらせた。おそらく、スローンが無事だったからだろう。悲劇に終わる可能性もあったことは誰もが頭から締め出した。

スローンは一時期、まったく新しいアイデンティティを演じていた。人気者のスローン、パーティ・ガールのスローン。このスローンになるには、きれいでいなくてはならない。現にスローンは美人だ。ほかにも、飲酒し、パーティに出席し、自分でも主催し、適切な装い、適切なタイミングで会場に現れなくてはいけない。ちゃらちゃらした態度を取りながらも、本当に異性にだらしない女であってはいけない。クールでなくてはならないということだ。しかしクールな女の子、ホットな女の子、ちゃらちゃらした女の子はほかにもいた。あの事故の何か、兄の反応や両親の反応の何か、スローンの過去の何かが、そして誰にも負けない得意分野が一つもないところが、何かで一番になりたいとスローンに思わせた。注目を集めるには、一つの分野で目立った存在になるしかない。

そこでスローンはアイデンティティに微調整を加えた——痩せたパーティ・ガール。スローンは一番きれいな女の子ではなく、一番ちゃらちゃらした女の子でもなかったが、〝一番痩せている〟ポジションはまだ空いていることに目をとめた。これなら母親も喜ぶだろう。

目標達成に向け、スローンは摂食障害という設定を自分に課した。まずは食欲を抑えるところから始めた。食べる量を減らすのが何より手っ取り早いと思ったからだ。しばらくはそれでうまくいった。食事をぎりぎりまで減らし、エクササイズに励んだ。ところがまもなく感謝祭の週末が来て、白いテーブルクロスを敷いた食卓に感謝祭らしい色——茶、クリーム、赤褐色——のご馳走が並んだ。こんがり焼き目のついた七面鳥にグレービーソース、スイートポテト。このとき初めて食欲を抑えきれなくなった。満腹感に嫌悪を覚えた。たいへん、どうにかして出さなくちゃ！

バスルームに行って喉に指を押しこんだ。料理が逆流した。猛烈な勢いで流れ落ちる感謝祭カラーの滝。七面鳥の詰め物。グレービーソース。クランベリーソース。七面鳥の塊や筋。白いポテト。オレンジ色のポテト。ついさっき詰めこんだ大量の食物が出ていくのを見て惚れぼれした。自分がコントロールできているという感覚が何よりうれしい。のちにスローンは、歌手のエイミー・ワインハウスが「過食症こそ最強のダイエット法」と言っているのを耳にする。痩せたければみんなやればいいのに。その言葉にスローンは共感した。これまでに試したどんな方法よりもこれは効くと感じた。簡単で、しかも無理のない方法と思えた。

このときから、摂食障害はスローンの秘密の友人になった。単に拒食症かつ過食症の患者になっただけでなく、どこからどう見ても最高の拒食症かつ過食症の患者になった。戦略的で、清潔で、知識も備えていた。たとえば、嘔吐物で最悪なのは、きちんと咀嚼されていない種類のものだと知っていた。喉をせり上がってくるステーキ肉の小片は玩具のブロックのようだ。アイスクリームも難物だ。柔らかすぎて、ほぼ液体の状態で逆流してくる。吐き出しているという実感に乏しく、胃袋の内壁にまだへばりついているのではとの不安がどうしても残る。

それにタイミングの問題もある。何事もタイミングは重要で、嘔吐も例外ではない。食べたあと吐くのが早すぎると、何も出てこない。何度も吐こうとして喉を痛めてしまう。反対に時間を置きすぎると、食事の最後の一部分しか出てこない。指が薄茶色の液体でぬらぬらするばかりで、成果はない。早すぎても遅すぎても、体の準備ができていないから、やたらに音を立てることになる。うまく嘔吐するには、自分の体と力を合わせなくてはならない。体に無理を強いても無駄だ。嘔吐のプロセスを尊重しなくてはならない。

毎朝、目が覚めたときは、今日は食べないぞと決意する。フライパンで焼いた鶏の胸肉一枚、オレンジ一個、レモンを絞った水くらいですませよう。しかし一度つまずくと――M&Msピーナッツや誰かのバースデーケーキを一口食べてしまったりすると――今日はだめだとあきらめるが、一方で失敗をそのまま放置することはできない。バスルームに行き、二度水を流し、口をすすぐ。そしてもとの会話に戻る。

このダイエット法はおおよそ効果的だった。が、フィールド・ホッケーの選手としての活動には悪影響を及ぼした。九年生のあいだはスポーツに真剣に取り組んでいた。しかし一〇年生の春にはがりがりに痩せていて、学校の代表チームに選ばれるのは望み薄だった。学校の成績も全般に下がった。宿題をやらなくなり、授業中もぼんやりするようになった。

スローンの体や生活ぶりの変化に家族の誰も疑いを持たなかった。母親から「どうして何度もトイレの水を流すの？」と訊かれたことはあったが、それが「そんなことを続けていると死んでしまうわよ」にもっとも近い発言だった。

しかし母親のその質問はぐさりとくるものだった。スローンの最大の恐怖は、その恥ずかしい秘密を暴かれることだった。世の中には、「バカ食いしちゃったから吐いたのよ」とあっけらかんと話す人もいることをスローンは知っていたし、その後も何人かと知り合った。しかしスローン自身は誰にも知られたくないと思っていた。自分の頭のなかをのぞかれるようなもの、そこに隠した欲求や不安を見抜かれるようなものと思えた。だからトイレの水を二度流して証拠を消した。三度流すこともあった。いつもガムを持ち歩くようにした。いつ、どこで吐くか、気を遣った。

そのうちトイレより洗面所を好むようになった。トイレで吐くのは、あまりにも過食症の人間らしすぎる。嘔吐のスキルを磨いてベテランになったものの、自分が過食症であるという現実からは目をそらし続けた。加えて、どこで吐くかという問題も頻繁に生じた。スローンが気に入っていたのは、テレビのある部屋のすぐ先の簡易バスルームだった。家族がテレビを見ているときはそこでは吐けない。しかしそれ以外のときは、家族のほかのメンバーが皿を洗ったりまだおしゃべりをしたりしているときでも、夕飯が終わるなりスローンはそのバスルームの洗面台に直行した。一家は「ジェパディ！」のようなくだらないクイズ番組やドタバタ・コメディ映画が好きだった。『フライングハイ』を観るのは、自分が育った環境に対する父親の最大限の反抗だった。テレビから観覧客の笑い声が聞こえてくると、スローンは簡易バスルームのお気に入りの洗面台をうらめしげに見やってから、二階のバスルームに向かった。

膝の力が抜けるような類の質問をされることなく長い月日が過ぎた。恥ずかしい思いをせずにすんだ。ミントキャンディや歯ブラシを使えばごまかせたし、終わったあと目尻に浮いた涙を乾かす手段もあった。

秘密が守られて安堵する一方で、なぜ誰も問い詰めないのか不思議だった。身近な人は大勢いるのに、一度でも何か言ったのは二人だけだ。一人は友達のイングリッドで、もう一人はイングリッドのお母さんだった。二人が一六歳だった年の春、ある晴れた日の午後、イングリッドとお母さん、そしてスローンは、イングリッドの家のリビングルームでおしゃべりをしていたとき、イングリッドのお母さんがこう言った。スローン、どうしちゃったの？　あなたがりがりに痩せてるじゃないの。スローンはいつもどおりの言い訳をした。このところ食べても食べても足りないくらいで、自分でもよくわからないけれど、代謝がよすぎるのかもしれない。スローンは食べているように見せかけるお芝居をふだんから続けていた。使えるトリックはいくつかあった。誰かの家に行ったら、おなかがいっぱいなの、ついさっきハンバーガーとポテトフライを食べたばかりだから、と言う。そうすれば何か食べるかと訊かれずにすむ。どうしても断れなかったときは、食べ物を皿の上で動かし、カロリーの高いソースを皿全体に広げたあと、ちぎったパンで拭い、そのパンを食べずに皿の縁に置く。食べ物を細かく切り、フォークを下ろさずにつねに持ち上げておく。これで傍からはまるで食べているように見える。一方で、飲み物はよく飲んだ。ボトル入りの水、ダイエット・コカ・コーラ、紅茶、コーヒー。いつも何かしらの飲み物を手に持っていた。友達のイングリッドはそれに気づいてこう尋ねる。どうしていつも何か飲んでばかりいるの？　どうしていつもコーヒーやジュースや水を飲んでるの？どうして飲み物ばかりなの、スローン？

その答えは——親友のイングリッドには打ち明けられなかったが——いつも飢え死にしそうにおなかが空いていたからだ。

リナ

ムーアズヴィルの一四四号線沿いのガソリンスタンドは閉店時間を過ぎて閑散としているが、クレジットカード払いのセルフ給油ならこの時間帯でもできる。あの夜、エイダンがホテルの部屋を出ていった直後は、きっともう二度と彼に会えないだろうと思った。その後も彼と会うたびに今度こそ最後だろうと思って、会っているあいだも苦しくてしかたがなかった。思いきり楽しめばいいのに、自分は時間をかけて静かに死んでいこうとしているという感覚に心を占領されてしまう。

二人はリナの車に乗っている。リナの車のほうが大型で新しいからだ。エイダンは本当に凜々しい顔をしていて、この先も自分はずっと、ほかに誰がこの顔を間近で見ているかと心配し続けるのだろうとリナは思う。勇気を奮い起こし、奥さんのことをいくつか尋ねた。写真はフェイスブックで見たことがある。奥さんのほうが自分よりきれいだと思った。少なくとも、娘を出産する前の奥さんはきれいだった。出産後に少し太ったようだが、それでも充分きれいだ。

給油機の緑色のランプが放つほのかな光のなか、リナはエドのことをエイダンに話す。家を出る準備を着々と進めていること。エドに出ていってもらうのでもかまわない。エイダンがリナを受け入れてくれるなら、明日にでも家を出る覚悟だと打ち明けた。エドに対する気持ちが冷めたことを話せば、エイダンも奥さんのことを話してくれるのではないかと期待した。

この日もリナは生理中だ。そこで彼のパンツのジッパーを下ろし、彼の視線を感じながら、口で愛撫した。最後までフェラチオをしたのは初めてだ。相手がエドだと、口でされているのが落ち着かないらしく、すぐにリナを引き起こして挿入する。

しかしいま、相手がエイダンだと、途中でやめたくない。彼を気持ちよくさせたい。口で誰かを愛したいという欲求がこのとき初めて理解できた。

こんなにすてきなことをしたのは初めてよ、とリナは言う。最高だわ。

エイダンも最高だと思っているのが伝わってくる。ああ、すごい。彼が楽しんでいるのがわかる。ああ、リナ。エイダンがささやく。ああ、どうかしちまいそうだよ。ああ、リナ。くそ《fuck》、リナ。ああ、もっと。ちくしょう《goddamn》。

〝ファック〟は何とも思わないが、敬虔なキリスト教徒のリナの耳に〝ちくしょう (goddamn)〟は神を冒瀆する言葉と響く。それでも、いまは気にしないことにした。この瞬間のすべてを愛し、この瞬間のなかで生きようと思った。口のなかの彼のペニスだけを、自分のすべてに等しいこの男性を悦ばせる天にも昇るような気持ちだけを感じていたい。

まもなく彼が果てる。すばらしく美味だった。リナは過去に二人の精液を口で受け止めたが、これほど美味ではなかった。どちらも不快な味がした。一人は腐りかけのレタスの味だった。こんなことは二度としたくないと思うような味だった。

彼が果てるなり、リナは鋭い痛みを感じた。エイダンは気づいていないようで、すぐにジッパーを上げようとした。

そうよね、もう帰ってかまわないわよ。リナは冷ややかに言った。

エイダンは手を止め、両手でリナの顔を包みこんだ。そして、セックスが目当てじゃないと言った。自分は遊び人じゃないと。耳もとでそうささやかれて、リナは有頂天になった。おとな同士の会話をするのは初めてだった。エイダンは酔っていない。エイダンが話している！　ホテルで会ったときのように、リナの全身の痛みやうずきはきれいに消えた。あれ以来初めて、あのひどい痛みが消えたの。のちにリナは女友達にそう話す。

こんな触れ合いや愛情表現にどれほど飢えていたことか。大きなペニスが恋しかった！　そう大勢と経験があるわけではない。カトリックの家庭で育ち、いまもカトリック教徒だ。カトリックの教えが有害だといまになって気づいたなどとお決まりの冗談を言うタイプの人間でもないが、自分のなかにあるそういった欲求をつねに意識してきた。

仕事が忙しくて身動きが取れないんだとエイダンは言った。一歳と四歳の娘のためだと思ってがんばっている。

リナは言葉に詰まった。どう応じてよいのかわからない。ふだんはひどく無口なエイダンが話している。寡黙な人がいざ口を開くと、全世界が耳を澄ます。

しばらくして彼が言った。ミセス・パリッシュ、もう会わないほうがいいな。いちゃついたりしちゃいけない。

リナは彼を殺してしまいたくなった。はらわたを抜いてやりたかった。ミセス・パリッシュと呼ぶなんて。結婚後の姓で呼ぶなんて。どこの誰でもないような呼び方、誰かの持ち物であって、彼のものではないような呼び方。

エイダン、わたしなら「いちゃつく」なんて言い方はしないわ。

エイダンはにやりとした。まあそうかもな、キッド。

エイダン？

何だ、キッド？　なあ、聞いてくれ。きみが傷つくようなことはしたくないんだ。「きみが傷つくようなことはしたくない」を直訳すれば「きみとセックスはしたいが、きみを愛してはいない」になることをリナは知っている。心の奥底でそうわかっているくせに、あっさり認めることはできない。何年も死んだように生きてきた。あるいは、じわじわと死に近づいていた。しかしいま、リナは蘇生したのだ。

リナはたばこを吸わないのに、エイダンはたばこはないかと言ってリナのバッグをかき回し、代わりに抗てんかん薬のクロナゼパムを見つける。これは何だと言って薬の瓶をつまみ上げる。その手つきは、お酒は飲むが薬はのまない人物のそれだ。

鎮静剤。リナは身をすくめるようにして答える。

あなたのためにのんでるのよ、とは言わない。

のちにディスカッション・グループの場で、自分はどうすべきか、彼をつなぎ止めておくためにどうしたらいいと考えているかをリナは話す。

彼に会いたくてたまらないんです。だけどこの先もずっと、彼に会えなくても平気なんだって顔を続けるわ。あの夜、ガソリンスタンドで、いろんなことを訊かれました。何をしたいのか、どうして彼と会いたいのか。正直な気持ちを打ち明けると、彼は何度かこう言いました。きみを傷つけたくないから、たぶん、もう会わないのが一番なんだろうって。だから、お芝居をすることにしたんです。これきり会えないとしてもわたしは傷つかないというお芝居。これからも会ってもらいたいなら、そうするしかないから。わたしは彼に会わなくても大丈夫なんだと思わせるしかない。それは嘘だって彼もわかっているにしても。本当は、彼と二度と会えないなんて、とても耐えられない。日曜に会ったとしたら、月曜になってもまだ幸せな気持ちでいられる。でも水曜日には苦しくてたまらなくなって、木曜日にはわたしの一部が死んでしまうの。

その夜、車のなかで、リナは勢いよく首を振って言う。そんなことない。あなたのせいで傷ついていたりしないから。無理にでも笑顔を作る。あなたのせいで傷ついたりするわけがないでしょ、馬鹿ね！

しかし——

もういいから、エイダン。リナは言う。もういいの。そして彼の唇に人差し指を当てる。それは遠い昔から一度やってみたかったことだった。

ある晩、エイダンは仕事でセントルイスに行っている。リナはエドとリビングルームにいた。昼間はデラやダニーを近所の子供たちとたっぷり遊ばせた。そのあとセックスについて前向きに考えたくて、近くの教会で開催されたカトリック・ラブ・セックスというセミナーに出かけた。会場は教会の地下室で、行くと聖体拝領の聖餅《ホスチア》と古くなった水のにおいがした。出席者は大学生ばかりで、リナは唯一の成人女性だった。講師の神父はリナよりも若く、司会者は一〇代の女性だった。隅のほうに座っていた背の高い少女が、悪魔は日々セックスをちらつかせて人を誘惑すると言った。司会者が尋ねた。いまの人々はセックスについてどこで学ぶでしょうか。リナは挙手して言った。家庭です。大学生たちは足をもぞもぞと踏み替えた。リナの答えは完全に的はずれだと言いたげに。司会者が言う。そうですね、それも一つでしょう。ほかには？　会場のほぼ全員がいっせいに答えた。メディアからです。メディアから知識を得ます。

リナはむっとした。自分は時代についていけていないと思った。エイダンの力強い手のことを考えた。セミナーの半ばで席を立った。まっすぐ家に帰った。そこにとらわれているような気がするときでも、家のことなら理解できる。リビングルームでフェイスブックを開く。エドは一メートルと離れていないところに座り、テレビを見ながら、さっきリナが出かけたとき飲んでいたビールをまだ飲んでいる。やれやれ。フェイスブックの《カレッジエイト・ブルー》と呼ばれる青いページが開く。息が止まりそうになる。エイダンもログイン中だ！

こんばんは、ビッグ・ガイ。リナはそう書いたメッセージを送る。体の向きを変え、エドから画面が見えないようにする。振り向いてエドの様子を確かめ、また画面に向き直る。

よう、キッド。

その一言で、二人はどこかに運ばれる。指一本持ち上げることなく、エイダンはリナをそこへ連れていき、リナは、もしいま一緒にいたらどんな風に愛を交わすか、長いメッセージ三つで描写する。いま一緒にいたら、どうやって彼を絶頂に導くか。

わたしが来たのに気づいて、あなたはわたしを抱き寄せる。二人とも一言もしゃべらないまま、あなたはわたしにキスをし、舌でわたしの口のなかを探る。そのまま長い時間、お互いの味を確かめ合ったあと、わたしのシャツの裾を持ち上げて脱がせ、ほかの服もゆっくりと脱がせていく。立ち上がる途中でわたしの胸で止まり、乳首を吸う。わたしは、抱き上げてベッドに運んで、その力強い手でベッドに横たえてとせがむ。あなたはわたしの目をのぞきこみ、ペニスを上下に動かして、わたしの湿り気を広げる。

わたしの目を見つめたまま、あなたが入ってきて、初めての夜と同じあのリズムで動く。三度浅く、一度深く。三度浅く、一度深く。深く突かれるたびにわたしはあえぎ、もっとと耳もとでささやく。あなたは両腕でわたしをもっと強く抱き締め、リズムを速めていく。わたしは脚と腕を使ってあなたを仰向けにする。そのあいだもあなたはわたしのなかに入ったまま。わたしが上になっても、あなたはわたしの体をしっかりと抱いて、そのすてきな唇で情熱的なキスをする😉

わたしは上半身を起こし、腰を上下に動かす。わたしはとても濡れていて、ああ、あなたのそこはとても気持ちがいい。あなたも起き上がってわたしを膝に座らせ、わたしの唇を自分の口に引き寄せ、次にわたしの胸をまた吸う。わたしが疲れてくると、あなたはなかに入ったままわたしを押し倒して突き上げる。あまりに気持ちがよくて、わたしは繰り返しあなたの名前を叫ぶ。または、声を出さないように、悲鳴を漏らさないように我慢する。そうやって、あなたが聞きたいとおり、見たいとおりにする。あなたが耳もとでわたしの名前をそっと呼んだり、低くうめいていたりしてくれるから、わたしはもっと感じて、一緒に絶頂に達する。それは暴力的なくらい強烈なオーガズムで、あなたはわたしのなかに出し、わたしのなかであふれる。あなたは過去の誰とも経験したことのない快感に酔いしれる。ベッドに倒れこんだわたしたちは、疲れきってはいてもとても幸せで、あなたはわたしの目をのぞきこんだまま、あの最初の夜にしたような、情熱的で有無をいわさぬキスをする。

最高だよとエイダンが言う。そして、きみはもういったかと訊く。写真を送ってくれと催促する。しかし一メートルと離れていないいつもの椅子にエドが座っていて、テレビのチャンネルをせわしなく替えている。リナはエイダンに、いまは写真を撮れないし、送れないと返信する。それでもエイダンは食い下がる。リナは何度でもノーと言い続けた。

しかたないな、きみがいやがることはさせたくない。

それから腹立たしげにこう書いてくる――いけと言い出したのはきみのほうだろう！　写真があると助かるんだがな。

リナはこう感じ始めた。エイダンは気が向いたときだけリナを利用しようとしている。自分は商売女ではないとわかってもらわなくてはならない。そこでリナは返信した。エイダン、わたしは誰とでもファックできる女じゃないのよ。あなただけなの。気持ちが伴っていなくちゃできない。わたしの気持ちはわかってるわよね。でも、あなたは同じ気持ちを抱いてくれていないみたい。

わかったよ。

エイダンの返事はそれだけだった。リナの心は沈んだ。

のちにディスカッション・グループの女性たちに向け、リナは念を押すように言う。エイダンとの関係が再燃する前、リナの心を打ちのめしていたのは夫のエドの行為だった。

だって、おかしいでしょう？　リナは集まった女性たちを見回しながら言った。お願いだから抱いてってせがまなくちゃいけないなんて。相手は自分を一生かけて愛しますって誓ってくれた人なのに。

ついに訪れたその夜のことも話した。エドがリナに指一本触れないまままる三カ月がたった夜。二人は寝室のキングサイズのベッドに並んで横になっている。引き戸の向こう側ではきれいに片づけられた暗い庭が眠っている。二階では子供たちが眠っている。今夜が期限だとエドは知らない。魔法使いの時代だったら、夜中の一二時を知らせる時計の鐘が不気味に鳴り渡り、紫色の庭の木々の枝に止まったフクロウやヨタカが見守るなか、リナの灰色がかったブルーの大きな目がぱっと開き、ベッドサイドのデジタル時計がおぼろなネオン色に輝くサーベルで暗闇をさっと切り払うところだろう。

リナに触れないまま、エドが寝返りを打つのがベッドの反対側から伝わってくる。リナの青白い肩を指先でなぞらないまま。柔らかな金髪の生え際と鎖骨のあいだに唇を這わせないまま。以前よりほっそりしたウェストのくびれや、腰骨からおなかに下る急斜面に掌をすべらせないまま。リナは全身の隅々まで広がった触れてもらっていないという感覚の冷たい重みを意識する。この三カ月のあいだ、エドに愛してもらっていないこと、脇腹を軽くつつくだけのことさえしてもらっていないことを、毎朝、毎晩、意識してきた。エドが背を向ける。リナは天井を見つめたあと、まぶたを閉じる。はらわたが煮えくり返っていた。はらわたが煮えくり返るというのがどういう意味か、この夜初めて知った。痛みがいつのまにか全身を焦がすような怒りに変わることがあるとは、それまで知らなかった。

その感触が不快。

いまベッドの隣にいる男はこの一一年、一度もフレンチキスをしてくれていない。リナが望む唯一のものがそれだというのに、一度も。「気にすることはないでしょう。別に異常なことではありませんから」と言ったセラピストの、自信ありげな明るい目を思い出す。

憎しみが湧き上がる――夫と、セラピストの両方に対して。

リナはぎゅっと目をつむり、エドの顔にパンチを叩きこむ場面を想像した。拳で彼の顔をめちゃくちゃにする。庭のフクロウやしゃくとり虫の声援を受けて、彼の顔を叩きつぶす。そのあと目を開けてベッドの彼の側を見たら、白い羽毛布団の上にあるのは眠っている夫の頭ではなく、ピンク色に染まった骨のストーン・ヘンジだけになっているだろう。

翌日は朝から横殴りの雨だった。雨粒が窓ガラスを叩く音は機関銃の掃射のようだ。リナの家がある新興住宅地は濡れた緑色と灰色ににじみ、そのまま地平線まで果てしなく続いているように見えた。

リナはつぶやく。オーブンのスイッチを入れたかしら。

オーブンを確かめてまたつぶやく。入れたみたいね。

妻に指一本触れない夫だったら。やたらにべたべたする男性、ゴールデンレトリバー用の電気柵について書かれた記事を読もうとしている妻の手をつかみ、自分のペニスを触らせるような夫だったら。妻の腕に触れるよりビデオゲームのほうが好きという夫だったら。たしかに妻の皿に残してはあるけれど、食べないと一〇〇パーセント決まったわけではないロールパンを、勝手に取って食べてしまう夫だったら。そもそも夫のいない女性だったら。夫は死んでしまったとしたら。妻は死んだのだとしたら。いまさら食べる気はしないけれど、かといって捨てるのもどうかと思っているミートローフの食べ残しを見るような目で、夫のペニスを見るような妻だったら。もう少しで安定期というころに流産し、以前とは別人のようになって夫に背を向けるような、または別の誰かとメールをやりとりするような妻だったら。リナの立場だったら、誰でも自分の人生に欠けているもの、あるいは欠けていると自分では感じているものを端から数え上げずにはいられないだろう。自分そのものに何か欠けているものがあるに違いないという感覚から逃れられないのだから。

ダニー、チキンナゲットがこんがり焼けていくところ、見たい？　リナはオーブンの庫内ランプをつける。ダニーが走ってきてのぞきこむ。リナは微笑み、声に出してひとりごとを言う。子供の気をそらす手を考えないとね。毎日いろんな手を考えないと。

ダニーはテーブルにあった招待状を手に取る。セロファンの封筒に男の子が好きそうな青い色のリボンがついていて、なかのクッキーの砂糖衣にこんな文字が並んでいる――〈コールのお誕生日パーティを開くよ、ワンダーラボに来てね！〉（ワンダーラボはブルーミントンにあるワンダーラボ科学博物館付属の宴会場）

まあすてき。リナは皮肉めいた声で言う。コールのママはとーっても段取りがいいわねえ。

クッキーの招待状を、テーブルの端に二冊置いてあるポケット・ブック――夫婦円満のコツをジョークにした一九五〇年代のハウツー本『妻のためのべからず集』『夫のためのべからず集』――の隣に置いた。

ナゲットが焼き上がったが、ダニーは近づいてくる恋人を拒むフランス人の少女のように皿を押しのける。

あら、ナゲットなんか食べないほうがいいわ！　リナは言った。ナゲットは食べちゃいけませんよ！

それはダニーに何かを食べさせようとするときのリナの母親のやり方だった。リナはそのやり方を好きではないが、ほかに有効な手がない場面もある。

ダニー、ミルクを飲みなさい。リナは言った。ダニーは意味不明の言葉を発した。支離滅裂でレゴのブロックのように断片的な〝ダニー語〟だが、リナにはちゃんと通じる。

クッキーが食べたいのね。だめよ。ナゲットを先に食べてから。

窓の外では雨がごうごうと降っている。広大な平原ばかりのインディアナ州では土地や建築材料が安価だ。おかげで住宅はどれもやたらに大きく、庭には緑色に輝く芝生と子供用の遊び小屋、ツリーハウスとぶらんこがある。

一つにつき五回は噛んで食べなさい、ダニー。いつもの約束でしょ。

もうじきクリスマスだ。リナは『天には栄え』（代表的なクリスマスの賛美歌）を歌いながら、デザートにイチゴをスライスする。家のなかは静かで、リナの歌声だけが聞こえていた。ダニーが身動きしてハイチェアがきしむ音がときおりそこに加わる。

一日中、家にこもっていると息苦しくなる。だからよくドライブに出かける。ダニーがおなかいっぱいになると、冬用のジャケットを羽織らずに車に乗りこみ、ダニーを後部シートに座らせる。車が故障して徒歩で戻らなくてはならなくなったときに備えて、あるいは世界の終末が訪れたときに備えて、軽食や防寒着を持つ。ガレージのなかで大型車のエンジンをかけると、大地が揺れる。この住宅地は不気味なほど静かで、巨大な獣が目を覚ましたかのようだ。

ダニーは後部シートで寝入り、車は両側に荒涼とした冬の農場がどこまでも広がる赤褐色の道路を走り、鬱蒼とした森へと向かう。基本的に幹線道路を通ったが、ときおり、雨のなかの黒いスープのような自然保護区域を抜ける裏道に入った。片側に泥の川が流れ、反対側には倒木や踏み固められた畑があって、バター色になった農産物の茎が風に吹かれて壊れた風車のように揺れていた。インディアナ州のこんな辺鄙な場所でも、彼方に送電線が走っている。

ラジオでドクター・ローラの悩み相談番組が始まった。少し前にリナは、最近調子が悪いのだと女友達に話したばかりだった。ひどく具合が悪くなって、内臓が破裂してしまいそうになることがあると。ドクター・ローラは、相談を寄せた女性リスナーに、しっかりしなさい、自分のことばかり優先するのはやめなさいと忠告していた。「求愛を拒んでもかまわないという風潮が災いの元ね。いつになってもおとなになろうとしない人たち、満ち足りた人生とは何かを知らない人たち。他人のために生きないなら、人生には何の意味もありません。しかも次の世代を苦しめることになる。昔なら、母親になることはアップルパイに負けないくらいアメリカ的な価値観だったのに、すっかり変わってしまった。女性は母親になるという責任を放棄して……」

リナが住んでいるような町では、浮気をしていなければ、家庭を捨てたりしなければ、善良な人間と見なされる。リナが精神的に追い詰められているのは、心にかけてくれる人がいないからだ。誰かが死んだわけではない。だから誰も心配しない。いまにも窒息してしまいそうだ。子供が二人いて、その二人の命を守る責任がリナにはある。二人に何かあったら、リナも生きてはいられない。しかし同時に、二人の存在は重荷でもある。育児に手を貸してくれる人はいない。リナを気遣ってくれる人はいない。何もかも引き受けるのをすっぱりやめてしまえたらいいのに。あの家を燃やしてしまえたらいいのに。夫が抱いてくれればいいのに、自分はまだ死んでいないと思えたらいいのに。友達に相談してはみた。助けを求めようとした。いやだ、リナ！　友達は笑った。みじめなのは当然よ、それが結婚ってものだもの！

リナは物忘れをしやすくなっているが、それでもその夜でちょうど三カ月だということは覚えていた。

それまでの毎日、ベッドに入るたびにこう思っていた。今夜こそ抱いてくれたほうがいいわよ。何かしたほうが身のためだから。

あなたの妻なのよ、抱きなさいよ。

テレビのコメディ・ドラマでは、女性の登場人物が今夜は頭痛がするからといって夫を拒む。リナは反対に、エドに体をすり寄せ、彼の下半身と自分の下半身のあいだで情熱の炎を熾そうと試みる。

サバーバンのウィンドウから外をながめ、毎日通っているこの州道四六号線沿いの広大な畑の所有者はどんな人なのかと考える。もうずいぶん前から何一つ栽培されておらず、ときおりトウモロコシの琥珀色の茎が見えるだけだ。冷え冷えとした地面に〈立入禁止〉の札が立っていた。

トウモロコシ畑は背後に消え、しだいに商店が増えてくる。青い看板が目印のマラソン・ガソリンスタンドでは、州が定める最低価格でたばこを販売している。目抜き通りに面して町役場がある。新聞販売店よりも小さいが、石灰岩造りの頑丈な建物だ。石灰岩の産出量で世界一のインディアナ州とあって、このあたりの平屋根の建物はどれも石灰岩でできている。リナの家の前の通りに石灰岩会社があって、そこから切り出した石灰岩が9・11のテロ後の国防総省の再建に使われた。いまのような冬のさなかになると、骸骨のような木立を背景に、町のあらゆるものがアンチョビや堆肥の色を帯びる。近所の教会では来週、チリコンカルネの料理コンテストが開かれる予定で、ピンク色のワンピースを着てパステルカラーの布の花がたくさんついた白い帽子をかぶった女性が一人、冷えきった階段に立っていた。石灰岩造りの郵便局、石灰岩造りの生花店、石灰岩造りのコインショップが並び、石灰岩造りのコインショップと石灰岩造りのちっぽけな町役場にはさまれて、コンピューター修理店があるが、この修理店は石灰岩造りではなく木造だ。

壊れたシヴォレー・コルヴェアがポーチに乗り上げた状態で放置されているトレーラーハウスの前を通り過ぎた。坂を下ったところのトタン造りの小屋には〈オバマやめろ〉という紫色の落書きがある。カップホルダーが目のようにどこか虚空を見つめているぼろぼろのソファが捨てられていた。〈覚悟はいいか、イエスが来る〉〈天国への道は一つしかない〉と書かれた立て札が並んだ一角を通り過ぎ、もう一つ坂を下って、歳月に忘れ去られた町とリナが呼ぶ町の中心部に向かう。堆肥の小山がある深緑色の広くて平らな農場。リナの子供たちが通っている石造りの学校、埃をかぶったコカ・コーラと一ロサイズのフライドチキンが二ドルで買える、商店と郵便局を兼ねた建物。土地ならいくらでもあるのに、どの小屋も民家も窮屈そうに肩を寄せ合っている。教会はもう使われていないように見えるが、実際には現役で、リナにいわせれば、この町の問題は、税金を課されない住人ばかりだから修理すべきものがあっても誰もが無関心なところだ。家で不用になったものは、庭に放り捨てればいいと誰もが思っている。

リナの両親はいまだに子離れしていない。娘たちを自分の頭で考えられる一人のおとなとして扱おうとしない。末っ子のリナは、一人だけ自立している。リナは自分をそう表現する。姉妹のうち自分だけが親の言いなりにならずにきたと思っている。厳密には、親の言うことに従った時期もあったが、いまは自分の足で立っている。何かとお節介な姉二人は、それぞれ三四歳と三八歳だが、実際の年齢より何十歳も上の年寄りのように保守的で、リナは姉たちがしないようなことをするたびに罪悪感を抱かされる。リナの母親はいつも父親に家のなかのことをあれこれやらせていて、それが愛情の足りない夫に対する報復のようなものだったことは、まだ子供だったリナにさえわかった。そしてリナも同じことをエドにしている。まる一カ月も夫婦生活がないと、ガレージの掃除をエドに頼む。

リナがホルモン治療に通っているクリニックの医師は、子供時代に他人との関係で満たされなかったものがあった人は、おとなになってからそれを追い求めがちだと言っていた。母親が強権的だと、子供はセックスが商品のようにやりとりされる場面を目撃することになりかねない。そういった家庭で育つと醜聞に巻きこまれやすくなる。たしかに、リナはセックスにまつわるトラブルを経験してきた。それが本当にタブーなのかどうかを確かめるためにわざわざタブーを見つけて突っこんでいくようなところが自分にはあると思う。父親と親密な関係を築けなかったことに一因がありそうだと主治医は指摘した。

やがてリナは家路をたどった。家に帰る以外、行くところがない。単なるガソリン代の無駄遣いだ。あばら屋が占める一角から、幾何学的に整備された新興住宅地に入る。リナの家がある通りの入口には、映画の『バック・トゥ・ザ・フューチャー』を連想させるような、そしておそらく一九八〇年代ならモダンに見えたような、〈リバティ・ジャンクション〉と書かれた札が立っている。午後三時で、スクールバスから子供たちが降りてくる。小さな男の子が一人、緑色のごみ入れを私道沿いに勝手口まで引きずっていった。

エド一人が悪いわけではないことはリナもわかっている。ディスカッション・グループの場でもこう話した。出産後にちょっとおかしくなっていたのは確かだし、体重が元に戻るまでにだいぶ時間がかかったから、その何年間かはエドも幻滅していたんだと思うの。ペットのアライグマなみにどうかしていた時期もあった。ここではわたしから見た話しかしていないから、エドの落ち度ばかり強調して、自分は完全な被害者と言っているみたいに聞こえるでしょうね。それはわかってます。でも、もう限界なの。うちの庭に立って子供の遊び道具をながめながら、何年も前からずっとわたしに欠けていたものを一つずつ考えてみた。ずっと不幸だったと思った。夫がわたしの望みどおりのことをしてくれていたら、わたしを愛してくれているとわからせてくれていたら、きっと幸せだったのに。わたしの人生はどうしてこうなってしまったの？　毎晩、ベッドに入るのは何のため？　それで自分にこう言い聞かせたんです。あと三カ月、何も変わらなかったら、別れようって。

三カ月が過ぎ、リナは――何年も前からじわじわと進行していたことであって、一夜にしてというわけではないが、皮膚の下に隠れていたものがついに表に出たという意味では一夜にして――無視されることを許さない女になった。冬のインディアナ州の、クソみたいな緑色と茶色の背景にすっかり溶けこんだ姉たちのようになりたくない。育児と家事を一人で引き受け、趣味で陶芸くらいはやるが、自分を高めるような努力を何一つせずにいる子持ち主婦の一人にはなりたくない。

というわけである朝、目覚めると、まるでおとぎ話のように、リナの皮膚の色は昨日までとは違う色を帯びている。掃除の行き届いたオーブンのなかの恐竜形のチキンナゲットのように、リナは黄色から焦げ茶色に変わる。リナの所有者はリナ自身だ。子供時代の痛み、おまえはだめだと言われ続けた痛み。知恵や洞察を蓄積することなく人生をただ漫然と通り抜けるために用意された円筒みたいな男との結婚生活の痛み。友人たちとビールを飲み、無駄話には花を咲かせるくせに、妻には指一本触れようとしない夫を見ているだけの毎日。役立たずの男どもが置きっぱなしにした空き缶を集めてくず入れに捨ててやって何になる？　何もかも無意味ではないか。夫の下着を洗濯する甲斐はどこに？　何の決断もしない男。その日の配達ルートさえ自分では決めない人間。そのすべては、リナが落とした体重と同じ運命をたどろうとしていた。何年か分の体重。何年か分の失意。

さようなら、とリナは宣言する。

その夜、いつもどおり夕飯の支度をし、いつもどおり子供たちを寝かしつけたあと、一緒にお風呂に入らない？　と夫を誘った。エドはいいよと言った。リナの言い方に有無をいわさぬ何かを感じ取ったからだろう。

そうこうするあいだもリナはずっと考えていた。いよいよこのときが来たわ。しっかりしなさい、リナ。自分のためにすべきことをするの。孤独も不幸も今日でおしまい。

昨日までとは違うリナの体が先にバスタブに入り、エドが続く。リナの頭にもやはかかっていない。思考がこれほど明晰なのはいつ以来だろう。もう三二歳なんだから、と自分に言い聞かせる。どんどん年を取ってしまうばかりよ。子供たちの独立を待っていたらあっというまに五二歳になって、そのころには新しい人と出会う確率は低くなる。

人生を楽しむ機会をこれ以上ふいにしたくない。農作物の生育期を連想する。三月にからし菜の種をまくタイミングを逃したら、翌年の三月まで待たなくてはならない。そのあいだは商店でからし菜を買うしかないが、インディアナ州にはからし菜を置いている店はめったになかった。リナが住んでいる町の住人は青物をあまり食べない。トウモロコシやファストフードや揚げ物を好み、野菜を調理することがあっても火を通しすぎてだめにする。

妻が裸で家のなかをうろうろしているのに、夫はくだらない雑誌から顔を上げることさえしない。そういうとき、夫の顔をパンチしてやりたくなる。激しい怒り、はらわたの煮えくり返るような怒りがわき上がってきて、その味が口のなかに広がる。どうしてキスしてくれないの？　このままじゃだめよ、リナ。黙っていたら手遅れになる。

重しのようにのしかかってくる空気を胸いっぱいに吸いこみ、リナは言った。エド。夫の名前を口にした瞬間、いまから言うことは世間では許されないことなのだと改めて思う。リバティ・ジャンクションでは、実家のある界隈では、この家族では、実家では、許されないことだ。これは世間がリナに用意した道ではないが、そんなことはもうどうでもいい。リナは切り出す。エド。エド。別居したいの。

マギー

真っ暗闇が何日も続いた。マギーは誰にも話さなかった。いや、誰にも話せなかった。マギーの体の長さと形をした長く冷たい黒曜石のような痛みを丸ごとのみこみ、そのまま体内にとどめた。楽になるには死しかないと思い詰めた。

たとえ友達の誰かに打ち明けられたとしても、共感はしてもらえないだろう。あれほどのめりこんだ恋の終わりだ。いくばくかの解放感だってあるのではと思う人もいるかもしれない。二人きりで閉じこめられていた監獄からの解放。その人のことしか考えられなくて、洗濯のように頭を使わないでできる雑事さえまともにできなかった日々からの解放。だが、現実はその正反対だ。マギーの牢獄は、外の世界のほうだ。それこそが最大の牢獄で、そのなかでならどこへでも好きな場所に行ける。メキシコにひとっ飛びし、砂浜でうたた寝し、通りすがりの誰かとファックしてもいい。宝くじに当たってもいいし、妊娠したってかまわない。皮肉なのは、マギーが望んでいるのはそういった自由ではないことだ。骨と肉でできている温かいスペース、行くことを唯一禁じられている場所。そこに閉じこもっていたかった。

彼にだけ決定権があるのはなぜか、そこは疑問に思わない。いまの自分に発言権がないことは了解している。

運命の電話を切ったあと、マギーはトイレに駆けこんで激しく嘔吐した。出てきたのは胃液ばかりだ。膝小僧に触れるタイル床は冷たく、窓の外で降りしきる雪はもう美しくない。気分が悪いと母親に伝え、その日はそれきり自室に閉じこもった。

困ったことに、アーロンとの関係を知っているのはアーロン本人だけだ。となると、マギーがすでに自分から切って捨てた人のなかから相談相手を探さなくてはならない。サミーはどうだろう。サミーはマギーが心の崖から転落しかけていることを知らない。両親は？　二人とも酒という悪魔と闘うだけで手いっぱいだし、アーロンはマギーが両親の弱さと折り合いをつけるのに手を貸してくれた。親からの卒業を後押ししてくれた当人なのだ。兄や姉はどうだろう。それぞれ子供がいて、それぞれひととおりの不安や悩みを抱えている。遠くに住んでいて、電話しても、子供が膝にまつわりついてきて邪魔をしたり、子供を公園や練習場に迎えにいく時間が迫っていたりする。ノースダコタ州に住んでいる知り合いはほかに……？　みな親切そうだが、外見とは裏腹に、視野がせまくて攻撃的な人ばかりだ。相談するだけむなしいだろう。彼らはマギーを愛してはいない。

死の電話に続いて大洪水が訪れる。規模といい、タイミングといい、聖書の大洪水のようだ。マギーはその週は学校を休む。何日も自室にこもり、食事は一口も受けつけない。激しいパニック発作に何度も襲われ、その合間に苦い眠りが訪れた。眠りは甘いものと世間は言うが、彼らは悪夢のことを忘れている。夢を見ていないときでも、眠っているあいだ、人は心の痛みから一時解放されていることに気づかないようにできている。眠りは甘いのではなく、愚かなのだ。眠りとは時間に空いた空白、苦痛に空いた空白だ。

マギーにとって、眠りはリセットの役割しか果たさない。目覚めるたび、マギーはそのことを一からまた思い出す。一生をかけて愛していくつもりでいた相手から、「これまでだ」と言われたことを一から受け入れなくてはならない。これまで持っているつもりでいたものがすべて失われた。世界のどこへでも行くといい、ただし僕の腕のなかへは来るな。

しかも、その苦しみを誰にも話せない。なぜなら、彼はマギーの先生でもあるのだから。


永遠のノーを突きつけられるほうがましか、加工前の生皮のように引き伸ばされ、言葉を、再燃を待つほうがましか。人によって言うことは違うだろう。永遠などというものは存在しないと言う人もいるかもしれない。たとえ〝永遠と思われる〟期間を永遠というのだとしても、あなたは待機リストに載っただけのことで、それは誰でも知っているはずだと。リストに並んでいるほかの全員が死んだら、彼はあなたに連絡してくるだろうと。

プライドのある人間なら彼を待ち続けたりしないとわかってはいる。一方で、彼を取り戻さずにいれば自分だけが傷ついて終わることになることもわかっていた。

運命の電話のあと、初めて彼に会った日、吹雪は去り、通りにはたばこの吸い殻の穴がぽつぽつとできた半解けの雪が残っているだけだった。マギーは放課後に残って哀願する。人生を元どおりにしたいと訴える。たった一通のメッセージを送らないでいたら、いまも以前の日常が続いていたのだと思うとやりきれない。幸福を自分の手で終わらせてしまったのだと思うと、耐えられそうにない。アーロンと過ごしたこの冬は、これまで生きてきたなかで一番の宝物だ。

彼はあの日何があったかを話す。マリーにメッセージを見つかり、アーロンは〈W〉とはコロラド州出身の代用教員のことだと嘘をついた。浮気は認めたが、相手の素性についてはでたらめを言った。〈W〉はウィルケン《Wilken》のWではなく、女《Woman》のWだ。

子供たちのことを思うと、離婚はできないとアーロンは言う。

奥さんは怒ってないのとマギーは訊く。

怒っていると感じることもあると彼は答える。そこで彼の態度はふいに冷淡になる。侵犯してはならない一線をマギーが越えたのだというように。彼は言う。僕の気持ちは変わらないよ、マギー。

マギーは目もとを拭い、教室を出て、腎臓結石を押し出すような思いで最終学年の残りを過ごす。卒業なんかするより死にたい。マギーはやつれ、心はすさんだ。最悪なのは、彼の授業にその後も出なくてはならないことだった。

魔性の女の役割を演じることさえできない。アーロンはマリーに、浮気相手は大した人間ではない、どこにでもいるような女、ちっぽけな存在だと言った。マギーは誰かに嫌われるような人間にすらなれない。誰も知らない、誰でもない存在だ。

アーロンの授業で、一二年生の一年間を動画にまとめるという課題があった。捨てられる前なら、彼にしか通じないジョーク、彼にだけは〝愛してる〟の意味とわかる暗号を詰めこんだ動画になっていただろう。しかしできあがったのは、彼を思い出させる歌ばかりが流れる陰鬱なものだった。動画の主役はマギーの家族や友人だ。みなマギーはいまも変わらずマギーであるかのようにふるまっているが、実際は違う。マギーにはもう何もかもが意味らしい意味を持たなくなっていること、マギーが死の一歩手前まで来ていることに、おそろしいほど誰も気づいていない。

同じアーロンの授業のグループ課題で一緒になった体育会系の男子生徒が、身を入れてやれよとマギーに言ってきた。これを聞いて、その場にはほかの生徒もいたのに、マギーはキレてしまう。その男子生徒に大声で悪態をつく。それでもアーロンは校長室に行けと言わないだろうとわかっていた。マギーをそれ以上傷つけることはしないはずだから。あるいは、マギーを恐れているから。どちらなのかはわからないが。

授業以外でアーロンに会うことはあまりなかったが、授業後にアーロンに呼び止められる、調子はどうかと尋ねられることはたびたびあった。そういうときマギーは、「元気だと思う？」と皮肉たっぷりに答えることもあれば、あなたに会えなくてさみしいと正直に言うこともある。するとアーロンは悲しげにマギーを見つめる。しかし、復縁する気がまったくないことは明らかだ。もしかしたら、せせら笑っているのかもしれない。マギーがいまもまだ死ぬほど彼を想っていることを確かめたいだけなのかもしれない。数週のあいだ、マギーはアーロンといっさいの関わりを断つ。そうやって傷に絆創膏を貼って癒やそうとした。そんなある日、アーロンはマギーに授業のあと教室に残るようにと言う。

大事な話があるんだ、と彼は言う。マーフィー先生のことで。

マギーがＴＧＩフライデーズに車で迎えにいった日、アーロンが帰っていくところをショーン・クリンキー先生が見ていた。具体的に何を見たのかはわからないが、とにかく何かを見た。クリンキー先生はそのことをマーフィー先生に話した。マーフィー先生は、マギーが美術室に行くとか、トイレに行くといってジャーナリズムの授業を途中で抜け出したのに、実際にはアーロンの教室に行っていたことも知っていて、もともと不審に思っていたらしい。

マギーはレストランに迎えにいった夜のことを思い返す。外は真っ暗だったが、だからといって、レストランのなかにいたクリンキー先生から、運転席にいるマギーが見えたはずがないとは言いきれない。自分がいけないのだ、自分がなんとかしなくてはならないのだとマギーは思った。

じゃあ、マーフィー先生とクリンキー先生の二人に、わたしたちがデキてると思われてるの？　マギーは訊いた。

いや、僕らは――

デキてたと思われてるの？

わからない。たぶん。

好きに思わせておけばいいじゃん。

マギーの気持ちはふいに軽くなる。悲しみというよりも怒りに近い、胸が張り裂けるような思いを発散する先ができたのだ。マーフィー先生とじかに話がしたいとマギーは訴える。

やめたほうがいい、とアーロンは言う。その口調は戸惑いぎみで、マギーの子供じみた反応に苛立っている。アーロンが悲しげな表情を見せる瞬間はこれまで何度もあった。子供たちへの愛ゆえ、みじめな結婚生活を捨てきれないヒーロー。一方で、まさにいまのような表情をすることもある。

マギーは時計を確かめる。次の授業に遅れそうだ。そこで、あとでまたこの教室に戻ってくるから、そのとき事情を詳しく教えてほしい、どうするかもそのとき考えたいと伝える。最後にもう一つ二人で力を合わせる目標ができたのだと思うと、不思議と元気づけられた。

その日、マーフィー先生のジャーナリズムの授業の最中にマギーは席を立ち、アーロンの教室に戻った。マーフィー先生の授業はほかの授業とはだいぶ違っていて、最初の一五分で進捗を報告したあと、生徒はそれぞれ自分の記事の執筆にかかる。行き先を報告すれば、取材や図書室に行ってもかまわない。

しかしマギーは行き先を報告するのを以前からやめていた。いつも黙って教室を出る。

アーロンは自分の教卓でテストの採点をしていた。その姿は美しく、手の届かないものだった。

ねえ、とマギーは声をかける。

ちょうどそのとき、背後で人の気配がした。ジェレミー・マーフィー先生だ。

先生、いいところに！　マギーは大胆にそう言う。ちょうどよかった。クヌーデル先生とわたしのあいだに何かあるんじゃないかって疑ってるんでしょう、どうしてなのか、訊いてみたいと思ってたんです。

マーフィー先生は何か言おうとして言葉に詰まる。

何か証拠があるなら見せてほしいんです、とマギーは言う。妙なことを疑ってるなら。

このとき、マギーの背後からアーロンが声を上げる。

それはおそらく、とアーロンは切り出す。急に不釣り合いなかしこまった調子だった。マーフィー先生は、その、僕ときみが親しくしていることをちょっと疑問に思って、だから――

そうだよ、とマーフィー先生が言う。クヌーデル先生のおっしゃるとおりで――

マギーは息をのむ。この二人が〝先生〟と呼び合うのを初めて聞いた。ふだんは学生同士のように互いのラストネームを呼び捨てにしている。

そうですか、それなら別にもういいです、とマギーは言った。わたし、教室に戻らなくちゃ。

マギーとマーフィー先生は並んで歩いて教室に戻る。逃げ出したいほど気まずく、どちらも無言だ。

今度こそ本当に終わりなのだとマギーは思った。

マギーはアルバイト先のバッファロー・ワイルド・ウィングスの同僚男性と交際を始めた。彼とマリファナを吸う。煙を吸いこむたびに、アーロンに見られている気がした。罰当たりな煙を吐き出す。何をしようともうアーロンに知られることはない。あの子はいけないことをしていると、宇宙がアーロンに伝えてくれたらいいのにと思う。

ある晩、教諭チームと生徒チームのバスケットボール試合が高校で行なわれた。マギーの友達のテッサが出場することになっていた。アーロンもだ。彼からは、子供たちが観戦に来ると前もって伝えられている。子供たちが来るということは、奥さんも来るということだ。マギーが試合を観にいきたくない、どうしても避けられないとき以外はもう会いたくないと言うと、アーロンはうなずく。マギーが試合会場に来ないと聞いて安心しているようだった。

ところがテッサは友達の全員に観戦に来てもらいたがった。マギーは断る。ごめんね、そういう気分じゃないんだ。そこはアーロンが自分の縄張りだと主張したから、彼が学校中におしっこでマーキングして回ったからだとは言えない。どう考えても、マギーより彼のほうが重要人物だった。

しかし結局はみんなに引っ張って行かれた。マギーは顔を隠していたが、観客に笑顔を向けるアーロン、自分よりよほど若々しく見える彼が癪に障った。彼は思っていたよりバスケットボールが上手だった。そうでなくても完璧な人なのに、そこからさらに進化したように思えた。試合後、奥さんや子供たちは大げさに彼を抱き締める。その夜ずっと、マギーの口のなかにチョークのような味がこびりついていた。

そのあともマギーの心に打撃を与えるようなできごとが続く。ウェストファーゴ高校で演芸コンテストの開催が決まった。マギーが雨雲のように暗くふさいでいる理由を知らない友人たちは、マギーを強引に参加させる。何週間もかけてマイケル・ジャクソンの『スリラー』のダンスを練習した。セイヴァーズのリサイクルショップで購入した衣類をぼろぼろに引き裂いて衣装とした。恐ろしげで巧みで、しかもセクシーなメイクもした。これは見ものになりそうだと思い、マギーはぜひ観にきてほしいとアーロンを誘う。アーロンは返事を迷うふりさえしなかった。つらすぎるから行かないと即答する。マギーのグループは優勝したが、マギーには彼が思っている以上の取り柄があることを示す絶好の場にアーロンの姿はなかった。

アーロンが意図せずマギーにしてしまったこともいくつかあって、故意ではないところがマギーにはかえって打撃になった。世界はまるでマギーが存在しないかのように回転を続けているということだからだ。ある日、アーロンの授業にある作家が招かれた。その作家はパブロ・ネルーダのソネットを暗誦した。アーロンとマギーが交際中に送り合った一編だった。「一〇〇の愛のソネット」の一七番目。マギーは毒をあおって死んでしまいたいと思ったが、じっと座って聴く。アーロンを見ると、唇の動きでこう伝えてきた――「ごめん」。あとになってアーロンは弁解する。あの人がまさかあの詩を暗誦するとはまったく知らなかったんだ。あのころアーロンはその詩を印刷し、気の利いたタイミングでマギーに渡した。一部をメッセージに引用して送ってきたこともある。〈わたしはきみを愛する。影と魂のあいだでひそやかに愛を注がれるべき暗い宝を愛するように〉

毎日の中で耐えなくてはならないこと、つらい記憶を蘇らせるきっかけも多々あった。関係が始まったばかりのころ、マギーは彼の香りが大好きだとアーロンに話した。そこで彼は、愛用のコロンをマギーの『トワイライト』のページのあいだにスプレーした。毎日、帰宅すると、マギーは本のページのあいだに顔を埋《うず》めるようにしてその香りを吸いこんだ。なかなか眠れない夜もその香りをかいだ。

周囲の友達はみな卒業の準備を始めていた。ビールを飲み、ボーイフレンドといちゃつき、年鑑《イヤーブック》の計画を練り、大学の話をし、誰より気の弱い生徒でさえ、大学入学を機に思いきったイメージチェンジをしようとあれこれ模索している。卒業後にどの都市で暮らすことになるかさえ決まるのはまだ数カ月も先なのに、みな綿ジャージー生地でできたエクストラ・ロングのツインベッド用寝具を買ったりしていた。

マギーの一八歳の誕生日の晩、ファーゴから一時間ほど行ったところにあるマノメンのシューティング・スター・カジノに繰り出したあと、マギーはサミーから問い詰められた。旅行にはメラニーも一緒に来ていたが、このときはまだカジノで遊んでいて、サミーとマギーは二人きりで熱い風呂に一緒に浸かったり、酒を飲んだりしていた。サミーは、しばらく前から怪しいとも思ってたんだよと話す。マギーの着信履歴にクヌーデルの名前があるのを見たし、他人がいるときの二人の態度がおかしかったから。たとえばクヌーデルは、サミーを学校の売店までお使いに行かせておいて、マギー一人を教室に残らせたりした。マギーが真相をついに告白したのは、二人とも泥酔したころだった。ウソでしょ、とサミーは言った。ウソでしょ。

サミーが事実を咀嚼するのに一時間かかった。それからまた酒を飲んだあと、質問責めが始まった。細かな点。どうやって隠し通したのか。マギーは一番の親友なのに、ずっと二重生活を送っていたことを話してもらえなかったなんて信じられないとサミーは嘆く。サミーの反応は、まるで世の中がひっくり返るようなものすごい大事件だとでもいうようだったが、助けを求めているマギーの悲しみにはやはり手が差し伸べられないままになった。しっかりしなよとサミーは言う。人生が通り過ぎて行っちゃうよ。サミーはまだ子供なのだとマギーは思う。マギーに忠告できるほどには成熟していない。サミーは子供じみた考えでしかものを言えない。マギーはヴァンパイアの恋人を失ったばかりだというのに。

高校生活最後のプロムについて言うなら――マギーの人生が終わりを迎えた三月には、時すでに遅しだった。三月ともなれば、誰と行くか、もう誰もが決めている。

高校の最後の登校日は、一二年生の大部分にとっては無意味な一日だ。ガリ勉タイプの優等生は、皆勤賞を確実にするためだけに登校する。マギーが登校したのは、生涯の恋人と会える最後の機会だからだ。

その日、最後の授業が終わるなり、マギーは彼の教室に行った。マギーの体は震えていた。彼は教卓にいて、ほかの先生と同じように卒業していく生徒の一人と話をしている。マギーの知らない女子生徒だった。彼が顔を上げた。目が合っただけで感極まって、マギーは泣き出す。彼は教卓に座ったままでいて、もう一人の女子生徒は立ち上がった。マギーはいったん脇によけ、女子生徒はマギーには目もくれずに出口に向かう。その子がさよならと言ったとき、アーロンはなんとも言いようのない視線をマギーに向けていた。マギーの存在が、マギーの涙が気に入らないというような、それを言ったら腹を立てているような視線だった。

もう一人の生徒が出て行くなり、アーロンの表情は優しくなる。しかし、完全にではない。その顔はマギーが何度も訪れたことのある国なのに、いまは〈立入無用〉の札がでかでかと掲げられていた。マギーが初めて見る険しい山岳地帯があった。

さよならは手短に済ませよう、とアーロンが言う。ぐずぐず引き延ばしたところでいいことなど一つもない。

それを聞いてマギーは息もできないほどの衝撃を受けるが、次の瞬間、アーロンが近づいてくる。悪夢の本質がマギーの目にも見えてきた。男は女を地獄の底に完全に突き落とすことはない。あと一センチで底に叩きつけられるというぎりぎりの瞬間に、男は手を伸ばして女をすくい上げる。だから女は、自分を地獄に投げこんだ男を責められない。男が女を閉じこめる煉獄は、ダイナーに似ている。女はそこで待ち、期待し、従う《テーク・オーダーズ》（〝テーク・オーダーズ〟には「注文を取る」意味も）。

彼はマギーを抱き締める。マギーはキスしたくなるが、拒まれたらと怖くて思いとどまった。代わりに彼の腕のなかで泣き、体を震わせた。彼の胴体から不安が伝わってくる。自制心が欲望を抑えこむ。彼の香りとシャツと命の繭のなかにいつまでいられるだろう。内臓をえぐられるような痛みはあっても、三月以来、これほど生きていると感じたことはなかった。彼に、こんな風に抱き締められて、生き返った気がした。彼の顔はマギーの肩越しに教室の入口を監視している。マギーは彼の胸に顔を押し当て、きっと奥さんに買ってもらったのであろうこのシャツの繊維に埋もれて窒息死してしまいたいと思う。

しばらくして、もう充分だと思ったのか、時間をかけすぎたと考えたのか、彼は腕を下ろす。日常に戻ろうとしている。書類、試合のスコア、ミートボール、塗料の色見本。マギーはネズミのようにあわてて彼の体から退散する。目に見えない傷だらけの顔を彼に見せる。彼はその傷を見て取る。彼の心はいまマギーのために疼いているだろうか。そうに決まっている。

トイレで顔を洗ったほうがよさそうだよ、と彼は言う。

その声は穏やかだが、自然災害のように容赦がない。

マギーは二度と戻ることのない教室を出て廊下を歩く。途中の女子トイレに入り、鏡をのぞく。黒いアイライナーが目の下に大きくにじんでいた。指で乱暴にこすると、頬に暗い色が広がった。

どうにか家に帰りついた。死人の気分だったし、死人のような顔色をしていた。父親が気遣わしげに言った。マギー、何かあったのか。

ちょっとね、とマギーは答える。友達が引っ越しちゃうのが悲しくて。

どの子だ？ と父親が訊き返す。

マギーは二階の自室に上がってベッドに腰を下ろす。アーロンのことだけを考えていたかったが、生きて乗り越えたいなら、彼のことは一瞬たりとも考えてはならないとわかっていた。彼との記憶を整理する。灼熱の瞬間、安らかな瞬間。見つめられて、おとなの女になったように感じた瞬間。手紙、詩、脚のあいだを愛撫する彼の唇の感触。笑い声、ひそかに交わされた視線。彼は人生のすべてを失う覚悟でマギーを愛した。

なのに、今日のあの態度。

彼のあの冷たさが頭を離れない。彼のボディランゲージ、彼の言葉。彼の目。氷の上の死んだ魚の目。マギーに唇を這わせ、愛しているとあれほど何度も言っておいて、マギーには何の価値もないかのように装うなんて、どういう神経をしているのか。ここでマギーの頭にもっと恐ろしい可能性が浮かぶ。彼は装ってなどいないのかもしれない。

卒業式には彼も参列した。彼が来たのは自分に会うためでありますように。卒業式が開かれた校庭の芝生の上で二人は会う。学校教師と自慢の生徒。陽射しがきらめき、卒業式らしい快晴の空が広がっていた――さわやかで、完璧で、歴史に刻まれるにふさわしい日。彼は白い半袖のオックスフォード・シャツに灰色のスーツのスラックスという出で立ちだ。なかなか決まっている。マギーはターコイズ色のワンピースを着ていた。ハワイでマテオとオートバイに乗った日に着ていたのと同じミニドレス。前髪はサイドに編みこんである。彼が身を乗り出してマギーを抱き寄せ、ささやく。きれいだよ。

事情を何も知らないマギーの姉が来て、写真を撮ってもかまわないかと尋ねる。

二人はそろって笑顔を作る。フラッシュが焚かれ、画像が保存された。このあと何年も、マギーは写真を何度も、何度もながめる。

一週間後、アーロンから、フェイスブックに登録してメッセージをやりとりしようという誘いが届く。さっそく試すが、フェイスブックのメッセージ機能は導入されたばかりで不具合が多く、MSNのメッセンジャーに切り替えた。

彼はサマースクールで教えていたが、授業は正午で終わりだ。この時はちょうど帰宅したところで、一方のマギーのアルバイトは夕方の五時からだった。午後いっぱいは時間が自由になる。残り火をかき立てるように、二人の関係について話をした。マギーは彼に会いたくてたまらないと訴える。すると彼は、よりを戻したいという話しかできないなら、ここまでだぞと言う。復縁の可能性はゼロだ。脅すような文面だった。少なくとも、教師らしい語調だった。

マギーがアルバイトに出かける四時まで、おしゃべりは続いた。

それは望んでいたような会話とは違っていたが、マギーはそれまでとは何かが変わったように感じた。太陽がふたたび昇ったかのように。ほんの一歩ではあっても、彼にまた近づけたかのように。

翌日、MSNのメッセージが新たに届く。

妻に履歴を見られた、きみの名前と市外局番を知られた。きみとはもう二度と話せない。

リナ

リナは携帯電話からメッセージを送り、家にいるエイダンを思い描く。振動する彼の携帯電話、画面をちらりと見てリナからのメッセージだと気づくエイダン。彼の周囲はカオスだ。たとえば、奥さんは皿を洗っていて、子供たちははしゃぎ回っている。下の子がトマトソースを一瓶、床にぶちまけるのが見えるようだ。そのソースはサンフランシスコから届いたもの。エイダンの友達の一人がサンフランシスコでバンド活動を始め、海のそばで暮らしている。エイダン自身はカリフォルニア州には一度も行ったことがない。奥さんは金切り声で娘を叱りつけるが、子供に背を向けたままだから、シンクの上の窓の外にいる見えない誰かに叫んでいるかのようで、精神状態の怪しい人にしか見えない。フェイスブックでは、エイダンの別の友達が自分のページのカバー写真をビーチのヤシの木の下のプエルトリコ系の美女のものに変更したところだ。エイダンはプエルトリコに行ったことがないし、バハマ諸島にも行ったことがない。エイダンは、女の腕が自分の体に回されていればそれで満足という人物だ。そこが自分の美点だと彼自身が評価しているところを他人にも認めてもらいたいと思っている。他人のためばかり考えて生きることに疲れ、どんな選択を重ねた結果いまの自分に至っているのかを思い出すことさえできないことにうんざりしている。もしかしたら、アリーに結婚を申しこんだときすべてが決まったのかもしれない。そこから雪だるま式に大きくなる一方だとは思っていなかった。ベッドで過ごす時間、ソファに座って過ごす時間、森で過ごす時間を足し合わせた以上の時間を、土中の穴の底で過ごすことになるとは知らずにいた。裕福な人々をうらやましいとは思わない。わかっているのは、自分の人生はこの先ずっと変わらないだろうということだけだ。どんどん身動きが取れなくなっていくだろう。

ところがいま、二人は〝川〟を取り戻した。リナにとってそれは大きな意味を持っていた。彼も同じくらい大きな意味を見出してくれているといい。ほのかにきらめく霧、むさぼるようなキス。ときどき、自分はそこで忍び逢う男性よりも、あの川のほうに恋をしているのではないかと思うことがある。

リナはいま、川に向かう道沿いにある小さなワイン醸造所の試飲室のスチール椅子に座っている。甘みとスパイスを加えて温めたアップル・サイダーを飲みながら、クリスマスに向けて白いランプで飾りつけられたカテドラル型天井を見上げる。リナはアビエーター型のサングラスをかけ、カーゴパンツを穿いて緑色のシャツを合わせている。手袋ははめたままだ。

エイダンにメッセージを送った――〈川で？〉

そして待つ。夢にまで出てくる場所からほんの数キロメートルしか離れていないところで、一生涯の恋人が会いに来てくれることを願っている。

数分前、トイレでちょっとしたパニックに襲われた。手袋をしたままの手で洗面台のシンクの両端を握り締め、激しく打ち続ける心臓をなだめようとした。この日の朝、裁判所で、エドとの正式別居の手続きをすませた。皮肉なことに、双方が書類に署名した瞬間、リナはエドとデートしたくなった。ゆっくり食事をして、ワインでも飲みたいと思った。それは自分が死よりも孤独を恐れているからだろう。

顔に吹き出物ができている。友達から買ったメアリー・ケイの基礎化粧品のせいだ。友達にメアリー・ケイの商品でホーム・エステをしてもらったあと、何か買わなくては悪いと思って購入したが、おかげで肌の調子が悪い。

うちの母はエイボンの訪問販売員みたいなものをやっててね、とリナは言う。あれは押し売りじみた仕組みよ。さばききれない数の商品を販売員にどんどん仕入れさせるの。母の抽斗という抽斗に、いつのものだかわからないようなアイライナーが五〇本くらい、輪ゴムでまとめて放りこまれてる。

アップル・サイダーを数杯飲み終えてもまだエイダンから返信がなかった。リナは現金で支払いをすませ、この日乗っていた茶色のポンティアック・ボンネヴィルに乗りこんだ。エドの両親のものだった車で、老人のにおいと子供のにおいの両方が染みついている。

わずかな望みにかけ、川に向かって走り出す。二人の場所でしばらく待ってみよう。

その場所への思い入れは強いが、外は寒かった。愛を交わすならどこかのホテルのほうがいい。しかしホテルに行けば一二九ドルかかるし、前もって予約しなくてはならない。相手がエイダンだと、予定は立てられない。それに予約にはクレジットカードが必要で、二人のどちらにしても利用記録は残せない。

彼と会えるならどこだっていい。彼が来てくれるなら、リナは何としてもその場所に行く。一度、エイダンがセントルイスに出かけたことがあって、リナは真夜中に片道四時間のドライブをして会いにいこうと思った。思いとどまった唯一の理由は、エイダンから来るなと言われたからだ。

また別のときには、川で会おうと彼から誘われ、リナは行く気満々だった。早朝のことだったからだ。しかしそこでふと気づいた。エイダンにとっては早朝ではなく深夜なのだ。彼からメッセージが届けば目を覚まし、即座に返信する。届いたときシャワーを浴びていれば、体からぽたぽた水を垂らしたまま返信する。シャワーを浴びている写真を撮って、彼に送る。

川に向かう道中、リナはパトロールカーのすぐ後ろにぴたりとつけて走った。何キロメートルか走ったころパトロールカーが右側に寄り、リナはよく考えずに追い越した。まもなく回転灯が閃き、サイレンが鳴って、リナは停止を命じられた。

停止した直後、リナは怯えていた。パトロール警官が車から降りてくる。若くて親切そうな男性で、パトロールカーのすぐ後ろについて走ったあと、スピードを上げて追い抜いたことはわかっていますねと尋ねた。リナは意識していなかったと答えた。

リナは制服姿の男性に弱い。自分を守ってくれそうな気がするからだ。きみの面倒は今日、すべて引き受けて解決してやるよと誰かに言ってもらいたい。きみは寝ていろよ、俺に任せておけ。実際にそんなことをしてくれた人はいないが、広い世界のどこかにはいるだろうと思っている。母親は、決してリナを父親と二人きりにしなかった。だから、父親がリナの抱えるトラブルを代わって解決してくれるような人物なのかどうか、リナは知らない。

パトロール警官は警告だけで見逃してくれた。それだけで、彼に愛の行為を捧げたくなった。

ふたたび車を出し、五分ほど走ったところで西に向きを変え、川べりまで続いている郡道カウンティ・ライン・ロードに入った。このルートなら眠っていてもたどれる。どこに隆起があるか、自分の体のことより詳しく知っている。

　木々がまばらな一角に車を駐めた。ゆったりと水が流れる川のある風景は美しい。船底にラフィア素材のカバーがついた泥だらけの平底ボートが川に浮かんでいた。男性が二人、ビールを飲んでいる。まだ冬とあって木々は裸で、遠くの幹線道路を行き交う車が見えた。

　待っているあいだに自撮りしてフェイスブックのプロフィール写真を更新しようと思い立った。ボンネヴィルの後部シートに移り、メイシーズ百貨店で購入したばかりの服に着替えた。新しいプロフィール写真を見たら、エイダンが返事をくれるかもしれない。新しい写真を投稿するといつも連絡をくれるんです、とリナは言う。

　リナの考えでは、人がソーシャル・メディア上ですることはどれも特定の一人に向けたものだ。特定の数人、という場合もあるだろうが、少なくとも誰か一人を念頭に置いて投稿する。たとえばあなたが既婚の女性で、自分よりも豊かな生活をしている友人がいるとしたら――例を挙げるなら、あなたが都市部を脱出したいと考え始めたタイミングでその友人が郊外の村ウェストチェスターに移住し、厩舎で馬を飼い、とくに理由がなくても毎週金曜日には旦那さんが花束を買ってきてくれ、友人は裕福な旦那さんの愛を一身に受ける存在であるような場合――素朴なテーブルに手製のオリーブオイル・ケーキを置いた写真を投稿するにせよ、リゾート風の背景にパステルカラーの自転車がある写真を投稿するにせよ、その友人に執着を向けているあいだにあなたがすることはすべて、友人の成功を値踏みし、友人の鎧に亀裂を探すための行動だ。

　リナのフェイスブックの投稿はどれもエイダンに見てもらうためのものだ。アビエーター型のサングラスも、変えたばかりのヘアスタイルも。投稿写真を見た五〇人からコメントがつくが、彼らは映画のエキストラのようなもので、リナはそのコメントに報いる義務はなく、コメントを返すにしても、それはほかの人とも――エイダン以外の男性とも――親交があることをエイダンに見せつけるのを目的としている。自分の生活のほうが充実していると知らせるための行為。あるいは充実していると思わせるための行為。

ちょっと高いなと躊躇しながら買った千鳥格子柄のワンピースは、リナの体にぴったりだ。サイズは8。体重は高校時代より二キロと増えていない。買ったばかりのお高くてエレガントなワンピースに黒いロング丈のライディング・ブーツを合わせると、最高にすてきに思えた。泥だらけの平底ボートをながめながら、この川で彼と初めて会ったときのことを思い返した。

思考が明晰な日、リナは自分に嘘をつかない。ほとんどの日は空想を支えにしている。しかし明晰な日のリナは、エイダンが世界最高の男でないことをちゃんと知っている。

のちにディスカッション・グループの女性たちに、リナはこう話す。わたしがきっかけを作ったんです。わたしがきっかけを作らなければ、エイダンは奥さんを裏切ろうとは思わなかったはずなんです。とくに、二度目はなかっただろうし、それ以降も来なかったと思います。

そう口に出して認める衝撃は、耐えがたいほど大きい。

わたしが彼に縄をかけて引きこんだんです。カウガールみたいに。フェイスブックという縄を使って引きこんだの。

ホテルでの最初の夜はともかく、二度目は、彼が会いに来ざるをえないようにわたしが仕向けたんです。リナはその日、エイダンの友人のケル・トーマスに友達申請をした。そのあとエイダンにフェイスブック・メッセージを送り、自分の子供がもう使わなくなった玩具がほしければ譲ると伝えた。

クリスマスが近づいていたし、初めてホテルで会ったとき、娘たちがクリスマスにほしがっているものを全部買ってやりたくて残業を増やしているんだとエイダンが話していた。

そこでリナはメッセージを送った。玩具がほしければ——もちろん無料で譲る——持っていくから、あとでどこかで落ち合いましょう。

玩具の写真を送ってくれと返事が来た。

リナはディスカッション・グループの女性たちにこう話した。本当なの、そのときの彼の目当ては玩具だけだったのに、わたしのほうは彼に会いたい一心だったの。自分でも情けなくなった。携帯電話を持ち、子供たちを連れて地下室に下り、玩具を残らず引っ張り出して魅力的に見えるよう配置しながら、心のなかでつぶやいた。こんなことをしてるなんて自分でも信じられない。その人に会いたい一心でこんなことをするなんて。

玩具を残らず写真に収めてエイダンに送信した。そして待った。

娘のデラが言った。ねえママ、あたしたちの古い玩具で何してるの。

三人は玩具で遊び始めた。フィッシャー・プライスの玩具のピアノのスイッチを入れ、息子のダニーはサンプル曲に合わせてめちゃくちゃに鍵盤を叩いた。

着信音。エイダンの返信だ——〈やめとく。でもありがとう〉。

リナは驚いて目を見開いた。怒りさえ感じた。彼のために玩具を引っ張り出したのに、わざわざこんなことをしたのに、何なの、このそっけなくて気のない反応は。やめとく。でもありがとう。

それでもどうしても彼に会いたかった。一方、ケル・トーマスはリナの友達申請を承認し、その夜、二人はフェイスブック上でチャットをした。彼はリナを美人《ドール》さん、スイートハート、セクシー・レディなどと呼んだ。

エイダンがオンラインになったのに気づいて、リナはエイダン宛にメッセージを書いた。ケル・トーマスと血がつながってるんじゃない？　だって話し方がそっくりだもの！

気が変わった、とエイダンは返信してきた。うちの娘たちが喜びそうな玩具だ。どこに行けば会える？

リナの心臓は喉もとまでぴょんと跳ねた。

一〇〇パーセントわたしに会いたいわけではなかったと思います。リナはディスカッション・グループにそう話した。それでも、わたしをほかの男性と会わせたくないのは絶対に確かだった。

それぞれの家のちょうど中間地点にあるゴルフカート製造会社の倉庫裏で落ち合うことになった。

リナは着替えをした。手首と膝の裏に香水をつけた。胸を躍らせながら待ち合わせ場所に向かう途中、エイダンからメッセージが届いた。会っていいものかどうか迷い始めているらしい。

彼の曖昧な言動が始まったのはまさにこの瞬間だった。これがこのあとのすべてのやりとりの先例となった。リナが最高の幸せを感じているときでさえ、「本当に会えるの、それともだめなの」という不安がついて回った。

いまさらよしてよ、とリナは返信した。車に玩具を満載して来てるのよ！

返事はすぐに届かず、リナは運転に集中しようとしたが、心臓は早鐘を打ち、手足は震えていた。

膝に置いていた電話が鳴り出し、リナはシートの上で飛び上がった。それから応答した。

彼の声が聞こえた。

カウンティ・ライン・ロードはわかるか。

それを聞いて、彼が待ち合わせ場所を変更しようとしているのだとぴんときた。倉庫裏は危ういと思ったのだろう。

知ってる！　リナは答えた。通話を終えたあと、電話を助手席に置いた。彼にまたしても考えを変えるチャンスを与えたくない。携帯電話電波塔を端からみんな倒し、世界の動きを止めてしまいたいと思った。そうすれば彼もこのままリナと会うしかなくなるだろう。

ホテルで初めて関係を持った日から三週間が過ぎていた。運転しながら車のミラーをのぞいて顔をチェックし、助手席に置いた携帯電話をちらちらと見た。

神様お願い、彼にキャンセルさせないで。リナは何度もそう念じた。

約束の場所に着くと同時に、祈りが通じたのだと思った。彼の車が先に来ていた。

それぞれ車から降り、ぎこちない挨拶を交わす。エイダンはずいぶん重ね着していた。ジーンズを穿き、スウェットシャツを二枚重ねて着こみ、頭にマフラーのようなものを巻いている。リナは寒かったが、それでも彼に会えて気持ちが浮き立っていた。エイダンがリナをじっと見つめる。その視線に、リナは恍惚となる一方で怯えた。彼が何を考えているのかまったくわからなかった。

のちにディスカッション・グループで、リナはこう話す。大げさでなく、あの目で見つめられると落ち着かない気分になるの。

二人はリナのサバーバンの後ろに回り、リナはトランクに置いてあった玩具の箱を手前に引き寄せた。ティックル・ミー・エルモ（子供向け番組『セサミ・ストリート』のキャラクター、エルモのぬいぐるみ。くすぐると笑ったり身をよじらせたりする）、トーキング・ドーラ。鮮やかな緑色と白のプラスチックでできた玩具の芝刈り機。

本当は会いたくない女に会おうと既婚の男が考えるときの公式があるとリナは思っている。相手の女の押しの強さと、当人の自己嫌悪のレベルが等号で結ばれたときだ。その月の請求書の支払いが期日に遅れ、あなたにはどうせ何も期待していないけど、それにしても夫としてどうなのというような目で妻から見られたとか。

ホテルで会ったときすでにセックスをしていたのに、初めて川で会ったこのとき、リナはいまから処女を失おうとしているような気持ちでいた。初めから終わりまで。

しばらくのあいだ、二人は二台の車のあいだでただ立ったままでいた。エイダンはいつもどおり無言でまっすぐ前を見つめていた。そうやって何時間もたったような気がしたころ、リナは彼に近づき、両手で彼の顔をはさみこんだ。そして首を振って言った。ふう、あなたって本当にハンサムね。いやになっちゃうくらい。

彼の顔を引き寄せてキスをした。放っておいたら、エイダンからは絶対にキスしないに決まっている。エイダンは小さく微笑み、リナの車の運転席側に行った。車内を確かめないまま下ろしっぱなしのウィンドウからたくましい腕を差し入れ、車内灯を消した。それからリナのところに戻ってきて、リナをサバーバンの後部に押しつけた。リナは二人分の空間を作ろうと、トランクのなかの玩具の箱をつかんだ。ティックル・ミー・エルモが箱から落ちてくすくす笑った。箱を足もとの地面に下ろす。世界の何もかもが邪魔に思え、すべてをどかしてしまいたかった。

よう、キッド。ちょっと落ち着けよ。玩具を乱暴に扱うなって。

エイダンが口を開いたのはそれが初めてだった。優しい手つきで玩具を箱に戻し、その箱をトランクに戻す。

叱られた子供の気分で、リナはトランクの仕切りを乗り越えて後部シートに移った。エイダンも来て、隣に座った。リナは彼の膝をまたいで座った。

セックスだけが目的？　彼の目をまっすぐのぞきこんで訊く。

エイダンは黙っていた。

わたしはセックスだけが目的じゃないから。あなたと一緒にいたいだけなの。

エイダンがうなずく。

リナは彼のジーンズのボタンをはずした。エイダンがお尻を持ち上げ、ジーンズを引き下ろしやすいようにした。その下はボクサーパンツで、ペニスは固くなっていた。先端がウエストバンドからはみ出ていた。

いけないよ、キッド。

彼にニックネームで呼ばれて、リナは有頂天になった。しかしすぐに彼がまたもや撤退しようとしていることに気づいた。勃起していたペニスが萎えかけている。リナは凍えそうだった。車のエンジンが止まった状態で、車内灯を消してヒーターだけをオンにするやり方がわからず、かといってエイダンに訊けば、せっかく盛り上がりかけたムードに水を差すことになるだろう。どのみちムードは冷え始めているが。

キッド？

リナは聞こえていないふりをしてパンツを脱ぎ、ショーツも脱いだ。彼のボクサーパンツを足首まで引き下ろす。まるで便座に座っているようだった。リナは膝をつき、彼の勃起したものの先端にキスをした。優しく焦らすようなキス。彼はまたすぐに固くなった。エイダン本人にコントロールできないところがまた愛おしい。リナのほうがよほど親密だ。ここまでエイダンはまったくリナに触れていなかったが、冷たい手を初めてそろそろと伸ばし、リナのなかに指を挿入した。

きみのプッシーを味わいたい。彼が言った。

リナは〝プッシー〟という言葉に心地悪さを感じた。

彼がリナの姿勢を変えさせ、シートの上にできるかぎり横たえた。脚のあいだに唇をつけるなりうめき声を漏らす。ずり上がったエイダンのシャツの裾をリナは引き下ろした。おなかが出ているのを気にしていると知っているからだ。エイダンとの逢瀬に没頭していても、彼が怖じ気づいてしまいそうな要素がどこかにないか、リナはつねに気を配っていた。

しばらくしてリナはまた彼の膝をまたいで座り、後ろに手を回して彼のペニスを握った。ヴァギナの入口にこすりつけてすべりやすくしてから腰を落とし、上下に動き始めた。最高の気分だった。頭がサバーバンのルーフを突き破り、星空まで届いたような気がした。

数分後、彼がなかに入ったまま萎えかけていることにリナは気づいた。罪悪感からだろう。またも理性に負けかけている。

ここでやめたければかまわないのよ、とリナは言った。体を引き上げ、彼の腿の両側に膝をついた格好になった。

エイダンは首を振り、リナの肩を両手でつかんで引き下ろした。リナの脚は疲れて熱を持っているように感じた。するとエイダンは、挿入した状態のまま、ペニスを中心にリナの体をくるりと回して向きを変えさせた。リナはその動きをエドと何度も試したが、エドはいつも「うわ！」と言い、そのたびにリナは「つまらない」と思った。

エイダンはリナのお尻を両手で支えて上下に動かした。その動きはどんどん速くなり、彼がいまにも到達しそうになっているのがリナにも伝わってきた。彼の快感を想像しただけでめまいがした。彼がリナを引き寄せるスピードはなおも速くなり、まもなくリナの背中に射精した。リナもオーガズムに達しかけていたが、抗鬱剤の副作用がその邪魔をしていた。彼の精液が背骨を伝い落ちていくのを感じた。全身に塗りたくりたくなった。

リナは彼の手を取って言った。指を入れて。それから、どのくらいの速さ、深さでしてほしいのか、自分の手でやってみせた。

エイダンはのみこみが早く、リナはすぐにオーガズムを迎えた。ただ、自分のオーガズムはおまけのように感じた。重要度でいえばはるかに低いもの。エイダンは小便がしたいと言った。二人はサバーバンから降り、寒風のなか服を着た。

茶色い木立に向けて用を足したあと、エイダンは言った。帰るよ、キッド、のんびりしてると面倒なことになる。

リナはうなずいた。エイダンはあっというまに走り去った。リナはしばらくその場に残り、夜の音に耳を澄ました。藪の奥から聞こえる小動物の気配。世界から断ち切られたような感覚に襲われた。ここが自分の国、自分の宇宙ではないような感覚。エイダンは行ってしまい、あとには何も残されていない。

わたしは2ラウンド目もいけそうなんだけど、とメッセージを送った。望みなしとわかっていても、黙っていられなかった。

遠慮しとく、と返事が来た。きみに命を吸い出された。笑顔の絵文字が添えられていた。ごめんね。緊張して、ついしゃべりすぎたかも。

気にするな、キッド。セクシーだった。

リナは胸に手を当てた。彼のその言葉一つで、少なくとも来週いっぱいは生き延びられそうだ。

しかし翌週の終わりごろ、また彼が欲しくなって、リナはふたたび川に出かける。買ったばかりのワンピースを試しに着た。バックミラーで何度も自分の顔を確かめた。この日、裁判所で別居の手続きをしたあと、ワイン醸造所に行く前、ディスカウントストアのウォルマートに寄ってアメリカンスピリットのたばこを買った。エイダンがいつも吸っている銘柄だ。相当な肥満体の若い男性が買い物カートつき車椅子で明るい店内を歩き回り、一〇〇個入りのアメリカンドッグの箱を次々カートに放りこんでいた。

この町の人は健康に気を遣おうとしないの――リナは自分の言いたいことをわかってくれそうな人を見つけるたびにそう話す。目の前の快楽しか見えていないのね。

リナは新調したばかりの千鳥格子のワンピース姿を何枚か自撮りした。加工フィルターや複雑な編集ツールは使わない。そのうちの数枚をフェイスブックに投稿した。自分が痛々しく思えたが、同時に心が沸き立ち、生きていると実感した。写真の投稿を終え、もとのカーゴパンツに着替え、ワンピースは返品することにした。おなかが引っこんだおかげで、するりとパンツを引き上げられる。カップホルダーに置いたたばこのパックを見つめながら、もう少しだけ川べりで待った。黄色い地に真っ赤な太陽のパッケージ。パックを見つめ、もてあそぶ。一本抜き取って指にはさむ。それからエンジンをかけ、紫色の夕焼けのなか、家路についた。

四月一三日、どこかの誰かの母親が死んだ。どこかの誰かの子供が家出をした。どこかの誰かが別の大陸に引っ越して新しい生活をスタートさせた。リナにとって四月一三日は、愛されていると実感した記念日だ。ほしいものすべてを手に入れた日、その結果、世界にとらわれた日。体が軽くなったように感じた。この日ばかりは押しつぶされるような痛みだけでなく、愛の喜びを経験した。

リナがホテルに着いたとき、エイダンは目を覚ましていた。目を覚ましていただけではない。ちゃんとリナと一緒にいた。リナの隣に何度も座った。ベッドの上。ソファの上。それどころか彼のほうからリナのそばに来ることも何度もあった。電話で誰かと話したりせず、お酒も飲まなかった。リナの話に耳をかたむけた。自分からも話をした。親ばかりが右往左往しているあいだにあっというまに当日が来て終わった、デラの誕生パーティのことをあれこれ質問した。リナが答えると、それについてまた質問した。

リナはリラックスして、楽しく、気分がよかった。その三つのキーワードを記憶にとどめ、紙に書き留めた。めったに感じることのないものだったからだ。

何度か愛を交わした。のちにディスカッション・グループで、あるいは理解のある友人――自分も浮気をしていてリナを批判的に見ない友人――をつかまえて、リナは話す。エイダンは理想的な恋人だと。セックス王国の気高き一員だと。

学生時代、リナは心理学を専攻しており、フロイトの理論を今も一部覚えている。「人の性的な事項における行動はしばしば、人生におけるあらゆる事項への反応のプロトタイプである」

しかしそれはエイダンには当てはまらない。ベッドのなかのエイダンとふだんのエイダンは違う。ふだんのエイダンはいやな奴、負け犬になることもあるが、ベッドのなかでのエイダンはまるで別人だ。王のようだ。

リナはホテルの部屋に入るなりテレビをつけた。どうせおしゃべりなどしないだろうと思って、ぼんやり画面を見つめた。ところが、ふだんなら携帯電話を持ってバスルームに閉じこもるエイダンが、レストランのメニューを手に取り、ベッドのリナの隣に座った。リナは驚いてびくりとした。エイダンは片方の腕をリナに回し、背中を優しくさすりながら、もう一方の手でリナにも見える位置にメニューを広げた。

何が食いたい？　エイダンが訊く。

どうしようかな。

リブステーキにしようか、ハンバーガーがいいかと相談した。きみが食いたいものを頼もうぜとエイダンは言った。リナはおなかが空いておらず、とくに食べたいものもなかったが、雰囲気を壊したくなかった。理想的な空気が流れていた。

エイダンの気遣いに慣れるのに、そして体の震えが止まるまでにしばらくかかった。彼を怯えさせないよう、せっかくのいい雰囲気を台無しにしないよう、左腕をそろそろと伸ばし、そっと愛情をこめて彼の背中をなでた。この瞬間が永遠に続けばいいのにと思った。彼が動かずにいるかぎり、自分もずっとこのままでいるだろう。

やがてエイダンが立ち上がった。リナは引っこめた手を見つめた。エイダンは電話でルームサービスを頼んだあと、バスルームに行ったが、そのあいだもずっとリナに話しかけていた。エイダンはトイレで用を足し、洗面台で顔を洗っている。リナはバスルームに行った。そうするのが自然だと思えた。

こんなに話をしたのは初めてだ。とりとめのないおしゃべりをしながら一緒にバスルームを出た。

ベッドの端に並んで腰を下ろし、ぼんやりとテレビをながめ、画面のなかでおもしろいことが起きれば一緒に笑った。体が触れ合うくらい近くに座っていた。

エイダンが少しずつもたれかかってきて、リナの脚のあいだが熱を持った。ざわざわとした感覚が全身に広がっていく。いますぐ彼をなかで感じたかった。しかし同時に、このひとときを終わらせたくないとも思った。セックスを始めたとたん、この時間はなかったことになってしまうのではないかと不安だった。

ふいにエイダンがリナの顔をまっすぐに見た。その目を見て、リナは泣きそうになった。この夜、彼は何度もリナを見つめた。そんな風に見つめられたのは初めてだと気づいて、リナは幸せな気分になった。じっと見られているとどうしていいかわからない。そこで彼の膝に頭を預けた。エイダンに見つめられていると、心臓が猛烈な勢いで暴れ出した。身動きの一つひとつに慎重になった。こうするのが一番いいだろう、彼の気をそらさずにすむだろうと考えてやっていることと、体が本能的に求めるとおりにやっていることとの境界線が自分でもわからなくなった。

エイダンがかがみこんでキスをした。耳に、首筋に、唇に。肌の下で水晶が破裂したかのような感覚だった。

リナの胸の左右に肘をついてたくましい腕で体重を支え、エイダンは深いキスをした。その唇が這い回るのを感じながら、リナは彼を愛撫した。やがてエイダンが耳もとでささやいた――きみを舐めたい。

リナの唇から大きなうめき声が漏れた。そうささやかれただけでいってしまいそうになった。

体を起こし、シャツとブラを取った。彼はベッドの端に移動して床に膝をついた。リナは彼をただ見ていたかった。彼がリナを自分のほうに、ベッドの端のほうに引き寄せる。婦人科検診のようだった。脚を左右に大きく開き、腿のあいだに唇をつける。短くて優しいキスの連続。あれほどたくましい体をしているのに、こんなに優しいキスができるなんて。彼の両手がリナの腿の外側に沿って這い上がってきて、ウェストの左右をなぞり、乳房まで来ると、指先で乳首にそっと触れた。乳房を優しく包みこんで愛撫する。そのあいだも彼の唇は休むことなく吸い、キスしていた。クリトリスに舌をからみつかせ、なかに挿入する。唇を使って、あるいは前歯を使ってクリトリスをそっと引っ張る。リナはそこが硬く屹立するのを感じた。引っ張られるたび、小さなオーガズムが電気ショックのようにリナを貫く。リナの体は、科学実験の被験者のそれのように跳ねた。

そうやって長い時間が過ぎた頃、ドアにノックの音が響いた。エイダンが立ち上がる。濡れた顔にオオカミのような笑みを浮かべていた。リナはベッドのヘッドボードのほうにずり上がって身を縮め、手触りの硬い枕二つを引き寄せて裸の体を隠した。ドアの隣の姿見にルームサービス係が映っていた。鏡越しにリナを見ているのがわかった。リナは微笑み、頬を赤くして、枕の角で顔を隠した。

エイダンがドアを閉め、運ばれてきた料理を置いた。ベッドに戻って来てリナの脚のあいだに体を入れたが、リナは彼を押しのけ、仰向けに横たわらせた。そして長い時間しゃぶった。リナが口と手でしごいているあいだ、彼は指でリナのあそこを愛撫していた。やがてリナはしゃぶるのをやめ、彼の上に乗った。彼がためらうのがわかった。もしかしたらオーラルセックスだけのつもりでいたのかもしれない。罪悪感をやわらげようと、自分とちょっとした取引をしたのだろう。リナは傷ついた。リナはどんなときも彼と最後までしたかった。結ばれて絶頂に達しなくては満ち足りた気分になれない。

リナは車のシフトレバーを操作するようにペニスを握り、脚のあいだにこすりつけて湿り気を移してから、深々と迎え入れた。ほどなく彼がうめき声を漏らし始めた。そんな風に彼がうめくのは初めてだった。

ああ、リナ！　リナ。リナ。

彼がリナを見上げ、リナは彼を見下ろした。いつものリナなら目をそらす。その種の親密さに気後れしてしまう。エイダンへの想いが強すぎて、セックスが終わったとたんにシャワールームの排水口に流れていってしまうような親密な瞬間が怖い。自分の顔を間近で見られたくない気持ちもある。まだ子供だったあのころも、目を合わせるのを避けていた。しかしこのときは彼をまっすぐに見た。交わっているあいだずっと彼を見ていた。そして、これまでの分までよがり声を上げた。虚しく過ぎたこれまでの歳月の分まで。

途中で彼がリナの腰を押さえ、動きを止めさせた。そして訊いた。これまでしたなかで最高か？　リナはゆっくりとうなずいた。もちろんイエスに決まっている。リナは長い時間、そのまま動いていた。やがて彼が、そろそろいきそうかと訊いた。いってほしいんだと言った。彼が自分をいかせたがっていると思っただけで、爆発してしまいそうになった。

あと少しとリナは答えた。目を閉じ、唇を噛み締めていた。彼の上でうまく動くこと、セクシーに見せることばかりに意識が行っていた。やめなさいよ、リナ。そう自分に言い聞かせる。何もかも忘れて楽しみなさいよ、リナ。

ああ、いい――リナはつぶやいた。自然にまぶたがぎゅっと閉じ、唇が開いて歓喜の息をつく。そして達した。だが、絶頂を味わっているのが自分だとは思えなかった。別の女性のようだった。怯えたりしない、そして孤独でもない別の女性。悲鳴のような声が、そしてうなり声が漏れた。かつてのリナが死に、新しいリナが生まれ出ようとしているかのように。獣に生まれ変わったリナ。なめらかな肌と強い芯を持った動物の仔。エイダンがリナをうつ伏せにし、その上に体を重ね、荒っぽいキスをした。ふだんのロマンチックなキスとはまるで違っていた。深くて濡れたキス。力強く突き上げ、荒い呼吸をしながらのキスは、乱暴なほどだった。リナはこの新しいキスにときめいた。いつもの深くつながるような熱を帯びたキスに対する裏切り行為のようで、それがさらにリナを高ぶらせた。

愛してる。エイダンが言った。このプッシーを愛してる。おまえを愛してる。愛してるよ、リナ。

おまえのプッシーを愛してる。

その言葉が耳のなかで反響した。彼にそう言われたことが信じられなかった。

エイダンがささやくように訊いた。なかでいっていいのか。だめならどこがいい。

なかで、とリナは答えた。それがうれしいけど、どこでもかまわない、あなたにいってほしいだけ。

エイダンはなかに入ったまま達した。彼の全身が震えるのを、持てるかぎりのエネルギーがそこに注ぎこまれるのをリナも感じた。そして急いで言った。口に。口に！

エイダンがだめだと言った。もう間に合わない。少年のように口ごもる姿が微笑ましかった。ますます愛おしくなった。

二人はきつく抱き合った。リナの体は最高に心地よい汗でうっすらと覆われていた。安堵に包みこまれた。どこにも痛みはなかった。長い時間そうやって抱き合っていたあと、エイダンが言った。そろそろリラックスして食うか。

もうこれ以上リラックスできないくらいリラックスしてるわとリナは答えた。

だな、とエイダンが言った。自分もそうだというように。それから、さっぱりしてくると言ってバスルームに入った。続いてリナもバスルームを使った。パジャマを着た。散らかっていた彼の持ち物を片づけて、ソファの一角を空けた。エイダンも手伝って、二人分のスペースを作った。そこに座ってポテトフライとチキンサンドイッチを食べた。調味料は使わなかった。リナが食べ終える前にエイダンはベッドに行って寝転がった。ときおり目を閉じている。リナがベッドのほうを見るたびにエイダンもこちらを見た。リナはバスルームで顔を洗った。鏡に映った自分に微笑みかける。欠点まできれいに見えた。幸せな女、愛されている女に見えた。ベッドに戻り、子供たちが無事でいるか、携帯電話をチェックした。

やがてエイダンが急に目を開き、リナを見た。本当に。まっすぐに。リナは何も考えずに反応した。顔が自然に笑みを作るのがわかった。首を軽くかしげる。自分が可愛らしく、しかもセクシーに見えていると自信が持てた。彼の視線を肌で感じた。その視線は本当にリナを見ていた。そしてこのとき、生まれて初めて、リナの心は満ち足りた。愛で満たされたと感じた。何もしなくていいのだと思えた。いまここにただいればいいのだと。リナはベッドにもぐりこみ、二人はそのまま眠った。彼が隣にいると、眠りはすぐに訪れた。痛みもなかった。

リナは午前四時一五分に目を覚まし、服を着て、帰り支度を調えた。部屋を出る前にベッドの端に腰を下ろし、彼の腕をそっとなでた。それから腰をかがめて彼の額にキスをした。エイダンは目を覚まさなかった。リナもそれでいいと思えた。

車のエンジンをかけた。駐車場はまだ暗く、空気は暖かいと同時にひんやりとしていた。四月の美しさをすっかり忘れていた。

誰かに電話をかけるには時刻が早すぎることはわかっている。それでも誰かに話さずにいられなかった。この幸せを一部でも誰かに託さなくては、体のなかで爆発して死んでしまいそうだ。

駐車場に停めた車のなか、息でウィンドウを曇らせながら、リナは友達の一人に電話をかけた。留守電サービスに転送されるだろうと思った。早朝に電話をすれば、身内に何かあったかと驚かせてしまうだろうが、かまわない。人は誰でも自分さえよければそれでいいと思うものだ。とくにその友達に話したいというわけではなかった。言葉を外に出してしまいたいだけだった。

留守電サービスに切り替わる。ビープ音が鳴り終わるのさえ待ちきれなかった。

「彼が言ってくれたの、愛してるって！　愛してるって！　もちろん、きみのプッシーを愛してるとも言ってたけど。でも、言ってくれたのよ！　わたしを愛してるって！」

電話を切り、車のギアを入れた。家までのドライブのあいだずっと、顔が痛くなるほど大きな笑みを浮かべていた。

マギー

マギーは二〇歳になっている。高校卒業からほぼ三年がたった。しかし、いまもアーロンを忘れられずにいる。その理由の一つは、あれ以来、真剣になれる相手が一人としていなかったからだ。つまらない主義主張と薄っぺらな視野しか持たない男の子、ポルノは見るが議論は避ける男の子に囲まれて育った女の目には、アーロンのような男性はとりわけ英雄らしく映る。マギーは毎日、アーロンのことを考える。彼の体、顔、言葉。彼の腕に守られていると安心できた。

ノースダコタ州立大学――略称NDSU、マスコットは〝バイソン〟、アーロンとマリーのクヌーデル夫妻が出会って恋に落ちた場所――で、マギーは暗黒の日々を過ごす。ルームメートの名前までレイヴン（漆黒の意）だった。

マギーは入学直後の秋学期に仮及第となり、次の春学期で停学となる（大学によるが、一般的には成績が一定基準を下回ると一学期のあいだ単位取得ができない「仮及第」処分が下され、次の学期にも基準を下回ると一年間の「停学」処分が下される）。

休学し、半年間、実家にこもって鬱々と過ごす。その後、サミーやメラニーと共同で借りたアパートに移った。バッファロー・ワイルド・ウィングスのアルバイトは続けた。高校時代にレジ係からスタートし、やがてウェイトレスになって、通算で五年半働いている。ウェイトレスの仕事は安全地帯でもあった。週末はまた二日連続でダブルシフトかと思って吐きそうなときでも、騒がしい店で忙しくしていれば、自分の内面にばかり意識を向けずにすむ。

パーティではお酒を浴びるように飲んだあげく、見知らぬ家のバスルームの床に横たわり、彼を思って泣いた。何人かの男性と関係を持った。自分を大切にしなかった。セックスのさなかにつらい記憶が蘇り、中断しなければならないこともたびたびだった。行為のさなかに相手の体から自分を引き剝がし、殺人が起きた現場の人型のように白チョークで囲われた自分の影のなかに倒れこむ。自分は不潔だと感じ、触れられたくないと思うこともしばしばだ。手をつなぐようなロマンチックなしぐさもいやでたまらない。抱き合うなど、考えただけで吐き気がする。自分は使用済みだと感じた。汚れた下着のようだ。ドクター・ストーンという医師のセラピーに通い、たくさんの薬を処方される。

マギーはふたたび実家に戻る。バッファロー・ワイルド・ウィングスを辞め、川向こうの街ムーアヘッドにある、まるで貧困者向け炊き出し所のようなパーキンズ（ファミリー・レストラン・チェーン）で働き始める。パーキンズは最悪、人生も最悪だ。大学は、正確な回数を自分でも思い出せないくらい何度も退学と再入学を繰り返した。朝になっても起床する気力がなく、昼ごろ、貧相なベネチアンブラインドの隙間から差しこんでくる陽射しが暑くてベッドにいられなくなり、しかたなく起き出すという日も多かった。

一月のある晩、マギーはラム酒のキャプテン・モルガンを自室で一人、飲んでいた。メールアプリを開く。時刻は午後一一時四四分。彼の名前の初めの何文字かをタイプすると、履歴から、彼のメールアドレスが自動的に入力された。彼にメールを書くのは、別れて一年ほどたったころ以来だ。そのときは、手紙を返してほしいと頼んだ。借りていたネルーダの詩集と『トワイライトII』を返したとき、彼からの手紙をうっかり一緒に渡してしまっていた。もらった手紙はすべて『トワイライトII』のページのあいだにはさんでいた。

そのメールには、手紙がまだ手もとにあるなら大学の寮に宛てて送ってください、もし送ってもらえなかったら——たとえば手紙を捨ててしまったとか——死ぬほど怒りますからねと書いた。ただし、きらいになったりはしません。きらいになるとしたら、このメールに返事をもらえなかったときだけです。マギーの文面は切ないものではあったが、冗談半分といったところ、前向きなところもわずかに読み取れた。翌朝、返信が届いた。電話したがつながらなかった、今日の昼休み中の一一時一九分に電話するとあった。そのとおりの時刻に二人は電話で話した。手紙は捨ててしまったと言われた。マギーは悲しかったし、傷つきもしたが、死ぬほど怒りはしなかった。彼をきらいになりたいのに、どうしてもそうできなかった。

この夜、メールを送ろうと思い立ったのは、寝ても覚めても誰かのことが頭から離れないとすれば、その誰かもこちらのことを考えている証拠だという話を聞いたことがあるせいだ。強烈なエネルギーを大気に放散すると、それは自分に返ってくる。

いつになったら話をしてかまわないのか、ずっと考えています……あれから三年になるけれど、そのタイミングがいつなのか、いつの日か来るのか、いまもわかりません。どうか安心させてください、アーロン。いつかあなたと再会する心の準備ができたとき、あなたも同じように感じるでしょうか。

送信し、画面を開いたまま数分待つ。何かしらの返事がすぐに来るだろうと思った。夜のあいだに目が覚めたが、返信は届いていない。それからも何度も目を覚ましたが、何も届かないままだった。

翌年、マギーはさまざまな記憶とファーゴの夏から逃げるように、姉のメリアが住むワシントン州に行った。八月から一一月まで姉の家で過ごした。ここなら心を癒やせるだろうと期待した。常緑樹を見上げると、自分がちっぽけに思えた。巨木の下では取るに足らない存在だ。出会い系サイト〈プレンティ・オブ・フィッシュ〉に登録し、何人かと会ったが、それだけで終わった。

ドクター・ストーンのセラピーを一週間ずっと楽しみに待つ。電話がかかってくる前にカフェラテを淹れておこうと思う。子供たちと遊び、食事も少しずつとった。ワシントン州の美しさに驚嘆した。いつか心の痛みから解放されて、大自然を存分に楽しめるようになるだろうか。

マギーがふさいでいることに周囲の誰もが気づいていたが、理由は誰も知らない。ボーイフレンドのことだと知ったら、いいかげんに忘れなさいと誰もが言うだろう。そろって首を振り、恋人と別れた悲しみが四年も続くわけがないと言うはずだ。しかし、もし本当のことを知ったら、マギーが忘れられずにいる相手は年齢の離れた既婚の教師だと知ったら、今度はマギーを叱るだろう。ハワイの一件があるからなおさらだ。一度なら許される。二度目には烙印を押される。

ある日、夕食がすみ、上の子供たちを寝かしつけたあと、メリアは生まれたばかりの赤ん坊を抱いて優しく揺すっていた。マギーはノートパソコンでフェイスブックを開いた。ニュースフィードを目にするなり、めまいを感じた。マギーの二年上級で、いまはウェストファーゴ高校で働いているアレッサンドラ・ヒメネスの投稿。あるページに掲載されたほんの数語に、息も止まるほどの衝撃を与える力があるなんて。

大勢がアーロン・クヌーデルに真心からお祝いの言葉を述べていた。クヌーデルはその日、ノースダコタ州の最優秀教員に選ばれたのだ。マギーが見ているあいだにも、たくさんのコメントがついていく。〈いいね〉。笑顔や虹、エクスクラメーション・マークの絵文字。

マギーは家を飛び出した。息ができない。ファーゴにいるサミーに電話した。そのニュースがマギーの目に入らないといいと思っていたとサミーは言った。

何よりショックだったのは――サミーであれほかの誰であれ、その心理を理解できないだろうが――今回の栄誉はマギーを手ひどく傷つけるものだということだ。アーロン・クヌーデルの世界ではマギーなど何の意味もないという事実を、アーロン当人がマギーに突きつけて嘲笑っているように思えた。マギーはぼろ人形になっても、アーロンは自分の人生を歩み続けるだけでなく、成功さえできるのだと見せつけられているようだ。彼は自宅に引きこもってマギーを恋しがってはいない。気まぐれに関わっただけの人生の一時期に足を取られて前に進めずにいたりもしない。あのころマギーに話したことはどれも嘘だった。彼には傷一つついていないのだ。そのとき気が向いたことをしただけのことだ。マギーを自分のものにしたくなったからむしり取り、不要になったから放り捨てた――家から遠く離れた場所に。

ウナギのような色の夕闇のなか、マギーは黒い空を背景にそびえ立つ巨木を長いこと見上げていた。たばこを半パック、次から次へと休む間もなく吸った。

ファーゴに帰ると、精神状態はそれまでになく悪化した。朝は、時間どおりに起きられれば、目覚ましにシャワーを浴びた。服を着て、外出の支度を調えたところで、暗闇が悪臭のように部屋に入りこんできてそこに停滞する。マギーはベッドに座りこみ、やがて横になる。そのまま昼が過ぎ、夕飯の時間が来る。

〝自殺〟という言葉がはっきりと頭に浮かんだわけではない。本気で自殺を考える人は、それを名前では呼ばない。ただ手段を考える。手段はかならずしも死と直結してはいない。それは、すばらしい解放という収穫を得るための段取りにすぎない。マギーは、真夜中に自宅ガレージの梁から首を吊ろうと計画していた。両親より先に警察が見つけてくれるよう、実行直前に通報しておく。

このことを知っているのはサミー一人だった。計画のことまでは知らないにしても、マギーが鬱々としていることには気づいている。そこでマギーをペットの里親斡旋センターに連れていく。二人は一匹の猫を選んで引き取る。薄茶色と黒のトラ猫だ。手数料の一部はサミーが出した。マギーは猫にラージャと名づける。アラビア語で〝希望〟という意味だ。

ある夜、マギーはサミーに電話をかけた。サミーは仕事の同僚何人かと別の友達の家にいる。マギーはサミーに打ち明けた——精神状態がだいぶまずいの。マギーはラム・コークを飲んで少し酔っていた。サミーは、アーロンとのことをここにいるみんなに話してかまわないかと訊く。マギーの失恋話。そこらのホラーよりよほど怖い。サミーがマギーの代わりに話す資格は充分にある。泣きながら彼のことを話すマギーに、もう数えきれないほどの時間と回数、つきあったのだから。酔っているせいもあったが、自分の経験はそこまで好奇心をそそるのかと意外に思い、マギーはいいよと答える。自分の話を聞いた世間がどんな反応を示すのか、ちょっと知りたいと思った。

サミーは電話をスピーカーモードに切り替え、集まった女の子たちにマギーの話を語った。めぼしいディテールを一つ残らず盛りこむ。教室での愛撫、保護観察官の仕事をしている奥さん、キルトの掛け布団の血の染み。サミーが話すのを聞いていると、ずいぶんと常軌を逸した経験と思えた。その話の主人公が自分だとは思えない。

女の子たちの反応には励まされた。ウソでしょという声、息をのむ気配。一人が言った――ねえ、あなたのことまるで知らないけどさ、でもそれってひどすぎない？　相手の男、サイテーだよ。

マギーはガレージの梁の計画のことを思う。お酒ばかりでまともに食事ができない自分、ワシントン州の森の涙が出るような美しさをまともに目に映すことさえできなかった自分。一日に何度下着を取り替えようと、自分は清潔だとどうしても納得できない毎日。

別の声が言った。ライフタイムの映画みたい（ライフタイムは有料テレビ・チャンネル。女性向けのドラマや映画が多い）。

一同が笑ったが、意地の悪い笑い声ではなかった。みなマギーの味方につき、彼を嫌悪している。守られているようで心強かったが、一方で自分は完全にひとりぼっちだという思いにもとらわれた。あのころの彼のように、自分は守られているとマギーを安心させてくれる人がいないからだ。それに現実には、ほかの女の子が自分を守ってくれることはないとマギーは知っている。好きな男性に選ばれ、塗油によって王を聖別するようにプリンセスになり、城の壁の外にいる下々の者と関わらずにいられる身分になったとたん、女友達はあなたに見向きもしなくなる。すぐそこの商店のウィンドウには〈あなたと違ってあたしたちはひとりぼっち《シングル》じゃないし〉と書かれたTシャツが陳列されている。

ほんと、ライフタイムっぽいよね！　それかオキシジェンあたり（オキシジェンも女性向けの番組を中心とする有料テレビ・チャンネル）？

いまならライフタイムよりオキシジェンだよね。

マギーは酔っていて、気持ちがざわついている。サミーたちとの電話はもう終わっている。女の子たちは、これから新しい思い出を作りに街に出るのだと言っていた。傷だらけで卵のにおいのするパイントグラスでビールを飲むのだろう。ストリングライトが灯り、音楽が大音量で流れているバーに足を踏み入れた瞬間、みんなマギーのことなどすっかり忘れるはずだ。口紅が剝げていないかさかんにチェックし、ボーイフレンドのことばかり心配するだろう。マギーのホラー話など、その程度のものだ。マギーの経験は、たった二人の人間――アーロンとマギー自身――以外には何の意味も持たない。

彼は今年度の最優秀教員に選ばれた。ノースダコタ州の期待の星だ。高校でバスケットボール大会が開かれたあの夜を思い出す。レイアップ・シュートを次々に決め、大歓声のなか、小鳥のように軽やかに着地した彼に、子供たちや奥さんが駆け寄った。その妻はおそらく、夫がマギーの味をどう表現したか知ってもなお離婚はしない。

前回、彼にメールを送ったのは二年くらい前だ。このときは一月で、マギーにいわせれば、冬以外の季節は存在しないように思える。クリスマスや新年が過ぎてもまだ楽しい冬を過ごしている人はどこかにいるだろうか。ハワイにならいるかもしれない。マギーはノートパソコンを開く。青みを帯びた淡い光がマギーの顔をほのかに照らした。

あの子たちが電話で言っていたことを彼に否定してもらいたかった。きみは無力な被害者などではないよと、僕にもてあそばれた愚かな子供ではないよと言ってもらいたい。他人にはわからないのだと。あの女の子たちが言っていたことはどれも間違いだと証明してもらいたかった。なりゆきのロマンスは不思議なものだ。それは確かにあると思えることもある。彼とつきあっているあいだ、あなたはほかの女の子たちには何一つわからないのだと思う。みな嫉妬するか、理解できないかのどちらかだ。ほかの子の相手は男の子だが、あなたの相手はおとなの男性だ。やがて彼からの連絡が途絶える。数日が過ぎ、数週間が過ぎ、数年が過ぎる。そこでようやくあなたは女の子たちに打ち明ける。するとみなは山ほど質問を浴びせかけてきて、頼まれもしないのに彼を非難する。そんな男、こっちからお断りじゃない？　あなたを愛してるっていうなら、それを証明しなくちゃ。彼女たちのボーイフレンドや夫は非の打ちどころがないと言う。そう言う理由は、もう何年も一緒にいて、電球を交換してくれ、自分が産んだ赤ちゃんの種つけをした相手だから、それだけだ。あなたは、自分ならそんなつまらない男と一緒にはいられないと思う。そう言い返したくても言葉をのみこみ、彼女たちの意見に耳をかたむける。アーロンと別れてもう何年もたつ。あなたがいなくても、彼はピザを食べ、デンタルフロスで歯間を掃除している。あのころ、彼がロダンの『考える人』の小さなレプリカを持ってきて、授業で賞品に使いたいのだと言ったことがあった。前に奉仕学習活動に参加していた生徒に色をつけてもらったらしいが、仕上がりはひどかった。木材の表面にスプレー塗料を吹きつけただけで、細部の装飾がまったくされていない。きみにやり直しを頼めるかな、と彼は言う。たとえば色を塗り直すとか。あなたは預かったレプリカに一週間がかりで色を塗る。いまの塗料をやすりでこそげ落とし、台座に色をつけ、安っぽい銀色の塗料の上から自然なブロンズ色の塗料を吹く。まだできないのか、と彼は訊く。だいぶ腹立たしげな様子だ。しかし、仕上がりを見たらきっと喜んでくれるはずだ。あなたは誇らしい気持ちで完成品を持っていく。豪華客船の気分で教室を悠然と航行する。舳先には、筋骨たくましい男性の彫刻が飾られている。はい、と言ってあなたは像を渡す。彼が目を輝かせる。何かを渡したとき、こういう風に目を輝かせてくれたらうれしいのに、と物心ついて以降あなたが願っていたとおりの表情をする。

すごいな、と彼は言い、像の向きをあちこち変えながら感心した視線を細部に凝らす。それから、あなたを見つめる。その目は、人間の少女の美しさに気づいた古代ギリシャの神々のそれだ。息を吹きこまれた少女はセレブリティになる。あなたは彼の目に映るとおりのものになる。しかしやがて破局が訪れ、あなたはイカロスのように墜落する。運命の三女神と復讐の三女神と子供たちのせいだと考えたあなたは、何年ものあいだ地上をさまよう。大自然を愛でることなく、学校で進級することなく、実家の二階で酒を飲み続けた。なのに、彼はいまや州の最優秀教員だ。そしてついに復讐の三女神が沈黙を破る。

だからあなたはメールを書く。あの子たちの非難は間違っていると証明したい。彼にこう言ってもらいたい。あのころあなたを愛していたし、いまも愛していると。州の最優秀教員など茶番だ。あなたと別れて以来、マリーを愛したことはないし、手を触れたことだってない。芝生の水やりをするとき、噴き出す水は自分の涙なのだと思う。そこにあなたを感じる。土の下にあなたがいて、若く小さな手を伸ばし、自分の老いていく足首を優しくなでていると想像する。

しかし、あなたがメールをしたためる最大の理由は、彼を破滅に追いやろうとしている自分を止めてほしいからだ。

グラスに注いだ琥珀色のキャプテン・モルガン（キャプテンは「船長」の意）は、あとワンフィンガー分しか残っていない。グラスの底から小さな船長が手を振り、いいぞいいぞと親指を立てているのが見えるようだった。目を閉じて〈送信〉をクリックした。それから〈送信済み〉のボックスを開き、いま送ったメール、『考える人』のように仕上げを施された文章、もはやなかったことにはできない文面を確かめる。

ぜひ答えてもらいたい質問がいくつかあります。あれからわたしもおとなになって、以前とは違った角度からあのことを考えられるようになりました。わたしの考えは間違っていると証明してくれたほうがあなたのためだと思います。

電話をかけ直してほしいと切実に思う瞬間がある。自分の存在を認めてもらいたい。ヘビ穴の入口で焚き火をして燻り出すしかない場面がある。精神科医からは、あなたはもてあそばれた無力な被害者であり、恋人にただ振られたのとはわけが違うよと言われ続けている。あなた以外の誰もがそのことを知っているらしい。スピーカーモードで話したサミーの友人たち。あなたがデートした男たちも。初め、彼らはあなたを怖がる。その恐怖を越えて始めたとしても、セックスが完了するまで、彼らは警戒を怠らない。

サミーとマギーは友人のアディソンを訪ねた。アディソンはタトゥー・アーティストだ。マギーの最新のメールにアーロンからの返信はなかった。アディソンは事情をいっさい知らない。どうしてこの図案なの、と尋ねる。マギーが彫りたいのは、『ハリー・ポッター』シリーズから選んだ、〈I open at the close.〉（私は終わるときに開く）というフレーズで、開く（open）のoが金のスニッチになっている。マギーは単なるハリー・ポッター・ファンではない。氷点下の寒さのなか、シリーズ五作目の映画のチケットを買う行列に並び、朝までテントで過ごしたこともある。サミーと一緒に近くのコーヒーショップに行き、トイレの洗面台のお湯で手を温めた。物語に心を激しく動かされると、ファンの域を超えて、登場人物が自分の家族だったらいいのにと真剣に考えるものだ。『トワイライト』はそれとも違った。あれは家族などというレベルではなく、首筋を咬まれたようなものだった。

マギーにとって〈私は終わるときに開く〉は、前に進む覚悟ができたことを意味していた。ついに彼を忘れようと決めたのだ。本のページから漂う彼の香りも含め、彼のすべてを忘れよう。たとえ自分は無力な被害者だとしても、もう過去の話だ。マギーは過去の扉を閉ざそうとしている。

よくわからないな、とアディソンは言う。

マギーは息を吐き出し、最後にもう一度だけその話をすることにした。これはヴァンパイアと恋に落ちた女の子の送別会だ。三人はそれぞれ椅子に座る。マギーは話し、アディソンはそれを聞きながら仕事にかかる。針の痛みは、数千のちっちゃな男の人にミニチュアのピッチフォークで腕を刺されているようだった。予想以上に痛いが、同時に、予想よりも痛くない。

えー信じられない、とアディソンが言う。そいつ、最悪の男じゃない？

一週間が過ぎてもメールの返事はない。マギーは、ドクター・フィルの悩み相談番組を見る。父親が次々と友人を連れてきて自分をレイプさせるという少女の相談だった。父親がその人たちからお金を受け取っていたかどうかは思い出せないという。番組を見ていて、マギーはアディソンがほかにも言っていたことを思い出す。アディソンは、彫り終えたタトゥーをきれいに拭い、仕上がりを確かめたあと、マギーの顔に落ちてきた髪をそっと払いのけながら、ある可能性を指摘した。それはマギーも考えたことがあり、精神科医もそれとなくほのめかしていたことだったが、その意味が本当に意識に染み通ったのはこのときが初めてだ。

ね、マギーが最初の一人のはずがないよね。アディソンはそう言った。マギーのあとにも似たような目に遭った子がいるんじゃないかな。

マギーは彫ってもらったタトゥーを見つめる。周囲の肌は赤く腫れていて、いまはまだきれいとは言えないが、時間とともに落ち着くと言われていた。いずれにせよ、できあがりに文句など言えない。これを彫ってくれたのは友人なのだから。

その晩、マギーは母親のいるキッチンに入っていった。頬は涙で濡れていた。母親のアーリーンが気づいて顔を上げた。母親の髪はショートで、誠実そうな顔をしている。お酒好きだが、しらふでいると、酒呑みには見えない。

アーリーンは驚いた様子で言う。どうしたの？　何があったの？

子供たちの誰かに何かあったと思ったようだ。

パパを呼んで、とマギーは言う。相談があるの。話したいことがあるの。

地下室から父親が上がってきた。アーリーンとは違い、探しものをしているような顔をしていた。父親のマークは、追い詰められると、些細ではあるが取り返しのつかない行動をすることがある。ソファは古ぼけ、照明は薄暗い。マギーが二人を前にまずしたのは、約束を求めることだった。

お願いだからいきなり怒り出さないで。質問攻めにしないで。いまはまだわたしにも答えられないかもしれないから。

両親はうなずいた。

一二年生のとき、学校のクヌーデル先生と不適切な関係を持ったの。

そう聞いただけで、アーリーンは泣き出した。しゃくり上げながら、どういう意味なの、と言葉を絞り出す。

マギーは父親を見た。その目は濡れていなかった。マギーはいわゆるお父さんっ子ではない。父親とは似たもの同士だからだ。衝突して怒鳴り合ってばかりいるが、それでもマギーは頼まれればビールを買いに行き、父親はマギーの車の不調を直し、娘を下に見るような口の利き方を誰にも許さなかった。いつもマギーに元気と保護を与えてくれる。マギーは末っ子だ。世間の男が、ほかの男が何を考えるか、何を望むか、何をするかを知っている。アーリーンにわからなくても、父親のマークは、娘が何を言わんとしているのか正確に察した。

マギーは話を続ける。肉体的な関係ではあったが、性器の挿入はなかった。だが、なかったと言われるほうがよほど嫌悪を催させる。だったら具体的に何と何が行なわれたのか、無数の可能性がピンボールのように頭のなかを跳ね回って、いらぬ想像をかえって誘うように思えた。

こうして打ち明けたのは告訴する決意が固まったからだとマギーは説明した。証拠となる品物は納戸に隠してある。

夜になってから、アーリーンは納戸をひっくり返し、マギーのスパイダーマンのイラストつきの紙ばさみと、ポストイットがまるで羽根飾りのようにはみ出した『トワイライト』の本を見つける。日曜の夜、新たな一週間の始まりを控えた静かな夜のはずなのに、家全体が衝撃に震えているようだった。

アーリーンは床に膝をつき、学校の教師が娘に渡したものを指でたどった。ヴァンパイアと人間の少女のロマンス小説にはさまれたメモに一つずつ目を通す。子供っぽいものと、おとなしか書けないものが混在していた。

そのころマギーは父親を探していた。父親はガレージの梁の下で泣いていた。マギーは罪悪感にとらわれた。二度と父親の信頼を取り戻せないと思った。あんなことをしてしまった以上、父親がマギーを見る目は永遠に変わってしまっただろう。マギーをどれほど深く愛していようと、父と娘の関係の一部は壊死してしまった。

父親は一言も発しなかったが、娘に気づいて両腕を広げた。マギーはその腕に飛びこむ。そこはこの世のどこよりも安心できる場所だ。二人は一緒に泣いた。父親の涙が涸れて、マギーもようやく泣き止んだ。


マギーは警察署に入っていく。ふいに自分の体のあらゆるところを意識した。黒いレギンスに包まれたお尻の揺れ。ベアパウのムートンブーツ。長い付け爪。この数週間後、担当の刑事がその爪を見て、いつも派手な爪をしているね、まるで髪を大きくふくらませた売春婦みたいだとからかう。マギーは初め笑うが、やがて本当のことを打ち明ける。長い付け爪をしているのは、まつげをむしってしまわないようにするためなのだと。

受付係が顔を上げた。いまならまだ告訴をやめて帰ることもできる。今日も学校の教室にいるであろうアーロンを想像する。二人のラブストーリーが始まったのは、六年前のちょうどいまごろだった。いまから何が起きようとしているか、アーロンは知らずにいる。そう思うと、ほんの少しだけ手に力が入った気がした。手が震えていることに気づいて情けなくなる。受付係はマギーが何か言うのを待っている。

この数日、警察に勤めている姉の友人に仮定の質問をいくつもした。近ごろのマギーは、男性といるより女性といるほうが気楽だった。例外は兄たちと父親、精神科医だけだ。いまならまだ引き返せる。ドクター・ストーンには気が変わったと言えばいい。ドクターは、自分がしたいようにするのが一番だよと返すだろう。

マギーはちゃんと声が出るよう、小さく咳払いをした。

そして受付係に告げる。未成年者に対する性的虐待を訴えに来ました。

これでもう引き返せない。なかったことにはできない。取り消しは利かない。前に進むしかない。

体が震え、緊張から体が熱を持ったようになった。受付係は動じていない。眉一つ動かさず、ただ自分の仕事をするだけだ。退屈そうにさえ見える。どこかに電話をかけた。

そのまま長時間待たされた。ようやく刑事が一人、ドアロに顔をのぞかせ、マギーをこぢんまりした部屋に案内する。マギーはヴァンパイアとの恋物語を始める。そこでにわかに悟った。小さな事実の一つひとつが重要な意味を持つのだ。刑事は黄色い法律用箋にマギーの言葉を書きつけていく。過去がマギーに向かって猫のようにあくびをし、大きな伸びをした。


娘のマギーが警察に告訴してから半年、そして娘とアーロン・クヌーデルの関係が終わって五年半が過ぎたある朝、マーク・ウィルケンは妻が目覚めるずっと前にベッドを抜け出した。それはしばらく前からの習慣になっていた。といっても、好んでそうしていたわけではなく、深刻な抑鬱状態の副産物だった。この朝は、いつもよりよけいに早く目が覚めた。外はまだ暗く、時間までに行かなくてはならない仕事ももうない。二〇〇〇年に、それまで二〇年以上にわたって倉庫管理係として勤務してきた食料品流通販売会社フェアウェイから一時解雇されていた。勤めているあいだ、倉庫のいくつもの部門を経験した。食料雑貨、青果、冷凍庫、請求処理。

マークはすばらしく仕事ができる人だったと誰もが言う。倉庫の従業員の誰よりミスが少なく、誰より効率よく働いた。手際のよさこそマークの人柄そのものになっていた。それは履歴書にスキルとして記入されることはなくても、マークのアイデンティティにタトゥーのように刻みこまれていた。仕事はマークの日常に目的を与えた。しかしフェアウェイは、スポーツ用品の流通販売に本腰を入れるためにファーゴの拠点を閉鎖した。会社はマークの仕事を奪うことによって、ウィルケン一家や似た境遇にあるたくさんの家族の生命線を絶ったようなものだ。

マークは、別の食料品流通販売会社スーパーバリューに勤め口を探したが、〝ステップ・テスト〟に合格できなかった。ステップ・テストとは、一般には耳慣れない言葉だが、倉庫業界に就職を希望するなら唯一最大の関心事だ。就職希望者は一分間に二四回のペースで段差を上り下りする。四歩ワンセットで、上・上・下・下を三分間繰り返す。勤務中に心臓発作で倒れる恐れがないかどうかの判断のため、三分が経過した直後の心拍数が計測される。

マークとアーリーンは、マギーがレッスンを受けていたアイススケート場に毎日通い、段差の上り下りを一〇〇セット行なった。丸一年、二人で練習した。マークは何度も再テストを受けたが、どうしても合格できなかった。失望の一年が過ぎて、同情した一人の社員がマークの履歴書に合格のスタンプを捺した。スーパーバリューはマークを常時待機《オン・コール》のパート・タイム従業員として採用した。つまりマークは、毎日午後六時に会社に電話をかけ、翌日出勤する必要があるかどうかを確認しなくてはならない。おかげで一家は前もって外出の予定を立てられなくなった。三連休の週末にツイン・シティーズにちょっと足を延ばすことさえできない。初めのうちマークは週に二日か三日出勤していたが、やがて月に二、三日に減り、ついには月に一度、ほんの二時間ほどの勤務に呼ばれるだけになった。最後のころはほとんど仕事がないのに、毎日、明日は出勤しなければならないだろうかと朝から晩まで考えて過ごしていた。

こうしてマーク・ウィルケンは事実上のリタイアに追いこまれた。それでも一つ明るい材料はあって、二二年間働き続けてきたおかげで年金は満額もらえることが決まった。ただし年金を受給すると、営利企業で働けなくなる。会社の口を介してこう言い渡されたようなものだ。生きていくのに最低限必要な金はやるから、あとはおまえにふさわしい場所でじっとおとなしくしていろ。酒を飲んで酔っ払いたいなら勝手にすればいいが、飲むのは安いビールにすることだ。そこでマークは、ある病院の書類配達係として働き始めた。院内の各部署間でやりとりされる連絡書類を入れて赤い紐で封をしたマニラ封筒などを配って歩く仕事だ。報酬は税込みで時給七ドルだった。

自分の弱い部分を他人に見せる人ではなかったから、マークが何をどう感じていたかは誰にもわからない。しかし尊厳を奪われれば、どれほど強い人間であっても狂気の淵に立たされる。マークは不眠に悩み、断酒会《アルコホーリクス・アノニマス》の集会に足しげく通った。

そしてその朝、アーリーンが目を覚ますと、マークがじっと見つめていた。ひどく疲れた顔をしていた。目はうつろだった。アーリーンは時計を確かめ、また夫を見た。

ブーツ？　そう声をかけた。アーリーンはいつもマークをそう呼んでいた。マークは妻を〝リーン〟と呼んだ。

マークはベッドに近づき、アーリーンのすぐ隣に腰を下ろした。

昔もいまも変わらずきみを愛しているよ、と彼は言った。

アーリーンはうなずいた。わたしだっていつもあなたを愛してる。

マークがどんな失敗をしようと、アーリーンが愛想を尽かすことはなかった。失業とその後の鬱のように、マークが意図的にしたのではない失敗も、マリファナを吸ったり酒を飲んだりといったマークが意識的に選んでした失敗も。薬物への依存は病気なのかもしれないが、マークが、妻でなく、そして妻が必要としているものでもなく、マリファナや酒を選んだ瞬間の一つひとつをアーリーンは目撃してきた。マークの過ちを助長せず、またしつこく責めることもしなかった。そういう性分ではなかった。

アーリーンは起き上がり、出勤の支度を始めた。マークは近くをうろうろしていた。正直なところ、マークに必要とされるのがアーリーンはうれしかった。そういうとき、愛されているのだと感じる。

今日は休んで一緒にいてもらえないかな、とマークが訊いた。朝めしを食いに行こう。

アーリーンはマークの顔をしげしげと見た。頬骨は桟橋のように張り出し、その下の肉はげっそりとこけている。ここ数カ月、つらそうにしている夫を見てきた。酒を飲んで車を運転するなど、以前ならしたのにもうしなくなったこともいくつかあった。よくない癖をやめたからといって、精神状態が改善したという風にも見えない。数少ない支えを失いかけているように見えた。

半日なら休めると思うわ、とアーリーンは答えた。

車でサンディズ・ドーナツに行った。揚げたてのドーナツをいつでも食べられる店だ。コーヒーを飲み、温かいドーナツを食べた。隣のテーブルについた一人客の男性がアーリーンに微笑み、マークに話しかけてきた。

奥さん、大事にしてやってるかい?

男性にしてみれば、朝のひととき、世間話を試みただけのことだ。その口調から、この人は独身なのだろうとアーリーンは思った。きっと、笑みをたたえた愛情深い奥さんがいてあんたは幸運だなと伝えたかっただけのことだ。しかし、その会話がきっかけでマークの表情は暗くなった。それから食べ終えるまで、陰鬱な沈黙が続いた。

帰り道、マークは、バート神父と話したいことがあるから、教会に寄ってもらえないかとアーリーンに頼んだ。あとでまた迎えに来てほしい。アーリーンはわかったと言って先に家に帰り、マークからの電話を待った。

あとになってバート神父は、病院に行ったほうがいいと思うかとマークに相談されたと話した。ひどく気分が落ちこんでいるからと。

バート神父は首を振って答えた。それよりも家に帰って少しゆっくり休みなさい。

教会の窓から外を見ると、青い空を背景に、背の高いロシアンセージや濃いマゼンタ色のタチアオイ、紫色のヤグルマソウが咲き誇っていた。神父が趣味で作った花壇には、これまで見たことがないほど豊かで深い緑色をしたキボウシが茂っていた。内側にランプがあるかのように輝いていた。

マークは花々を指さして言った。神父さん、天国はああいうところなんですかね。

バート神父はうなずいて笑った。ええ、行ったことはありませんがね。

家に帰ったあと、デッキでくつろぎながらアーリーンが言った。とても暗い顔をしてる。いま何を考えてる？　どういう気分？　お願いだから話して。

マークは首を振り、話せないと言った。バート神父は午後から老人ホームでミサをするそうで、一緒に行こうと思っているんだ、きみも一緒に来ないかと誘った。しかし、アーリーンは行かれそうになかった。午前中いっぱい、仕事を休んでしまった。午後は仕事に行かなくてはならない。マークを一人にしても大丈夫だろうと思った。午後はミサに行くのだし、夜は集会に出ることになっていた。

夕方、アーリーンが仕事から帰ると、マークは寝室で眠っていた。アーリーンの気配に気づいてぎくりと目を覚ました。大きく見開かれたその目は怯えていた。どうした、何かあったのかと訊いた。

何でもないわよ、とアーリーンは答えた。様子を見に来ただけ。

リーン？

何？

ちょっと一緒に横になってくれないか。

アーリーンはベッドに入り、マークの隣に横たわった。その瞬間、夫が求めているとおりに寄り添おうとした——押しつけがましくなく、かといって遠すぎず。規則正しい寝息が聞こえ始めたところで、夫がゆったりと体を伸ばせるよう、自分はそばを離れた。リビングルームに行ってソファでうたた寝した。しばらくして、夫があわてた様子で起きてきて、行ってくるよとキスをした。集会に遅れそうだと言っていた。アーリーンは楽しんできてね、愛してるわと言って送り出した。

午前零時ごろ、アーリーンはソファで目を覚ました。そこで眠りこんでしまったらしい。マークは帰っていなかった。さほど心配はしなかった。集会のあと、誰かとコーヒーを飲みに行ったりすることもあったからだ。メンバーの一人と話をして、励まされているといいがと思った。そのあとまた眠り、早朝の五時ごろ目覚めた。マークが隣にいないことに気づいて、ファーゴの冬のさなかにも感じたことのない寒気に襲われた。体が震えた。兄に電話してみようかと思った。兄なら、マークが行った集会の常連を何人か知っている。しかしさすがに朝が早すぎると考え、コーヒーを飲みながら時計の針をにらみ、神に祈りながら待った。午前七時、兄に連絡すると、兄は集会のメンバーの何人かに問い合わせてくれた。マークはそもそも集会に来なかったという返事だった。

みぞおちのあたりが重苦しくなった。次にすがった希望は、どこかに車を駐めて酒を飲んでいるうちに眠ってしまったのだろうというものだった。きっとそろそろ目を覚まして帰ってくるだろう。しかしマークは、以前と違って車で出かけたときは酒を飲まなくなっている。アーリーンのためにそう決めていた。自分が無事に生きていることがアーリーンにとって何より大事なことだと知っているからだ。

アーリーンはファーゴ市警や病院、留置所に問い合わせた。そのあとしばらく待ってから、娘を起こしに行った。

母親の震える手を感じて、マギーははっと目を覚ました。その瞬間、わかった。聞かなくてもわかった。父親が朝まで帰らなかったことはそれまで一度もなかった。たくさんの間違いはしてきたが、無断外泊だけはしたことがないのだ。父は無事でいるのか。マギーは自分の心に尋ねた。無事ではないという答えが返ってきた。

アーリーンはパニックを起こしかけていた。マギーはほかの病院や留置所にも問い合わせた。誰も何も知らない。かえって不安が募るばかりだった。マギーはウェストファーゴ市警に電話をかけ、行方不明からどのくらいたてば失踪人届を受理してもらえるかを尋ねた。

通信指令員は、いまからパトロールカーを向かわせますと言った。二〇分後、刑事が三人訪れた。三人とも見たことがないくらい沈鬱な顔をしていたが、それでも、夜になって家に帰ればいつもの日常が彼らを待っているに決まっている。子供たち、できたての夕食。刑事の一人がアーリーンとマギーを家の奥に入らせ、まずは落ち着いて座りましょうと言った。

よい知らせではありませんので。

何があったの？　アーリーンが訊く。

刑事は言葉に迷って口ごもった。いいから早く教えてくださいとアーリーンが懇願した。

マギーは言った。父は自殺したんですね。

刑事はうなずいた。この若い女性のおかげで自分が言わずにすんだと、心のどこか非情な一角でほっとしているようだった。

それから現場を伝えた。ムーアヘッドのカトリック教会の墓地。マーク・ウィルケンは前夜遅くにそこで手首を切り、出血多量で死亡した。

ご主人が自分で選んだことです——刑事は三度、アーリーンにそう言った。三度目を聞いて、アーリーンは金切り声を出した。やめてください！　夫は好きでそんなことをしたんじゃありません！

それからの数日で、マギーと母親は痛感する。一般的な死と違い、自殺だとわかったとたん、世間の人々は、当人たちよりもよく知っているとでもいうように自殺した当人やその家族の人生について語る資格が自分にあると思うものらしい。


マーク・ウィルケンの通夜の日、教会の庭で咲いていた花ほど美しくはなかったとはいえ、遺体はたくさんの花で飾られた。あれほど温かなハグをした腕、もう二度と誰かを抱き締めることのない腕は、体の脇にそっと伸ばされていた。力強いハグ、日曜のごちそうに添えるグレービーソース、きらめく瞳、静かな強さと率直さに加えて、マークの声の素晴らしさを誰もが褒め称えた。マギーのフィギュアスケートの発表会があると、マークはよく会場のアナウンス係を引き受けた。子供も父母もみな大喜びした。マークの豊かでよく響く朗らかな声は、発表会をイベントに変えた。マークが黙ると、スケートリンクは悲しいほど静かに思えた。

通夜に訪れた誰もが衝撃を受け、打ちひしがれていたが、彼らの悲しみはその場かぎりのものにすぎず、家に帰ればほかの話題、外では口にしにくい話題に触れるのだろうと思った。たとえば自殺の手段、自殺の理由。そしてジンジャー・エールを飲み、ポーク・チョップを食べる。ベッドに入るとき、彼らの体には二度とふさがることのない穴などどこにも空いていないだろう。

マギーは棺に歩み寄り、かがみこんで、父親の冷たい体にすがりついて泣いた。やがて落ち着きを取り戻し、これは人生の一つの区切りなのだ、すべてがいったん終わったのだと自分を納得させた。これほどの孤独を感じたことは生まれてこのかた一度もなかった。そして父の耳もとでビートルズの『ブラックバード』を歌った。父親が大好きだった曲、マギーに教えてくれた曲だった。

その日、アーリーンは呆然としたまま、夫との長い歴史を振り返り続けていた。楽しかった休暇、悲しいできごと。記憶のスクリーンはセピア色をして、ちらちらと瞬いていた。そこにまだ幼かった子供たちの姿が映し出された。青年時代のマークも。アーリーンをダンスに誘うマーク、結婚を申しこむマーク。どうしてこんなことになったのだろう、いったいどの日を境に人生はこれほどまでに耐えがたいものになったのかと、それまで他人からは訊かれたことのないことを訊くマーク。しかしどんな記憶より鮮明に蘇ったのは、数日前、来て隣に横になってくれと頼まれたことだった。あのままずっと隣にいればよかったと悔やんだ。二人のベッドのアーリーンの側にある彼女自身の体の形をした温かいくぼみに横たわり、自分の人生を可能なかぎりアーリーンに分け与えてくれた人物に寄り添っていればよかったのに。なぜ永遠に抱き締めていなかったのだろう。後悔よりもっとずっと強い言葉がなぜ存在しないのか。

翌年の四月、ある寒い火曜日、公判の初日が行なわれた。マギーが父親を失ってすでに数ヵ月がたっていたが、朝、そのことを忘れて目を覚ますこともまだあった。うっかり幸せな気持ちで目が覚めてしまう朝がまだある。

外には青みがかった灰色の鋼鉄のような空がどこまでも広がっていた。息は吐くなり凍りつきそうだ。ダイナーで働いて過ごすのに向いた日だった。初めて足を踏み入れた法廷は、マギーが想像していたほど荘厳な雰囲気ではなかった。地味な灰色の壁にカーペット、合板の備品。ダークスーツをまとった貧相な男の一団。

サイズの合わないスーツを着た州司法次官のジョン・バイヤーズは、居心地悪そうにしていた。このあとの数日、バイヤーズは何かと額面どおりに受け取りがちな人物という印象を強く与えることになる。対照的に、被告弁護人はひょろりと背が高くて几帳面だ。陪審選任手続では利口に、戦略的にことを運ぶ。最終的に、男性四人と女性八人が選ばれた。いくらか不公平感が残る結果だった。検察側は、選任手続中の質問に答え、若い女性であっても一七歳にもなればもう少しわきまえているものではと発言した女性候補を忌避しなかった。その女性は続けて、それでも自分ならこれから法廷で行なわれる議論を偏見なしに聞けると思うと言った。若い女性は三〇歳未満であるというだけで非難に値するとでも言いたげな調子で〝若い女性〟と口にするタイプの人だ。この女性も陪審に選ばれた。

弁護側の冒頭陳述の際、弁護士のホイは陪審席に歩み寄り、アーロン・クヌーデルは州の最優秀教員に選ばれるような有能な教師であり、周囲から愛され、尊敬されており、そのような人物が、告発者が主張するような行為をするとは考えにくいことは「きわめて、きわめて、きわめて明白です」と力説する。表彰されるような男は、若い女性に惹かれても、オーラルセックスをしたりはしない。表彰されるような男は、きみの小さな手が好きだと若い女性に言ったりしない。

いずれも裏づけるのは告発者の証言しかない。レイプ・キット（性的暴行の証拠を採取するためのキット）もない。精液が付着したワンピースがあるわけでもない。

法廷に入る前、マギーに付き添った被害者支援サービスの職員から、マリー・クヌーデルが廊下にいる、その前を通ることになりそうだとマギーは警告された。三〇メートル手前からマリーの姿が確認できた。職員はマギーに確かめた。彼女がいなくなるまで少し待ちましょうか。

いいえ、とマギーは答えた。怖くなんかありませんから。

マギーはマリーに視線を据えたままその前を通り過ぎた。怒りの矛先を間違えているとわかっていても、夫の味方についたマリーに腹が立った。マリーは天井を見上げ、次に足もとを見つめた。

ホイは冒頭陳述で、アーロン・クヌーデルは職分を超えてマギーに手を差し伸べようとしたのだと話す。そして電話会社から提出された通話記録に触れる。そこにはアーロンとマギーが通話した回数が記録されていた。アーロンが何時間も何時間もマギーと電話で話した理由、通話の一部が深夜に及んでいる理由は、マギーが問題を抱えた生徒だったからだとホイは指摘する。たとえば、両親はともにアルコール依存症だった。続けてマギーが抱えていたほかのトラブルが引き起こした事態について触れる。噂が広まり、アーロン・クヌーデルは即座にマギーとの接触を断った。

反対尋問でマギーは、アーロン・クヌーデルが優秀な教師であり、何かと力を尽くしてくれたことには反論しなかった。

「先生は、問題を抱えていそうな生徒にいつも目を配っていました。わたしもそのうちの一人でした」マギーはそう話す。手には父親のスカプラリオ（カトリック教徒が信仰のしるしとして身につける二枚の小さな布）を持っている。いまにも血が出そうなくらい強く握り締めていた。発見されたとき、父親が身につけていたものだ。マギーは袖口がスカラップカットになった白いレースのトップスを着て、絹のスカーフを巻いている。

「他人《ひと》にメッセージの内容を見られないよう、いつも電話を隠して持つようにしていました。きみの手が好きだとアーロンから言われたのを覚えています。小さくてほっそりして、若々しい手が好きだと」

スーパーモデルのそれのように美しい手を期待して、法廷にいる全員の視線がマギーの手に集まる。爪は短く切りそろえられている。マギーの手は小刻みに震えていた。

アーロンは灰色のスーツに太い縞模様のネクタイを合わせている。目を細め、数学の問題を解こうとしているかのようにマギーを見つめている。

ホイが尋ねる。民事訴訟を起こす予定はありますか。マギーはのちに知ることになるが、民事訴訟の予定があることをこの時点でホイは知っていた。マギーがその件で相談した法律事務所に息子が勤めているからだ。勝訴の見込みは低いと言われたため、その事務所とは契約しなかった。契約がない以上、弁護士と依頼者間の秘匿特権は適用されない。

ホイの質問にマギーはありますと答える。クヌーデルを被告とする民事訴訟を検討してすでに弁護士に相談している。もしかしたらウェストファーゴ学区に対しても訴訟を起こすかもしれない。アーロン側の傍聴席から忍び笑いが漏れた。マギーのその答えによって、金目当てという噂が裏づけられたというようだった。

ホイは続けて、クヌーデルが自分に関心を持ったのはなぜだと思うかと質問する。マギーは、あのあと太ってしまったことを考える。高校生だったあのころとは別人のようだ。甘いお酒ばかり飲む。体重を減らす意欲が湧かない。自分を大事にしてくれない相手とばかりつきあう。ホイは、とうてい信じられない話だが、と言いたげにこう付け加える。「校内で人気のある先生の一人から、突然、メッセージが送られてきて、あなたを愛していると告げられたわけでしょう?」

いまよりずっとほっそりとしていて、若くて、幸せだった当時のマギー本人だって、信じられなかった。だからホイの質問には答えにくい。自分も同じ意見だからだ。自分がアーロンに釣り合うと思ったことは一度もない。

「先生から愛の告白が送られてきて始まったわけじゃありません」マギーはそう答え、始まった経緯を説明する。アーロンとの関係は、陽光と雪に包まれたコロラド州でゆったりと過ごした休暇中に始まり、そこから急速に深まった。ただ、深まっていった過程をいまここでは説明できない。当時のメッセージが残っていないからだ。アーロンに言われてすべて削除してしまったし、何年もたっているため、当時のデータを魔法のように掘り起こすことは電話会社にもできなかった。

少しずつ自信を得て、マギーは続ける。「自分でも驚きました。特別な存在になったような気がしたし、誰かに求められているのだと思ってうれしくなりました。年上の男性から、わたしのために奥さんと離婚すると言われたわけですから」

いくらか傲慢に聞こえなくもない調子で、マギーは法廷に集まった人々に向かって言った——愛していると先に口にしたのは、わたしではなく、アーロン・クヌーデルでした。

質問の焦点は『トワイライト』に移った。マギーがアーロンに貸したとされる本、アーロンがたくさんのポストイットをつけて返したとされる本。アーロンは、本のストーリーと自分たちの禁じられた恋とを重ね合わせた。証言台のマギーはこう説明した。「登場するヴァンパイアはエドワードという名前で、ベラと恋に落ちます。禁じられた恋なのは、エドワードはベラを愛する気持ちと殺したい衝動のはざまで苦しむからです」

マギーは自分が提出した宿題のレポートにクヌーデルが書きこんだコメントも読み上げる。「アーロンはこう書きました。〝同意見だ〟」

ファーゴ出身者特有のアクセントでジョン・バイヤーズが尋ねる。何に対して書きこまれたコメントですか。

マギーは『トワイライト』をテーマに書いたレポートの該当部分を読み上げる。「〝この本を読んで、年齢は関係ないというわたしの信念はますます強まった。人と人との関係の土台となるのは共通の関心であって、数字ではない〟」

マギーのレポートを採点したクヌーデルが、「心の問題に数字は関係ない」という記述に対して「同意見だ」と書いた事実は争われなかったが、ポストイットにコメントを書きこんだのも彼だという主張に関しては、言うまでもなく、被告側から反論が行なわれた。

筆跡鑑定の専門家リサ・ハンソンはこう証言する。「当該コメントを書いたのはアーロン・クヌーデルであると考えるべき証拠は複数あります」さらに、もう少し断定的な口調でこう続けた。ポストイットの筆跡は、提出されたマギー・ウィルケンの筆跡とは一致しない。しかしハンソンの証言は但し書きだらけだった。

次にマギーは、彼の自宅に呼ばれた夜、人生で最高に幸福だった夜について説明した。「彼のジーンズのボタンをはずそうとすると、よせと言われました」そのくだりで、マギーは涙を流した。レイプだったからではない。彼に拒まれたからだ。拒まれて、自分が淫らなことをしたように思わされたからだ。「どうしてと訊くと、わたしが一八歳になるまで待ちたいからだと言われました。行為もそこで唐突に終わりました。わたしは悲しくなりました。何か悪いことをしたように感じました。そのあとは何もしないで、ただ並んで横たわっていました」

法廷で証言を見守っていた傍聴人の一部は、マギーの最大の弱点はあの攻撃的な姿勢だろうと感じた。性的虐待の被害者であれば、挑戦的な態度を取るわけがない。マギーは泣いてはいるが、涙をぼろぼろ流すわけではなく、性器を痛めつけられた被害者には見えない。泣き方が被害者らしくない。

反対尋問に立ったホイは尋ねた。「この裁判からあなたが得るものはありますか」

マギーは眉をひそめて訊き返す。「どういう形で?」

「どんな形でも」ホイは答える。その口調を聞いて、マギーは自分がイエバエになったような気がした。

「もちろんあります」マギーは言った。「正義が行なわれるのを見届けたいと思っています。でも、この裁判を起こしたのは、公の場でこの話がしたかったからで、そのとおりにいま、こうして話しています」

それからマギーは発言の許可を求めてキャス郡地方裁判所判事スティーヴン・マックローに訴えた。「わたしの頭の先から爪先までじろじろ見ている人がいて、すごく不愉快なんですけど——そういう人でも傍聴を許されるんですか」マギーはアーロンのすぐ後ろに座っている女性に視線を向けた。マリーではない。おそらくアーロンの姉か妹だろう。貫禄のある女性で、朝からずっと渋い表情でマギーをにらむようにしていた。

「許されますよ」判事が応じる。

マギーはそれまでにも周囲から何度も言われたことがあった。そんな態度じゃ誰も同情してくれないよと。たとえば傍聴席から公判を見守っていたある医師は、ささやき声の範疇だが周囲に充分聞こえる音量でこう言った。「金のためなら何だってやる人間はいるからね」

検察側の主要な証人は、マギーの親友三人だった。最初に証言台に立ったのはサミーだ。ヘアサロンで整えたばかりの髪に大きな目、ひらひらした大げさな身ぶり。サミーは自分がアーロン・クヌーデルの奉仕学習活動に参加したときのことを証言する。「一番の親友が先生と教室に残って、自分はその二人の分のコーヒーを買いに行かされたら、それは危険を示す巨大な赤い旗です」サミーはその赤旗の大きさを示すように両手を大きく広げた。「何かいけないことが起きてるんだと思いました」

メラニーは、もう少し控えめな物腰で、二〇〇九年のマギーは自分の殻にこもりがちで、話しかけにくかったと証言した。自宅に引きこもっていることが多かった。サミーも同じ主旨のことを述べたが、発言にはたくさんのエクスクラメーション・マークがちりばめられていた。「ひどい鬱状態でした！　何かよくないことがあったんだって、マギーの顔を見ただけでわかりました。頬がこけるくらいげっそり痩せたかと思うと、いきなりものすごく太ったり。ものすごい勢いで体重が増えたり減ったりしてました！」

マギーは数年後まで知らなかったが、メラニーは法廷ではマギーの側について証言し、マギーと二人だけのときはあなたは勇気があるし強いよねと励ます一方で、友人たちには、マギーは子供みたいだと悪口を言っていた。一人で解決できる問題に友達を引っ張りこむなんて、自分のことしか考えられないお子様だと。

アーロン・クヌーデルの同僚教師ショーン・クリンキーは、検察側の証人として法廷に立ったのに、意外な証言をした。マイク・ネス捜査官の事情聴取に答え、クヌーデルが訴えられたと聞いて最初に、そして唯一思い浮かんだ生徒はマギーだった、マギーしかありえないと思ったと話した。検察は、クリンキーはクヌーデルの友人ではあるが、その立場を考えても、マギーとクヌーデルの関係は不適切だったことは否定しないだろうと考えていた。

ところが証言台に立ったクリンキーは、ネス捜査官に供述した内容とは異なる証言をする。

「特別な配慮が必要な生徒はいます。教師であれば、そういった生徒を注意深く見守るものです」同様のことを何度か繰り返し述べ、アーロンとマギーのあいだで不適切なことが起きていると感じていたら、クヌーデルを問いただしていただろうと言った。

マギーは法廷での証言のなかで、酒を飲んで運転できなくなったアーロンを車で自宅に送っていったことがあったと話している。しかしクリンキーは、クヌーデルが自分で運転して帰れないほど酔ったところは見たことがないと証言した。彼の言う〝酔った〟とはどのレベルの酒酔いのことを指しているのか、法廷では誰も確かめなかった。カクテル二杯で、運転はやめておこうと考える人もいるだろう。飲む前にどの程度の食事をしたかでもまた違ってくる。送り迎えの必要な幼い子供が二人いたら、免停のリスクは冒せない。

検察側は次に通話記録を提出する。ものすごい数の通話があり、しかも時間帯が遅い。犯罪捜査アナリストが出廷した。ボブヘアの冷静沈着な女性で、ラベンダー色のトップスは法廷にある何よりも鮮やかで目を引いた。アナリストは通話記録をオーバーヘッド・プロジェクターに映し出す。

アーロンからマギーへの通話は四六回、計七五二分。

マギーからアーロンへの通話は四七回、計一四〇五分。

一月から三月のあいだに合計で九三回の通話、時間は二一五七分。

青と赤で色分けされた円グラフや棒グラフは、九三回の通話のうちの二三回が午後一〇時より遅い時間に発信されたことを示している。

検察側はこれを決定的な証拠と考え、弁論を終える。

弁護側がシンバルを鳴らし、パレードが始まったのはこのときだ。

アーロン・クヌーデルの性格証人は一三名おり、そのうちの一一名が女性だった。

サラベス・Jとキャシディ・Mは、クヌーデルの教え子だ。二人はアーロン・クヌーデルから性的虐待を受けていない。この二人は、ほら見て、わたしたちはこんなに美人でおしゃれなのに、先生は手を出さなかったのよ、と言うために証人として喚ばれたようだ。

眼鏡をかけたブロンドのルース・ジョイスはクヌーデルの同僚教師で、アーロンとマギーが教室で二人きりでいることがあったのなら、誰かが気づいていたはずだと証言した。英語教師のリンジー・コゼットも同じ主旨の証言をした。マギーはコゼットをよく知らなかったが、コゼットはマギーがしじゅう彼の教室にいるのを不審に思っているようだとアーロンから聞いた覚えがあった。

性格証人の証言のあいだ、マギーは検察官の助言に従い、法廷から退出していた。反論のためにマギーを証言台に呼び戻す必要が生じた場合に備えての措置で、事実、マギーは呼び戻された。性格証人の証言内容はあとになってから聞いた。検察チームは証人の発言の一部をマギーには伝えずにおいたが、マギーはその分もテレビのニュース番組やネット記事で知ることになる。

濃い茶色の髪をした代理教員はこう証言した。「もう何年もウェストファーゴ高校で勤務していますが、クヌーデル先生はわたしが知っている誰よりも優秀な教師といえると思います」

次に証言台に立ったのは、目をみはるようなブロンド美人のクリスタル・サーステッドだ。クリスタルは、性的虐待の被害に遭わなかったアーロン・クヌーデルの教え子の一人というだけでなく、元ミス・ノースダコタ州でもある。

バイヤーズはうめき声を漏らす。クリスタルが喚ばれたのは、暗にこう匂わせるために決まっているからだ――アーロンはこの美女に手を出さなかったのだ、ミス・ノースダコタ州ではないマギーに手を出すわけがないだろう？

ジェレミー・マーフィーも証言し、マギーはマーフィーがアーロン当人に疑念をぶつけたと話しているが、そんな事実はなく、そもそも二人の関係を疑ったこともないと話した。

裁判を通してマギーが何より納得のいかない思いを抱いたのは、あとになって聞かされた大勢の証人の証言内容だった。クリスという男子生徒の証言録取書が読みあげられるのを聞いたときは当惑した。クリスは、マギーが一二年生で取ったアーロン・クヌーデルの英語の授業で一緒だった生徒で、どちらかといえば仲がよく、グループ・プロジェクトで同じ班になったこともあった。クリスは、マギーは男にちゃらちゃらするタイプだったと証言していた。マギーがクヌーデル先生のデスクにしなだれかかっているのを何度も見たと。

その証言はおかしい。不適切な相手と恋をしたことがあれば誰でも覚えがあるだろうが、マギーはアーロンのそばにいるとき、過剰なほど用心していた。周囲に疑われないようにということはもちろんだが、自分の行動がアーロンを怯えさせたり、苛立たせたりしかねないことをマギーは知っていた。

ある日の放課後、二人で学校を出たことがあった。教師用の駐車場のすぐ手前で別れる寸前までできるかぎり離れて歩いていたが、そこでアーロンが何か冗談を言い、マギーは彼の脚を平手で軽く叩いた。すると彼は、電気ショックでも食らったかのように反応した。きょろきょろして誰も見ていなかったことを確かめたあと、マギーのほうを向いて言った。僕の体に手を触れるんじゃない。疑われるかもしれないだろう。険しい声だったが、筋は通っていた。ちゃらちゃらした気持ちでしたことではないとわかっていても、二人の事情を考えれば、誰かに疑われるような行動は厳に慎まなくてはならない。

だから、マギーと親しいとはいいがたいクリスが、マギーがアーロンの前でしなを作っていたという証言はどう考えても馬鹿げている。誰だったかこちらは思い出せないような人々の手でオオカミの群れのなかに放りこまれるなんて、これほどさみしいことはないとマギーは思う。

キャンダス・ペスカウスキーの証言を聞いて、マギーは思わず泣きそうになった。ペスカウスキー先生は厳しいと評判の教師の一人だったが、マギーをかわいがってくれていた。背が低くて太り気味で、赤毛を短く切りそろえたペスカウスキー先生は、今日は黒と白のジャケット姿で出廷した。超越主義を取り上げた授業で、真の関心を持って発言した生徒は数えるほどだったが、マギーはその一人だった。ペスカウスキー先生は授業後にマギーを呼び止め、手を挙げて自分の意見を発表してくれたのがうれしかったと言った。頭がいいと褒められたようで誇らしくて、マギーは家に帰るまでずっと微笑んでいた。

しかし今日、ペスカウスキー先生は、マギーの側ではなくアーロン側の証人として出廷した。ペスカウスキー先生は当時、廊下をはさんでアーロンの真向かいの教室で教えていて、毎日正午にアーロンの教室をのぞいて様子を確かめたり、二つ三つ言葉を交わしたりしていたが、その教室にマギーがいるところは一度も見たことがないと証言した。また、教師はみな山ほど仕事を抱えているから、女の子を愛撫するような暇はないとほのめかしもした。

ローラは、マギーがTGIフライデーズにアーロンを迎えに行った夜に一緒に写真を撮ったブロンド三人組の一人だ。ローラがその写真をフェイスブックに投稿したのは三月の末ごろで、マギーが主張する時系列と矛盾すると弁護側は主張した。

証人のパレードの最後のほうに登場した一人は、誰より薄情だった。その子が証言することはマギーも知っていた。弁護側の証人のリストでその名前を見つけたとき、マギーはトイレに駆けこんで嘔吐した。

ヘザー・Sが証言台に立ち、マギーとアーロンがつきあっていたとされる時期、自分とマギーは親友だったと述べ、何かあったなら自分が知らないはずがないと言った。つまり、マギーは嘘をついていると言ったも同然だ。ヘザーと一緒に校長室に呼ばれたとき、マギーは罪を一人で引き受けたのに。どんなときもヘザーの味方をしたのに。あとになってヘザーの証言内容を聞いたとき、マギーが即座に思い出したことがある。ヘザーはクリスマスに、愛について書かれた聖書の一節をプリントしたコーヒーマグをアーロンにプレゼントした。当時アーロンはこんなことをマギーに言った。奥さんのマリーはあのマグを気持ち悪がり、その子があんなものをくれたのはアーロンと寝たいからだろうと言っていると。そしてアーロンがそのマグを使うたびにマリーはこうからかった――またその〈わたしを犯して〉マグを使ってるの？　むろん、アーロンとマリーが本当にそんな会話をしたのかどうか、マギーには知りようがない。つきあっていた当時、アーロンが、サミーは自分に熱を上げているようだとマギーに言ったことがある。マギーが怒る筋合いはないのに、サミーに腹が立った。怒っている理由は当然、サミーには話せない。いま振り返ると、アーロンはマギーに焼き餅を焼かせようとしてあんなことを言ったのではないか。あるいは、二人の秘密を打ち明けられる仲のよい友人を遠ざけるようマギーを仕向けたのではないか。結果的に、アーロンはその二つともに成功したことになる。

検察側は反対尋問で、証言に立った教師全員に同じ質問をした。午後一〇時より遅い時間帯に、生徒と電話で話したことが一度でもあるか。キャンダス・ペスカウスキーと、マギーが取っていた英語の授業の代理教員エイミー・ジェイコブソンは、アーロンは自分の生徒をつねに気にかけていたと繰り返し、トラブルを抱えた生徒のためなら自分も同じようにしただろうと言った。ペスカウスキー先生にせよ、ほかの証人にせよ、アーロンに有利な証言をした人たちはみな、証言のあいだ、マギーの顔を見る必要がなかった。マギーはリアルタイムでは証言の様子を見なかったが、夜、父親が愛用していた椅子に座ってテレビのニュースで見た。そして泣き、嘔吐し、自分の味方はもう一人もいなくなってしまったと思った。

検察官のバイヤーズは最後にペスカウスキー先生に尋ねた。「電話の時間帯についてはどうでしょうか。日付が変わる前後に生徒から電話がかかってきた、あるいはあなたから電話をかけたことはありますか」

「ありません」ペスカウスキー先生は答えた。

スローン

レストランを開店した直後の大晦日、リチャードとスローンはパーティを開いた。その夜、店に出ていたシェフの一人は、リチャードが誰より信頼しているウェスだった。ウェスはとても魅力的な男性だ。黒々としたげじげじ眉、威圧的でありながら親しみも感じさせる角ばった顎。そのころウェスは、店の女性従業員二人と関係を持っていた。ジェニーとダニエルで、ほかにも女性がいるとは二人とも知らずにいた。その二人に加えてウェスは、店の常連客の一人とも寝ていた。モテる男性はみなそうだが、ウェスがいなくなったとたん、ほかの人々は、その場所に留まる理由がなくなったように感じる。

スローンはウェスを何年も前から知っていたが、セックスの相手として彼を見たことは一度もなかった。しかしこの大晦日、真夜中の一二時ごろに起きたできごとは印象に残っている。

ホールで接客をしていたスローンは、水族館の魚になったような気分でいた。人に見られるために存在している何か、そのためだけに入念に身づくろいをした生き物。一方で、誰もいない場所を歩き回っているような心地もした。自分がきれいになったよう、痩せたように感じた。もう何年も食後に嘔吐していなかった。いまはもっと健康的な二つの方法で体型を保っていた。といっても、どちらもやはり極端な方法だ。毎日のようにジムに通い、ほんの少ししか食べない。日中の隙間時間にできるエクササイズも身につけた。たとえば電話中や夕食の後片づけ中でも、ちょっとしたレッグ・リフトくらいならできる。リチャードがスローンを探しに来て言った。

ちょっと見に来いよ、おもしろいから。

スローンはリチャードと一緒に厨房に行った。

あと五分で午前零時だ。ジェニーとダニエルは厨房の通路を行ったり来たりしてウェスを探していた。ウェスが関係を持っている常連客もやはり厨房に来ていた。それぞれ冷蔵庫の裏をのぞいたりしている。三人とも年が明ける瞬間に同じ男性とキスを交わしたがっていた。

で、ウェスはどこ？　スローンは小声でリチャードに尋ねた。

リチャードはウォークイン式の冷凍庫を指さした。スローンが扉をほんの少しだけ開けてみると、ウェスがいた。天井から吊り下げられたルビー色の肉の塊のそばの壁にもたれていた。

ウェスが人差し指を唇に当てた。スローンは驚いたように口をあんぐり開けてみせた。ウェスがウィンクをした。その顔には小さな笑みが浮かんでいた。いたずらっぽくて優しい笑み。スローンも笑みを返し、扉を閉めて、ホールの仕事に戻った。午前零時ちょうどに夫のリチャードにキスをした。広いホールにいた全員でクラッカーを鳴らし、新年おめでとうと言い合い、シャンパンのフルートグラスで乾杯をした。

それからの何年か、リチャードとスローンは実験的に寝室に第三者を招き入れていた。第三者はたいがい男性だった。自分の目の前で妻がほかの男に抱かれている光景はリチャードを高ぶらせた。リチャードの仕事中にスローンともう一人の男性が二人きりですることもあった。スローンはそのさなかに文字や動画で実況を中継するテキストメッセージをリチャードに送り、リチャードは最新情報を手に入れると同時に自分も参加している気分を味わった。

相手の男性を選ぶのはリチャードだった。ベッドのなかで、あるいはコーヒーを飲みながら、子供たちが登校したあと、誰かの名前を挙げる。スローンはそういった会話の具体的な内容を覚えていない。リチャードの提案を却下することはめったになかった。リチャードが選んだ相手を意外に思うこともあったが、たいがいは納得のいく選択だった。スローンがウェスを候補として見たことは一度もなかった。何年も前からの知り合いだった。ウェスはハンサムで、豊かな髪をしていた。スローンはリチャードのように禿げていて力強い男性を好んだ。

とはいえ、もう一人の男性についてスローンは好悪の感情を抱くことはなかった。三人目の存在そのものが場を盛り上げた。みな外見がよく、親切で、頭もよかった。生理的に受けつけない人はいなかった。ただ、自分では選ばないような人が多かった。

スローンの二七歳の誕生日のときのように、三人目が女性のこともたまにあった。スローンとしては三人目が女性のほうがありがたかった。男性二人にスローンという組み合わせだと、舞台に出されているような気がしてしまう。ほかの二人の関心はつねにスローンに向いている。どのシーンでも主役はスローンだ。なかには、リチャードの睾丸やペニスに自分の睾丸やペニスが触れるのを嫌がる男性もいて、そういったアクシデントが起きないように気を配るのはスローンの役割だった。自分ひとりでバドミントンの試合をしているような気分になることもあった。シャトルコックを床に落とさないよう、ネットのこちら側からあっち側へとひとりで駆け回っている。

こういったイベントの原動力になっているのはリチャードだった。スローンも楽しんではいたが、夫に合わせてつきあっているにすぎなかった。ことセックスに関して、スローンが自分の好みだけを優先させることはまずなかったが、一度だけそれに近いできごとがあった。

同性の友人たちとサグハーバーに泊まりがけで遊びに行ったときのことだ。海沿いのバーでウォッカを飲んだ。港を明るくきらめかせているたくさんのボートは宝石のようだった。その夜、スローンはほとんど何も食べておらず、おなかはぺたんこだった。摂食障害を乗り越え、ある程度の食事を取れるようになってからも、食べ物に対する不可解な恐怖から完全には解放されていなかった。食べたものが体の内側でふくらんでいくような感覚が怖かった。太りすぎたことは一度もない。たとえば五〇キログラム減量したあと、そのつらさや、ウェストがゴムのパンツやすとんとしたデザインのチュニックしか着られずに過ごした歳月を考え、いまも食べることに不安を覚えるといったこととは違う。妊娠中に少しだけ太り、産後にその太った分を落とすのに人並みの努力を強いられた。とはいえ、指輪をはめるのに苦労したことはほとんどない。それでもやはり不安に抵抗できなかった。

サグハーバーの最初の夜の記憶はおぼろだ。みなよく飲んだ。お代わりを注文しに行ったカウンターで、スローンは知り合いのカップルにばったり会った。男性と女性の双方がふだんから浮ついた人たちで、その夜も例外ではなかった。スローンに遭遇してやたらにはしゃいだのがどちらだったか、もう思い出せない。スローンもはしゃいだ反応を返した。そのあとそれぞれの部屋に戻った。

翌朝、スローンはリチャードに電話をかけて前夜の話を聞かせた。電話のあいだ、リチャードの様子を想像した。厨房の通路を行ったり来たりしているリチャード。ロブスターの尾の硬い殻を割って身を取り出しているリチャード。スローンは二人のレストランの厨房のにおいが大好きだった。

そのカップルの部屋に行くといいとリチャードは勧めた。まだ朝が早く、まぶしすぎるほど明るい陽射しが降り注いでいた。スローンにその気がないわけではなかったが、かといって大乗り気というほどではなかった。痩せていてきれいだという自信がみなぎっていた。それだけでセックスをする理由になる場合もある。スローンはカップルにテキストメッセージを送った。すぐに返信があった。〈おいでよ〉。ルームナンバーも書かれていた。

スローンが一緒に来た友人たちは、屋外に出てたばこを吸っているか、自転車で街の散策に出ているかだった。スローンはまだパジャマ姿で、そのままランニングシューズを履いた。二日酔い気味だった。パジャマにランニングシューズという格好でエアコンの効いた廊下に出た。自分でも笑ってしまいそうだった。いったいどういう組み合わせの服装なのか。早足で廊下を行き、友人たちに遭遇しないよう、階段で下りた。カップルの部屋の前に来たところで左右を見て、誰もいないことを確認してからドアをノックした。

リチャードがその場にいないときはいつも、ミニ・ニュースを文字で送信するのに加えて、携帯電話で動画も撮影した。あとでリチャードと一緒に見るためだ。

そういうとき——夫以外の人と寝ているとき——晴々とした気持ちになることがある。人生を曇らせるようなものごとは融解し、意識の隅っこに流れていく。一緒にいると劣等感を抱いてしまう義理の姉。経営するレストランのこまごまとしたトラブル。お金の不安。そういったことがすべて意識から遠ざかる。

その年の夏の初めごろ、スローンは『フィフティ・シェイズ』シリーズ（イギリスの作家ELジェイムズの官能小説）を読んだ。何かぴんとくるものがあった。友人たちにこんなふうに説明した。読む前は、よく目が見えない状態で人生を歩いていたのに、読んだあとは眼鏡をかけたみたい。愚かしい説明だとわかってはいる。大学に入りたての新入生が、連休の週末にニーチェの著作を読み、ふいに世界がよく見えるようになったと言うようなものだ。それにニーチェならまだしも、スローンが読んだのはソフトコア・ポルノ小説の三部作だ。

『フィフティ・シェイズ』シリーズの主人公の若い女性は、〝性的な支配者《ドミナント》〟とのあいだに契約を結ぶ。このドミナントは偶然にも、裕福で、社会的影響力を持った、ハンサムな起業家だ。女性主人公は彼の従属者《サブミッシブ》となり、鞭で打たれ、手錠で拘束され、大人のおもちゃをヴァギナに挿入される。シリーズを読んだアメリカ人女性は革製品の販売店へと走り、乗馬用の鞭を買ってベッドサイドに常備した。このシリーズは、そういった女性たちを大胆に、野心的にした。しかしスローンが読後に感じたのは安堵だった。小説は、スローンのライフスタイルをノーマルなものとして、いやそれどころか、ロマンチックなものとして描いていた。読む前は、自分がどういう人間なのかわからなくて不安だった。自分は何者なのか。自分はどんな人間になったのだろう。どんな人間になりそこねたのだろう。たくさんの人がスローンの人生に関わり、また去っていったが、みな自分というものをしっかりと持っているように思えた。季節ごとに変わることがあるとしても、自分がどんな人間なのかちゃんとわかっているようだった。ニューポートで暮らすようになって、スローンの周囲は夏用の別荘に夏用の服をひとそろい置いているような人々ばかりになった。セレブリティ。元大統領。夏になるとやってきてリチャードの料理を食べ、バーでパーティを開き、配偶者ではない相手と火遊びをしたあと、夏が終わると家庭という日常に、異性愛と一夫一婦制を基本とする男女関係に帰っていく人々。しかし『フィフティ・シェイズ』シリーズとそれに対する反響は、スローンのライフスタイルを魅惑的なものに変えた。わたしはクールな人間なのよとスローンは思った。わたしが演じる役割は少しもおかしなものではない。

食事のとり方を自分でコントロールしたときと同じように、スローンはいま、自分の物語の主導権を握っていた。それまでは自分を殺して夫の欲求を優先していたが、いまは新しいレンズを手に入れ、それを介して夫との関係を見るようになった。スローンはサブミッシブだ。サブミッシブはドミナントの命令に黙って従う。スローンは、かつてなかったほどドミナントの命令を渇望していた。ほかの男性とセックスをし、その様子を夫である自分に報告するという提案をリチャードがした当初は、抵抗を感じた。問題の一つは、リチャードが選んだ相手をかならずしも好きになれないことだった。淫らな行為、ノーマルではない行為そのものは気に入っていた。これまでは、リチャードの提案に従うばかりで、自分から行動したことは一度もなかった。しかしこれからは違う。

ニューヨーク州ロングアイランドの南岸沖に浮かぶファイアアイランドに女友達と出かけた週末、スローンは高校時代からの親友のイングリッドに、自分はサブミッシブなのだと打ち明けた。二人はビーチに並んで砂に爪先を埋《うず》めていた。大きなつばのついた麦わら帽をかぶり、長い髪は肩より下まで垂れていた。

スローンは『フィフティ・シェイズ』シリーズを読んで解放されたと話した。かつて摂食障害から解放されたのと似ている。蒸したアサリを食べるとき、いまは溶かしバターに浸して食べる。それが当たり前だという人もいるだろう。誰かにとっては当たり前でも、別の誰かにとっては願望でしかないこともある。

質問は山ほどあるが、何も訊きたくないとイングリッドが思っているのがわかった。スローンにも訊きたいことはいくつもあった。親友に秘密を打ち明けたとたん、その何かがふいにそれまでほど輝いていないように思えてくることがある。男性なら、それまでの魅力を一瞬で失う。

どちらも口には出さなかった――別の男と寝ろなんて言う夫とうまくやっていく方法がそれってこと？

しかしスローンの耳には聞こえたような気がした。

スローンは海を見つめた。ふだん住んでいる島から見るときよりも小さくて冴えない色をしているように思えた。

やっと自分という人間がわかったのよ、とスローンはイングリッドに話した。人の話がよく聞こえるようになったの。これまでは声がくぐもっていたけれど、いまは違うから。こういうこと、あるでしょう？　誰かから自己紹介されたけれど、聞こえるのは自分の頭のなかの考えだけ。いまはもうそういう頭のなかのノイズは聞こえなくなった。人の声がちゃんと聞こえるようになったの。

イングリッドはうなずいた。

スローンは続けた。人の名前を覚えられるようになったのよ。それに前だったら朝起きるなりベッドを整えていたの、知ってるでしょう？　どこに行ってもそうだった。誰のベッドでも、どの家のベッドでも――別荘のベッドまで整えてた。

イングリッドは微笑んだ。そうだったね、覚えてる。

それが、乱れたベッドを見ても何もせずにいられるようになったのよ。自分にこう言い聞かせるの。整えなくていいから。やめなさい、放っておきなさい。で、どうなると思う？　放っておくのよ。

サグハーバーのカップルが客室のドアを開けた。男性のほうはシャツと短パン姿だった。女性はタンクトップと麻のパンツだ。カーテンは閉じられていて、シャンパンを注文しておいたという。スローンが部屋に入ってまもなく、ノックの音がした。ルームサービス係の男性は、午前九時にもならないうちからシャンパンを注文した三人、寝室にいる三人を見つめた。それから目をそらして自分の足もとを見た。スローンは、すでにシャンパンを飲んで酔っているような笑い声を上げた。

自分で予想していた以上に抵抗を感じなかった。女性にキスすることから始めた。どんな場合でも、先に女性にキスしなくてはいけない。ことはあっというまに運んだ。一つのことが次へ、次へとつながっていき、スローンが一休みしようとベッドを離れ、リチャードにメッセージを送ろうとしたときには携帯電話の電池が完全に空になっていた。

しまった！

どうしたの、とカップルが訊く。二人はベッドで待っている。笑顔で互いをそっと愛撫していた。スローンはベッドに戻った。大した問題ではないと思うことにした。さらに二時間そこで過ごした。もしかしたらもっと長かったかもしれない。最後のころにはリチャードのことが心配になり始めた。男性のほうは泥酔してなかなか射精できず、スローンはどうしようもないほど苛立った。彼をいかせようと懸命になったが、無理そうだった。自分の夫なのにどうしたらいかせられるかわからないらしい奥さんのほうにも腹が立った。

終わったあとは、ろくに身支度も整えずにそそくさと部屋を出た。自分の部屋に戻ってからリチャードに電話すると、ひどく機嫌が悪かった。怒っているだろうと予想はしていた。

一度も連絡しないなんて許せないな、とリチャードは言った。のけ者にされた気分だ。最低だよ。

スローンは申し訳ない気持ちになった。それに、スローンも同じように感じていた。リチャードがその場にいないなら、心のなかで、かたわらに置いた電話越しに、彼を近くに感じていなくては楽しめない。あのカップルと過ごしたらきっと楽しいだろうと思っていたのに。

ごめんなさい、とスローンは謝った。リチャードに電話を切られ、スローンは散歩に出た。結局、自分はちっともわかっていなかったのだ。自分は何者なのか、何を望んでいるのか。そのこと――探索しなくてはならないことがまだまだあること――に気づいて、この先の人生が楽しみに思えなくなった。ただ疲れを感じただけだった。


いつごろからなのかスローンにはわからないが、変化があったのは確かだ。ウェスはもともとチャーミングな人だった。女性はみな彼に会ったあと微笑んでいる。しかしウェスがスローンにその魅力を向けたことはなかった。歯を見せて笑ったことさえなかった。

ところがその夏のどこかのタイミングで、ウェスはちょっとしたことを繰り返すようになった。たとえばスローンをからかうようなことを言ったり、スローンがスカートを穿いているとき、脚に視線を這わせたり。

リチャードはそれに気づいたが、しばらくは何も言わなかった。それでもスローンは厨房に行くたびに変化を感じた。スローンが入っていくと、ウェスが何か言ってスローンは笑い、二人はちょっと見つめ合う。そういうとき、気づくと厨房の奥からリチャードが二人の様子を観察していた。まるで星明かりに照らされたよう――その気持ちを表現する言葉として、スローンにはそのくらいしか思い浮かばない。

レストランという場で起きているがために、その感覚はいっそう増幅された。それもスローン自身が経営するレストランだ。レストランは劇場に似ている。誰もがドレスアップし、華やかな気分で集まる。一方でオーナーやシェフやウェイターは、毎夜、その舞台を上演する。スローンは主演女優だ。長身でハンサム、そして頭の回転の速いシェフは、その主演女優の気を引くような態度を取る。シェフ兼オーナーの夫はその様子を観察している。リチャードは二人の戯れに目をつぶっているどころか性的な刺激さえ感じているが、そこには、いうまでもなく、ほんのひとつまみの嫉妬も含まれている。その嫉妬心がリチャードの快感をかき立て、それが今度はスローンを高ぶらせる。スローンは大きな力を得たように感じた。

彼を恋い慕う女性たちから逃れてウォークイン式の冷凍庫に隠れているウェスを見た大晦日の夜から、すでに一〇年近くの歳月が流れていたが、あの夜の光景はいまもスローンの記憶に鮮やかに刻みつけられていた。ウェスはほとんどどこも変わっていない。変わったのは、持ち前の魅力をスローンに向け始めたことくらいだ。彼は一〇年前につきあっていた女性の一人といまも一緒にいる。その女性、ジェニーのことは、スローンも知っていた。ウェスとジェニーのあいだには三人の子供がいるが、二人は結婚していない。二人が結婚という形を取らずにいるのは、ウェスの性格もあるだろうし、ジェニーが複数の女性と長年にわたってくっついたり離れたりしていたこともあるだろう。ある晩、リチャードがスローンにこう切り出した。ウェスをどう思う？　そのときスローンは、すぐにはジェニーのことを思い出さなかった。

わたしとウェスの組み合わせはどうかって意味？　スローンはそう訊き返した。二人は自宅の寝室で横になっていた。スローンは夜のエクササイズをひととおり終えたところだった。ジェーン・フォンダ式のヒップ・リフトは毎晩欠かさなかったが、ほかにレッグ・リフトや腹筋運動もすることが多かった。摂食障害が始まった当初から、ベッド脇のカーペットの上でその時々の決まったエクササイズをするのが習慣になっていた。五分から一〇分程度ですむこともあって、酒やドラッグ、あるいはその両方で酔っていても、毎晩欠かすことなく続けていた。

どう思う？　リチャードが訊く。

スローンは天井を見上げて答えた。そうね、いいんじゃない？

その数週間後のある日、レストランで、偶然にもウェスと二人きりになることがあった。実際にはほかにもウェイター見習いなどがいたが、スローンの交友関係の一員ではなく勘定に入らない。リチャードはまたあとでとキスをして帰宅していた。子供たちをバーベキューに連れていく予定だった。

スローンはその少し前に新しいタトゥーを入れていた。位置はビキニラインの際だ。まだ触れると痛くて、意識がそこに行きがちになっているせいで性的な興奮を覚えた。

ウェスは魚をおろしていた。ウェスの顔は無精髭で黒っぽく見える。いつも起き抜けのような印象を与えた。スローンはもともと異性の気を引こうとする性格で、セクシュアリティの調整弁を自在に操る。その場に応じて、無意識のうちに出力を上げげたり、控えめにしたりできた。しかしウェスの前では調整ダイヤルをどちらにも動かさない。ありのままでいられることが性的な興奮につながった。

おつかれさま。スローンは声をかけた。

おう、おつかれ。ウェスが顔を上げた。スローンの脚のあいだが一つ脈打った。

新しいタトゥーを入れたの。

へえ。

二人は微笑んだ。タトゥーを見たくないかとスローンは尋ねた。リチャードとスローンの家は店のすぐ隣で、それまでにもウェスは届け物に来たり、コーヒーを飲みに立ち寄ったりしたことがあった。ウェスを家に誘うのは、無害でノーマルなことと思えた。

スローンはリチャードにメッセージを送った。これからすることを伝えた。リチャードが了承してくれることはわかっていた。彼の提案を受けてスローンが自発的に行動すると、リチャードは喜ぶ。スローンが主導するのを好む。スローンはリチャードを喜ばせたい。

寝室で、スローンはパンツのウェストを下ろしてタトゥーをウェスに見せた。床に膝をついたウェスの顔がスローンの腰のあたりに来た。彼の息が肌に吹きかけられた。次に無精髭がこすれた。

二人は同時にオーガズムに達した。まるで何年も一緒にオーガズムを迎えている間柄のようだった。だがその慣れた感覚には、これは禁じられた関係であるという意識がスパイスのようにまぶされていた。スローンは高揚と幸福を感じた。元どおり服を着て、スローンは携帯電話を手に取った。夫にことの次第をメッセージで報告する。リチャードからは、屹立したものを股間にくっつけたまま子供と食事をするのは無理な相談だよという返信が届いた。スローンは微笑んだ。それからウェスと他愛のないおしゃべりをした。子育てのこと、レストランのこと、家族の食卓で起きたできごと。これほど自然な会話をしたのは初めてだった。

この日を境に、スローンの人生でもっとも満ち足りて充実したセックスライフが数カ月続く。それはリチャードにとっても同じだった。思い描いたとおりの〝もう一人〟、理想的な男性を探すのは容易なことではない。話していて楽しく、容姿に恵まれた申し分のない男性、しかもスローンたちと同年代の男性はすでに結婚しているか、独身であっても、リチャードが想定しているような営みには関心を持っていないかのどちらかだ。それに加え、初対面の相手とのセックスでスローンがげんなりさせられることも少なくなかった。不満が多かったり、受け入れがたい性癖があったり。スローンの背後からしているとき、一方の手で彼女の腰を押さえつけ、もう一方の手で自分のドレスシャツの裾を押さえて、自分の尻がはみ出さないようにしているような男もいた。そういうことがあると、スローンは興醒めしてしまう。限度を超えて荒っぽい男にうんざりさせられることもあれば、体臭が我慢できないこともあった。

ところがウェスにはそのような問題が何一つなかった。面倒は何一つない。快楽主義的でありながら思いやりに満ちた行為ができる。彼らはスローンと何度も交わった。一緒にすることもあれば、別々のこともあった。キスは官能的だった。夫とキスをしながら、最高に魅力的な男に脚のあいだを愛撫されるのは至福だった。その反対のパターンもあった。夫に好ましげに見守られながら、別の男性を受け入れるのもよかった。自分を不潔だと感じることは一度もなかった。愛されていると感じた。想像すらしなかった形で自分とリチャードの望みがついに叶えられたと思った。そして何より、生きているという実感があった。

三人のセックスは、たった三〇分で終わることもあった。シルクのシーツとキャンドルに囲まれたマラソン情事とは違う。三人がそれぞれ絶頂に達すればそこで終わりだ。一番時間がかかるのはたいがいスローンだった。そのひとときを何日も思い描いて待ち望んでいたとしても、いざ始まると、自意識が邪魔をする。だから、途中で切り上げることもあった。たとえばこう言う。二人とももういいわ、満足したから。ウェスが帰っていったあと、絶頂に達するまで続ける。リチャードとすることもあれば、たったいまそのベッドで行なわれたことを思い返しながら、自分で自分を導くこともあった。時間に余裕があれば、一戦ごとに服を着て、三人でコーヒーを飲んだ。スローンとウェスだけのときも同じだった。まるでディナー・パーティか何かに出席するような気がまえだった。

新しい関係が始まって以来、ウェスはパートナーのジェニーの話をほとんどしなくなった。スローンの経験ではよくあることだった。男性はスローンの前ではパートナーの女性の存在を消す。しかしスローンは、ジェニーはきっと知っているのだろうと思った。ウェスは気遣いのある男性だから、ジェニーを傷つけない最善の選択をしているはずだと思った。

スローンはせっかくの関係が壊れることを恐れていた。ウェスはスローンの結婚生活に、そしてスローンの自己意識に予想外の喜びをもたらした。異性愛者の男性が二人、スローンを待っている。つねにスローンを待っているのだ。支配者の気分だった。

ある晩、スローンはウェスに尋ねた。ジェニーを誘ってみたことはある？　三人で楽しく過ごしたあとのことだった。共通の友人の話をして笑ったりしていた。ところがウェスの反応を見てスローンは悟った。今夜、ウェスがどこにいるか、ジェニーは知らないのだと。それまでの無数の午後や夜、どこにいたのか、ジェニーは知らないのだ。

後刻、二人きりになったとき、スローンはリチャードに言った。ジェニーは知らないみたいね。

知ってるはずさ、とリチャードは言った。

うらん、知らないんだと思うわ。

リチャードはいまの関係をだめにしたくないと言った。それはスローンも同じだった。だが、すでにスイッチは入ってしまった。いまからオフにすることはできない。寝室の窓から見える灯台のようだった。灯台のライトは一瞬たりとも消えない。スローンは不安になった。おなかの底でそれを感じた。ジェニーは何も知らないのだったらどうしようと思いながらも、長いあいだ、その不安をなだめて過ごしてきた。ジェニーは家にいて、子供たちとクッキーを焼き、庭の雑草を取り、お金の心配をしていて、しかし自分のパートナーが何日かに一度、夜や午後に何をしているかは知らない。スローンは、いつか見つかるのでは、ひどい人間だと指を差されるのではと怯えて暮らしてきた。そしてついにそれが現実になったのだ。

季節は冬だったが、凍てつくような寒さではなかった。スローンは近所の家の飼い犬の散歩をさせていた。リチャードは海外に出かけていた。リチャードが恋しかったが、それでも落ち着いた日々を送っていた。家の手入れをしたり、本を読んだり、友人と会ったり。散歩の帰りがけにマーケットに寄って、子供たちに何かおみやげを買ってやろうと思った。みんなで一緒に焼き菓子を作り、砂糖衣と粒チョコレートで飾りつけよう。かなてこで頭を殴られたような衝撃に襲われるのは、たいがいそういうささやかな幸せを楽しんでいるときだ――スローンはのちにそんなふうに思うことになる。

次のカーブに差しかかった。そこを曲がると海が開ける。そのとき携帯電話が着信音を鳴らした。メッセージが届いた。〈ウェスの電話を見てるの。あなたのメッセージを読んだわ。写真も見た〉

そのメッセージは、スローンからウェスに宛てたメッセージ、逢瀬の段取りを相談するメッセージの返信の形で届いていた。浮ついた内容のメッセージだ。〈早く会いたいわ……〉

通りに無数の目があるように感じた。よく手入れされた枝になった冬の小さな果実。丸裸にされた気がした。自己嫌悪にとらわれた。母親で、妻で、レストランのオーナーなのに、そのどれでもないように感じた。健康な体を持っているのに、そうではなくなった気がした。どろりとした黒い塊になったようだった。

気を失うかもしれないと不安になって、犬のリードをきつく握り締めた。犬に意識を集中しようとした。自分がどんな人間に従って歩いているのか、犬は気づいていない。恥ずかしいという気持ちは巨大だったが、それ以外には何もなかった。心も身体も空っぽになった気がした。衣服が歩いているだけだ。ポンチョと、高級ブランドのジーンズ。自分はまたも死んだのだろうか。

こうなりたいと思い描いてきた人物の死を嘆きながらも、すぐに返信したほうがいいと思った。周囲に視線をめぐらせた。同じ通りをジェニーが歩いていたりしないか、駐まっている車の中からこちらを見ていたりしないか。

あなたが思っているようなことではないの、と書いた。画面に表示された文言を確かめて、自分がいやになった。

スローンは知っていた。ジェニーだって知っているだろう。「思っているようなことではない」ことはめったにないのだ。

通りに立ち尽くすスローンの自己嫌悪は、どの雑草より、どの木よりも高く、強くなった。昨日までずっと考えていた。大丈夫よ、きっとジェニーも知ってるんだから。もしかしたら察している程度かもしれないけど、そのうちジェニーも誘えばすむことだろうし。

だが、もはや無知を装うことはできない。無知どころか、まさにその瞬間、悟った。自分は初めから知っていた。ジェニーは何も知らずにいると。知らないわけがないと自分を納得させようとしていただけのことなのだ。

新しいメッセージが届いた。ジェニーは、二度とスローンとは話したくないと書いてきていた。顔も見たくないし、噂さえ聞きたくない。ただ、一つだけ知りたいことがある。自分は安心していいのかどうか。医学的な意味で。

胃が一気に沈みこんだような感覚があった。

自分のことはどうでもいい。それでも、ジェニーとウェスの関係を守ってやりたかった。ウェスを守ってやりたい。彼を守らなくちゃ。

スローンは返信しなかった。ジェニーは食い下がった。それだけは確かめておきたいの、と書いてきた。性病をうつされていないかどうか。いますぐ答えてほしい。

スローンはこれもまた否定した。浮ついた不適切なやりとりをしただけだと返信した。それだけのことだ。スローンは画面に表示された言葉を見た。犬はリードを引っ張らずにいた。おすわりをしてじっと待っている。

事実は二つ。一つ、自分はジェニーのことまで思いやる必要はないと思っていた。ウェスがジェニーのことを考えて最善の選択をするはずだと思いこんでいた。もう一つ、おそらく一つ目よりもさらに真実に近い事実は、男性を二人合わせても、女性一人ほどさまざまな事情に気が回らないということだ。こんなことを言えば性差別主義者とみなされるかもしれないが、男は身勝手なものだ。自分が最優先する欲求さえ満たされているかぎり、その代償に思いを馳せることはない。もう一人の女性を誘って仲間に引き入れる責任は、女であるスローンにあったのだ。

さらに、三つ目の事実がある。ウェスが現れたことで、スローンの人生は完全になった。リチャードとスローンがしているのはおかしなことではないと思えるようになった。もしもウェスを失ったら、どうやって生きていけばいいのかわからなくなる。

連絡はすぐに途絶えた。リチャードからジェニーに話をしてほしいとスローンは思った。リチャードは考えておくよと言った。しばらくするとリチャードは、このまま放っておくのが得策だろうと言った。ほとぼりが冷めるのを待ったほうがいい。よそのカップルに干渉するのはやめておこう。

でも、とスローンは言った。もう干渉しちゃったのよ。

それからの数カ月、ウェスとジェニーの関係はどうなるのだろうと思いながら過ごした。一家のことが、子供たちのことが心配だった。街に流れた噂は単純でストレートだった――スローンはウェスと浮気した。噂とはえてしてそういうものだが、込み入った事情は反映しないし、真実など考慮しない。

スローンは打ちひしがれた。ウェスが恋しくてたまらなかった。安心をくれた男性、自分のライフスタイルはそこまで常軌を逸したものではないと思わせてくれた人。もちろん、スローンを支える最大の柱はリチャードだ。しかしウェスは、スローンが自分の選択を正当化するのを外から支えてくれた人物だった。ウェスは大切な友人の一人にもなっていた。リチャードがスローンに求めているものから性的な側面を少し削り取り、愛情に近いものに感じさせてくれた人でもある。

スローンはリチャードの意向に従ったにすぎないと、リチャードからジェニーに話してくれればいいのにとスローンは思った。それは本当のことなのだから。リチャードからジェニーに言ってもらいたかった。スローンが好んでウェスを誘ったわけではないと。僕らはきみたちの関係を誤解していたと。カップルとして二人でしたことなのだと。スローンだけを責めないでくれ、スローンはきみが思っているような人ではないと。

実際にそう考えたのはスローンではなかった。親友のイングリッドだ。イングリッドはこう言った。リチャードがその女性の家を訪ねて説明するべきじゃない？　そうするしかないでしょう？

数カ月後、スローンはフェリーでウェスの一家を見かけた。スローンは一人きりだった。喉もとまで苦いものがこみ上げた。抑えきれない不安。幸い、ジェニーは自分のハンドバッグをのぞいていた。ウェスと子供たちは海のほうを見て何かおしゃべりをしていた。海の上の何かを指さし、ジェニーもそれに気づいて海のほうを見た。そして家族全員で笑った。幸せそうだった。何でもなかったのだとスローンは思った。もう過ぎたことなのだ。悪いことは何も起きなかった。ウェスがスローンのほうを一瞬だけ見たような気がしたが、ウェスの表情に変化はなかった。ジェニーの様子も変わらなかった。一家は幸福な家族らしく笑い、おしゃべりを続けた。スローンは急ぎ足で自分の車に乗りこみ、フェリーが目的地に着くまでこもっていた。大きな安堵に包まれた。ウェスは気づいただろうか。気づいたように見えたが、もちろん、気づかなかった可能性もある。スローンは誰の目にも見えていないとしてもおかしくない。

リナ

次に彼のメッセージが届いたのは、午後四時だった。子供たちはもう家に帰ってきていた。夕方早めの時間帯、リナが夕食を温め、洗濯物を乾燥機に移し、鏡を磨いたりするような時間帯だ。明日エイダンに会えるとわかっているなら、明日の夜について空想するのに最適な時間帯でもある。

しかし彼が会いたいと前日に言ってくることはなかった。その気になった瞬間にメッセージを送ってくる。身勝手で、他人のペースを乱すやり方だ。彼が急にその気になるのは、たとえば今日のように、リナの子供たちが二人とも家にいて、しかも二人を預ける当てのない午後四時かもしれないのだ。

予定を先延ばしすることもできない。彼のような男の欲望を先延ばしにはできない。二時間後には失せてしまっているだろう。誘いに応じるという返事をリナが即座に返さなければ、二〇分後にはエイダンは、ウォークイン・クローゼットと呼ぶには少々手狭なクローゼットに向かい、奥さんのブラレット（ワイヤやパッドのない着け心地の楽なブラジャー）を相手にマスターベーションを始めるだろう。幽霊の形をした精液のしずくをメイシーズ百貨店の茶色い紙袋に垂らし、湿った角をちぎり取って寝室のくず入れに放りこむ。

リナがそのことばかり考え、夢見て過ごした一日、そのためにバー・クラス（バレエの動作を使った筋力トレーニングのクラス）に通った数週間が、くず入れに放り捨てられる。

でも、現実を認めるなら——思考が明晰な日なら、ちょっと考えればわかることだ——エイダンがリナのことを思い出すのは、自分に都合がいいとき、お酒に酔っているとき、退屈なとき、そして可能性のパーフェクト・ストームが吹き荒れそうなときだけだ。リナと会うのが簡単で、奥さんにばれたり、仕事に悪影響が及んだり、大量のガソリンを無駄に消費したりせずにすみそうなときだけ。しかもそういうときであっても、彼のほうはリナに会わなくても平気だ。そういうときであっても、会うかどうか決めるのは彼だ。あまりにも一方的だが、リナはしかたがないとあきらめている。

リナはキッチンでもぎたてのトマトをスライスしている。包丁はまずトマトの薄皮を切り、次になかのみずみずしい部分を切る。セックスに似ている。いまのリナには、あらゆるものごとがセックスに似ている。夢だってそうだ。膝まで潮水に浸かりながらエイダンにキスをし、ファックしているリナ。リナの脚のあいだから牡蠣の身を吸い出すエイダン。森の奥に敷いた毛布の上でセックスしている二人。リナの髪には木の葉がからまっている。次に会うときどんな服を着て行こうかと考える。コットンの黒いワンピースの裾にエイダンはどんな風に触れるだろうと想像する。裾が持ち上がってリナの腿が露になり、彼の親指はリナのショーツの下の縁を探し当てる。リナは燃えるようなオレンジ色の夕焼けの夢を見るが、恋に落ちる前なら——ふたたび恋に落ちる前だったら、夕焼けの夢なんてと笑っていただろう。

しかし午後四時に彼からメッセージが届いて、夢想は唐突に断ち切られる。昨日のうちに連絡してくれたらどんなによかっただろうと思って、泣きたくなる。せめて今朝連絡してくれていれば。パニックに襲われず、期待と胸の高鳴りだけを純粋に味わえただろうに。もう少し思いやりを持ってくれれば、まる一日前に脚のむだ毛を剃っておけたのに。

エイダンのメッセージにはこうあった――いまどうしてる。

彼は現場にいて、どの土を移動するか作業員に指示しているのかもしれないし、現場から三キロ離れたバーで冷えたミラー・ビールを飲んでいるのかもしれない。あるいは、バーのトイレの個室に座って携帯電話の画面をタップしているのかもしれない。

どうしていつも唐突なの？

〈いまどうしてる〉は、指定した時間内に俺がいるところに来られるなら、いまからファックしようぜという意味だ。

いまどうしてる。

今夜はとくに予定はないけど。

じゃあ、川で。

川ね。リナは返信する。行くわ。

子供たちが家にいる。預けられそうな同性の知り合い――数はそう多くないが――はみな手が空いていない。全員に電話をかけ、テキストメッセージやフェイスブック・メッセージを送ってみたからわかる。実家にはつい昨日預かってもらったばかりだから、リナを悪い母親と呼ぶだろう。それを覚悟で連絡したが、両親は留守だった。

しばらくして、知り合いの一人が電話をかけ直してきた。リナは一時間一五ドルでベビーシッターを頼みたいと留守電にメッセージを残していた。この地域の相場を考えると高額だ。その人は子供を預かってくれると言った。

リナは高揚感に包まれた。ベビーシッターを見つけ、ピザを注文し、夫の職場までボンネヴィルで行き、ボンネヴィルのキーを渡し、サバーバンに乗り換えて川に向かった。焦りに焦っていた。パニックに襲われた。間に合わないのではないかと不安だった。

午後五時を回ったころ、エイダンからメッセージが届く。いまどこだ。

どうしよう。リナは考える。どうしたらいい？

いまどのあたりを走っているか伝えたくない。きっとこう返ってくるだろう。今日はよそうか。今日はよそうかという返事を想像して、吐きそうになる。

アディペックスとウェルブトリンとサインバルタ（アディペックスは肥満治療薬、ほかの二つは抗鬱剤）をのんでいたリナは、いまにも心臓発作を起こしそうな気分でいる。そこにエドからメッセージが届く。迷惑な話だ。失せやがれエド、と叫びたくなる。特定の誰かからのメッセージを待っているときに、用のない人物、特定の誰かとは別の人物からメッセージが届くほど腹立たしいことはない。

あと少しで着くから、とリナはエイダンにメッセージを送る。

今日はよそうか、キッド。そろそろ暗くなってきた。

ううん、もう着くから。待ってて、お願い。

いや、今日はよそうか。エイダンはまたそう書いてくる。その言葉は、リナのピンク色の心をフライパンに放りこんで焼き目をつけ、裏に返したあと、もう一度ひっくり返す。

待ってて、あと少しだから。リナはそう書いて送る。心は灰色になり、片方の手はハンドルを握っていて、もう一方は綴りの間違いをしないよう気をつけつつも大あわてでメッセージを打っている。

川は人が多すぎる。エイダンは次にそう書いてきた。

リナはスミス・ヴァレーから北へ五分ほど走り、カウンティ・ライン・ロードで西に折れようとしていた。まさにいま曲がるところだ。

お願いだから待ってて。もう着くから。そう書いて送る。

そのあとまる一分ほど、彼は何も言ってこない。リナのまぶたがぴくぴくと痙攣する。運転に集中できない。お金の余裕がないのにベビーシッターを雇い、ピザを注文し、夫や子供に嘘をついた。二台の車で延べ六〇キロメートル以上も走った。一台はリース契約で、走れるキロ数に制限があるのに。顔に何かついているわけでもないのに、ついているような気がして、そこを何度もいじった。まだ車で走り続けていることが自分でも信じられない。絶対にUターンはしない。どうしても会ってもらわなくちゃ。リナは神に懇願した。

エイダン？　お願いだから待ってて。

その文言に悲壮感がにじみ出ていやしないかと心配になった。それでもお願い、エイダンに会わせて。お願いだから彼を引き止めて。神様、お願いです。わたしにはほんの少しの幸せしか与えてくれなかったでしょう？　彼に会いたいだけなの。もう一晩だけでもいいから。

このまま家に帰らなくてはならなくなったら、これだけの苦労が水の泡になったら、もう生きていかれないと思った。いまこの瞬間、リナは本気でそう思った。

そのとき、着信音が鳴った。

ベスト・ウェスタンにチェックインしろ。

川に行く途中、スーパー8モーテルと慈善団体グッドウィルの近くにベスト・ウェスタン・ホテルがある。リナは出口ランプにそれた。危うく通り過ぎるところだった。リナの心とウェストより下にある部位のすべてがベスト・ウェスタンの行き方を知っている。鏡で顔を確かめる。下着の位置を直す。乳首が固くなっていた。体は震えているが、自分は美しいと思えた。

しかし、ベスト・ウェスタンのフロント係の女性は現金では決済できないと言った。エイダンとセックスをするのに、夫のクレジットカードを使うわけにはいかない。

フロント係の名前はグロリアだった。黒っぽい艶やかな髪をしていた。リナは自分の役に立ってくれない人を残らず憎いと思った。全世界が自分の幸福を邪魔しているような気がする。

エイダンにメッセージを送った。もう川に着いてる？　お願い、そのまま川にいて。いまから向かうから。

スミス・ヴァレーから北へ五分、川べりに続く郡道カウンティ・ライン・ロードで西に曲がる。それが世界八番目の不思議に至る道順だ。

リナは速度を上げた。時速一三〇キロ、一五〇キロ。あっというまに川に着き、彼の車があるのを見て喜びがはじけた。一瞬で健康を取り戻した気分だった。気分の落ちこみを改善するためにと、医者はリナには発音できないような名前の薬を次々処方する。診察に行くたびにアルミの小袋に入った錠剤を渡される。だが、本当に効くものはそれではないのに。約束どおりの場所にちゃんといてくれる彼のような男を処方してもらえたらいいのに。それだけでリナは痛みと無縁の日々を送れるだろう。

リナは黒いシャツとジーンズにレザージャケットを羽織っていた。彼は仕事着のままだ。

彼がリナの車の助手席側に回った。リナは胸を躍らせてはいたが、ほんの少し腹を立ててもいた。怒りを感じずにいられない。この一週間、フェイスブック経由で彼にメッセージを送り続けていたのだ。彼がドアを開けて乗りこんだ。

メッセージは読んでくれたのよね。リナは言った。なのに返事をくれなかった。

マジで忙しかったんだよ、キッド。

一言も返信できないくらい？

沈黙が流れた。

奥さんを愛してる？

まあな、悪い女じゃない。

長い沈黙のあと、彼はリナの手を取った。それからリナの腕をそっとさすった。リナは危うく嘔吐しそうになった。

雄鶏の声が聞こえて、リナは祖父母の農場を連想した。携帯電話の壁紙をエイダンに見せた——子供たちと祖父母が並んだ写真だ。あの農場を祖父母から買い取れたらどんなにいいか。しかし祖父母はおそらくリナの両親に遺すだろう。そして両親は売り払ってしまうに違いない。

頭を彼の肩にもたせかけた。彼はリナの腕をさすっている。リナは手を伸ばして彼のえくぼに触れた。リナが何より恐れていることは、彼の目当てはセックスだけで、リナには何の感情も抱いていないのだったらということだ。だが、いまのような瞬間は、彼も同じ気持ちでいると信じられる。彼も自分を愛してくれていると。

後部シートに移動した。行為のあいだ、互いの目をずっと見つめていた。彼がリナの顔の粗探しをしているのではないか、美人ではないと思われているのではないかと不安だったが、それでもリナは彼の目から視線をそらさなかった。前回のホテルでの逢瀬のときと同じように。ただ今回は、すべてのディテールに注意を払った。一つひとつの動きを記憶に刻みつけていく。淋しい夜にはその記憶がリナを温めてくれるだろう。彼がすることのうちリナがとくに気に入っているのは――

なかに入ったまま、リナをうつ伏せにしたり仰向けにしたりできること。

身じろぎ一つできないくらい力強くリナを押さえつけること。

ゆっくりとリズミカルな動き。

激しく突き上げるときは、本当に速くて、ときどきすっぽ抜けて、リナのヴァギナとアヌスのあいだのせまいエリアを突いてしまうこと。

彼一人に負担をかけたくなくてリナが迎え入れるような動きをするとき。彼はきっとリナにセックスの才能があると思っているだろう。

リナはすでに子供を二人産んでいるのに、一〇代のバージンに戻ったような気になるくらい大きな彼のペニス。

サバーバンの床でリナが上になっているとき。リナは両手を床につき、彼は両手でリナのお尻を支える。リナは床を押すようにしてお尻を持ち上げ、また下ろす。カニの動きのよう、あるいはアクロバットのようだ。リナの肘の先は膝と同じ方向を向いていて、まるでこの動作のために作られた生物のようだ。

彼が上になって動いているとき、片手でリナの両手を押さえつけること。

彼が唇で脚のあいだを愛撫してくれる感触は、リナに言わせると、くさび形に切り分けて温めたチェリーパイのようだ。

リナのなかから出て、リナの下の茂みに射精する瞬間。

果てたあと、リナの胸にキスをし、乳首を吸いながら、リナがまだいっていないならいかせようと、すでにいっているならもう一度いかせようと、指であそこを愛撫してくれること。

彼の指の愛撫。リナのなかで優しく身をくねらせる彼の指。

脚のあいだのゆるやかな盛り上がりを円を描くように愛撫しながら、ときおり焦らすように指を入れ、ふたたび外の丘の探索に戻っては指を入れてくること。

エドはいつも、リナの腕にそっと掌をすべらせてこう言った――どう、する？

エドにとって〝イニシアチブを取る〟とは、そうやって尋ねることだった。何それ冗談よね、とリナは言った。さっさとのしかかるなり押し倒すなりしてキスしてよ。それが男ってものでしょ。

そういうタイプじゃないからさ、とエドは言った。

だけど、わたしはそうしてほしいのよ、とリナは言い返す。無茶なお願いじゃないでしょう。だって誰かを愛してるなら、キスくらい何でもないことだし、相手が望むとおりに愛を交わすのだって当たり前のことだもの。

でもエドなんかどうでもいい。エドはもう過去の人だ。死んだも同然だ。

その日、エイダンとの行為が終わったあと――リナが二度絶頂を迎えたあと、リナはラジオをつけて言った。日曜の試合、カブスはぼろ負けしたのよね。

ふうん、とエイダンが言う。

そうだ！　ダニーの話、もうしたっけ？　昨日お風呂に入ってるとき、泡がぶくぶく上がってきたから言ったの。ダニー！　いまお風呂でプープーした？　そうしたらダニーが言うのよ。ママ！　いまお風呂でプープーしちゃったよ！

エイダンは笑った。続けて何か言おうとしたが、リナはさえぎってラジオの音量を上げる。待って、カブスのニュースが聞きたい。何か大きなものを勝ち取った気分だった——彼よりも優先したいものがほかにあるふりをする立場に自分がある。エイダンが苦笑した。リナはウィンドウの外に目を向け、茶色い川や木立を見つめた。エイダンがリナの顔を押さえてキスをした。彼はこの世の誰よりキスがうまい。リナにとって『プリンセス・ブライド・ストーリー』の瞬間だ。この数カ月後、リナは女性限定の『プリンセス・ブライド・ストーリー』パーティを企画する。みんなで映画を鑑賞したあと、熱いお風呂に浸かりながらワインを飲む会だ。リナの呼びかけに返事をくれたのは二人だけで、そのうちの一人の返信には、二週間前までに届けなくては仕事を休めないとあった。もう一人からは残念そうな顔の絵文字が返ってきた。〈ごめん、その週末は夫の誕生日なの!〉

エイダンからこんな風にキスをされると、そのキスに夢中にならずにはいられない。リナの思考の大部分は、二人で過ごせる時間はまもなく終わるという考えに占められている。この瞬間を記憶に刻みつけておかなくてはならない。たとえば黄体ホルモン剤を処方する主治医のように、「世界は広いんだよ、リナ」と言う人も世の中にはいる。「世界がきみを待っているんだよ」そう言われると腹が立つ。そういうことを言うのは、充実した毎日を送っている人たちなのだから。

リナから誘う前に彼のほうからキスしてくれたことで、何かを勝ち取ったような気がした。恋愛にも競争はある。いかに相手より傷つかずにすませるかという切実な欲求が消えることはない。愛を交わしたあと、エイダンが言おうとしたことよりカブスのニュースのほうが大事だと言わんばかりにふるまったこともリナに優越感を与えた。しかしこのとき、リナはふたたび欲求と不安の塊になっていた。実家の母親になった気分だった。

行かないで、と小声で言った。このままずっとキスしていて。エイダンは、短いけれども最高に情熱的なキスを繰り返した。リナは官能的なうめき声とともにささやく。もっと。もっと。もっと。また会えるまでの一月《ひとつき》分のキスをして。

次のキスは、生まれて初めてといえるくらいすばらしかった。エイダンはリナをきつく抱き寄せ、何度も何度もキスをした。何度も、何度も。彼の舌は一瞬の休みもなくリナの口のなかを這い回った。リナは彼の口のなかにうめき声を漏らした。彼がどんどんのしかかってきて、リナは彼の唇に追われるように下へ下へと落ちていき、やがて彼の膝に頭をのせた。そのまま長い時間、二人はキスを続け、低い声を漏らし続けた。

リナがほしいものはいつだって一つだけだ。そのときほかの誰より魅力的と見える相手と愛を交わすことこそ生物学的にもっとも死活的な欲求だとリナは信じている。そして多くの人はその欲求に、それこそ一時間に一度くらいの頻度で抵抗している。

エイダンは最後にもう一度、名残惜しげなキスをした。それから車を降り、茶色い木立に向けて立小便をした。自分の車から缶ビールをとってドアにもたれ、缶を開けて、しばらくそこにたたずんだ。後刻、リナは彼にメッセージを送る。今日は時間を作ってくれてありがとう。あんなに長いあいだゆっくり過ごせてとてもうれしかった。

もしどのくらいの時間一緒にいたのかと訊かれたら、リナはこう答えるだろう。そうね、長くて三〇分くらいだったかしら。

マギー

ロザリオを手に、アーロン・クヌーデルが証言台に立つ。

彼の弁護士が主尋問を始める。法廷はこれまでになく静まり返った。弁護士のホイは、微に入り細にわたり質問を重ねていく。生まれはどこか。現在はどこに住んでいるのか。アーロン・クヌーデルは、自分を正真正銘のノースダコタ州育ちですと説明した。黒い水をたたえた大河、どこまでも伸びる平らな道路。生まれたのはノースダコタ州中西部の町ビューラーで、両親はともに教師だった。アーロンが七歳のときに父親が亡くなり、母親は医師と再婚した。母の二度の結婚で、きょうだいは六人いた。それに加えて、マーシャル諸島から養子に迎えたきょうだいも何人かいた。ビューラー高校時代はクラブ活動とスポーツに熱中していた。一九九七年に高校を卒業してノースダコタ州立大学に進み、電気工学を専攻したのに、なぜか教師になった。人気者の教師が一つエピソードを披露するたび、法廷に控えめな笑いが広がった。

教師になろうと思った背景には両親の影響があった。とくに、亡くなった父親の記憶や、父親がいかに知性と見識に優れた人物だったかを示すエピソードに大きな刺激を受けた。大学三年生でマリーとつきあい始め、卒業後も交際は続いた。アーロンが教師として初めて赴任したのはシャンリー高校――マギーの父母、アーリーンとマークが出会い、恋に落ちたカトリック系の高校だった。

主尋問は終始、世間話のような調子で進む。二人の男性が、一方の生い立ちを振り返って交わすおしゃべり。やがてホイは、アーロンとマリーが結婚したのはいつかと尋ねる。

「あれは、えっと――宣誓しているわけですから、絶対に間違っちゃいけませんよね。二〇〇三年の七月二六日です」

法廷にふたたび小さな笑い声が広がる。

次の話題はアーロンの三人の子供だ。一番上は一〇歳、次が八歳、末っ子は二歳。八歳と二歳、ずいぶん大きな年齢差だ。マギー側の傍聴人には、二歳差で子供をもうけた夫婦もいれば、ほとんど年子で産む夫婦もおり、さらには、計画的に年齢差を作って二人産んだあと、しばらくしてから思いがけず三人目ができる夫婦もいた。

次にアーロンの教員としての仕事ぶりに話題が移る。証言台のアーロンは、初めての授業の日、生徒にかならず話すことがあると言う。

「毎回、次のようなことを話します。その一、生徒の私生活でどんなことが起きているか、僕には把握できない。もちろん、この教室の壁の内側で人生が完結するわけではないことはわかっている。プライベートな生活で起きたトラブルが、僕が教室で教えようとしていること、僕が目指しているゴールを邪魔することもあるかもしれない。だから、勉強の妨げになるようなトラブルが起きた場合は相談してほしい、できるだけのサポートをするから、と伝えます」

続いてホイは、申し立てられている犯罪が起きたとされる時期の日課を尋ねる。朝、起床して、上の子二人を保育園に送ったあと、学校に出勤していた。アーロンは、遅刻することもたびたびあったと認める。心から反省していることは誰の目にも明らかだった。

ホイは有能で冷静だ。クライアントにこう質問する。「ご自分が担任や専任教員を務めるクラスがあって、毎朝八時三〇分にそこに集まっていなくてはならない人数が決まっているわけですか」

これに対してアーロンはこう答える。「人数が基準ではなく、生徒のグループ単位ですが、おっしゃることはそのとおりです」

「私よりよほど正確に説明してくださいましたね」ホイが言う。「ありがとう」

マギーと検察側は、今日のやりとりを聞いた陪審や傍聴人が、「なるほど、アーロン・クヌーデルは几帳面で正確な人物のようだ」と納得して帰るのではないかと不安を感じる。

ホイは、昼休みはいつも誰と過ごしたかと尋ねた。

「女性の同僚には僕らはつきあいが悪いと思われていたでしょうが、英語を担当する教員のうち男は三人しかいませんでした。ショーン・クリンキー、僕、マーフィー先生の三人です」

マギーや検察チームは弁護側の意図を察した。この男性は異性とのあいだの境界線を重視する人物であると印象づけようとしているのだ。彼にはわざわざ女性とランチを取る理由がない。家に帰れば、愛情深い妻や三人の子供がいる。いつも洗濯したてのふきんがあり、冷蔵庫を開ければ卵がある。陪審は自分の日常生活を思い浮かべているだろう。ある日突然、性的関係を迫られたとどこかの女性から訴えられ、人生の貴重な三五年間を刑務所で過ごすことになりかねない事態に直面したら。その女性が一方的に思いを募らせただけだったとしたら。自分がこの妻子ある男性の立場に置かれたら。しっかりとした考えを持ち、困っている相手に手を差し伸べ、子供がいて、娯楽ルームのある自宅で暮らし、これまで努力して人生を築いてきたこの男性が自分だったら。毎年四月の期限に税金をきちんと納め、クリスマスには隣近所とタイミングを合わせて家を飾りつけ、隣近所より一日早く片づける。子供たちは礼儀正しく、爪をきちんと切りそろえ、ときにはピザ・ナイトを楽しむ。人格者の亡父、専門職に就く継父。そうそう、忘れてはいけない、この男性は州の最優秀教員にも選ばれている。そうやって地道に努力を重ねてきたのに、ある日、どこかの若い女に指をさされ、「あの人は教室でわたしを愛撫しました。自宅の地下室でわたしにオーラルセックスもしたんです。二階で子供たちが眠っているのに。（実際には泊まりがけで出かけることなどない）奥さんは出張だかボウリング旅行だかに出かけていたそうです」と告発されたのだ。そんなことがあっていいはずがない。神よ、どうか彼を救いたまえ。

さて、男性トリオは、男性だけのランチタイムにどんな話をしていたのか。

「それも、僕らが――少なくとも僕が――男だけで昼休みを過ごした理由の一つです。英語教師が一五人いて、そのうちの一二人を女性が占めている。男三人は、女性たちが盛り上がる話題ではかならずしも盛り上がれません。そこで僕らは別行動して、ファンタジー・フットボールを楽しんだり、男同士の話をしたりしていました」

ホイは、高校教師の典型的な一日を話してくださいと促す。一分単位でスケジュールされたアーロン・クヌーデルの一日。自分のデスクで仕事をしていると、生徒が来て、悩みを相談されることもある。むろん、学校にカウンセラーはいて、相談を受けた教師がカウンセラーに引き継ぐ場合もあるが、アーロン・クヌーデル個人に相談したいという生徒もいる。クヌーデルならきっと解決してくれると期待する生徒がいる。

毎日のスケジュールはまさしく分刻みであり、法定強姦などしている暇はないということを示したあと、ホイは言う。「ここからは、この裁判が開かれる原因になったことがらについて話しましょう」

「わかりました」アーロンが応じる。

「今回の告訴の件です。誰かがあなたを告訴したらしいと最初に知ったのはいつでしたか」

「二月一四日のバレンタインデーでした」

「何年の？」

「二〇一……一四カ月前です。二〇一四年」

「どうやって知りましたか」

アーロンは知らされた経緯を説明する。ちょうど授業が終わったタイミングで副校長が教室に入ってきた。それが彼の人生が〝ビフォア〟と〝アフター〟に分かれた瞬間だ。副校長のグレッグは言った。いまちょっといいかな、アーロン、話がある。アーロンは答えた。ええ、かまいませんよ。アーロンは副校長に従ってすぐ隣の部屋に行った。副校長はにこやかな様子だった。アーロンは、何かよくないことが起きたとはまったく思わなかった。何か表彰でもしてもらえるのだろうか。

これはウェストファーゴ市に新設されたシャイアン高校に移ってからの話だ。アーロンは、自宅により近く、自分の子供たちが将来通うことになるシャイアン高校に転任していた。

「その部屋のテーブルに、校長のフレムスタッド先生――ドクター・フレムスタッドと、教育委員会の副委員長が座っていました。副委員長はひどく深刻な顔をしていたので、僕は部屋に入るなり、うわ、何かあったんですか、そんな怖い顔をしてと言いました。最初に頭に浮かんだのは、誰か亡くなったのかなということでした。それで呼ばれたのかなと。とりあえず座ってくれと言われました」

三人はまず、誰か死んだわけではないと言ってアーロンを安心させた。詳細を説明しないまま、きみは告訴されたようだと伝えた。アーロンは半年間の休職となった。休職期間の終わりごろ、アーロンが自宅で掃除機をかけていると、電話が鳴った。姉からだった。その直前にも着信があったが、アーロンは気づいていなかった。用件は察しがついたので、姉に電話をかけ直すのではなく、パソコンで《ファーゴ・フォーラム》のサイトを開き、自分が……この容疑で起訴されたことを知った。

ホイが質問する。マギー・ウィルケンとやりとりしたメッセージを入手しようと試みましたか。アーロンは、やってはみたと答える。携帯電話会社のスプリントに問い合わせたが、復元は不可能だと言われた。単純に、年月がたちすぎているからだ。

ホイは次に、マギーについて質問する。九年生から一一年生にかけて、マギーがどの授業を取っていたのかアーロンはほとんど思い出せなかったが、一二年生のとき自分の英語の授業を取っていたことは覚えている。クリスマス休暇が明けたころ、いとこが急逝して落ちこんでいたマギーとよく話すようになったのは事実だ。たとえば、卒業するには代数IIの単位が必要なのに、落第してしまったと打ち明けられた。ほかに、両親はアルコール依存症で、飲酒をめぐって両親と喧嘩するなど、家にいるとストレスが多いとか、少し前に兄と父親が一緒にマリファナを吸っているのを見たといった話をした。そういった家庭問題のほかに、一〇代の少女にありがちな悩みも抱えていた。たとえば友人や学校の問題、あるいは異性問題——罪悪感だ。

そこからホイとアーロンのやりとりは、要注意の生徒について、かなり突っこんだ話へと移った。ウェストファーゴ高校にもシャイアン高校にも、要注意とされる生徒を支援するためのプログラムが複数ある。一つは〈世界を変えるには――まずは生徒五人を変えよう〉、もう一つは〈積極的介入（Response to Intervention）〉、略してＲＴＩだ。統計的な概念がベースになっている。八〇パーセントの生徒は放っておいても自力で卒業できるが、残りの二〇パーセントには個別の支援が必要だ。マギーのような生徒が後者に該当する。たとえば一クラス二五人なら、個別の支援が必要な生徒が五人いる計算になり、どの生徒がそれに当てはまるのかをまず見きわめることから始めた。それを踏まえ、週に一度のミーティングで、各自が立てた戦略を報告し合う。

ホイは、アーロンのいかにも最優秀教員らしい生真面目な説明に退屈したように言う。「教育理論を一から一〇まで説明していただく必要はなさそうです」

しかしアーロンはさらに二つ三つ付け加えた。デュエイン・ブローという数学の教員から、こういった生徒を支援する最善の戦略を教えてもらったのだという。ブローは〈2×10の法則〉と呼んでいる。要注意の生徒を見きわめたら、連続して一〇日間、放課後に少なくとも二分間、その生徒と話をする。その狙いは、その生徒に教師や学校を身近に感じてもらうことだ。

「生徒に教師を身近に感じさせることは、教育の観点からどのような意味を持つのですか」

「ほぼすべてのリサーチで、完全に一致した結論が出ています」アーロンは答える。「学校に親しみを感じると、その生徒が卒業できる確率は著しく向上します。親しみを感じないと、ドロップアウトの確率は格段に上がってしまいます」

マギーはそのモデルケースの一人だった。新たな戦略を実際に導入したところ、どうやら有効だとわかった。その年の一月を通して、授業後だけでなく、電話やメッセージを介して、マギーはアーロンにたびたび接触した。マギーは、戦略の主旨どおり、教師を過剰なまでに身近に感じるようになったわけだ。

法廷で、アーロンは言った。「望ましいことだとは言いませんでしたが、かといってやめさせることもしませんでした」

続けたのはなぜですかとホイが尋ねる。特定の生徒と頻繁にメッセージをやりとりし、何時間も電話で話したわけでしょう。常識的には深夜とされる時間帯にも電話で話していますね。

アーロンは、よかれと思ってしたことだと答える。マギーの助けになりたいと本心から思っていた。ホイはあえて意地の悪い質問をする。「ええ、気持ちはわかりますが、しかし深夜の長電話はどうなんでしょう?」

マギー・ウィルケンがだんだんと依存してきたからだとアーロンは説明した。自分は電話で話したいわけではなかったが、断ったらマギーがコントロール不能になってしまうのではないかと不安だった。マギーは竜巻のようなものだった。転落のスピードをゆるめてやりたかった。

何時間も電話で何を話していたのですかとホイは訊く。どのくらいの時間を指導に充て、どのくらいの時間を、そう、「好きな色は」といった世間話に費やしましたか。

何を話したかはほとんど思い出せないが、ある日の電話のことはよく覚えているとアーロンは答えた。三月八日の深夜、ちょうど午前零時を回ったころの電話だ。スピットファイア・バー・アンド・グリルでアーロンの誕生日を祝うサプライズ・パーティが開かれた夜だった。マギーが電話をかけてきたのだったか、メッセージを送ってきたのだったかは忘れたが、それに気づいてアーロンのほうから電話をかけ直した。このとき話したのはマギーの両親のこと、二人が酒を飲んで車を運転することについてだった。

ホイは次に、八回ある一時間超えの通話のうち、三回は二時間を超えており、さらにそのうちの二回はアーロンからマギーにかけていると指摘した。二四〇分にわたる通話も一つある。アーロンは、マギーに緊急事態が発生したときの電話だと説明した。〝緊急事態〟という言葉を使いたくはないが、危険につながりかねない事態だった、おそらくマギーの両親のアルコール依存の話で、マギーが納得するまで話をする必要があった。

一度、父親と大喧嘩をしたマギーが家を出たいと言ったことがあった。兄と父親が一緒にマリファナを吸っているのを見たときのことだ。二人のそばに行くと、マリファナのにおいがしたのだという。

「電話でどのように解決しようとしたわけですか」

「その——具体的なゴールがあったわけでは——そういった事態にどう対処するかはかなりデリケートな問題です。たとえば、これこれこうしなさいと指図するようなことは言いたくない。こうすべきだというようなことはね。それよりも、いくつか選択肢を挙げたりしました。お兄さんとお父さんがマリファナを吸ったときの電話で挙げた選択肢の一つは、僕の妻の提案で、警察に相談してはどうかというものでした。マギーに伝えましたが、マギーは警察には話したくないと言って。そのあとも続けて話はしました——というより、僕が聞き役に徹しました。マギーに危険がないことを確かめようとしたんです。マギーはいつも、自分の身の危険は心配していないというようなことを言っていたように思います。僕は基本的に話を聞くことに専念しました」

要するに、大きなトラブルをいくつも抱えていたマギーには手厚い支援が必要で、しかも親友ではなく、学校の先生と何時間も電話で話す必要があったということだ。

アーロンは続けて、そのことが——しじゅうかかってくる電話が自分の家族にどのような影響を及ぼしたかを述べた。もちろん、家庭をおろそかにしたことはない。それまでと変わらない、すてきなパパであり頼れる夫ではあったが、家族にもっと愛情を向けるべきだったと思うと正直に認めた。二月の終わりごろには辟易し始めた。冷たくあしらわれたとマギーに感じさせずに距離を置きたいと思った。そこで、この話はまた別の機会にしようかと提案するようなことを始めた。緊急事態というわけではないなら、別の機会にゆっくり話そう。何度かに一度は、メッセージや電話をわざと無視したりもした。それで察してくれないかと期待した。マギーの力になってやりたいとは思ったが、だからといってマギーの父親になるつもりはない。教師と生徒以上の関係になるつもりはなかった。

それに、別の懸念もありました。

バイヤーズが異議を唱える。証人は伝聞証拠を持ち出そうとしています。ホイがすかさず質問のしかたを変える。「マギー・ウィルケンが電話を通じた関係をあなたとは別の角度から解釈しているようだと、どこかの時点で気づきましたか」

「はい」アーロンが答える。

アーロンは説明した。同僚のマーフィー先生が来て、きみとマギーが不適切な関係にあるという噂を聞いたんだがと言った。マーフィー先生の気遣いで、マーフィー先生が担当するジャーナリズムの授業のあいだにアーロンとマギーは話をすることになった。アーロンは、噂が耳に入った、噂の出どころはきみではないかと言った。マギーは自分ではないと答えた。アーロンは、それは信じられないなと応じ、真相はどうあれ、教室の外では二度ときみと接点は持てないよと言った。

法廷では次に、クヌーデル家の見取り図が示された。なかに入ったことを証明するためにマギーが描いたものだ。アーロンは、見取り図は正確ではないと証言する。『トワイライト』の疎外されたヴァンパイアと同じく、マギーは彼の家に招き入れられたことはない。弁護側は、マギーはアーロンの家が売りに出された際、ネット上で詳細を入手したのだろうと主張した。

ホイは、日常生活について尋ねるごくふつうの質問のところどころに性的接触に関する質問をはさみこんだ。いずれの質問も類似のものだというようにさりげなく、早口で尋ね、アーロンも同じように答えた。

友人と会うときはどこで？　どの試合を観戦しましたか。マギー・ウィルケンにTGIフライデーズまで迎えに来てほしいと頼んだことはありますか。マギー・ウィルケンと性的な接触をしたことはありますか。マギーから『トワイライト』を借りたことはありますか。借りていないその本に、メモ書きをしたポストイットを貼ったことはありますか。

いずれの質問に対する〝ノー〟も歯切れよく明快だった。ときおり、自信ありげで確固とした〝一度も《ネヴァー》〟が交じった。

アーロンは、誕生日直前の三月七日土曜日に、スピットファイア・バー・アンド・グリルで小規模ながら手のこんだサプライズ・パーティが開かれた経緯を振り返った。妻のマリーは、「いいからお友達とブラックジャックでもしてきなさいよ。だってあなた、ふだんは仕事ばかりで自分のための時間なんてないでしょ？」と、いくぶん不自然な説得のしかたでアーロンを会場に行かせた。

パーティは、閉店間近の午前零時半ごろ、ようやくお開きになった。アーロンとマリーは、シッターに預けていた子供たちへのお土産にと、会場を飾っていた風船をいくつか車に押しこんだ。帰宅途中、午前零時四五分にマギー・ウィルケンから電話がかかってきた。父母のいずれか——どちらだったかは思い出せない——が酒に酔った状態で車に乗り、やはり酒に酔ったもう一人を迎えに行ってしまったという相談の電話だった。

休廷をはさみ、弁護側はある証拠を提出しようとするが、検察側は異議を申し立てる。マリーが夫の誕生日に焼いたケーキをアーロンと上の息子が持っている写真だ。

バイヤーズが尋ねる。本件と何の関係が？　それに応えてホイは、その朝マリーが不愉快なメッセージを見つけたのなら、同じ日に夫のためにケーキを焼こうとは考えなかったのでは、と問い返す。するとバイヤーズは、被告人はその写真の撮影日さえ特定できていないと指摘する。三月八日かもしれないし、九日だったかもしれない。仮に八日に撮影された写真だとすれば、ケーキを焼いたとしてもおかしくないが、九日の朝に撮影したなら、マギーの証言によれば、マリーはその直前に不倫の証拠であるメッセージを見つけたことになるわけで、ケーキを焼く気にはならなかったのではないか。

腕利きの弁護士であるホイは、的を射た質問を手際よく重ね、検察側の異議が認められる前に証人から引き出したい答えを引き出していく。その年の誕生祝いのイベントは三度あったのですか——一度目がスピットファイア・バー・アンド・グリルでのサプライズ・パーティ、二つ目がマリーや子供たちと一緒にケーキを囲んでのお祝い——と尋ね、アーロンは、はい、誕生日直後の週末に、と答える。

「ほかにも三月生まれがいるので——妻のマリーと、いとこ二人です。それで、親戚一同でカラオケ・バーのディーヴァズ&ロックスターズに繰り出しました。ウォーペトンに住んでいる姉も夫婦で来てくれて、互いの下手な歌を聴きました」

三月九日以降、アーロンからマギーへは一度も電話をかけていない。意図的なことだったのかどうか、アーロン自身、よく覚えていないというが、マギーの件をかなり負担に感じていたのは事実だ。

三月九日の朝、アーロンがシャワーを浴びているあいだに、妻がマギーからのメッセージを見つけたことは関係ない。

ただ、その朝マギーに連絡したことは覚えている。子供が——二人のうちどちらだったかは思い出せない——体調を崩したため、アーロンは学校を休むことにした。休むなら、いったん学校に行って誰かに授業を代わってもらわなくてはならない。学校に向かう車のなかで、マギーに電話した。その日は、家庭で何かトラブルがあったのか、マギーもたまたま学校を休んでいて、今日の課題を知りたがっていた。アーロンの記憶では、課題はまだ決めていない、代理の先生をこれから頼むところだからというようなことを答えた。

学校に着いて、同僚の教師たちと相談した。誕生日当日とあって、同僚たちがアーロンの教室のドアに飾りつけをしてくれていた。何時ごろまで学校にいたかは覚えている——九時までいた——が、授業を誰に代わってもらったかは覚えていない。

ホイが質問する。「その日のことをほかに何か覚えていますか」

「ええ、ひどい吹雪でした」

ホイが言う。告訴されて一年以上たちますが、そこから何を学びましたか。アーロンは答える。自分は教師の仕事に情熱をかたむけるあまり、家族に不利益をもたらす場合があること、正しいことをしようと不断の努力を続けても、ものごとはかならずしも思ったとおりに進むとはかぎらないが、それでかまわないのだ、それも人生なのだということを学んだ。妻のマリーが言うように——「人は働くために生きるのではない、生きるために働くのだ」。

「ありがとう」ホイが言った。「質問は以上です」

ついに証言台についたとき、マリー・クヌーデルはダークスーツと鮮やかな紫色のトップスを着ていた。ミディアム・ブラウンの髪はまっすぐだ。眉は、眉山が大げさなくらいくっきりしていて、いつも驚いているように見える。このような苦境に置かれてもなお、女はきれいでなくてはならないし、自分はきれいだと自信を持たなければならないのだと考えると、憂鬱になる。魅力的とは言いがたい状態で法廷に出てこようものなら、陪審は「ああ、だからか」と独り決めしてうなずくだろう。そのような偏見とは無縁のつもりでいる人であろうと、そういった低レベルな感想を抱いてしまうかもしれない。マギー・ウィルケンは金目当てで告訴したのだろうと思っている人々は、いつも身ぎれいにしていない女は夫や恋人に逃げられてもしかたがないと思っている人々とだいたい重なる。

ホイが証言台に歩み寄る。「うっかりマリーと呼んでしまうかもしれません。さて、ミセス・クヌーデル、あなたはアーロン・クヌーデルと結婚していらっしゃるのですね」

ほら、陪審のみなさん、わかるでしょう、私たちはみな友達なんですよ——ホイはさりげなくそう伝えている。マリーは友人だ。マギー・ウィルケンの同級生だって私やあなたの友人なのだ。

証言台のマリー・クヌーデルは、ミネソタ州中部の酪農場で育ったと話す。高校卒業後、ノースダコタ州立大学で刑事司法を学んだ。現在は保護観察官の仕事をしている。軽重さまざまな罪を犯した人々およそ一〇〇名の社会復帰を支援している。

お子さんは何人いますかと尋ねられて、マリーは初めて涙を流す。

ホイは、焦らずゆっくり答えてくださいと言葉をかける。

「おつらいのはわかります。できるだけ手早くすませましょう。週末に泊まりがけで出張に行くことはありますか」

「いいえ」マリーは落ち着きを取り戻して答える。

「これまでに一度も？」

「ええ、一度も」

「仕事が理由で週末に家を空けたことはありますか」

「一度もありません」

マリーが週末に泊まりがけで家を空けることはなく、アーロンは朝から晩まで仕事ばかりしている。マリーは、アーロンは生徒思いで、そのために仕事が通常の公私の境界線を越えることも少なくないと話し、たとえばこんなことがありましたと続ける。経済的に恵まれない生徒に本を買ってやりたいとアーロンが言い出したという。合計で六〇〇ドル分だというので、夫婦で徹底的に話し合うはめになった。アーロンが職務を超えて生徒に尽くそうとするのは昔からだ。

「とすると、二〇〇八年から〇九年にかけての学校年度に、ある生徒に支援が必要だと判断して手を差し伸べたのも、アーロンらしいことと言えそうですね」

「はい」

「その生徒の名前をあなたはご存じでしたか」

「いいえ、その女子生徒の名前は覚えていません。その女子生徒の名前は覚えていませんでした」

しかし、マギー・ウィルケンからアーロンに電話がかかってきたり、アーロンのほうから電話をかけたりしていたことは知っていた。メッセージを送り合っていることも知っていた。メッセージの一部は、マリーの目の前で携帯に入力していた。具体的に記憶に残っている例はありますかとホイが尋ねる。はい、とマリーは答え、スピットファイア・バー・アンド・グリルでサプライズ・パーティを開いた日に電話で話していたのを覚えていると証言する。マギー・ウィルケンは、父母のいずれかが酔って出かけたとかで動揺していた。やりとりの断片が聞こえて、怪我人が出る心配があるなら警察に連絡したほうがいいとアーロンに言ったことを覚えている。酔って外出したのがマギーの母親だったか父親だったかまでは記憶にない。二人ともアルコール依存症だったから、どちらだったとしてもおかしくない。アーロンはそういったやりとりをとくに隠そうとしなかったとマリーは言った。携帯電話料金の支払いは——請求書の処理はすべて——マリーがしている。必要な小切手を書き、封筒に入れて切手を貼るのはマリーだ。通話記録も見ようと思えば見られた。

続けてホイは、アーロンの誕生日当日、雪が降った朝に、メッセージを送ったというマギーの証言について尋ねた。マリーがアーロンを問いただすきっかけになったとされるメッセージだ。いいえ、とマリーは答える。そういったことはありませんでした。ホイは、その日の午前中にマリーがアーロンのために焼いたとされるケーキが写った写真をふたたび陪審に示した。

次に質問の主題は、マギーがマリーの携帯電話番号を知っていたのはなぜかという点に移る。マギーによると、この番号からかかってきたら応答するなとアーロンに言われ、携帯電話に登録していた。それは「マギーから先に連絡してはいけない」とともに、アーロンが決めたルールだった。

マリーは、ある日アーロンがマギーと電話で話しているときのできごとを証言する。マギーはいつものように長々と騒ぎ立て、アーロンの携帯電話の電池がなくなりかけた。そこでアーロンは言った。いまから妻の番号を言うから、万が一、電話が切れてしまったあとも話したかったら、その番号にかけてくれ。

マギーがマリーの携帯電話番号を知っていたのは、だからだ。この番号からかかってきたら、それは僕の妻だから、〈出るな〉という名で登録しておいてくれと言ってアーロンが教えたわけではない。反対尋問で、マリー・クヌーデルが地方検事の捜査に協力しなかったことが明かされた。州捜査局の事情聴取を拒否するという選択をしたのはなぜかと検察側に問われ、マリーは、州捜査局の担当捜査官マイク・ネスのよくない評判を聞いたからだと答えた。それに、電話で話した印象では、ネス捜査官は客観的な人物とは思えなかった。やはり法執行機関で働いているため知識がある身としては、弁護士の同席なくネス捜査官の事情聴取を受けるのは愚かだと感じた。

検察官のバイヤーズは、法執行機関で働いていて知識があるのなら、いま法廷で宣誓のもと話したとおりのことをネス捜査官に話すべきだったのではないかと指摘した。事情聴取を受けていれば、こうして証人として出廷する必要もなくなっていたはずだ。マリーの証言は、マギーが示した時系列を突き崩すものであり、もし捜査の過程でマリーの側の証言が出ていれば、そもそも起訴に至っていなかった可能性もある。

「わたしはそうは思いませんでしたから」マリーは答える。

のちに検察側の最終弁論で、バイヤーズは、マリーは公判で初めて証言することによってことを有利に運んだ可能性があるとほのめかす。夫であるアーロンの弁護士を通じ、証人証言録取手続で開示された事実をマリーは知ることができた。検察側が提示しようとしている時系列や、証人の証言内容を吟味する機会があることを知っていたのかもしれない。マギー・ウィルケンの主張に対抗できる証言をあらかじめ組み立てておくことができたということだ。法執行機関で働いていて知識があるマリーは、自分の主張を繰り広げるチャンス、自分の家族の未来を守るための証言ができるチャンスは一度しかないことを初めから知っていたのではないか。

「たとえば」とバイヤーズは続けた。「あなたが携帯電話の番号を自らの意思でマギー・ウィルケンに教えたという事実とか」

「わたしは教えていません」マリーが言う。

「しかし、教えてもかまわないとご主人に言ったわけでしょう」

「はい」

「検察側がその事実を初めて知らされたのは、公判が始まってからだった。そうですね?」

「はい」

「マギーの携帯電話にあなたの番号が〈出るな〉として登録されていたのはなぜでしょうね」

「知りません」

ほかの生徒のなかにもあなたの番号を知っていた子はいましたかとバイヤーズは尋ね、マリーはいいえと答える。アーロンとマギーが電話で話していたことや通話時間がどの程度だったかを知っていたかとバイヤーズは尋ねる。マリーは、長電話をすることもあると知っていたが、どのくらいの時間話していたかまでは知らないと答える。バイヤーズは、通話のうち二三回は午後一〇時を過ぎてからだった事実を知っていたかと質問した。

「電話で話していたことは知っていました」マリーは答える。

「私がどんな質問をしても、あなたは電話をしていたことは知っていたと答えますね。ですが、私の質問はこうです。二人の通話のうち二三回は午後一〇時を過ぎてからのものだったと知っていますか」

「いいえ」
その返答の重みに、法廷は静まり返る。
バイヤーズは次に、家の間取りについて尋ねた。地下室のベッドに敷いてあったシーツのことや掛け布団の色について訊く。これを尋ねる理由は、マギー・ウィルケンは家のなかに入ったことを証明するために間取り図を描いたが、弁護側は、不動産会社がインターネット上に掲載した家の写真を見れば誰でも描けると反論したからだ。いずれにせよ、クヌーデル一家は公判の時点では新居に移っていた。市内のより高級な地域、アーロンが現在教えているシャイアン高校に近い家。新しいナプキンにナプキンホルダー。新しい子供。

公判は週末の休廷に入った。月曜日、バイヤーズは、これまでの質問の経緯を陪審に思い出してもらうため、金曜日にした質問の大部分をもう一度尋ねる。弁護士のホイがした質問のなかの一つ――週末に仕事で家を空けたことはあるか――も繰り返した。マリーはこのときもいいえと答える。仕事に限定しなかったらいかがですか、とバイヤーズは尋ねた。バイヤーズの念頭にあるのは、ある土曜日に州中部のマンダンで開かれた保護観察官のボウリング大会のことだ。毎年開催されているこの大会に、マリーは二〇〇九年より前と二〇〇九年よりあとには参加している。マリーは、だいたい毎年参加していますが、その年は欠席しましたと答える。

電話の件をふたたび質問され、電話で話していることは知っていましたとマリーはふたたび答えた。バイヤーズが質問を重ねる。九〇回以上電話で話していたことやその時間帯についてはご存じですか。マリーは、回数は正確に知らないが、何度か電話で話していたことは知っていると答える。バイヤーズは、九〇回を超えているんですよと念を押す。マリーは、それも何度かのうちだろうと返した。

バイヤーズは次に、ポストイットの件に移った。マリーは、アーロンが自分や子供たちに宛てたメモをポストイットに書きつけることがあるのは事実だが、『トワイライト』にはさんであったポストイットの筆跡はアーロンのものではないと証言する。それは確かですかと訊かれ、マリーは答える。確かです、わたしの意見では、あれは夫の筆跡ではありません。

「問題のポストイットにどんなことが書いてあったか、おおよそでも思い出せますか」バイヤーズが訊く。

「はい」

「書いたのが誰であれ、その人物は、あのメモを宛てた人物と何らかの関係にあることは明らかではありませんか」

「わたしはそうは思いません。あの本は読んでいないので、ストーリーとの関連もわかりませんし」

「たとえば、最初のポストイットにはこうあります。〈初めてきみの夢を見た夜、僕にはきみしかいないとわかった〉。このメモが宛てられた人物と恋愛関係にある人物が書いたものと思えますが」

「ええ、恋愛を指しているように聞こえます」マリーは答える。「でも、それは――わたしの意見では、夫の筆跡ではありません」

「さっきもそうおっしゃいましたね、忘れていませんよ。これはアーロンの筆跡ではないとお考えだということはわかりました。では、これを書いたのは誰かという問題について、何らかのご意見をお持ちですか」

「メモの文脈を追ってみる時間はありませんでしたので。筆跡を見て、夫が書いたものではないと思いましたから、そこまで真剣に読みませんでした」

バイヤーズは、メモに繰り返し登場する大げさな言葉遣いに、アーロンが過去に書いたものと共通するものはあるかと訊く。マリーは、一つもないと答える。

「とすると」バイヤーズは言う。「ふだんのご主人はスマイル・マークを添えたりしないわけですね」

「しません」

「〈うーむ〉はいかがです？」

「書きません」

「〈思うに（I think）〉の大文字のIはどうでしょう。ご主人の書くIとは違いますか」

「違います」マリーは答える。「わたしの意見では」

「ご主人はふだん、〈……〉を乱発したりしないというのがあなたの証言だということですね」

「ええ――ええ、そういう風に思ったことはありません。夫の書いたものに特徴的な癖とは言えません」

バイヤーズはいくつかの質問を再度繰り返す。何らかの意図があってのことなのか、マリー・クヌーデルが同じ質問にうっかり別の答えをするのを期待してのことなのかはわからない。もしかしたら、あまりにも信じがたい話だという点で意見を異にする人間が存在することに動揺しているだけのことかもしれない。

「仮に、成人が未成年者に宛ててこれを書いたのだとしましょう。あなたのご主人が書いたものではないというご意見であることはわかりましたが、仮にですよ、成人が未成年者に宛ててこれを書いたのだとすると、不適切な内容だと思いませんか」

「思います」マリーは答える。

「ありがとうございます。最後の質問も、イエスかノーかでお答えいただけると思いますよ。二〇〇九年に引っ越しをしたのは、以前の家であなたのご主人がしたことが理由ですか」

「引っ越しをしたのは――」

「イエスかノーかでお願いします」

「理由は別に――」マリーが言う。

判事がマリーをさえぎり、マリーに代わって「ノー」と答える。

最終弁論で、この次に殺人事件の公判が控えているという検察官のジョン・バイヤーズは、通話時間を忘れないでいただきたいと陪審に語りかける。自分は妻とも四時間もの長電話をしたことがないと言い、四時間も電話で話し続けたことがあったかどうか、みなさんも考えてみてくださいと続けた。アーロン・クヌーデルは、それだけの長時間、それも午後一一時三〇分から午前三時三〇分という深夜の時間帯に、生徒の一人と電話で話し続けたのです。生徒思いの教師が職分以上のことをしたという範疇を越えているのではないでしょうか。そんな説明を鵜呑みにしないでいただきたい。また、ポストイットのメモについても考えてもらいたいと付け加えた。あれだけの数のポストイットです。アーロン・クヌーデルはおそらく、問題を抱えた一〇代の少女の主張など誰も真に受けないだろうと高をくくっていたのでしょうとジョン・バイヤーズは言った。それどころか、問題を抱えた一〇代の少女だったからこそ、うってつけの獲物として目をつけたというべきでしょう。

弁護士のホイは最終弁論をこう切り出す――アーロン・クヌーデルが学校の始業前、授業中、放課後にマギー・ウィルケンと性的関係を持ったなどというのはどう考えてもありえない話です。ホイは、時間的に無理があるという一点に的を絞った。セックスを、境界線の外側には滴ることが決してないものとして論じた。マギーについてはこう述べた。「記憶というのは、歳月とともに、自分が覚えておきたいように変化していくものではありませんか。かならずしも元のまま維持されるものではありません」

若い女について何も知らないのねとマギーは思う。わたしたちは自分の好きなように記憶を書き換えるんじゃない。忘れたくても忘れられないことを覚えているのよ。

スローン

ウェスにからんだ問題は消えてなくなった。一発の銃弾を脳に撃ちこめば、そこにあった腫瘍も問題ではなくなるのと似ていた。ウェスはある日突然、スローンの人生から消えた。しかももう二度と戻らない。スローンはその痛みをどうしても受け入れられなかった。ほかのものごとはまもなくこれまでどおり前に進み始めた。決して好ましい意味での元どおりではないにしても、前進と言えば前進だ。

春が来て、スローンは兄と再会した。ゲイブが奥さんと子供たちを連れて遊びに来たのだ。兄妹の父親も来た。スローンは昔から、身近な男性たちがみな社会で成功していることを誇らしく感じていた。しかしこのときはどこかが違っているように思えた。

まさに〝一寸の虫にも五分の魂〟だ。さんざんひどい目に遭わされてきた弱者が、あるとき、いいかげんにしろと宣言して復讐を企てるようなものだ。

父親と兄は到着してまもなくゴルフの親子トーナメントに出場して優勝した。試合後は二人とも顔からはみ出しそうな笑みを浮かべていた。高級コットンのシャツ、磨き抜かれた靴。その二人を見た瞬間、スローンの脳裏に遠い記憶が蘇り、それきり頭から追い出せなくなった。スローンがいまよりも二〇キロ近く痩せていて、スカートを穿いた骨格見本のようだったころ、この二人は心配するそぶりさえ見せなかった。カロライナで借りていた家のシンクの生ごみディスポーザーをスローンが使おうとすると、兄の奥さんがまるで飼い犬を叱りつけるようにわめき散らしたのに、誰も何も言わなかった。

子供時代の記憶には、二人の存在の物理的な印象しか残っていない。シャツの貝ボタン、贈り物のネクタイ、兄もスローンも丸文字で自分の名前を書いていた時期。〝父親〟や〝兄〟は、お芝居の登場人物のようだった。その日はうっとりするほど美しく晴れていた。太陽がコースを淡い黄色に染め、グリーンのまばゆさが目を射た。

タイムトラベルをするように歳月をさかのぼって記憶を正確に再現するのは、そう簡単なことではないのはわかっている。子供時代に起きた事実を守っているゲートは高く、ありえないほど重たくて、それを開けるだけで予想以上のエネルギーを消費してしまう。ちょっとしたコツも必要だ。ある年のある季節をピンポイントで選ばなくてはならない。いいかげんにうろうろしてみても、オオカミを恐れるようになった理由は見つからない。

父親と兄が訪ねてきているあいだに、スローンは過去のあるできごとを思い出した——もしかしたら、もっと前に思い出していたのかもしれないが、記憶のゲートが開いたのは、その日、ゴルフ場でだった。思い出したのは、スローンが八歳か九歳でゲイブが一一歳か一二歳のとき、真夜中にゲイブがスローンの部屋に来たことだった。プリンセスの寝室のように広く堂々とした部屋だった。実際に火を熾すことはできないが大きな暖炉、天井と壁が接する部分を埋める装飾。何もかもがピンク色だった。スローンが屋根裏部屋に移る前に使っていた部屋だ。ドアを開けっぱなしで眠っていると、ふいに部屋のなかに誰かの気配を感じた。ベッドのスローンを見下ろしている。スローンが目を覚ますと、その誰かが話しかけてきた。

静かな声だった。家を満たす静寂より静かに聞こえた。

あのさ、とその声は言った。二人でいいことしてみないか？

眠っているところを起こされたスローンはすぐには目が暗さに慣れず、見下ろしているのが兄のゲイブであって、変質者などではないと納得するのに少し時間がかかった。

スローンは何気ない風に答えた。やめとく。眠たいから、あるいはほかにもやりたいことがあるからとでもいうように。兄をいやな気分にさせたくなかった。兄に嫌われたくなかった。ゲイブは兄であり、スローンは兄を尊敬していた。だから、何気ない風に断った。ゲイブも何気ない風に出て行った。

その日、ゴルフ場で二人を目で追っているとき、その記憶がふいに蘇った。ずっとそこにあったのに、そこにないふりをしていたような記憶。

その日の後刻、ゲイブとその長男が新しいドライバーの調整をしてもらっているあいだ、スローンは兄の幼い娘二人をパットの練習場に連れて行った。二人ともかわいくて思いやりのある子供だが、根本的な真実は理解していない——正しい家族に生まれたのは幸運だと知らずにいる。清潔な飲み水、スキー旅行。年齢とともに理解できるようになるとも思えない。少なくともまだ何年かは気づかないままだろう。それは、どんなに優秀なナニーでも、まず授けることのできない教訓だ。

二人とも聞いて、とスローンは言いたかった。世の中には男の人がいるわね。女の人もいる。女同士は裏切らないことになってるけど、やっぱり裏切るのよ。ある種の攻撃から身を守る方法を教えてやりたかった。スローンはどんなときも単刀直入に話をしたいと考える。それはおそらく、単刀直入に話をしないほうがみなのためだと考えるような家族に囲まれて育ったからだろう。自分の経験の一端を伝えることで、誰かの人生が少し楽になるかもしれないとスローンは思った。ただ、二人はスローンの子供ではない。姪っ子たちを愛していても、世の中に数知れずある恐怖から守ってやることはできない。

スローンおばさん？　年上の姪が言った。縁が波形になった襟のついた白いかわいらしいワンピースを着ていた。

なあに？

パパが言ってた。おばさんは一六歳のとき、パパの車をだめにしちゃったんでしょ。

スローンのなかの一寸の虫が首をもたげた。脈打ち、形が定まらない、不機嫌な虫。しゅうと不満げな音を立て、唾を吐く。それはあくまでも内側で起きたことで、表向きのスローンは冷静そのもの、髪の一筋すら乱れていない。

遠くに兄の姿が見えていた。ポーランド・スプリングのボトル入り天然水を飲んでいる。一〇代のころの兄が目に浮かんだ。あの事故の夜にはいつでもまっすぐに戻れる。あの瞬間の記憶を呼び起こすのは簡単だった。金属がぶつかり合う音は、想像以上に不快なものだ。ロボットの内臓が引き裂かれているような音。車が横倒しになっていたこと、地獄にいるかのように首がつかえていたこと、金属のルーフを見上げていたことを覚えている。助手席の友人は死んでいるように見えた。ほんの一瞬のことだ。しかし、誰かが死んだと思うには、一瞬で充分だ。次の瞬間、友人は生きているとわかり、死んでいるのは自分のほうではないかと気づいた。六八四号線の明かりはまぶしく、怪物のようだった。音はなかった。パニックに陥った人は、両親が魔法のように現れて助けてくれるのではないかと期待するものだ。しかしスローンはそんな期待を抱かなかった。次に気づくと、自分が母親になっていた。祖母を死なせた車を運転していた。目を覚ますと、隣で母親が死んでいる。顔はまだ体温を残しているのに、目はうつろで乳白色に濁っていた。娘に対する義務を放棄して、逝ってしまっている。

あの夜の事故のあと、もともと骸骨のように痩せていたスローンはいっそう痩せこけた。プレッツェルの表面の塩の粒を唇でむしって食べ、ダイエット飲料ばかり大量に飲んだ。それでも誰も何一つ言わなかった。兄の娘たちにそのことを話すべきだろうか。きみは自分を罰しているようだねと医者に言われたこと、それ自体がいかにも男の考えることだと、言うべきだろうか。女が自分の落ち度を認め、自分を罰すると、周囲は安心するものらしいと。そうなって初めて、周囲はようやく救いの手を差し伸べようとするのだと。二人にそう話して聞かせたかった。

スローンおばさん？　年長のほうの姪が促す。事故の話、してよ。どうやってパパの車を壊したの。その横で、妹のほうはくすくす笑っている。

スローンは微笑んだ。スローンの目はまだ遠くにいる兄を見ている。内心では怒りを感じている。悲しみもだ。兄ともっと話ができたらよかったのに。いまでは、美しい場所にいる相手、醜い秘密はまとめてクローゼットに隠した美しい場所にいる相手を訪ねるだけの関係にすぎなくなっている。

兄と、ワシのような顔をした奥さんが笑いながら子供たちに話している光景が目に浮かぶ。あのね、スローンおばさんは本当に迷惑な人でね、一度なんて、パパの車を全損にしちゃったのよ。パパやママから聞いたっておばさんには話しちゃだめよと言い添えるだけの品格も持ち合わせていない。ひょっとしたら、この話、スローンおばさんに訊いてごらんとけしかけるようなことまでしたのかもしれない。

過去に夫のリチャードはこう言った。きみが無事かどうか誰も尋ねなかったなんて信じられないな。スローンが事故の件を持ち出し、誰にも心配してもらえなかった理由が知りたいと言うたび、リチャードはスローンを抱き締めた。無事でよかったって本当に誰も言わなかったの？　リチャードは何度もそう尋ねた。そうやって繰り返し尋ねていれば、ある日、スローンがこう答えるのではないかと期待しているかのように――ああ、そうだった、訊かれたわ、たったいま思い出した。

しかしゴルフ場に出かけたその日、スローンをある意味で死なせた事故の話をして幼い姪たちが笑っているのを見て、スローンは、一寸の虫が喉もとまで上がってきて身をくねらせるのを感じた。その虫は主に事故のことで腹を立てているのかもしれないが、もしかしたらその怒りの根っこには、さらに歳月をさかのぼったあの夜、スローンの寝室で兄が誘ってきたことがあるのかもしれない。兄の誘いは、スローンが抱いていた純粋な愛という観念を殺したも同然だった。二人はむろん〝いいこと〟をしなかった。スローンがその記憶を葬ることができていたのは、だからこそだ。あの夜は何も起きなかった。事故の夜、何も起きなかったのと同じだ。悪いことが一つも起きたことのない人生、さんさんと降り注ぐ陽射しと緑色に輝く芝生に囲まれた人生。

スローンは年長の姪の肩に手を置いて力をこめ、二人の顔を交互に見て言った。いいわ、話しましょう。

太陽はゴルフコースの向こうにかたむきかけていた。女はみな、どこかの時点で、必要に駆られて獣に変身する。

話すから聞きなさい。おばさんはね、お友達を車で送って行くところだったの。でも、ここが肝心だから、よく聞いて。その途中で事故が起きた。でもね、あくまでも事故だったのよ。おばさんも大怪我をしていてもおかしくなかったけれど、無事だった。死んでいてもおかしくなかった。でも、死ななかった。事故を生き延びた。おかげでいまここにいるわけ。ね、おばさんがここにいるのが見えるでしょう？　わかった？

姪たちは深く、ゆっくりとうなずいた。そして気まずそうに目をそらした。二人の父親が遠くに見える。しかしその目はこちらを向いてはいなかった。

マギー

評決の日の朝、女性陪審員の一人が病院に運ばれた。詳細はなかなか公表されなかった。スティーヴン・マックロー判事は、それ以外の一一名を一室に集めて尋ねた。アーロン・クヌーデルが起訴された五つの訴因のいずれかについて評決に達しましたか。

判事はマスコミに向け、〝いまさら〟感のあるコメントを出す——評議のさなかに陪審員が緊急入院するのはきわめて異例です。そして検察側、弁護側双方に、どのような対処を希望するかと確かめた。検察側のバイヤーズは、審理無効を訴える。マギーも、改めて裁判が行なわれるなら、喜んでまた証言台に立つと言った。弁護士のホイは、審理無効などとんでもないと反対する。

「関係者全員がこの裁判にすでに多くの時間、労力、エネルギー、生活を注いできました。可能であれば審理無効の判断は避けていただきたい」ホイはそう述べ、陪審員が一二名に満たない場合であっても刑事事件の評決は有効であると定めた条文を読み上げた。

「検察側は最終的な評決に納得できないかもしれませんが、実際のところ、審理は充分かつ公平に行なわれ、陪審員は評議に多くの時間と労力を費やしました」

バイヤーズは、一二名に満たない陪審による五つの訴因すべてについて評決を受け入れることはできないと主張して譲らなかった。そこで判事は、一部の訴因について審理無効とすべきとの申し立てを採用した。そして一一名の陪審員に入廷を求め、残る一人が病院に運ばれる前に全員一致の評決に達していた訴因はあるかと尋ねる。五つのうち三つについて、評決に達していた——訴因1と2、そして5。

訴因1は、アーロン・クヌーデルが教室でマギー・ウィルケンの陰部に指を挿入したというもの。この行為は五分から一〇分のあいだ続いたとされている。マギーは彼に背中を向けており、彼は両手をマギーのパンツの前、ウェストバンドより下に差し入れた。その間《かん》、彼は背後から性交の動作をしていた。別の教師が教室の外からドアノブを回す音がしたため、アーロンは飛びのき、両手を引っこめ、テレビのコメディ・ドラマのように大げさな動きですばやくマギーにテスト用紙を渡した。

訴因2は、訴因1と似ているが別のできごとに言及しており、アーロンが教室でマギーの手を取り、自分のペニスを触らせたとされる。マギーの証言によれば、彼女にキスしながら、彼女の手をまず自分の胸に置いて「ほら、心臓がこんなにどきどきいっているんだ」と言い、次にパンツの前のふくらみを触らせて「きみといると、ここはこんなに固くなる」と言った。現場は戸棚の前のテーブルのそばだった。

訴因5は、訴因1、2と似ているが、マギーの車のなかでのできごとだ。マギーによれば、酒に酔った彼を車でＴＧＩフライデーズに迎えに行き、自宅の近くに駐めてあるという彼の車まで送っていった。そこに駐めたのは、酔った状態で交通量の多い大通りを運転しなくてすむからだと彼は説明した。その車内で、彼はマギーのパンツに手を入れ、マギーは危うく運転を誤って駐車車両に衝突するところだった。

咳払いがいくつか聞こえた。何人かのこれからの人生が、縁もゆかりもない人々の判断によって決定づけられるのだ。

マギーは父親のスカプラリオを握り締めた。陪審員長が口を開いた。

「訴因1、2、5について、アーロン・クヌーデルを無罪とする評決に達しました」

法廷のすべての目が被告人に集まった。評決を受けて、彼の顔にどんな表情が浮かぶのか。

むろん、そこには安堵があった。ただ、その安堵は、無用に苦しめられた善良な男のそれだろうか。

この日、法廷にいた大部分の人がそう解釈したのは明らかだ。だが、それよりも本質を鋭くえぐり出していたのは、おそらく、彼を善良な男と見なかった人々、彼の安堵の表情を罪を犯した人物のそれと受け止めた人々の視点だろう。世の中は、先入観をもってアーロン・クヌーデルを見た。あるいは——こう考えるとよほど背筋が寒くなるが——人は、自分が尊敬する人物から見よと言われたものしか見ない。

先入観を持った人々は、こんな風に彼を見た——アーロン・クヌーデルは、狡猾な極悪人で、そこらの小児性愛者とさほど変わらない。被害を訴えた若い女性の恋心をもてあそび、意図的に絶妙な加減で押し引きして、ケンタウルスのような二面性のある人物になった。半分は既婚の高校教師、もう半分はボーイフレンド。

被告人に対するまた別の見方は、若い女の告訴で破滅の際まで追い詰められた善良な男というもの。どちらか一方だけが圧倒的に悪いということはなく、被告人が邪悪な人間でないことはいうまでもない。もしかしたら彼は深みにはまる前に身を引こうとしたのに、女のほうが追いかけたのかもしれない。

い。

そしてもう一つ、彼はいくぶん自惚れの強い教師だという見方もある。魅力的な男性で、女子生徒なら頬を赤らめながら彼は格好いいわと言うだろう。彼はちょっとした出来心からマギーとメッセージの交換を始めた。マギーはきれいで、頭がよくて、彼に夢中になっていたからだ。マギーには男の子のように活発なところがあり、音楽ならレッド・ツェッペリン、テレビ番組ならコメディの『トレーラーパークボーイズ』が好きだが、髪はブロンドで、スウェットパンツの下のショーツのデザインは意外にフェミニンだ。ご多分に漏れず、やりとりされる二人のメッセージは親密度を増していき、アーロン・クヌーデルはそれに満足するが、まもなく、やはりこんなことはよくないと考える。その後また楽しくなるが、最終的にはやはりやめにしたいと考える。『トワイライト』を読んだのは、誰かからヴァンパイアの恋人と思われていると考えると高ぶったからだ。マギーが前のめりになると、彼は引く。ところがマギーが離れていこうとしている、不老不死のチャンスが遠ざかっていこうとしていると感じて、こんなメッセージを送る――〈きみに恋をしてしまったようだ〉。そのメッセージの本当の意味は、「僕はいまの僕自身にまた恋をしている、だから行かないでくれ、だってきみの恋心が死んでしまったら、この新しい僕も死んでしまうから」。自身の理想化というプロセスを完成させるため、彼は家族と暮らす自宅にマギーを招き入れた。そのときはいい気分だったが、しだいにうっとうしくなる。マギーがあまりにも自分に夢中だからだ。それからの数カ月をかけて、じわじわと終わらせなければならない。皮膚にできたたこを削るように、マギーの心をそぎ落とさなくてはならない。そのためには哀れを誘う必要がある。妻を愛しておらず、妻から愛されていない哀れな男にならなくてはいけない。子供のために離婚せずにいる男。そうやってマギーを削り落としにかかっているさなかにも、ときおり、車に乗っていて退屈すると、音楽をかけたりナショナル・パブリック・ラジオを聴いたりする代わりに、自分をいい気分にさせてくれる若い女、放屁などせず、ポーカーで負けたり、住宅ローンの支払いの心配をしたりもしない男になった気分にさせてくれる女に電話をかける。

陪審は訴因1と2と5について、アーロン・クヌーデルを無罪とした。病院に運ばれた陪審員もそれに賛成した。残りの二つの訴因、3と4は、二人がほかのどんなときよりも他人の目を気にせずに一緒にいられた夜、アーロンの自宅で起きたことに言及している。つまり、彼がマギーの陰部に指を挿入し、口をつけたとされる件だ。この二つの訴因については評決に達しなかった。噂では、ほかの陪審員はこの二つについても無罪としようとしていたが、入院した女性陪審員が反対したという。検察側は、五つの訴因すべてについて審理無効とする申し立てを行なってもいいし、評決に至らなかった二つについてのみ審理無効としてもいい。

判事によると、女性陪審員が救急車で病院に運ばれたのは、自分の家族を見て誰なのかふいにわからなくなったからだという。それに加えて、血液サンプルの採取を拒否した。それからの数日で驚きの情報が病院からリークされ、裁判所に伝わり、裁判所からリークされ、街に伝わった。たとえば、陪審選任手続では申告しなかったが、その陪審員には過去に性的暴行の被害に遭った経験があった。また、救急車で運ばれるとき、保安官補に対して、子供たちを守れるのは自分しかいないと叫んでいたという情報も漏れた。

マックロー判事は陪審員を労って任を解いた。アーロンは立ち上がり、年かさの女性の頬にキスをする。マギーはアーロンの顔を見ない。見られない。はらわたを抜かれたような気持ちでいる。アーロンが手に——彼女のなかに入れたあの指で——ロザリオを持っていることに嫌悪を抱く。マギーが父親のスカプラリオを持っているのに対抗するためにロザリオを持参したのだと思うと虫唾が走った。ふいに自分が馬鹿みたいに思えた。ポストイットが決め手になるだろうと信じた自分、あのポストイットは誰にも無視できないだろうと信じた自分。〈無償の愛。僕らの愛と同じだ!〉

のちに判事は、三つの無罪評決を支持し、ほかの二つの訴因については審理無効を宣言する。アーロン・クヌーデルは、復職してシャイアン高校の教壇に戻る。

だけど、あのポストイットを書いたのは彼で、あの内容は不適切だと誰も認めなかったのはどうして、とマギーは考える。悩みを抱えた子供が学校の先生を理想化し、教師のほうはその恋心をもてあそび、利用したのかもしれないと誰も想像しなかったのはなぜ? こんなことを書いたくせに、いまになって否定するなんて。

〈間違ったことをするのが正しいと思えることもある〉

〈きみを待つのが耐えがたくなる瞬間があるよ!〉

〈あのときさみの手はひどく震えていたね。それだけ高ぶっていたんだと思うとうれしくなるよ!〉

〈初めてきみの夢を見た夜、僕にはきみしかいないとわかった〉

〈きみといると、僕の最善の一面と最悪の一面が引き出される……それでもきみは僕を愛してくれる!〉

〈一七歳——年齢よりずっと成熟して見えるね! 一八歳まで、残りはあと何日? ☺〉

マギーは頬の内側を噛み締める。まもなく口のなかに血の味が広がった。あのヴァンパイア教師の舌を引っこ抜いてやりたい。そう思いながらも、生き残った家族たちと一緒に無言で法廷を出た。

裁判所の扉を抜けようとしたとき、女性陪審員がマスコミの取材に答えている声が聞こえてくる。その女性はこう言っていた。クヌーデル一家が二度とこのような苦難に遭わずにすむことを願っています。

リナ

まるで時計のように正確だ。リナが彼のことを忘れた瞬間、そのことが彼に伝わる。インディアナ州道をいくつか越えた先のどこかで、手綱がゆるみかけていることを察知し、しかめ面の絵文字を送ってくる。ホテルの部屋でうとうとしかけると同時に携帯電話が振動して、リナははっと目を覚ます。

どうして浮かない顔をしてるの、エイダン？　何かあった？　リナはすぐさま返信する。自分がエイダンだったらどんなに気分がいいだろう。リナから何か手に入れたいものがあればボタンに軽く触れるだけでいいという、すばらしい権力意識があるに違いない。

写真があれば送ってくれ。エイダンから返事が届く。

写真ならある。彼のために用意した写真のストックが何十枚とあった。たとえばこの二日前、日焼けサロンで撮った写真だ。リナは全裸でカーペットの上に立ち、低い作動音を立てているほかの日焼けマシンから漏れるライム色のほのかな光のなか、電池が残り少なくなった携帯電話を頭上にかまえ、茶色の日焼けローションがまだらに残った体を撮影した。その写真をエイダンに送信した。返事が来る前に充電が切れませんように、ほかの人からメッセージが届いたせいで電池切れになったりしませんようにと祈る。エイダン以外の人たちはみな、脚にへばりついたフジツボみたいにうっとうしい。

エイダンから返事が来た。新しいエロ写真を送ってもらえるとありがたい。

ふざけるな、とリナは思うが、同時に笑ってしまう。彼から求められれば求められるほどうれしいからだ。それに、もっとと求められれば求められるほど、やりがいがあるというものだ。

リナは美容室に行ったばかりのヘアスタイルの写真を送った。

彼から返事が届く。エロい下着姿なんかがあるといいな。

リナは服を脱ぎ、彼のために買った黒いレースのショーツとプッシュアップ・ブラだけになってベッドに横たわり、何枚か自撮りしたあと、一番できのいい一枚を送った。

リナの携帯電話の充電レベルは瀕死の状態にあるが、充電がそこそこ残ったiＰｏｄを別に持っている。iＰｏｄでフェイスブック・メッセンジャーを使えば彼と連絡が取れる。そこでリナはフェイスブックにログインしてとせがむ。彼にとっても大した手間ではない。携帯電話からフェイスブックにアクセスできる。

リナはメッセージを送る。フェイスブックにログインして。充電が切れそう！

充電器を持ってきていなかった。エイダンに会うために万全の準備を整えたつもりでいても、世界はかならず妨害する方法を見つけ出す。出かけるぎりぎりになって、ちょうど洗濯中のぬいぐるみをいますぐ抱っこしたいと子供のどちらかが言い出したり、車のエンジンがかからなかったりする。

ホテルの部屋で、リナは下着もすべて脱ぐ。全裸でいれば、リナがいまこの環境で開放的な気分でいることが彼にも伝わるだろう。目を閉じ、彼はこの瞬間にも五一七号室のドアをノックしようとしているのだと空想する。念のため、ホテルに部屋を取っておいた。エイダンの家の近所で女友達とお酒を飲む約束をしていたが、ドタキャンの連絡があった。ホテルはすでに予約していたし、子供たちはエドに預けてある。そこで一泊することにした。ホテルにいることをエイダンに伝え、そのホテルが彼の家から一〇キロくらいしか離れていないことも伝えた。彼が会いに来ることはまずないだろうと思ったものの、今夜は彼の近くで眠れるのだと考えると気分は持ち直した。

フェイスブックにログインして、もう一度メッセージを送った。

しかし彼はオンラインにならない。返事も来なかった。写真だけで満足したらしい。今夜、眠りに落ちる前に彼が最後に目にしたものは自分の写真なのだからと自分を慰めた。リナもまた眠ろうとしたが、なかなか寝つけなかった。ホテル代は痛い出費だったのに、それが無駄になったと思うと気持ちが沈んだ。

朝、のろのろと荷造りをした。もしかしたらエイダンから連絡があるのではという期待を捨てきれない。目を覚ましたエイダンがこう書いてくるかもしれない。〈悪い、寝落ちした！　いまどこだ？〉

やがて期待は力なく消えていき、リナはホテルをチェックアウトした。よく晴れた日だった。おかげで助かったが、晴れていなければこのまま鬱状態に転がり落ちていただろう。音楽を聴きながら車でムーアズヴィルを走っているとき、ふいにそれ以上我慢できなくなった。

いまメッセージしてもいい？　リナはエイダンにそう書いて送った。真意はこうだ——言いたいことをストレートに書いても大丈夫？　それとも奥さんが近くにいるからまずい？

エイダンから返事が来た。かまわないよ。

いけないとわかっちゃいるけど、あなたの顔をもう一度見たいの。もう一度キスをして、あなたと一緒に動く感覚をもう一度味わいたいの。

〝いけないとわかっちゃいるが〟はエイダンの口癖だった。彼に口癖を真似されるとうれしかったし、自分が彼の口癖を真似するのもうれしい。

エイダンの返事にはこうあった。どうして？

彼は自尊心をくすぐられたがっている。リナはエイダンのことをエイダン本人よりも深く理解していた。

あなたといると最高に幸せだから。あなたが好きだから。

本当は〝あなたを愛しているから〟と書きたい。自分の子供と同じようにあなたの子供の世話をするわと書きたい。

返信はなく、リナの携帯電話の充電ゲージは糸一本くらいまで痩せ細っている。アドヴァンスト・オート・パーツ（自動車用パーツ販売店）の店舗が目に入り、急ブレーキを踏んで駐車場に乗り入れた。そこで車のシガーソケット用の充電器を買った。音楽再生用のケーブルとしても使える。といっても、使う機会があるとすれば、リナの車でセックスをするときくらいのものだろうが。

リナはメッセージを送る。じゃじゃーん！　充電器をゲットした！

返事はなかった。

新しいメッセージを送る。こうやっていろんなことがうまく行き始めると楽しくなるわね！　ムーアズヴィルは快晴よ！

返事はなかった。

次のメッセージを送る。友達で我慢するわ。あなたはそれを望んでるみたいだから。わたしの気持ちはこれからもずっと変わらないから、つらいけど。それならいいわよね？

返事が来た。家に帰るところか。

まだムーアズヴィル。四時半までに帰ればいいから。

くそ、それまで何するつもりだ？

ちょっと、ビッグ・ガイ。レディに対して下品な言葉を使わないでもらえる？

ゲームの再開だ。リナのペースで運んでいる。

悪かったよ、キッド。

気にしないで、ビッグ・ガイ。ちょっとからかっただけだから。

なんで俺をデブ《ビッグ・ガイ》って呼ぶ？

あなたはデブじゃないわよ。あそこが大きいし、筋肉もたくましいでしょ、ミスター・ハート、ハハ。

何を笑ってる？　何がそんなにおかしい？

馬鹿にしてるわけじゃないわ。本気で言ってるの。ところで映画の時間を調べてもらえない？

それからしばらく返事がなかったが、リナは心配していない。ボールはようやく転がり始めた。どんどん速度が上がっているのが感じ取れる。不安はあっても、彼の考えはだいたい読める。ドラッグストアからメッセージを送った。ＫＹウォーミング潤滑剤って使ったことある？

ないよ。何に使うんだよ。

さあね、塗って舐め取りたいところならいくつか思い浮かぶけど。

エイダンは湖がどうとかと言い、リナは水源の縮小がどうとかと言う。するとエイダンはどんどん小さくなるなと言い、リナはわたしなら大きくできるけどと言った。エイダンが訊く。どうやって？

知りたいでしょ。

しばらく返事がなかった。このままでは充電器を買った意味がない。そこでリナからまたメッセージを送る。実演を体験してみたくない？

最高におもしろいゲームのようだ。考え抜かれたメッセージを送って彼を誘いこむ。一つひとつのメッセージに命を注ぐ。完璧なメッセージ、彼を怯えさせないメッセージを綴ることに神経を集中する。一文字一文字に戦略がある。句読点にも戦略がある。リナの全人生が彼の返事にかかっていた。リナの心はどぎついチェリー・レッドに燃えている。実際に会う約束さえ取りつけられればもう、契約をものにしたも同然だと知っている車のセールスパーソンのようだった。

リナは続けてメッセージを送る。いまとってもクリエイティブな気分だし、クリエイティブになれそうなものも買ったわ。

何だ？

知りたければ見に来て。

ヒントくらいくれよ。

あなたのあるパーツに塗るものよ。それをわたしが舌で舐め取る。さて、どこなら会える、エイダン？

きみの実家とか。

あはは、わたしの子供時代のベッドでってこと？　悪い子ね。

あはは、じゃ映画館の裏。

初デートの行き先が映画館だった。覚えていてくれたなんて！　だけど、そこまで。そこまで！　この会話はすてきだけれど、時計の針を遠い昔に戻してしまいたくない。時間は無限にあるわけではないのだ。時間はいつだって限られている。

いまからファイヴポインツに来て。あなたの車が見えたら、そのままついていくから。

行くところを思いつかないよ、とエイダンは書いてきた。

いまファイヴポインツに着いた、とリナは数分後に書き送った。

リナはそこで待つ。短く鋭い呼吸を繰り返す。下腹部で欲望がふくらんでいくのがわかる。永遠とも思える時間が過ぎたころ、ようやく道の先にエイダンのトラックが見えてくる。エイダンはリナにウィンクするような表情を見せ、ついてこいと身ぶりで伝えてきた。リナは誇らしくなった。戦略が成功したのだ。エイダンは頭を絞ってどこかよさそうな場所を思い出したのだろう。エイダンが向かっている先はどうやらファイヴポインツから川に向かう途中にある彼のおばあちゃんの農場のようだと気づいて、リナは顔を輝かせた。エイダンが兄弟と一緒に狩りを楽しむ美しくて広大な農場だ。

二台の車は野原を抜け、森のなかへと入っていった。エイダンの車が停まって、リナも車を停めた。運転席に座ったまま待つ。エイダンの車のドアが開き、彼のたくましい体が降りてくるのが見えた。エイダンは悠然と歩いてきてリナの車に乗りこんだ。リナがふだんは存在を忘れている部分がほのかな光を放ち、小刻みに震え始めた。歯の根が期待を感じてざわめいている。

そこは鬱蒼とした森にはさまれたちょっとした草地だった。映画『トワイライト』のワンシーンのようだとリナは言った。太平洋岸の北西部に広がる、雨と薄闇に包まれたヴァンパイアの潜む森。リナはインディアナ大学の授業で得た知識をいくつか披露した。森の中心にある木は、端のほうの木に比べ、枝を横にも縦にも大きく広げる。他の木に囲まれているために日光の恩恵を受けにくいからだ。

エイダンと一緒にいたいという以外の話をリナがすると、エイダンはいつも喜ぶ。エイダンはこう訊く。ボブキャットの鳴き声って聞いたことあるか。ないとリナが答えると、この前狩りに行ったとき聞いたんだよとエイダンは話す。まるで小さな女の子が殺されてるみたいな声だ。そして身震いする。自分にも幼い娘が二人いるからだ。リナは手を伸ばして彼の手を握る。二人はそのましばらく森を見つめていた。それは満ち足りたひとときだった。その穏やかなひとときの途中で、リナの体は震えだす。いくら考えまいとしても、真実は否定できない——エイダンはリナのためにならない相手だ。リナに対する態度が残酷だというだけではない。彼はリナの気持ちをまず思いやらないからだ。彼は自分の世界で生きている。ぶらんこのセットや工事現場を囲う赤と白のバリケードや、妻に果たすべき責任のことしか考えていない。リナは森の奥のボブキャットだ。ボブキャットの声が聞こえると、そのときは悲しくなるが、家に帰ればふだんどおり夕飯のテーブルにつき、子供を抱っこし、歯の隙間にはさまった筋をほじくる。野球の生中継をながめる。メッセージに返信するのを忘れる。そして眠りに落ちる。

しばらくどちらも無言でいるが、やがてエイダンが先に口を開く。珍しいことだった。エイダンはこう言う。今日、ケルと会ってさ。

ケル・トーマスのことだ。前の晩、ケルからリナにメッセージが届き、自分がホテルに行こうか、話し相手になろうかと言ってきた。リナはケル・トーマスのような男性数人とメッセージのやりとりを続けている。エイダンに焼き餅を焼かせたいからだ。もしかしたら、このまま一生ひとりぼっちというわけではないと思いたいからかもしれない。

そう、知らなかった。リナは言った。

ふむ。

エイダン、あの人ね、わたしとセックスしたかったみたい。でも断った。わたしはそんなことしないもの。だけど、一緒にどこか行こうって誘われたのは事実。大人同士の会話を楽しもうって。

わからないぞ、意外に好みのタイプかもしれない。意気投合したりしてな。

そうなってもあなたはかまわないわけ？

一人前のおとなのすることに口は出せないよ、キッド。

やめてよ、意気投合するも何もないわ。あなたの親友でしょ。それにあの人、ちょっと不気味よね！

エイダンが笑った。エイダンが笑った！

しばし沈黙が続いた。やがてエイダンが言った。で、持ってくるって言ってたものは？

いま主導権を握っているのはリナだ。少なくとも自分ではそのつもりだった。リナは言った。後ろのシートに移って、パンツと靴を脱いで。

エイダンがサバーバンの後部シートに移る。リナも続いた。自分も服を脱いだが、彼にはまだ手を触れさせない。車のフロアに落ちたジーンズのポケットからキャドバリー・クリーム・エッグ（卵形をした菓子。チョコレートの殻のなかに卵白と卵黄を模したクリームが詰まっている）を取り出した。

なかなか来てくれないから、待ちくたびれて食べちゃうところだったわよ。

リナはウィンクをした。エイダンは不思議そうにクリーム・エッグを見ている。リナは左手に持ったクリーム・エッグを横に遠ざけるようにしながら、身を乗り出して彼にキスをした。とろけるようなキスだった。彼とのキスはいつもそうだ。彼の舌。彼女の舌。触ると不快な、ちくちくする毛布のようだと彼は思っていない。まもなくリナは唇を離してクリーム・エッグの包装をむいた。チョコレートの殻の継ぎ目から二つに割り、一方をサバーバンの床に置く。もう一方から人差し指と中指でクリームをすくい取って彼のペニスに塗りつけた。睾丸にも広げ、亀頭にはとくに念入りに塗った。

　そしてしゃぶった。どろりとした甘ったるいクリームを舌で広げながら、同時に舐め取っていく。彼の〝我慢汁〟がほんのわずかに混じった。リナは顔を上げて言った。うーん、ほんのり塩気が利いて絶妙の味。

　次に彼の顔に近づいて、クリームがからみついた舌でキスをした。唇へのキスとフェラチオを交互に繰り返す。どこもかしこも最高に美味だった。

　エイダンがたくましい腕を伸ばしてリナの左右の腿の下側に差し入れ、リナを頭上に持ち上げると、リナのあそこを自分の顔に引き寄せて愛撫した。まるでトラに食べられているようだった。エイダンはリナのヴァギナにうめき声を漏らしながら繰り返した。きみのプッシーはうまい。ヴァギナに向かってそう繰り返すものだから、リナではなくてリナのヴァギナとエイダンが会話をしているのを上からながめているようだった。

　彼はそこに一〇分ほど顔を埋《うず》めていた。あまりの快感に堪《こら》えきれなくなって、リナは何度か彼の上から下りようとしたが、そのたびにエイダンは腕に力をこめ、リナを自分の顔から離そうとしない。まだだ——リナのヴァギナにそうささやき、リナを自分の唇に釘づけにした。ジョイスティックの根本にぴたりとはまったボール状の支えのようだった。

ようやく彼がリナを離し、ヴァギナをペニスの上に下ろそうとしたところで、リナは言った。ちょっと待って！　そんなもの、体のなかに入れたくない！

キャドバリー・クリーム・エッグのことだ。幸い、車のセンターコンソールにベビー用のお尻拭きがあった。リナはそれを使って彼のペニスからクリームを拭い取ったあと、車のフロアに膝をついて彼の上に沈みこんだ。

彼が入ってきた瞬間、あらゆる欲求が満たされるのを感じた。満タンの燃料を得て本来の性能を発揮する機械になったかのようだった。最初の一〇〇回の動きは、初めてのときのようだった。リナが疲れてくると、エイダンがあとを引き継いだ。何かの工具を扱うようにリナのウェストをつかみ、自分の膝に引き寄せる。やがてリナもまた動き始めた。二人は息の合った動きを続けた。彼が上になり、正常位でリズミカルに動く。そのリズムがいよいよ高まり、抑制が利かなくなったリナは、突き上げられるごとに小さなオーガズムを迎えた。この間ずっと二人はキスをしていた。リナの頭の芯は熱くて火を噴きそうだった。リナが小さな絶頂を数えきれないくらい迎えたころ、果てそうになったエイダンがいったん抜き、きみはいったかと確かめた。リナがイエスと答えると、また彼女のなかに入り、ばん、ばん、ばん、また抜いて、リナのおなかに放出した。二人はフロアに横たわったまま抱き合った。リナは早くも不安にとらわれかけていた。彼が帰ってしまうカウントダウンがすでに始まっていた。

エイダンの体の熱が冷めていくのを感じて、リナは言った。ちょっと待って、エイダン。まだ帰らないで、指でいかせてよ。

もういったんじゃなかったのか。エイダンが息を切らしながら訊く。

まだ完全にはいってない。

エイダンは一本指を挿入し、ゆっくりと動かした。指は二本に増えた。リナはうめき声を漏らした。数分が過ぎた。リナはもう少しでいきそうだったが、いってしまえば次の瞬間、彼は帰ってしまうと思うと、なかなか達しなかった。フランス語ではオーガズムを〝小さな死《ラ・プティット・モール》〟という。小さくて幸福な死、満たされた死を指す。だが、これはそれとは程遠い。これは不安に満ちた死だ。小さな死を迎えるたびに、それはリナにとって最後の小さな死になりかねない。

おい、そろそろ疲れたぞ！

エイダンが苛立っているのがわかる。小さな空間に閉じこめられたような気がしているだろう。リナは言った。もういいわ。降りてて。あとは自分でやるから。降りてて。

エイダンは言う。ちょい待ち、小便してくる。エイダンは車を降りて野原で用を足したあと、どこかに電話をかけた。蒸気で曇ったサバーバンのウィンドウ越しに会話の断片が聞こえてきて、電話の相手は女性ではなく男性らしいとわかる。リナはよかったと安堵したが、それでも少し納得のいかない思いがした。それから自分の指で再開したものの、車のなかでひとりそんなことをしているのはいかにも滑稽だった。彼がウィンドウ越しに見ているわけでもない。そこで服を着て車を降り、車のボンネットに座って、エイダンにと買っておいたアメリカン・スピリットを一本抜き出して火をつけた。電話を終えたエイダンが来て、たくましい手をリナの膝に置いた。よう、キッド、また電話するよ。

そうね、電話して、とリナは言い、野原の端の木々の枝を見つめた。

エイダンが背を向けて行こうとしたところで、リナは呼び止めた。待って。ちょっと待って。このたばこ、いらない？　わたしにはちょっときつすぎるから。

そうか、もらうよ、キッド。

六ドルになります。

エイダンがポケットから財布を取り出して五ドル札と一ドル札を差し出す。

冗談だってば！

いや、もらってくれよ、キッド。

やめて、お金なんていらない。

エイダンは紙幣をリナの脚の下に押しこむ。

まだここにいる気か。

あと少しだけ。お日様が気持ちいいから。よく晴れてるし。

そうか、キッド。

エイダンはリナの膝に置いていた手を引っこめた。それと同時に世界が終わったのをリナは感じた。

エイダンは自分の車に戻っていく。リナはそちらを見なかったが、エンジンが始動する音が聞こえた。

車がサバーバンと並んだところで、開いたウィンドウの奥からエイダンがウィンクした。気をつけて帰れよ、キッド。

リナはボンネットから飛び降り、五ドル札と一ドル札を彼の車のウィンドウから押しこもうとした。溶けて車のフロアの凹凸に入りこんだクリームを掃除するのがどれほど重労働か、このときはまだ考えが及んでいなかった。髪にクリームがくっついているとは気づいていなかった。紙幣をウィンドウから押しこもうとしたが、エイダンはその前に車を出し、紙幣はリナの手に残った。

のちに、主治医のクリニックの会議テーブルを囲んだ女性たちに向かって、リナはこう話す。ぼんやり木々をながめたりして、そのあと三〇分くらいそこにいました。そのうち暗くなって、家に帰らなくてはならない時間も過ぎました。

六ドルは地面に落としたままにした。五ドル札一枚、一ドル札一枚。くるりと丸まった緑色の紙幣。紅葉する前に落ちて枯れた木の葉のようだった。

石か何かを載せておけばよかったのかもしれない。もしも彼があの野原に戻ってくることがあったら、わたしがあの六ドルを受け取らなかったとわかるように。でも、そのままにして帰りました。きっと風で飛んでいってしまったでしょうね。

スローン

スローンが住む島には、素晴らしい品ぞろえのファーマーズ・マーケットがあり、バターレタスやからし菜、ベビーケールを生産農家から直接購入できる。人の拳よりも大きなハサミの身を使って作ったクリーミーなロブスター・サラダも買える。

そのマーケットの肌寒い青果物売り場を見ているとき、スローンが自分をつまらないごみくずのように思うきっかけになった女性の姿がふと目に入った。ずいぶん久しぶりだった。一年前に女性からテキストメッセージを受け取って以来、一度も連絡を取り合っていなかった。あのメッセージが届いたのも、スローンがまさにこのマーケットで買い物をしようと車を走らせているときだった。たくさんの食品で埋め尽くされたこの通路が呪われているように思えた。

ジェニーはジーンズを穿き、冬のジャケットの下にヨガ用のウェアを着ていた。抱っこ紐で赤ん坊を楽々と連れ歩けるタイプの女性だ。一人を背負い、別の一人に授乳しながら、オートミール・クッキーを焼くくらいのことはやってのけるだろう。この島の女性特有の美しさをたたえていた。降り注ぐ陽光のもとでのヨガ、ナッツ・ミルクといったものを連想させる。

二人はそれぞれ食品を積んだカートを押していた。スローンは自分のカートにある品物が愚かしく思えた。冷凍のケールにアーモンド・バター。

話がしたいの。ジェニーが大きな声で言った。一度言ったのに反応がないのを見て、もう一度同じことを繰り返しているような調子だった。スローンは自分の考えにほんの一瞬だけ気を取られていて、一度目を聞き逃したのかもしれない。スローンの胸のなかの風船が少ししぼんだ。

いいわ。スローンは答えた。わたしの家に来ない？

ジェニーがうなずく。二人は買い物を再開した。スローンは買う予定ではなかったこまごましたものをカートに入れた。チョコレートのかかったマカダミア・ナッツ。グルテン・フリーのフィグ・バー。買い物がすむと、スローンが自宅まで先導した。それぞれ車を駐めた。スローンは玄関に向かいかけた。ジェニーが車から降りてきた。

待って、とジェニーが呼び止める。あなたの家には入りたくない。

スローンは玄関前のポーチで震えていた。マーケットが自分にとって忌まわしい場所であるように、この家はジェニーにとって忌まわしい場所なのだと気づいた。忌まわしさの種類は違うが。

じゃあ、わたしの車で話す？　スローンは提案した。

ジェニーがそれならと応じ、二人はＳＵＶに乗りこんだ。スローンはエンジンをかけ、ヒーターの風向きを調節して、顔ではなく脚に温風が来るようにした。

しばらくのあいだ、どちらも口を開かなかった。スローンは暖かい風が吹き出す音に、自分の息遣いに、そしてジェニーの息遣いに耳を澄ました。この何週間か、娘の視力の心配をしていた。末の娘は、出産で母子垂直感染しやすいＢ群溶血性連鎖球菌《ＧＢＳ》に感染して生まれた。遅発型の新生児ＧＢＳ感染症で、生後一週間で髄膜炎を発症した。医師の説明によると、聴覚や視覚を失う危険があり、成長に伴って学習障害や神経系に重度の障害を負ったりするリスクもあるということだった。しかし幸いにも静脈内抗生物質治療が功を奏し、娘はリスクを跳ね返して健やかに育っていた。しかし数週間前から、世界がぼやけて見えると不満を漏らし始めていた。

どうして？　ジェニーが沈黙を破って言った。

スローンは即座に首を振った。最初の質問はそれになるだろうと予期していたかのように。ジェニーが横を向いてスローンを見た。にらみつけた。

最後まで知らなかったの、スローンは口を開いた。あなたが知らずにいるなんて、知らなかったのよ。

ジェニーは笑った。やめてよ、と言った。わたしのことなんか考えたこともなかったくせに。

そんなことないわ！

ジェニーはまだ笑っていた。スローンは巨大な闇が、黒くどろりとした闇が、体の内側を動き回っているのを感じた。隣に座った女性から、純粋な憎しみが伝わってきた。憎悪という感情をこれほど身近にしたのは初めてだった。

あなたを無視しようと思えばできた。スローンは小さな声で言った。でも、こうして話をしているわ。信じてもらえないかもしれないけど、知らなかったのよ、本当に。あなたが何も知らないなんて、最後まで知らなかったの。それに――

その先は口にできなかった。最後のころはどれほど心が痛んだか。ジェニーは何も知らないのかもしれないと疑い始めたあとも二度か三度、ジェニーのパートナーと寝たこと。ジェニーも誘ったらどうかとウェスに提案したこと、ウェスが沈黙でそれを却下したことは話せない。ウェスは、スローンと愛を交わす行為を始めることで返事の代わりとした。そんな話はジェニーにはできない。ジェニーが子供たちの父親ではなく、スローンに憎しみを向けるのが最善だとスローンにもわかっていた。

だったら、どうして来なかったの？　ジェニーは言った。そんなに後悔してたなら、どうしてうちに来てわたしと話し合おうとしなかったの？

スローンは、親友のイングリッドのアドバイスを思い出した。リチャードが行って話をすべきだとイングリッドは言った。リチャードに行ってもらいなさいよ。話し合いで解決してもらいなさいって。言い出したのは自分だって説明してもらうのが一番よ。だって、本当のことでしょう。それがあなたのためだし、もう一人の女性のためにもなる。リチャードにはその責任があるわよ。リチャードとウェスに。悪いのはあなたじゃない。

スローンはジェニーに言った。そうね、そうすべきだった。あなたの言うとおりだわ。ごめんなさい。わたしはたぶん、放っておくのが一番だと思ってしまったの。

あんな暗号みたいなメッセージを送ってきたくせに。悪いことをして見つかった人の態度とは思えなかった。わたしの頭がどうかしてるみたいな態度だったわよね！

ごめんなさい。スローンは言った。あなたがどこまで知ってるかわからなかったから。それ以上はもう傷つけたくなかったから。

あなたはウェスを守ろうとしたのよね。自分自身も。

誓って言うけど、わたしはあなたを守ろうとしたのよ！

ジェニーは首を振った。あなたはわたしの子供たちの父親と寝てたわけでしょ。なのに、わたしを守ろうとしたというの？　それ、本気で言ってる？　本当は何を考えてるのか、言ってみてよ。あなたの口から聞きたいわ。

スローンの唇がわなないた。自分では正しいことをしたつもりでいたと言えば、嘲笑を誘うだろう。あなたは自分が大好きなのね。違う？　毎朝、鏡に映る自分と向き合えるでしょう。そこに映った自分に満足するんでしょう。

スローンは思わず口もとをゆるめた。あまりにも的はずれな言われようだった。数ヵ月前のできごとをふと思い出す。ピックアップトラックでプロヴィデンスまで出かけたときのことだ。雑用をすませ、レストランのテントをクリーニングに出したあと、少し時間が余った。そこでパティスリーに寄った。アーモンド・クロワッサンに目が吸い寄せられた。世界一美しいペストリーに思えた。肘に似た非の打ちどころのない形。剝がれ落ちた剝片ははかなく、陽射しの色をしていた。

それを食べたくなった自分を嫌悪し、次に嫌悪した自分を嫌悪した。世の中には、深い悩みとひどい栄養不足に苦しんでいる女性、いま隣に座っているような女性が大勢いることをスローンは知っている。だからこそ、成功は自分にとって義務のようなもの、与えられたチャンスをつぶさずに活かすことが自分の責任だと考えてきた。乗馬、スケート、スキー、歌、モデル。一三歳までにそれだけのスキルを身につけた。フィールド・ホッケーと陸上の選手になった。アメリカでもっとも評価の高い私立学校の一つを卒業した。そのいずれをも比較的簡単に成し遂げる一方で、自分はどんな種類の女なのか、ずっと迷い続けてきた。ちょうどよい加減を探ってきた。どのくらいセクシーなのが適当か。香水の量はどのくらいが適当か。他人に譲りすぎてはいけない。かといって我を通しすぎてもいけない。完璧な塩梅でなくてはならない。そうでなくては幽霊に、太った女に、つきあいにくい女になってしまう。

スローンはほかのどんなことよりも自分を好きになりたかった。数カ月前のあの日、パティスリーで、クロワッサンのことであれほど悩む自分がいやだった。食べたいならすんなり食べてしまいたかった。自分を憎むようなことに毎日のあらゆる瞬間を無駄遣いしたくなかった。何かを完璧にやれないと、自分には人間として欠けたところがあるのではないかと思ってしまう。今年で四二歳、またもホルモン・バランスが変化する年齢を迎えている。〝ホルモン〟という語さえ、成人用おむつと同じ響きを持って聞こえる。ボトックス注射を打ちたいが、打ちたいと思う自分を嫌悪し、かといって打たなければ顔の皺を、老いの証を嫌悪し続けるだろう。大学院に行っておけばよかった。目の周りの小皺だけで、何ユニットのボトックスが必要だろう。

それは誤解よ、ジェニー。スローンはみじめな気持ちを力に変えるようにして言った。あなたを心配したのは嘘じゃない。あなたを苦しめてしまって、自分がいやでたまらない。自分がしたことがいやでたまらないの。

どうしてウェスだったの？

どう答えていいかわからなかった。こう叫びたかった。なんて答えたら納得してくれるわけ？　ウェスは最高にすてきだから。すばらしい体をしていて、セックスがうまくて、欠点が見当たらないくらいすてきで、思いやりがあって、チャーミングで、何かと役に立ってくれるから。ベッドで過ごしたあと、水漏れを直してくれたりもするから。そう言えばいいの？　あなたならとっくに知ってるようなことでしょう、それをいまさら言えというの？

ねえ、わたしを怒らせようとしてる？　ジェニーが言った。だって見てよ、その顔。そんなに落ち着き払って。目の前にあるものが見えないふりをしてる。

ジェニーが何を言わんとしているのか、スローンは察した。レストランをオープンした年、ジェニーは一時期ウェイトレスとして働いていたが、そのときジェニーがしたことがスローンを怒らせた。オープンから数カ月が過ぎたその日、スローンとリチャードは、従業員のシフトのルールを変更した。誰もが週末のブランチとディナーのシフトに入りたがっていたが、それまではベテランのホール係を優先していたのをランダムに振り分けることにした。くじ引き制度に変えたのだ。新しいルールは何日も前に全員に通知されていた。しかしその夏の最初の大きなパーティの予約が入ったとき、ジェニーがホール係全員を集めてスローンに詰め寄った。新しいルールは不公平だ、以前のやり方に戻してほしいと彼らは要求した。長く勤めている自分たちが優先されていいはずだ。スローンは二五歳だった。食肉獣に追い詰められた小動物のような気持ちだった。しかし、毅然とした態度を崩さないようにしようとあらかじめ決めていた。だから背筋を伸ばしてこう言った。ご意見はありがたいけれど、リチャードと話し合ってからでなくては返答できない。結局、ルールは元に戻さなかった。スローンはジェニーに腹が立った。不満があるからといって、あんなやり方をするのは職業人らしくない。もしかしたらスローンは、自覚していた以上に大きな怒りを感じていたのかもしれない。

どうしてウェスだったの？　ジェニーが繰り返した。今回は懇願と聞こえた。

真実がスローンの喉から出かかった。なぜって、彼はホットな人だし、夫から彼と寝ろと言われたからよ。わかる？　それにもしかしたら、以前あなたがわたしを怒らせたからかもしれない。あなたから追い詰められて、自分がちっぽけに思えたことがあったからかも。でも基本的には、夫が選んだ人とセックスをしたというだけのこと。しかしそう答えるわけにはいかないとわかっていた。ウェスとリチャードをかばわなくてはならない。なぜなのかはわからないが、かばい通さなくてはならないと思った。

わたしにもわからないのよ、ジェニー。

何がわからないの？　どうしていつもわからないふりをするのよ。そうやってロボットみたいな受け答えをするのが好きなの？

このときスローンは、ジェニーの冷静さに、地に足のついた態度に、感心していた。スローンなら上面を取り繕うだろうに、ジェニーは自分が傷ついていること、納得できずにいることを正直に認めている。強くてまっすぐな人だ。

せめて全部話してくれたっていいでしょ。長い沈黙のあと、ジェニーは言った。

ジェニーは本気で言っているのだとわかった。すべてを詳しく知りたいと思っている。しかしスローンは、自分は夫の性的な空想の対象なのだとほかの女性に言ってはいけないことを知っている。自分が幸運な一人だという意識もあった。なぜなら、現実には、夫がシャワーを浴びながらマスをかくとき思い浮かべるのは自分ではなく別の女性だという妻がほとんどなのだろうから。リチャードは、きみは僕の夢の女性なんだよと毎日のように言ってくれる。栗色で長いスローンの髪。いたずらっぽくきらめく瞳。ふっくらとした唇。ほっそりとした体。リチャードの目は、スローンの年齢にも、皮膚が骨の上で滑るように動くさまにも、優雅さを見ている。

聞いて、とスローンは言った。傍からどう見えるかはわかってる。あなたの視点から同じ話を聞かされたら、わたしだってスローンという女はひどい人間だって言うと思う。責任逃れをしようとしてるわけじゃないのよ。ただ、申し訳ないと心の底から思ってることはわかって。この件ではわたしもひどいショックを受けたの。あなたが了承してるわけじゃないと察した時点ですぐ、あなたに連絡すべきだった。

なのに、連絡一つよこさなかった！

スローンは言った。一度、フェリーであなたたちを見かけたの。みんなで笑ってた。とても幸せそうだった。だから、もう立ち直ったんだと思った。だから蒸し返すような真似はしたくなかった——

立ち直った？　立ち直った？　あなたはうちの家族を壊したのよ！　わたしの心はね、一分ごとに壊れていってるの。あの人を見るたびに、あなたの体を想像してしまうのよ。

ジェニー、あなたのことをずっと気にかけていたのよ。

やめて——わたしを気にかけてたなんて嘘つかないで！

スローンは叩かれたようにぎくりとして身を引いた。そしてうなずいた。責苦のような長い沈黙が続いた。

あなたを信じるわ。ジェニーがようやく口を開いた。わたしを気にかけてくれてたってこと。自分がしたことを後悔してたってことも。正直な話、あなたが眠っているところを殺してやりたいと思わないのはこの一年で初めてよ。眠ってるあなたの喉を切り裂いてやる空想ばかりしてた。でも、今日は初めてそう思ってない。

スローンは学校に行っている子供たちのことを考えた。いま、この車のなかで、ジェニーがスローンを殺そうと思えば殺せるだろう。自分はなるべく抵抗しないようにするだろう。殺されて当然なのだから。

どうしてなの？　ジェニーがふいに大声を出した。顔はあらゆる方向に歪んでいた。ダッシュボードに手をついて体を支える。あなたはいったいどうしちゃったの？

ヒーターはついているのに、スローンの体は冷えきっていた。ジェニーが何か言っているのは聞こえた。女同士なのにとか。女同士でひどいことをしちゃいけないのにとか。スローンは、洗濯乾燥機にたまった綿埃になった気がした。自分が始めたことではないとは言えない。あくまでもリチャードとウェスなのだとは言えない。自分が望んだことではなく、彼らが望んだことであって、自分は二人に尽くしただけだとは言えない。

自分のいつもの空想が脳裏に映し出される。それをジェニーに話せればいいのにと思った。しかし、話すことはできない。空想のなかのスローンは、バター色のエプロンをかけて自宅のキッチンのシンク前に立っている。髪はきゅっとまとめてポニーテールにしてある。子供たちはテーブルでおとなしく遊んでいる。黄色みがかった柔らかな光が場を満たしている。ローストチキンの夕飯をすませたばかりだ。皮は香ばしく焼けていて、その下の肉はしっとりとしていた。付け合わせは近所の農家からもらった新ジャガやベビーキャロット。レストランは繁盛している。心配ごとは何もない。お金の不安もない。キッチンは散らかっている。おいしい夕飯を作ったときの散らかり方だ。少し離れたところから夫がスローンを見ている。その顔には屈託のないすてきな表情が浮かんでいる。上辺だけではない本物の表情だ。夫が立ち上がり、皿を何枚か持ってこちらに来る。夫の体は明快なメッセージを伝えてきていて、スローンは自然にシンクの前から離れる。夫はスローンの頭のてっぺんから爪先まで見て微笑む。それから蛇口を回し、皿を洗い始める。スローンが頼むまでもなく、皿洗いを引き受ける。

ジェニーに話せないことはそれだけではない。オリンピック競技のようなフェラチオができること

——男性の息遣いを観察し、どこをどう刺激してもらいたがっているのか察して、口の動きをそれに合わせることができること。ディナーに誘われたとき、相手や行き先に応じて、パワフルで女性らしく、優雅で、なおかつ体にぴったり合った服を選べること。それには法則があるから、狙いどおりの自分を演出するための厳然とした法則があるからだ。セクシーならいいというものではない。男性から何を求められてもいいように、全方位をカバーしておくことが肝心だ。

夫がどれほど自分を求めているか、それもジェニーには話せない。だって、それ以上に残酷な話があるだろうか。要するにあなたよりわたしのほうが愛されてるのよなどと、別の女性に言えるわけがない。毎朝、起床後にバスルームの洗面台で歯を磨くときのことも話せない。歯を磨くとき、スローンは鏡を確かめる。それは一日のうちでもっとも重大な審判の瞬間だ。ひどい顔をしているように思えたら、前の晩に飲みすぎた自分を責める。一晩眠ればすっきりできるほど若くはないのよと自分の顔に向かって言い聞かせる。落ちくぼんだ目は、この年齢になっても痩せている代償だ。これほど長いあいだ飢餓状態に自分を置いてきたのだから、頬がこけているのは当然の報いよね、思慮の足りないお馬鹿さん。

リチャードが背後に来る。スローンが何をしているのか気づいて、スローンの自己嫌悪の邪魔をする。白髪をつまんでいるところだったら、その白髪にそっと指をすべらせて、灰色の髪はセクシーだなと言う。心の底からそう言う。午後になると、リチャードはスローンが気に入っている靴を履いてこれみよがしに歩き回る。朝であろうと夜であろうと、スローンがセックスをしたくなることを知っているからだ。それから、スローンの脚のあいだを三〇分かけて舐める。時間をかけないとスローンがいけないからだ。そのころにはリチャードの股間のものも固く勃ち上がっていて、まだオーガズムに悶えているうちにスローンのなかに入る。そして自分が絶頂に達するまでのあいだ、ほかの男とセックスをしたときのことを話してくれという。スローンはそんな話をしたいとは思わないが、こう考える——かまうものか。

ジェニーに話せないことはまだある。リチャードにいやなところがないわけではないが、許せない種類のふるまいをすることはない。どこに行ってきたのか、嘘をつくようなことはしない。リチャードが性的な空想をするとき、その対象はスローンの友人ではなく、ポルノ俳優ですらない。空想の対象はいつもかならずスローンだ。スローンとポルノ俳優の空想ということはあっても、スローンが出てこない空想はない。ジェニーがウェスについてしたような心配を、スローンがリチャードについてすることは決してない。これもジェニーには話せない。

しかしほかのどんなことよりもジェニーに話せないのは、スローン自身が抱える傷だ。ジェニーの傷よりずっと浅いから、そしてジェニーの傷の原因はスローンだが、スローンの傷の原因はジェニーではないからだ。朝、自宅のキッチンの窓の前に立って外をながめると、その日しなければならないことが、まるで映画フィルムのように目の前をひとりでに流れていき、スローンはこう考える——虫除けスプレーと着替え、スケートのレッスン、トイレットペーパーの補充。ミルクと玉ねぎとレモンを買って、プリンター用紙を追加注文する。車の片方のオイル交換、ドッグフードの注文、ビキニラインの脱毛、バターナッツかぼちゃとリコッタのパスタ。ちょっと待って、うちに犬はいたっけ？　顎の黒い毛を抜いて、親戚が来る前にもう一台を洗車、ごみ容器を屋内に片づけて、乾燥機から衣類を取り出して、カウンターの六〇ワットの電球を買って、グレイグースを補充、トイレのプランジャーを買い直して、夫とセックスをして、うちに飼い犬がいるなら散歩をしなくちゃ。

ある面では夫のリチャードを信用できないとジェニーに話すことはできない。やることリストにある項目の半分を夫に頼もうと思えば頼める。シェフだから、朝一番から仕事があるわけではないし、夫には夫のやることリストがあるだろうが、スローンのリストほど長くはないし、それに夫のリストは、スローンのそれと違って、鬱屈した不満という形式で存在しているわけではない。夫のリストは、橙色の炎で書かれてはいない。

リストの項目の四〇パーセントを夫に頼んだとして――いや、三〇パーセントにしようか。そのくらいなら夫にもこなせるはずだ。その三〇パーセントのうち、きっかり半数で夫はしくじるだろう。いつもと違う種類のドッグフードを買ってくるかもしれない。子供たちに虫除けスプレーを吹きつけてやるのを忘れるかもしれない。牛乳は買ってくるだろうが、アーモンド・ミルクを忘れるかもしれない。つまり、リストの項目の一部を夫に任せると、そのうち半分はしくじるけれど、それでも夫は自分の働きを誇らしく思うだろう。ドッグフードを買ってきてくれてありがとう、でも買ってきてほしかったのはこのブランドじゃないの、それにうちには飼い犬はいないしとスローンが言おうものなら、夫はへそを曲げるだろう。夫の尿道のなかで何かが凍りつくだろう。尿や精液は、尿道のなかでちっちゃな氷柱《つらら》に変わるだろう。夫は自分にがっかりするだろう。だから、あなたはしくじったのよとは言えない。何一つ言えない。そう、〝ありがとう〟とは言えるだろうが、それさえも間違いだ。なぜなら、〝ありがとう〟は、仮にスローンから頼まれなかったら夫はその用事をすませてくれなかっただろうとスローンが考えていることを意味するからだ。夫が自発的に家の用事をすませてくれることはまずないが、本人はいつでもやれるつもりでいる。もちろん、いつかは自分でもやらざるをえなくなるだろう。たとえば、スローンが死んだりしたら。どのみちスローンは口やかましい妻にはなりたくない。小言が達者な女性も世の中にはいるが、スローンは人に何かを頼むときの自分の声がきらいだ。では、スローンはどんな理想を描いているのだろうか。どうしても答えろと言われたら、何の理想もないと答えるしかない。たしかに、やらなければならないとスローンが認識するより前に、夫が用事をすませてくれたらどんなにいいかとは思う。便器の縁に点々と散った夫の小便の琥珀色のしずくを拭き取っておいてくれるとか。翌日、子供が着る服を前の晩のうちに用意してくれるとか。はさみを元の場所に戻すとか。スローンの空想のなかでは、スローンの頭に思い浮かぶ前に、夫が先回りして用事をすませてくれる。目に見えない奉仕。レストランで雇っているウェイターにスローンが期待する類のことだ。スローンの空想のなかでは、リチャードがスローンの頭にある一室を片づけ、その何もなくなった場所で――やることリストが絶えずスクロールしていない場所、項目の横のチェックボックスに次々と印がつけられていかない広々とした場所で――スローンがのびのびと性的に興奮できるようにしてくれるわけだが、スローンが用事を思いつく前に夫がすませてくれたら、そのどこまでも続くリストはそもそも存在さえしない。夫は犬の散歩までしてくれた。ふふ、とスローンは笑う。そんなわけないでしょ。だって、うちには犬なんかいないんだから。

だが肝心なのは、夫に期待するそういったもろもろのことに加えて、スローンが夫に何より期待していることは、自分の責任だと言ってくれることなのだとはジェニーに話せない。スローンは害悪の源ではないと言ってもらいたい。スローンがほかの男に犯されているのを見るのが好きなのだと。自分がウェスを選んだ背景にはいろいろ理由があるが、それはスローンの好みや願望や欲求とは無関係なのだと。だが、ジェニーはそういった事情を何一つ知らずにいるのだ――スローンはふいにそう悟った。ジェニーは、スローンが言い出したことなのだと思っている。だから――

ねえ、まじめな話、あなたはいったいどうしちゃったわけ？　ジェニーが繰り返した。

スローンは白昼夢から現実に返り、ジェニーを見る。ジェニーが自分に向ける視線に気づく。自分が思っていた以上に知られている。見透かされていると気づく。

あなたは唯一の女なわけでしょう。ジェニーが吐き捨てるように言った。こんなことになるのを許したのはあなたでしょう。

スローンは、自分の体の下から車のシートが消えたような気がした。

あなたは女でしょう。ジェニーはそう繰り返す。あなたにはその力があるはずだってわかるでしょう？

その前の年、ジェニーとウェスの問題が表面化する前、スローンは遊びに来ていた母親を空港に送って行った。そのドライブは楽しかった。ゴルフ場での一件、兄の娘たちから事故の話を訊かれた一件の前日のことだった。久しぶりの再会は楽しかったわねと母親のダイアンと言い合っていると、突然、ダイアンが言葉を詰まらせた。

どうしたの？　スローンは言った。大丈夫？

あの人、とダイアンはすぐ前で荷物を預けている男性に視線を向けた。

誰？

知らない人よ、とダイアンは言った。ある人に似てるってだけ。

誰に？

事故のあと、わたしが一緒に住んでいた女の子のお父さんに。その人、テニスをやるといつもズルをしたのよ。その人のクラブでテニスをしたんだけどね、その人とわたしで。ラインのすぐ外にボールが落ちると、かならず自分に有利な判定をするわけ。わたしは一七歳だった。どうしていいかわからなかった。ズルをしてるってわかってたのにね。

事故のあと、よその家に住んでたなんて知らなかったわ、とスローンは言った。

ダイアンはうなずいた。そしてこう続けた。事故のあと、父親はダイアンの顔を見るのに耐えられなくなって、友人の家に預けたのだと。それはスローンが初めて聞く話だった。ダイアンはごく客観的に話した。まるで他人事《ひとごと》のようだった。スローンは泣いた。母親を抱き締めた。冷たい石を抱いているようだった。

それも理由の一つなのよ——ダイアンはスローンから離れ、微笑んだ。わたしがテニスをきらいな理由の一つはそれなの。

スローンは母親の腕を左右から支えたまま離さなかった。それが慰めになったかどうかはわからない。助けになったとは思えなかった。過去に母親がしてくれたことを一つひとつ思い返した。娘に最良のチャンスを与えるためにしてくれたさまざまなこと。いつも豪華でおいしかった食事。寒いスケートリンクで、暑いダンススタジオで、レッスンが終わるまで待っていてくれた母の姿。孫のためにとお金を惜しまずにくれたプレゼント——上質な衣服、厳選された玩具。きれいねといつも言ってくれた。スローンの目をまっすぐに見て。どんな子供だって、母親の目にはかわいく映るものだ。

しかし一方で、母親がわざとスローンの手の届かないところに設けたとしか思えないゴールもあった。スローンとリチャードとのあいだの取り決めにも同じことが言える。ルールや境界線は、ビーチの砂の上に書かれていて、うまく読み取れない。しかも潮が満ちると波がかぶる位置にあって、翌朝になると文字は消えている。

スローンが最後にお酒を飲みすぎたのは、リチャードが別の女性と交わる様子を見ているときで、スローンの内側にあるすべてが蒸気のように消えた。スローンは部屋を出た。スローンのような人間にしては荒っぽい足取りで部屋を出た。表向き冷静で、美しく、孤独でいることに慣れたスローンのような人間にしては荒っぽく。もしかしたら、少しも荒っぽくなどなかったのかもしれない。内面だけが荒れていたのかもしれない。

記憶は人の脳のなかでどのように生きているのかと考えると、不思議な気持ちになる。誰がスイッチを入れたり切ったりするのか不思議だ。誰が正しいのか、自分で判断しなくてはならない。スローンが兄の車を全損にする事故を起こしたとき「よかった、生きていてくれて！」と家族の誰も言わなかったのはおかしいと、もしリチャードが言ってくれていなかったら、あの夜の事故は、スローンが兄の車を全損にした夜としてスローンの脳のなかで生きることになっていただろう。兄と疎遠になった原因は自分にあるということになっていただろう。スローンと兄の素晴らしい関係は、スローンがつきあった相手が理由で、あるいはスローンがゲイブの車をひっくり返してしまったせいで終わったのだと思っていたが、実際はそうではなく、兄との関係は、もっとずっと遠い昔、スローンが八歳か九歳のとき、ゲイブがスローンの部屋に来て、「二人でいいことしてみないか？」と言ったあのとき、まるきり別の形で死んでいたのだということも、思い出すことはなかっただろう。

数カ月前のあの日、パティスリーで、スローンはクロワッサンを注文し、なんだかおかしくなってひとり微笑んだ。クロワッサンを一口かじり、バターの豊かな風味とアーモンドの甘さを噛み締めて思った。びっくりじゃない？　わたし、アーモンド・クロワッサンを食べてるのよ。

——あなたは女でしょう。あなたにはその力があるはず。

ジェニーを抱き寄せたくなった。抱き寄せて、自分の夫が別の女性のなかに入っている光景を見た夜のことを打ち明けたくなった。ウェスを選んだのは夫なのだと話したくなった。母親が遭った事故のことを、そのあと家から追い払われたことを、ジェニーに話したかった。その経験が、母親の子育てに影響を及ぼしたことも。自分が起こした事故のことや、当時深い罪の意識を感じたこと、自分が危うくしてしまいそうになったことやしなかったことをいつでも後悔していることも。まだ幼かったころ、兄から性的な誘いを受けたことを、ジェニーに打ち明けたかった。そのころは四柱式ベッドに寝ていて、広くて美しくてピンク色だらけの部屋には、見せかけだけの暖炉があったことも。外から見たら、何もかもがすべて非の打ちどころなく完璧に見えたことを、ジェニーに聞いてもらいたかった。

マギー

マギーは兄二人とともに抗議行動をした。手製のプラカードを持ってウェストファーゴ高校の近くに立つ。マギーはオレンジ色のニット帽をかぶっていて、長い髪をふわりと肩に下ろしている。プラカードにはこう書いてあった。

何人が犠牲になればいいの？

別の一つには――

アーロン・コスビー？（「コスビー」とは、数十人の女性に性的暴行をしたとされる有名コメディアン、ビル・コスビーのこと）

通りかかった車から、人々が三人に向かって声を上げる。大部分は女の子で、マギーよりも年下だ。彼女たちはクラクションを鳴らし、ウィンドウ越しに罵詈雑言を浴びせてきた――言われたあなたには決して口にできないようなことばかりだ。なぜなら、あなたがその内容を誰かに話したとして、その相手はあなたをそんな目で見たことが一度もなかったとしても、そういう目であなたを見た人がいるという事実を知られることになるからだ。

醜いデブ！

あんたみたいな性根の腐ったビッチは見たことない。だからレイプされたなんて騒ぐんだろうけどさ！

そんなプラカード、引っこめなよ。さもないとそのケツを蹴飛ばしてやる！

若く浮ついた少女が何人も乗った車は、わざわざそのブロックを一周して戻ってきた。マギーは携帯電話でその写真を撮る。

何なの、警察に通報する気、ビッチ？

マギーは答える。そうだよ、いまから通報するからね！

同じ日に、マギーと対立する抗議も行なわれた。〈ウェストファーゴはクヌーデルの味方〉。マギーはその様子をテレビで見る。主導したのはアーロン・クヌーデルの現在の生徒八名だ。ほぼ全員が女子。スポーツが得意で、フェイスブックのプロフィールを見れば、自分が大好きで饒舌なタイプとわかる。みな本当に短いショートパンツを穿いていて、脚は小麦色に焼けている。プラカードにはこうあった。

あんなにいい先生はほかにいない

#WF4クヌーデル（West Fargo for Knodel「ウェスト ファーゴはクヌーデルの味方」の略）

無罪　#WF4クヌーデル

速度を落としてクラクションを鳴らすドライバー、スピードを上げて何か叫ぶドライバー。励ましの叫びと陽射し。そこにクヌーデル一家を乗せたステーションワゴンが通りかかる。そのときの写真がある。助手席のマリーは、いかにも母親らしく髪を一つにまとめている。顔色は法廷で証言したときよりもずっとよく、〝イェー〟と叫んでいるのか、口を大きく開けている。助手席の真後ろの男の子は、親指を立てた手を開いた窓から突き出している。その隣のもっと幼い男の子は、何が何だかわからないといった表情だ。運転席のアーロンは、白い小型犬を膝に乗せていて、胸とハンドルのあいだに犬の頭がのぞいている。アーロンの顔には、どこか照れくさそうな、しかし内心の歓喜と誇らしさを隠しきれないというような表情が浮かんでいる。まるで敵の葬儀を照らす太陽だ。

裁判を報じた一連の記事で中立の立場を貫いたある地元紙の記者は、こう言っている。それまで無実だと思っていた人も、抗議グループの前を車で何度も行ったり来たりしていた彼をもしも見たら、考えを変えたのではないか。膝に犬を抱き、子供と妻を引き連れ、満足げにほくそ笑むあの顔を見たら。

その記者は言う――あの男は文字どおり全員を欺いたのだ。

よく晴れた九月のある午後、ノースダコタ州立大学の〝バイソンズ〟とノースダコタ大学の〝ファイティング・ホークス〞のフットボールの試合が行なわれた。この日はウェストファーゴの〝ウェスト・フェスト〞の開催日でもあり、地元企業がスポンサーのフロートが大通りを練り歩き、沿道の子供たちにお菓子が配られる。

各フロートはライバル意識むき出しで、〈品評会で一等賞を獲得〉といった宣伝文句が掲げられている。〈保険に加入するならぜひ当社で〉。〈お食事は当ダイナーへ〉。アメリカ在郷軍人会は海外戦争復員兵協会への対抗心をむき出しにしている。ローリッセン金融のフロートには小さな女の子が何人も乗っていて、集まった市民にアイスキャンディーを投げている。ほとんどは歩道で待っている子供を狙って投げられるが、車道に向かって投げられる分もあり、子供たちが走り回ってちょっとした騒ぎになっている。二〇一五年度ソフトボール州大会の優勝チーム全員のサインが入った記念ボールを速球で投げている少女の一団もいた。

男の子が一人、金切り声を上げた。ソフトボールに口もとを直撃されたらしい。コーヒーのマグを持った薄汚れたブロンドの母親らしき女性が、それくらいすぐに治るから大丈夫よと声をかける。そして集まった人々のほうにぼんやりと視線をさまよわせる。

別の母親らしき女性は、三人連れていた真ん中の子供に向かって「たまには人の言うことを聞きなさい。いつも聞かないのはどうしてなの?」と叱っている。

ウェストファーゴ高校のフットボールの代表チーム〝パッカーズ〞のフロートが来た。人工芝を敷いたミニチュアのフットボール場のエンドゾーンにたくさんの風船が飾られ、ユニフォーム姿の少年たちがボールをパスし合っている。黒いレギンスに緑と白の〝パッカーズ〞シャツを着たチアリーダーが、緑のポンポンを激しく振りながらその後ろを歩いていた。家電販売店のアーロンズのフロートにはたくさんのマスコットやソマリ族の子供が乗っていて、二五ドル相当のクーポンを配っている。水平に広げた旗がまるで棺のようなボーイスカウトの一団。ブドウやバナナの扮装をしてサングラスをかけた元気いっぱいの少女たち。大通りをゆっくりと行く流線形のスポーツカー。見物客や折り畳み椅子が歩道を埋めている。日焼け止めを塗った禿げ頭を目玉焼きのようにてらてら光らせた人々、シャワーを浴びたてのように髪の根もとを汗で湿らせた女の子たち、携帯電話を手放さない小学生。ウェストファーゴ高校やノースダコタ州立大学のロゴ入りスウェットシャツを着て、ビールや水を飲みながら、フロートの上から手を振る人たちに手を振り返す母親や父親。互いの顔をひととおり知っている程度には小さく、しかし当人の耳を気にせず陰口を言い合える程度には大きなコミュニティ。

地元テレビ局のアナウンサーがカメラの前で現地レポートの最中だ――アーロン・クヌーデルはウェストファーゴ教育委員会のフロートで登場する予定です。その事実は大々的には宣伝されていない。つい先日まで裁判が続いていたせいだ。それでも、クヌーデルにはフロートに乗る資格がある――今年度の州の最優秀教員なのだから。そのニュースは伝言ゲームさながら人から人へと伝わっていく。

マギーはパレードを見物していない。パーキンズでウェイトレスの仕事中だ。高校時代からずっとウェイトレスをしていて、高校のころはバッファロー・ワイルド・ウィングスでじゅうじゅうと湯気を立てるオレンジ色の手羽を運んでいた。体中にそのにおいが染みついたが、それでもパーキンズのにおいよりはましだ。パーキンズは古く、さほど強烈なにおいがするわけではないのに、そのにおいはなぜか鼻の奥にまつわりついていつまでも取れない。学校のカフェテリアのようなにおいがする。スクランブルエッグは固くて灰色っぽい。バッファロー・ワイルド・ウィングスにいたころ一度、アーロンがテークアウトしに来たことがあったが、マギーが知るかぎり、彼がパーキンズに顔を出したことは一度もない。

遠くに貨物列車の線路が横たわっている。マギーはときどき自分の担当セクションの窓の前に立ち、通り過ぎる列車を目で追った。マギーの髪は今日もいつもどおり長く、念入りに整えられていてきれいだ。偏屈な客が待つテーブルにハトの羽の色をした卵料理を運ぶ姿はどこか場違いに見える。頬に大きな傷痕のある痩せっぽちのウェイトレスが自分の子供の話をしている。その子は生後半年から身長が一センチも伸びず、体重は一キロも増えない。いまはもう一五カ月になっている。変でしょ、と彼女は言う。ちっとも大きくならないのよ。お医者さんも言ってた。驚いたな、いったいどういうことだろうって。

列車の音が聞こえて、マギーは窓際に行く。この街を出たい。忘れるにはそれしかない。あれからもう六年以上がたつのに、いまもマギーはつい昨日のことのようにアーロンとのことを話す。いまもこう考えている。わたしが彼を裏切っているんだとしたら。彼のほうはまだあのころと同じ気持ちでいて、どうしたらいいかわからないだけなのだとしたら。彼が自分を愛していると考えるなんて、愚かで滑稽だとは思う。マギーの孤独感はふつうの二三歳の女性と比べてずっと深い。出会い系アプリのティンダーを使っているが、マッチした男性はみなすぐに会いたいと誘う。そしてマギーの名前を知ると、こう言う。まさかあのヤリマンだったとはね。マギーは誰も信用しないが、反面、いまだに人を信用しすぎるのが弱点だ。マギーには父親がいない。父親がいない女の子は疑り深く、すべてのマンホールの蓋を持ち上げてその下を確かめずにいられない。しばらく前、マギーは友達に、アーロンにはたった一晩でいいから刑務所に入ってもらいたいだけなのと話した。その一晩だけは、彼が間違っていて、マギーが正しい。一晩だけ、マギーの人生を狂わせた罪を償ってもらう。

友達はこう訊いた。彼が奥さんに離婚されたとしたら、それで満足？　彼の世界が崩壊したら、それでマギーの傷は癒えるの？　それで納得できる？

マギーは少し迷ってから答えた。その答えは間違ってはいないが、世間は女性の苦悩が描く軌跡にあまりに無頓着で、きちんと理解してもらおうとすると、当の女性の品位が傷つくことになる。女性だって生きづらい。それどころか、この世の誰より生きづらいと感じているのは女性だ。

たぶんね、とマギーは答える。それで納得がいくと思う。

そのころマギーの家では、アーリーン・ウィルケンが亡夫の遺品を処分している。亡くなって一年以上たつが、娘のマギーはまだ何一つ手放したくないと言う。アーリーンは夫のコロンの香りを嗅ぐのが好きだ。最初に処分したのは夫のスラックスで、シャツより思い入れが少ないからだが、この数日はシャツにも手をつけ始めていた。

寝室のドアの裏側に夫のシャツが二枚かかったままになっている。自殺する数日前に夫が自分でそこにかけたのだ。驚いたことにマークのにおいはいまも消えずに残っていて、アーリーンは彼にはまだ死ぬ気はなかったのだという思いを強くする。その最後の二枚はそこにかけたままにしておいてもいいだろう。ドアが開いているとき、シャツは壁側に隠れている。目にするのはアーリーンだけだ。

サイドディッシュは何になさいますか。野球帽をかぶった男性と、背中に猫の大きな刺繍がついたセーターを着た女性のカップルにマギーは訊く。

男性は不機嫌そうだ。ガーデンサラダ。みじん切りの玉ねぎを載せて。

隣のテーブルで、高価そうなベビーカーで眠っていた赤ん坊が目を覚まして盛大に泣き出す。

ドレッシングは？　マギーは野球帽の男性に尋ねる。

フレンチ。男性客は、わかりきったことだろうというように言う。それから断固とした調子で付け加える。みじん切りの玉ねぎ！

みじん切りの玉ねぎですね、とマギーは復唱し、手にした注文用紙にペンを走らせる。

ウェスト・フェストの会場では、フロートに座ったアーロン・クヌーデルが王様のように人々に手を振っている。ウェストファーゴには高校が二つある。アメリカが二つあるのと同じだ。男性がいて、女性がいて、地域によっては、テレビカメラに映されていないあいだはいまも一方が他方を支配している。反撃するなら、女は正しく反撃しなくてはならない。適切な量の涙を流さなくてはならず、きれいに装わなくてはならないが、セクシーに見えてはいけない。

パーキンズでは、痩せっぽちのウェイトレスがバターナイフを落とし、高価そうなベビーカーの車輪のほんの数センチのところに着地する。マギーは誰も気づかないうちにバターナイフを拾い、ベージュの洗い物のバスケットに入れる。

野球帽の男性と猫の刺繡入りのセーターの女性がマギーをじろじろ見ながら小声で何か話している。表情を見れば、マギーについてよいことを言っているのではないのは明らかだ。誰かがああしてマギーをじろじろ見るのは、テレビで自分を見て覚えているからなのか、ウェーブをつけた長い髪と完璧なメイクをした若い女、こんな仕事は自分にふさわしくないと思っていそうな女をただ観察しているだけなのか。遠くをまた貨物列車が通った。列車は猛スピードで通り過ぎていく。古風で謎めいた乗り物。マギーは貨物列車の見た目が好きだ。音も好きだし、ひたすら前へ前へと進むところもいい。頭のなかで、それぞれの列車の行き先を勝手に決めたりする。想像のなかでマギーは、真っ赤な口紅を塗り、格好いいスーツケースを引いて、豪華な客車の一つに乗っている。

その同じ日の夜、マギーはフェイスブックに投稿する――〈さよならパーキンズ……いい思い出をありがとう！〉

客の一人とトラブルになった。おかげでその日の残りはずっとぎすぎすして重苦しい気分だった。店長に、辞めます、明日からもう来ませんと告げた。お金が入らなくなるのは苦しいが、どこかで新しい仕事を探せばいい。どこだっていい。学校に行って、ソーシャルワーカーになろう。何一つうまくいかないなんてことはさすがにないだろう。かならず何かがうまくいくものだ。それに、この世界に最優秀ウェイトレスはそう何人も必要ない。

同じ日の夜のもっと遅く、マギーは黒い四角に白い文字でこう書いた画像を投稿する――〈パパが恋しくてたまらない〉。

一つ目の投稿にいいねをつけたのはほんの何人かだけだ。二つ目の投稿を見て慰めのコメントをつけてくれた人も。

しかし、いまはまだ〝その日の夜〟ではない。マギーはまだパーキンズで勤務中だ。まだ店を辞めていない。辞めるとまだ宣言していない。どちらに転ぶかわからない。マギーの目の前にはまだ、残りの人生が開けている。

貨物列車が見えなくなる。尻尾を剣のように振って周囲の木々に斬りつけながら遠ざかっていく。マギーは背筋を伸ばして窓際に立ち、客の話し声を頭から追い出して、貨物列車を――貨物列車が猛スピードで通り過ぎていった先を見つめる。

エピローグ

病室の母の意識は混濁していた。それ以上に悲しいものはそうそう思いつかない。母の考えは、いつだってウォッカのように澄みきっていたのだから。

それでも、ときおり以前の母に戻ることがあって、そういうとき、私はここぞとばかり母に話しかけた。おしゃべりをし、母の話にじっくり耳を澄ましたかった。何より聞きたかったのは、母の望みだ。遠慮しないで言ってみてと私は懇願した。リミニに行きたい？　私はそう尋ねた。母が大好きなイタリア北部のリミニは、リゾート地とはいえ海辺のありきたりな街で、私はいっそティレニア海やスイス国境近くのコモ湖が好きと言ってくれたほうがいいのにと思ったものだ。やっておきたいこと、夢、現実離れした楽しみ。どんなことでも言ってくれれば叶えられるかもしれないからと私は食い下がった。すると母は、バッファロー・ウィングと言った。私が昔、糊の利いた黒いスラックスの下にパンティストッキングを穿いてウェイトレスとして働いていたことがある近所のレストランの看板料理のことだが、母が食べたいのは、鮮やかなオレンジ色に揚がった手羽元《ウィング》だけで、手羽先《ドラムスティック》は好まない。私は足取りも軽く病院を出た。あらかじめ店に電話して注文を伝えているあいだも、私の心は病人の家族には不釣り合いにはずんでいた。茶色い紙袋に入った白いスタイロフォームの容器を受け取った。季節は春だったが、車のヒーターを最強にし、温風の吹き出し口のすぐ前に紙袋を置いて料理が冷めないようにした。母は冷えた料理を嫌った。舌を火傷しそうに熱い料理が好きだった。

私は誇らかに病室に入っていった。母はその少し前に癌科病棟に移ったばかりで、最初の数日間入っていた産科病棟の蒸し暑い病室に比べると、新しい病室はきれいだった。入院したときは産科病棟のベッドしか空いておらず、真っ赤な顔と汗と歓喜にあふれた病室で、母のいる一点だけが灰色で静まり返っていた。

買ってきた、と私は言った。大好物よね。

母が目を上げた。私はベッドのすぐ横に《ピープル》とそのイタリア版《ジェンテ》を積んでおいた。テレビのリモコンは、すぐ手が届くところに置いてあった。しかし母はそのいずれにも手を触れていなかった。黙ってベッドに横たわり、黄色い壁を見つめていた。

あら、と母は言った。

何よ、あらって。

おなかはあんまり空いてなくて。

少しでも食べてみて。一口サイズに切ってあげる。

だめよ、と母は言った。骨からむしって食べるのが好きなんだから。

しかしそれは無理だ。よほど食べる気にあふれていないと、骨から肉をかじり取ることはできない。

母はバッファロー・ウィングに手を伸ばしたが、持ち上げるなりまた下ろした。

腹が立った。その欲求の欠如に怒りを感じた。何かをほしがろうという努力さえ放棄している母が腹立たしかった。

何か話しておきたいことはある？

あれやこれやをしまった場所はもう知ってるわね、と母は言った。家の権利証をはじめ、泥棒や詮索好きな親族から隠してあるこまごましたもののことを指している。

知ってる。ほかに話しておきたいことはない？

愛してるわ。

あらうれしい。母にも私の怒りが伝わった。私が母を責めたい気持ちでいることを母は知っている。母が病気になったことをというより、病気になっても何とも思っていないことを責めたかった。

ほかのことが知りたいわけね、いいわ。母のイタリア訛《なま》りは、以前ほど強くなくなっていた。痛み止めのモルヒネのせいで発音がはっきりしない。そのおかげで、ほかの人と変わらない話し方になっている。

いつもとびきり親切な看護師が病室に入ってきた。バッファロー・ウィングね！　うらやましい！　私が来たときは寝たままだったのに、母は看護師が来たのに気づくとベッドの上で起き上がった。そして、優しい娘なのよ、と言って私の腕をそっと叩いた。

親切な看護師が行ってしまうと、母は私を見た。母の顔はひどく灰色だった。夜間に輸血をしてもらった直後はピンク色で、私がかつて知っていた女を思わせた。家の隅から隅までせっせと掃除していた女、銅の鍋を週ごとに残らず磨き上げた女。映画館ではヒマワリの種を性懲りもなくやかましい音を立てて食べていた女。

聞く覚悟はいい？　母が私に尋ねた。

いいわ、と私は答え、顔を近づけた。母の頬に触れた。頬はまだ温かいが、それはそう長くは続かないとわかっていた。

自分の幸せを見せてはだめよ。母は小声で言った。

誰に？

みんなに。母はうんざりしたように答えた。やっぱり私には通じないとあきらめたかのように。それから付け加えた。とくに、ほかの女性たち。

その反対だと思ってた、と私は言った。弱ってるところを見せちゃいけないんだと思ってた。

それは違うわ。弱ってるところは見られたってかまわないの。見せてやったほうがいいくらい。でも、幸せだと知られたら、みんなその幸せをぶち壊そうとする。

だけど、誰の話をしてるの？ 私はまた尋ねた。何が言いたいの？ 正気を疑っちゃうわ。

私はまだ若かった。父を亡くして数年しかたっていなかった。一人で社会に立ち向かおうとして反撃された経験がまだなかった。しかも、私のなかで二種類の人間がせめぎ合っていた。父は生前、望めば何でも叶うと言った。この世で唯一大事なのは自分自身なのだと。ところが母は、人間はハエのようなものだと私に教えた。私たちは超満員の病院の待合室にいて、空きの出た病棟におとなしく引き取ってもらうしかない。

母はそこで目を閉じた。というより、まぶたが震えた。大げさなほど芝居がかっていた。死を前にしても――小枝のように痩せ細っていても、母はやはり自分の命の重みを娘に気づかせようとした。

二〇一八年七月のある暑い夜、アーリーン・ウィルケンは寝支度を始めた。テレビのチャンネルを夜のニュース番組に合わせ、毛布をおなかまで引っ張り上げた。ベッドのもう半分は空っぽだった。

テレビのニュースキャスターは、その少し前にノースダコタ州で明るみに出た教師と生徒のスキャンダルを報じていた。似たようなニュースがあまりにも多すぎる。学校はまさに醜聞の温床というべきか、スキャンダルが次々と発覚していた。アーリーンは音量を上げた。

ニュースキャスターのマイク・モーケンは、アーリーンの娘マギーの裁判が行なわれているあいだ、マギーはただ州の最優秀教員の家庭を壊したいだけだろうなどとほのめかさなかったキャスターの一人、つまりアーリーンがいま声を聞いても不快に思わない数少ないキャスターの一人だ。この四角い形をした厳寒の州で暮らす誰もがマギーに非難の言葉を投げつけたが、モーケンは違った。

画面の奥のモーケンは、ノースダコタ州では州に採用されている全教員の人事資料を誰でも閲覧できると話した。アーリーンにとってそれは初めて耳にする衝撃的な情報だった。マイク・モーケンの口を介して神が自分に語りかけているのかと思った。翌日、アーリーンはさっそくウェストファーゴ教育委員会に電話し、アーロン・クヌーデルの資料一式を請求した。分厚いファイルが届いた。薄汚くて触れたくないような気がした。ページをめくるたび、未成年のマギーに向かってあと五年待ってくれと言うクヌーデルの声、きみの体の隅々にキスをするのが待ちきれないというクヌーデルの声が聞こえるようだった。

やがてアーリーンはファイルにあるものを見つけて驚き、それまでの怒りをいっとき忘れた——公判では開示されなかった、クヌーデルの筆跡のサンプル。アーロン・クヌーデルが教員として採用された際の応募書類だ。すべて手書きで、独特の装飾的な文字が何行も続いていた。公判のとき、もしこのサンプルと比較できていれば、筆跡鑑定の専門家は、同一人物の筆跡と「思われる」、すなわちポストイットのメモを書いたのはアーロン・クヌーデルであると示唆する類似点はあるが、分析の確かさという意味ではかなり低いとしかいえない意見ではなく、もっと断定的な見解を提出できていたのではないか。

この発見をどこにどう持ちかけたらいいのか。検察官のジョン・バイヤーズに話してみようと思ったが、アーリーンが何度かけてみてもバイヤーズは電話に出なかった。裁判の最終日、アーリーンは結果に打ちのめされてはいたが、それでもバイヤーズと握手を交わして礼を言おうとした。しかしバイヤーズはそれに気づいていないふりをして無視した。起訴に時間がかかっているのはどうしてなのかとアーリーンが詰め寄ったことをまだ根に持っているのだろうと思った。そのとき、アーリーンはこう訊いた――いったい誰をかばっているんですか。当時アーリーンは、そしていまのアーリーンも、誰が味方なのかわからずにいた。

アーリーンを支えているのは、娘は本当にあったことを話しているという揺らがぬ信念だけだった。証券取引所で株価が流れる文字で表示されるように、それがアーリーンの頭のなかを流れ続けている。証言の一つひとつ、証拠物件の一つひとつ。埋立地のごみの山のように湯気を立てている情報の山。そこから滲み出す汚水のような恐ろしい考え。たとえば、公判にだけ集中しなければならないのに、マーク・ウィルケンの死を悲しむことにも意識を振り向けていたせいで、彼らに有利な判断をよく考えずに受け入れてしまった場面がどれだけあっただろう。アーリーンは助言を求めてベッドの空っぽの半分に目をやった。

これを見たら、誰だってマギーに宛てて〈きみが一八歳になる日が待ちきれない……〉と書いたのは確かにアーロン・クヌーデルだと納得するのでは……？

誰かに電話をかけたかった。世界に向かってこう言いたかった。見て、お願いだから、見て。うちの家族はまともに相手をしてもらえなかったのよ、無視されたのよ。だって見てよ、向こうはこんなものを隠していたんだから！　アーリーンは受話器を持ち上げる。またすぐに架台に戻す。電話をかける相手がいない。取り合ってくれそうな相手はいない。アーリーンが感じているものは、失望とは少し違っていた。失望するのは、思いどおりにものごとが進むことがたまにはあって、それが半ば当たり前になっているからだ。アーリーンは何年ものあいだ、娘に、夫に、自分に無罪を言い渡そうとしてきた。世の中に向けてという意味でもそうだが、基本的にはこの寝室で開かれる一人きりの裁判の裁判長として、家族がしてきた選択の一つひとつ、すべての夕飯、すべての旅行、すべての飲酒を何時間もかけて検討し直し、そして自分の心をずたずたにしてきた。

翌日の夜、マギーが仕事から帰宅するのを待って、アーリーンは新たに見つけた筆跡サンプルのことを話した。どうしたらいいか、娘の意見を聞きたかった。再鑑定を頼みたいと言うだろうか。話を聞いたマギーは肩をすくめた。

いまさら何になるの、ママ？　次はわたしの話を信じてくれると思う？

アーリーンはうなずいた。それからキッチンに向かった。パスタを作ろうと思った。スープを温め直すのでもいい。宅配を頼むのでもかまわない。何が食べたい、マギー？　おなかは減っていないとマギーは答える。それより疲れた。行動保健学のスペシャリストとして朝から働きづめだった。大勢の子供たち、マギーよりさらに恵まれない子供たちの監督をして一日過ごした。

マギー、外に食べに行かない？　二人だけで。

裁判が終わって以来、マーク・ウィルケンが死んで以来、マギーはそれ以前と違って何一つ望まなくなった。親孝行が叶わないのはつらいが、それ以上につらいものが一つだけあって、それは親に努力する余地さえ与えない子供だ。母親がどれほどあがいても、効き目はない。

女の声が届くことがあっても、きちんと聞いてもらえるのはたいてい、適切なタイプの女の声だけだ。白人の女。裕福な女。容姿に優れた女。若い女。すべての条件を備えていればなおいい。

私の母のように、口を開くことを恐れる女もいる。私が最初に取材を始めたある女性がのちに辞退したのは、新しい恋を見つけ、その話をすれば恋愛がだめになるのではと不安に駆られたからだった。お母さんから、恋愛について話すのは恋愛を終わらせる一番の早道だと言われたという。その女性はマロリーという名で、背が高く、ロングヘアで、干しプラムの色の砂と貧困と、ビーチにむき出しで置かれた便器があるドミニカ共和国の出身だった。恋をする前、マロリーは黒人女性や白人男性と好んで寝た。マロリー自身と同じ黒い肌の女性だったのは、彼女たちといると自分が美しくなったと感じ、また安心できたからだ。マロリーが好むタイプの白人男性は、コットンピケのシャツを着ていて、ベッドでは退屈で神経質なニューイングランド地方出身で、きっと人種差別主義者だろうと誰もが思うような白人男性と寝たと知れたら、自分は黒人の女性たちから非難されるだろうと思うと、それだけでぞくぞくするからだ。白人女性からベッドに誘われるような白人男性と寝ることにも興奮した。マロリーが子供だったころ、出身地の島に休暇を楽しみにやってきて、黒っぽい色をした砂浜に小屋を所有していたマロリーのお母さんからビーチで腰に巻くパレオを買っていたような白人女性。彼女たちが持っていたものを、マロリーもほしかった。

欲望をめぐる不安は、私たちがもう何年も前に乗り越えていてしかるべきものと思える。私たちは見境なくセックスをしたがるとはいえるだろうが、それで幸せになれるかといえば、かならずしもそうではない。

インディアナ州で、一室に集まった女性たちの話に耳をかたむけたいくつもの夜、その場には強い連帯意識とさりげない気遣いがあふれていた。しかし、エイダンとの逢瀬を楽しんだばかりで上気した顔をしたリナが出席する夜は、ほかのメンバーは気に食わない様子でテーブルを指先でいらいらと叩き、リナの幸福をかき消そうとした。

住む家と扶養してくれる夫と健康な子供がリナにいることに不満を表す人もいた。リナの人生の何もかもが無傷で、あるべきところにある。なのにそれ以上を求めるリナに、怒りを感じたのだ。

リナはおそろしく支配的な母親に育てられた。何色でメイクするか、何色の服を着るか、母親が決めて押しつけた。リナはピンク色が大きらいだったのに、母親はピンク色のものばかり選んで買ってきた。娘の好みを無視した。自分が好きなものばかり買った。リナの父親は、娘と時間を共有しようとしなかった。タイヤ交換のやり方を教えてと毎晩のように父親に泣きついた時期があったことを、リナはいまも忘れていない。

集まった女性たちに、リナは説明を試みた。エドは実家の父親と同じなのだと。つるりとして孔《あな》がなく、リナが望むこと、言ったことがまったく染み通らない。リナが求めているのはパ、ー、ト、ナ、ーだ。その語は、リナの身近な人々には何の意味も持たないらしかった。リナがほしいのは、セックスをし、愛し合い、一緒に車の修理をしてくれる人、太陽が照りつける砂利道を一緒に走ってくれる人だ。車の種類は関係ない。二人一緒なら、コンバーチブルでもオフロード車でも何でもかまわない。パートナーがいないのは、新品の洗濯機がないのとは違う。リナにとってパートナーがいないのは、ゆっくりと静かに死んでいくのに似ている。エイダンはきっといま挙げたようなことをリナとはしないだろう。彼が奥さんと別れる日は来ないのかもしれない。ひょっとしたらリナは、エイダンを美化しているのかもしれない。それでも、エイダンはリナの血を沸かせてくれる。家のおまけではなく、一人の女の子に戻らせてくれる。自分の人生がどう終わることになりそうか、いまはもうはっきり見えない。いつか自分もその下に埋葬されるであろう灰色の土を、リナの死骸を埋葬地へ運ぶ霊柩車が通る道筋を想像できない。その状態は、リナのこれまでの人生のなかでもっとも〝生きている〟に近いものだ。

労働者《レイバー》の日《デイ》の三連休に、スローンとリチャードはレストランの経営をめぐって口論をした。もう何日もセックスをしていなかった。毎日セックスしていないと、リチャードは決まって不機嫌になる。三六時間ですでに長すぎる。ときには二四時間で限界が来ることもある。しかしこの日、リチャードは頭に血が上っていた。スローンとは関わりたくないと考えている。今回、少し冷却期間を置こうとしているのは、リチャードのほうだった。外では作業員が二人の自宅の壁を塗り替えている。これまでミントグリーンだった壁は、灰色になろうとしている。

スローンはワックス脱毛の予約を入れて入浴する。バスタブに浸かっているあいだに、夫婦の友人の一人からメッセージが届く。窓枠に置いた携帯電話の画面にメッセージが表示され、スローンはしずくを滴らせながら電話に手を伸ばし、リチャードに電話をかけた。

わたしとセックスしたくないのよね、それはわかってる。でも、もう我慢できないの。

リチャードはノーと言う。リチャードはノーと言い続け、スローンは懇願を続ける。やがてようやくリチャードがこれから家に帰るよと言う。寝室で、リチャードはスローンの脚のあいだに顔を埋《うず》めた。スローンは上に来てよ、わたしの体はそこだけじゃないんだから、なかに入ってと促す。リチャードは断る。気持ちの問題としてまだそれはできないと言う。このほうが、スローンを口でいかせるほうが気楽だ。スローンのなかに閉じこめられることなくスローンの望みを叶えるほうがいい。

スローンはレースのショーツ一枚の姿で、全身を使って夫をなかに誘い入れようとした。リチャードは拒み続け、スローンはせがみ続けた。ついにリチャードが根負けし、二人は交わった。それは情熱的で、よけいなところのない、短時間のセックスだった。リチャードはスローンの口のなかで果て、スローンの鼻からあふれそうになった。

終わったあと、スローンはしばらく横たわったままでいた。感じたのは小さな死《ラ・プティット・モール》ではない。その正反対だ――ほぼ完全に満たされた気分だった。結局のところ、家族や親しい友人の健康を別とすれば、スローンがほかの何より夫を求めているという事実、夫が他の何よりスローンを求めているという事実以上に大きな意味を持つものはない。少女期にはつらい思いをしたし、いまも日々いろいろな小さなできごとに不愉快を感じるが、それでも、この心の交わり以上にすばらしいものはほかにない。

スローンを妬んで陰口を叩く人もいる。マギー・ウィルケンが被害を公にしたときや、リナ・パリッシュが高校時代に三人の男子生徒にレイプされたときと同じ言葉を使う人もいる。もちろんスローン本人は、誰に何を言われても無視できる特権が自分にあることを知っている。スローンは白人で、美人で、自分の店を経営している。実家は裕福だ。世界は何かにつけスローンに有利に回っている。一方で、それまでスローンに味方していたものごとがふいに牙をむいて向かってくることもあるだろう。しかし夫といるとき、その世界には二人しか存在しない。現実にはほかにも人がいるとしても。

当然のことながら、母は死んだ。どこの母親もいつか死に、死んだあとには彼女たちが持っていた知恵、抱えていた不安、そして欲望の痕跡が残る。誰の目にも明らかな痕跡、ここにあるよと泥棒に手を振っているような痕跡もある。私の場合は、ブラックライトで照らさなくては読み取れなかった。

私の母は、潔いほど何も望まなかった。望みを持たないことほど安全なものはない。ただし、ある意味で安全であっても、それは病気や悲しみ、死から人を守ってはくれない。守られるのは面子だけということだって少なくない。

アーリーン・ウィルケンは初秋が来てもまだ新しい筆跡サンプルの件を考え続けていた。これこそが自分と娘が前を向いて歩み出すために必要なものだと信じて疑わなかった。この期に及んでなおもよいことは起きるのだと思った。まだ希望はあると思うとマギーに話した。しかしマギーはそう感じていなかった。

マギーは落胆していた。怒りさえ感じていた。世の中の大勢の人は、マギーが作り話をしているのではないという可能性を一顧だにせず、主張が真実だというなら専門家による証拠を示せないのはおかしいと決めつけている。

公判とその後を通じて、マギーと家族は陳腐な決まり文句のように扱われた。微妙なニュアンスは、〝問題のある家庭〟という一語に押しこめられた。マギーがまだ子供だったころ、冬になると、父のマークは小型の除雪機を引っ張り出してきて庭に積もった雪を吹き寄せ、巨大な山を作って子供たちにそり遊びをさせた。雪の山を作るのには何時間もかかったが、子供たちが楽しみにしていることを知っていた。アーリーン・ウィルケンは、夫の死の三カ月前に酒を断ち、それ以降、いまも禁酒を続けている。マギーの両親はたしかに酒呑みだった。だが、親としての務めを果たしていたし、何よりも愛情深い父母だった。なのに、二人の愛情はなかったかのように扱われている。他方でマスメディアは、アーロン・クヌーデルが学校や街でした立派な行ないを一つ残らず数え上げた。

公判の最終日が近づいたある日、マギーが法廷から退出しようとしたとき、がっしりした体格に灰色の髪をした五〇代の男性がマギーにすっと近づいてきて言った。「慰めになるかどうかわかりませんが、私は初めからずっとあなたの話を信じていますよ。最初に聞いたときからずっと」

その人の目は優しかった。マギーは初対面の男性を信用できなくなっていたが、それでも見知らぬ人が味方してくれていると思うと心強かった。家族や少数のごく親しい友人を除けば、味方はその男性一人しかいなかった。マギーの話を信じた人、あるいは無謀にもマギーを信じていると言明した人はほかにいなかった。

一方でアーロン・クヌーデルは、周囲の教師、生徒、新聞記者、ガソリンスタンドの店員、食料品店のレジ係から無条件に支持された。クヌーデル本人と面識のない人々、マギーとも面識のない人々。クヌーデルが起訴される前から、誰もがアーロン・クヌーデルに一票を投じた。

「世間は、彼のような容姿端麗な青年がそんなことをするはずがないと思いたかったんですよ」アーリーンは言う。「だから、彼なら擁護しても大丈夫だと感じたんでしょう」

たしかに、世間は昔もいまも、すでに称賛の対象となっている人物、歴史を通じて受け入れられてきた人物だけを今後ももてはやそうとする。マギーの物語にあれだけ多くの人があのような反応を示すのを見て、私は当惑した。マギーは本当にあったことを話していると信じる人でさえ、マギーにも非があると考える。だって、アーロン・クヌーデルが何をしたというのか？　アーロン・クヌーデルはレイプ犯ではないと彼らは言う。彼は優秀な教師であり、彼には家庭がある。その程度のことでなぜ、彼の人生が台無しにされなくてはならないのか。

　しかし、アーロン・クヌーデルが罪に問われたような行為は、合意のない性交を強いられた場合と同等の悪影響を子供に及ぼすものといえるだろう。社会は、当時のマギーのような少女を適切な判断ができるおとなとみなす。マギーはいくつか悪条件を抱えてはいたが、優秀な頭脳を持った子供だった。アーロン・クヌーデルのようなすばらしい教師なら、マギーが自信と成功に満ちた人生を歩む後押しができただろう。ところが彼は、その正反対のことをした。

　ふだんの言動を考えればマギーの主張を真実と認めそうな人でも、男女を問わず、多くが私にこう言った。でも、その子が望んだことでしょう？　自分から誘ったようなものでは？　私の理解では、マギー・ウィルケンは自ら誘ってはいない。マギーは差し出されたものを受け取っただけだ。子供が、どんな表彰状でも、贈り物でも、喜んでもらうように。おとなの女には経験知があるが、子供にはない。マギーは愛されたいという願望、きみはいるだけで価値があるんだよと誰かに言ってもらいたいという願望につけこまれた。そしてのちに、その願望はそもそも厚かましいと非難された。

　スローンやリナの経験について周囲の人々に取材したときも同じ力学を感じた――とくに、二人のごく身近な人々、友人や近隣住人から。欲望とは、誰にとっても、自分以外、とくに女性には抱いてもらいたくないものであるかのようだった。結婚は許される。結婚はそれ自体が牢獄、担保のようなものだ。寝るときはベッドのここに頭を置きなさい、飼い犬のフード入れはここに置きなさい。もしもふしだらな真似をしたら、サウナを作りたいなどと言い出したら、恐れていたことがすべて現実のものとなるだろう。私の母が遺した最後の教訓は――幸福であることを他人に知られてはいけないというもの。しかし実をいえば、私はその何年も前、その教訓を子供のころに身につけていた。父は、お風呂に入れると甘やかされた女の子を感知して色が変わりそうなもの、たとえば闇市場で売買されている人魚であろうと、私がせがめば買ってくれるような人だった。お母さんには内緒にしなさいと父から言われたことはない。そう私に教えたのは私自身だった。

アーリーン・ウィルケンはいま、一時的に救われたような気持ちでいる。ふたたび前を向くきっかけが手に入ったかもしれないと亡夫に報告したい。娘のマギーをどうにか説得したい。しかしマギーは無口で、消極的で、慎重だ。他人に多くを見せてはいけないことを経験から学んでいる。何か言えば自分の不利に使われかねないし、きっと使われるだろう。

それに加えて、タイミングもよくない。マギーが喜べないのには理由がある。筆跡サンプルが見つかったのは、アーロン・クヌーデルがシャイアン高校のゴルフ部の副コーチに就任したことをマギーが知った直後のことだった。シャイアン高校のウェブサイトには、両手を背中で組んだポーズで微笑んでいるクヌーデルの写真が掲載されている。公判当時よりも肉づきがよくなった。顔色もいい。とても元気そうで誇らしげだ。彼の横には、一五名の女子部員が並んでいる。濃い茶色の髪の子もいれば、ブロンドの子もいる。赤毛の子も一人二人交じっている。

次にお名前を挙げるみなさんに感謝を捧げます。ジャクソン――あなたの優しさはまだまだたっぷり在庫が残っていそうだけれど、いつか空っぽになるものかどうか、この先の一生を費やしてでも確かめたいと思います。父と母――一緒に過ごしたあいだに、充分なもの、過剰なほど多くのものを与えてくれました。そして私を救ってくれたエヴァと、自分を救った兄に。

シドニー――あなたがすることはすべて夜空を明々と照らす灯火のようです。エポニー、ケイトリン、ジャン、ベヴァン、カレン、ベス、デイナ、イルデ、ルシア、キャロリン、エミリー、クリスティーナ、ローレ、クリッシー、ダーラ、ゾーイ、カミッラ、ルース、シャーロットの女の友情に。エディもね。

私を信じ、待ってくれた担当編集者のジョフィー・フェラーリ＝アドラーに、巨大で底なしの感謝の気持ちを捧げます。急かしていると思われないように巧みに急かす静かなエレガンスの持ち主でした。エージェントのジェン・ジョエルにも。どんなときも最高のエージェントです。ジョン・カープに。感謝の手紙に彼の名前を記すことができるというだけで心の底から誇らしく思えるような人たちの一人です。

執筆初期に私を信じてくれた人々、すばらしく有能な編集者、そして物語を愛する心の持ち主であるデヴィッド・グレーンジャーとタイラー・キャボットにも。その二人のように、世間より一足早く自分なりの意見を形成するすべての人にも。実際に会ってみたら想像していたよりもっとすばらしい人だとわかるような数少ない雲の上の人々――アダム・ロスに。ありがとう、レスリー・エプスタインとハー・ジン。才能に満ちたアーティストであると同時に、活力にあふれた献身的な教師でもありました。私に進むべき方角を指し示してくれたマット・アンドリーとジャスティン・ガルシア、キャサリン・コーにも。理解をありがとう、ニック・パチェッリとスーザン・ゲーマー。どこか暖かい地方から始めるといいよとアドバイスしてくれたマイク・セイガーに。そのアドバイスだけは無視してしまったけれど。私が書いたものをついに読んでくれたマット・スメルに。ありがとう、ジョーダン・ロドマン。紫色とプルーンと、あなたに感謝すべきだと気づかなかったことをいつか悔やむことになりそうなすべてのことに。ありがとう、中身よりも表紙のほうが先に存在していたのではないかと思ってしまいそうなすてきなカバーをデザインしてくれたアリソン・フォーナーにも。

アヴィッド・リーダー・プレス、サイモン&シュスター、ＩＣＭ、カーティス・ブラウンのすべての人に。すなわち――ベン・ローネン、キャロリン・レイディ、メレディス・ヴィラレッロ、ジュリアナ・ホーブナー、ニック・ヴィヴァス、ティア・イケモト、キャサリン・サマーヘイズ、ジェイク・スミス＝ボーサンケット、キャロリン・ケリー、シェリー・ワッサーマン、エリサ・リヴリン、ポール・オハロラン、アマンダ・マルホランド、マイク・クワン、ブリジット・ブラック、ポーラ・アメンドレーラ、レオラ・バーンスタイン、テレサ・ブルム、トレーシー・ネルソン、ダニエラ・プランケット、ウェンディ・シーニン、そして過去にもらったなかで最高に楽しいメールの一つの送信主、スチュ・スミス。

最後に、この本に登場してくれた女性たち、リナ、スローン、マギー、アーリーンに、心の底からお礼を申し上げます。こうして書き上げることができたのは、四人の厚意があったからこそです。彼女たちと出会えていなければこの本は存在していなかったでしょうし、この本が成立するために必要だった人間味も欠けていたことでしょう。四人は、いまでは少なくなったリアルな人たちです。四人が取材に応じてくれたのは、自分の利益のためでなく、自分の経験からほかの人々も得るものがあるかもしれないと考えてのことでした。四人の誠実さと勇気、希望に敬意を表します。四人の物語は、輝かしさも、荒々しさも含めて、現代の欲望のありのままを描き出していると私は思います。それは血であり、骨であり、愛であり、痛みでもあります。命の誕生でもあり、死でもあります。すべてがそろっています。そして、それこそが人生なのです。

訳者あとがき

タイトルが示唆するとおり、この本には三人の女が登場する。

リナ

保守的な土地柄といわれる中西部インディアナ州で、比較的恵まれた生活を送る主婦。高校時代に上級生グループから集団レイプされ、小さな町にその噂が広まって、レイプ被害そのものと周囲の視線の二つがリナの心に深い傷を残した。その後「安心できそうな」男性と結婚して十一年。キスひとつしてくれなくなった夫との別居を決意したころ、高校時代の初恋の相手と再会して、ダブル不倫関係に。他人には「そんなつまらないこと」と一蹴されそうな欲求（夫からキスされたい）を優先して別居を決めたうえ、不倫まで始めたことをうしろめたく思いつつも、いったん走り出した気持ちを止められなくなっている。

スローン

北東部ロードアイランド州で、シェフの夫と共同でレストランを経営している。実家は裕福だが、家族らしい愛情に欠けていた。長年、夫が選んだ第三者を加えた3Pセックスを続けており、夫の希望に従ったその行為を通し、何よりもほしかった「愛されている」実感や自己肯定感をついに手に入れる一方で、同じ行為が別の誰かを不幸にしている可能性に薄々気づいていながら目をつぶっている。

マギー

やはり保守的な中西部ノースダコタ州の二十代の女性で、高校時代に既婚の男性教師から〝関係〟を迫られたのち、一方的に別れを告げられる。自分の欲求や現実に起きたはずの性経験を全面的に否定されたように感じたマギーは、自分のことさえ信じられなくなり、大学に進んでからも長いあいだ鬱状態に苦しむ。五年後、相手の教師が州の最優秀教員に選ばれたことをきっかけに――自分の世界はあの別れを境に歩みを止めてしまったのに、彼の世界は順調に進み続けていることを知り、また自分の沈黙は同じような被害者を増やすことにつながりかねないことに気づいて――未成年者の性的虐待容疑で教師を告発した。しかしこの勇気ある行動に、地域社会は「人気の教師を自分から誘ったのでは」「どうせ金目当ての訴訟だろう」と冷ややかな目を向け、マギーはそういった偏見とも戦う羽目になる。

八年の歳月をかけて三人を徹底的に取材した著者は、ときにそれぞれの家族との関係や思春期のエピソードなどにも触れながら、三人の性的な欲望と願望の物語、そしてそれを追求したがゆえの、あるいは否定されたがゆえの失意と傷心の物語を、丁寧に、そして赤裸々につむいでいく。

本書のプロローグに、こんな印象的な一節がある。

――女はほしくもないものをほしがっているふりをする。本心からほしいものが手に入らなかった屈辱を誰にも知られたくないからだ。

著者はこの本を執筆した動機について、「(表面を見ただけで)他人を批判するのはやめよう」と訴えたい気持ちがあったと英紙『ガーディアン』のインタビューで述べている。自分と違うからというだけで批判するのではなく、少し特殊な経験をしているようにも見えるこの三人のなかにも「自分と同じもの、似たものがあることに気づいてほしい。そして共感を抱いてほしい」。

これを踏まえると、右に挙げたプロローグの一節に、著者が本書の執筆を思い立った理由が凝縮されているように思う。

人は――この本の趣旨に沿ってあえてもう一歩踏みこむなら、〝女は〟――異性にどう思われるかはもちろん、周囲の同性からの冷ややかな反応や軽蔑を恐れ、本当にほしいものを心の奥に押しこめて遠慮しがちだ。それゆえに、とりわけセックスに関して、女には欲望などないと誤解されてもいる。〝女らしい遠慮や恥じらい〟を美徳とする風潮から、私たちはそろそろ解放されていいのではないか。

本書は、三人の女たちの欲望と行動について、道徳や常識といった視点から白黒をつけようと試みていない。その態度はパートナーの男性に関しても同じで、自分の欲求を優先して女性をねじ伏せた加害者として断罪してはいない。二〇一七年終わりごろから世界に広がった、セクハラ被害をソーシャルメディア上で告白・告発するいわゆる #MeToo 運動に呼応したかのようなタイミングで出版されたものの、とりたててそれを意識した描写も見当たらない。いずれも「誰かを一方的に批判しない」著者の姿勢ゆえのことだろう。

著者はカメラのレンズのように登場人物の経験を克明に映し取り、小説家のように内面を描写することに徹した。そこには著者の主観が多少はまぎれこんでいるかもしれない。それでもこれは、著者が繰り返し強調しているとおり、三人の女のありのままの物語だ。

リサ・タッデオは、アメリカ・ニュージャージー州出身の作家・ジャーナリスト。これまで多くのアメリカの雑誌や新聞にルポルタージュや短篇小説を寄稿。いずれも高い評価を得て、プッシュカート賞など数多くの賞を授与された。とくに『エスクァイア』誌掲載の "The Last Days of Heath Ledger"（二〇〇八年）、『ニューヨーク・マガジン』誌掲載の "Rachel Uchitel is Not A Madam"（二〇一五年）は、マスメディアやソーシャルメディア上でも大きな話題と議論を呼んだ。

そして二〇一九年、初の長篇ノンフィクションとなる本書『三人の女たちの抗えない欲望』でデビュー。この作品は刊行と同時に大きな話題を呼び、米『ニューヨーク・タイムズ』紙や英『サンデー・タイムズ』紙のベストセラー・リスト一位を独走した。二〇二〇年度のブリティッシュ・ブック・アワードも受賞している。米ケーブル局ショータイムでのドラマ・シリーズ化も決定しており、著者自身がエグゼクティブ・プロデューサーを務め、脚本の執筆も担当するという。

また、二〇二一年に初の長篇小説 *Animal*、二〇二二年には短篇集 *Ghost Lover* の刊行が予定されている。

二〇二一年二月

三人《さんにん》の女《おんな》たちの抗《あらが》えない欲望《よくぼう》
2021年3月20日　初版印刷
2021年3月25日　初版発行
＊
著　者　リサ・タッデオ
訳　者　池田真紀子《いけだまきこ》
発行者　早　川　　浩
＊
印刷所　三松堂株式会社
製本所　大口製本印刷株式会社
＊
発行所　株式会社　早川書房
東京都千代田区神田多町2－2
電話　03-3252-3111
振替　00160-3-47799
https://www.hayakawa-online.co.jp
定価はカバーに表示してあります
ISBN978-4-15-210008-5　C0098
Printed and bound in Japan
乱丁・落丁本は小社制作部宛お送り下さい。
送料小社負担にてお取りかえいたします。
本書のコピー、スキャン、デジタル化等の無断複製は著作権法上の例外を除き禁じられています。